DARKHEARTS

JAMES L. SUTTER

DARKHEARTS

UNA SEGUNDA OPORTUNIDAD

Traducción de Bruno Álvarez Herrero

Argentina – Chile – Colombia – España
Estados Unidos – México – Perú – Uruguay

Título original: *Darkhearts*
Editor original: Wednesday Books
Traducción: Bruno Álvarez Herrero

1.ª edición: junio 2024

Copyright © 2023 *by* James L. Sutter
Translation rights arranged by Adams Literary Agency
 and Sandra Bruna Agencia Literaria, SL
© de la traducción 2024 *by* Bruno Álvarez Herrero
© 2024 *by* Urano World Spain, S.A.U.
Plaza de los Reyes Magos, 8, piso 1.º C y D – 28007 Madrid
www.mundopuck.com

ISBN: 978-84-19252-74-6
E-ISBN: 978-84-10-15923-5
Depósito legal: M-9.897-2024

Fotocomposición: Urano World Spain, S.A.U.

Impreso por: Rodesa, S.A. – Polígono Industrial San Miguel
Parcelas E7-E8 – 31132 Villatuerta (Navarra)

Impreso en España – *Printed in Spain*

PARA MI MADRE, MARY LAFOND.

TREINTA Y NUEVE AÑOS Y SIGO ENCONTRANDO SIEMPRE
NUEVOS MOTIVOS PARA ADMIRARTE.

1

Es difícil saber qué decir en el funeral de un amigo. Y más difícil aún saber qué decir en el de un enemigo. Entonces, ¿qué dices cuando se trata de ambas cosas?

Elegí la opción más cobarde y no dije nada. Cuando el rabino terminó el panegírico y les pidió a los dolientes que contaran anécdotas, me quedé callado. Sinceramente, creo que habría sido la decisión correcta incluso aunque no hubiera sido un cagado. Llevaba más de dos años sin hablar con Elijah, salvo por algún que otro mensaje. ¿Quién era yo para él a esas alturas?

Tampoco es que hubiera poca gente dispuesta a hablar. Había muchísima: familiares, amigos e incluso un par de famosos. Dijeron el tipo de cosas que siempre se dicen cuando muere un chico joven: que si era brillante, que si tenía un talento increíble, que si le esperaba un gran futuro... Pero en el caso de Eli era cierto. No era solo que fuera a alcanzar el éxito, sino que ya lo había conseguido y tenía los Grammy que lo demostraban.

Chance esperó hasta el final, por supuesto. Siempre queriendo dar el cante, intentando asegurarse de que no lo eclipsaba nadie, incluso en el funeral de su mejor amigo. Contó que una vez Eli se distrajo tanto escribiendo una canción nueva que se quedó encerrado fuera de su habitación de hotel en ropa interior. Los de seguridad lo atraparon intentando encaramarse a su balcón y pensaron que se trataba de algún acosador chalado. Todos se echaron a reír entre lágrimas, dejando escapar sollozos de alivio.

Era el toque final perfecto. Pero era de esperar, ya que todo lo que tuviera que ver con Chance Kain era perfecto, desde el traje negro entallado hasta la caída asimétrica de su pelo negro y lacio. Era lo que lo convertía en el gilipollas favorito de América.

El resto del funeral es un borrón. Me mantuve al margen todo lo que pude; no quería entrometerme. En el cementerio, me acerqué a los demás allegados y formamos un círculo alrededor de la familia, en un intento de protegerlos de los paparazis, que esperaban como buitres, con esas cámaras y esos objetivos gigantescos en equilibrio sobre las lápidas.

Después tocaba hacerles una visita a los padres de Eli en su casa mientras guardaban *shivá*. Una vez allí, me quité los zapatos y me enjuagué las manos con la jarra de agua que había en la puerta. Si el rato en la sinagoga ya había sido incómodo, estar en aquella casa resultaba sofocante. Los padres y la hermana de Eli me estrecharon la mano, pero tenían la mirada perdida. Todos los espejos estaban cubiertos con una tela negra, lo cual sabía que era otra tradición judía, pero me recordaba al rollo vampírico de los Darkhearts. Casi nadie hablaba; solo se oían breves murmullos de compasión y lágrimas ahogadas.

Quedarme allí plantado en el salón me empezó a resultar demasiado incómodo, y de repente me di cuenta de que me estaba alejando casi sin querer. Nadie se percató cuando pasé por delante del cuarto de baño y bajé las escaleras, repitiendo el recorrido al que había estado tan acostumbrado en el pasado. Los muebles de la habitación que usábamos para grabar estaban donde siempre, excepto los altavoces negros enormes en sus soportes alargados y delgados. Las luces estaban apagadas y el sol de la tarde que entraba por el gran ventanal me resultaba tan familiar que lo sentí como una puñalada dolorosa, y me quedé allí clavado, al pie de la escalera.

—Se hace raro, ¿eh?

Me giré y me topé con Chance en la esquina del viejo sofá, recostado, con la chaqueta a medida desabrochada y las piernas estiradas. Incluso con los ojos rojos por haber llorado, parecía recién salido de un anuncio de colonia. Mientras que yo parecía justo lo que era: un ogro plagado de acné de diecisiete años que llevaba el traje de su padre.

En algún momento de los dos últimos años, Chance se había hecho un tatuaje: la silueta diminuta de un cuervo volando, justo debajo del ojo derecho. Pues claro que se lo había hecho; le pegaba muchísimo. Llevaba un cigarrillo electrónico en la mano, pero no olía al pestazo a algodón de azúcar que solía despedir, así que supuse que sabía que no debía usarlo allí. Lo agitó ligeramente para señalar la sala.

—Está todo igual. —Miró al techo, donde se oían los pasos de quienes estaban de luto arrastrando los pies—. Ahí arriba, fuera, es todo diferente. Pero aquí dentro es como si siguiéramos teniendo catorce años.

No quería mantener aquella conversación. No quería mantener ninguna conversación con él. Pero por lo visto mi boca no opinaba igual.

—Casi —dije, y Chance levantó una ceja claramente depilada por profesionales. Señalé hacia su espalda—. Han arreglado los paneles de yeso.

—¡Anda, coño, tienes razón! —dijo entre risas mientras se inclinaba y contemplaba el lugar donde había estado el

11

agujero—. Se me había olvidado que saltaste de la mesita y atravesaste la pared con el mástil de la guitarra.

—Sí, pero fue porque Eli se chocó conmigo. —Sonreí a mi pesar—. E intentamos taparlo con el póster ese de The Vera Project.

—Claro, porque no quedaba nada sospechoso que hubiera un único póster pequeñito en una pared gigantesca sin nada más, ¿eh? —Se llevó una rodilla al pecho y reveló una franja del calcetín púrpura con pequeñas calaveras negras que llevaba—. Estaba convencido de que su madre nos iba a matar por aquello. ¿Y te acuerdas de cuando hicimos que viniera un montón de gente a grabar un vídeo y alguien atascó el váter?

Asentí.

—El «Cacasunami».

—Había como tres centímetros de agua sobre la moqueta. Mis padres me habrían metido en un internado en un plisplás. —Chasqueó los dedos—. Pero Eli...

Se le quebró la voz y se calló. No le brotaban lágrimas de los ojos, pero le vi los músculos de la mandíbula tensos.

—Sí, Eli siempre sabía cómo ganarse a sus padres.

Me senté en el otro brazo del sofá, sin mirarlo, la antigua postura que todavía me resultaba tan natural.

—Oye, ¿te acuerdas de la señora Miller? —Señaló hacia la casa de la vecina, al otro lado del pequeño patio trasero. Hablaba con un tono despreocupado que resultaba artificial—. Siempre estaba aporreando la puerta y gritándonos que bajáramos el volumen. ¿Recuerdas lo que decía siempre?

—«¡Mi padre tocaba con Louie Armstrong! Si a él no le hacía falta formar tanto estrépito, ¡a vosotros tampoco!».

Lo habíamos acabado usando como una broma entre nosotros tres. Cada vez que alguien se equivocaba en alguna nota o sonaba demasiado alto en la mezcla, le tirábamos algo (una púa de guitarra o un cojín del sofá) y gritábamos: «¡Louie Armstrong!». Con el tiempo se había convertido en un grito de guerra multiusos. Nuestra expresión particular para darnos ánimos.

Nos quedamos callados, mirando por la ventana.

Cuando volvió a hablar, sonaba tenso.

—Pasamos momentos muy buenos aquí, ¿eh?

—Sí —coincidió.

Otro silencio largo.

De repente, Chance le propinó una patada a la mesita de café, le dio un golpe con el talón a la esquina de madera y la dejó tumbada de lado.

—¡Joder, Eli!

Se cubrió la cara con las manos.

Yo seguía sin saber qué decir.

—Ojalá hubiera querido hablar conmigo al menos. —Las palabras sonaban amortiguadas, con reverberación. Se quitó las manos de la cara; parpadeaba muy deprisa—. Sabía que bebía demasiado y que estaba agotado por tantos conciertos, pero todo el mundo acaba siempre reventado en las giras. No sabía…

Respiró con dificultad y se levantó. Volvió a colocar la mesa en su sitio, se guardó el cigarrillo electrónico y fue hacia las escaleras. Al llegar a los pies, se volvió para echar un último vistazo a la sala en busca de una respuesta.

—Joder, Eli —repitió con más suavidad—. ¿Cómo has podido abandonarnos?

Luego subió las escaleras y desapareció.

Dejé escapar un suspiro. Relajé las manos y de repente me inundó una gratitud inmensa por que Chance se hubiera ido justo en ese momento. Sabía que estaba dolido y, por mucho que Chance me cabreara, no quería empeorar la situación. Pero, si se hubiera quedado un minuto más, puede que no hubiera sido capaz de seguir mordiéndome la lengua.

Porque sabía la respuesta a su pregunta retórica. ¿Cómo había podido Eli abandonarlo?

De la misma manera en que me abandonasteis vosotros dos.

2

Vale, venga, vamos a arrancar la tirita de golpe.

Me llamo David Holcomb y estuve a punto de ser famoso.

Cuando tenía trece años formé una banda con mis dos mejores amigos. Chance cantaba, yo tocaba la guitarra y Elijah se encargaba de producir todo lo demás con el MacBook. A Eli le encantaban los sonidos de batería digital ochenteros y grandilocuentes, y a Chance le encantaban los vampiros, y al juntar esas dos cosas acabamos haciendo una música de un estilo que podríamos llamar *goth-rock* con toques de pop. Nos llamamos Darkhearts y titulamos nuestra maqueta, que grabamos nosotros mismos, *Sad Shit You Can Dance To*.

Enseguida se nos empezó a dar muy bien y durante un tiempo era lo único que quería hacer. Tocábamos en todos los clubes que permitían la entrada a gente de todas las edades de la zona de Seattle. Mi padre nos llevaba en su furgoneta de la obra, junto con todo el equipo. Me lo pasaba bomba creyéndome una estrella del *rock*, y desde luego no queda nada mal llegar a la pubertad tocando la guitarra en la única banda de tu colegio. Cuando ganamos el concurso de talentos a los catorce años, los demás niños gritaban tanto que casi parecíamos BTS. Y, cuando tocamos en el auditorio Fremont Abbey, Maddy Everhardt tiró unas

15

bragas al escenario. Así que, sí, todo eso estuvo bastante bien.

Pero lo que nadie te cuenta sobre tener una banda siendo menor de edad es que tocas techo muy rápido. Tocar en los mismos locales abiertos a gente de todas las edades una y otra vez es un coñazo. No puedes ir de gira, porque, aunque convencieras a tus padres para que te llevaran, ¿quién iba a ir a verte? Si tus amigos tampoco conducen… Y, para ser sincero, una vez que se pasa la novedad de ver a alguien que conocen en el escenario, la mayoría no quiere verte tocar las mismas canciones una y otra vez. Claro, siempre te queda YouTube o TikTok, pero ¿sabes cuántos grupos de adolescentes hay en Internet? Todos.

Si a todo eso le añadimos que Eli cada vez se mostraba más tiránico a la hora de componer las canciones y que Chance fue adoptando todos los clichés molestos de los cantantes principales… Pues ya te puedes hacer una idea. Así que, cuando comenzó el nuevo curso, con todas las nuevas presiones que llegan al pasar al instituto, propuse que nos tomásemos un descanso.

Discutimos e incluso me hicieron una peineta. Cuando salí del local de ensayo, nadie me siguió.

Dos meses más tarde, un representante de Interscope vio la nueva versión —es decir, el dúo— de Darkhearts en un concierto en la sala Neumos y los fichó en el acto.

Seis meses más tarde ya se habían convertido en el grupo de moda en Norteamérica. *Rolling Stone* los describió como «si Chris Cornell volviera de entre los muertos para liderar The Cure». Chance llevó al máximo el numerito suyo de hacerse pasar por un vampiro y se cambió el apellido por el de Kain, una referencia bíblica que me pareció muy irónica, dado cómo había acabado todo entre nosotros. *Entertainment Weekly* lo llamó «el próximo David Bowie», mientras que *Pitchfork* comparó su atractivo y su estilo *glam-rock* con el de St. Vincent y Prince. Billie Eilish se los llevó a su gira por estadios.

Mientras tanto, yo intentaba no suspender Sociales.

Por suerte, al convertirse en estrellas los dos tuvieron que dejar el instituto casi de inmediato. Entre eso y el hecho de que apenas habíamos salido juntos desde la noche en que me fui, casi podía hacer como que no existían. Sí, se me hacía difícil oír a las chicas hablar de que Chance Kain llevaba la raya del ojo mejor que nadie, o escuchar un coche pasar con *Midnight's Children* [1] a todo volumen. Pero tampoco era que me hubiera pasado cada momento de los últimos dos años muerto de envidia, pensando en lo diferente que podría haber sido mi vida.

Y desde luego no era eso lo que estaba haciendo dos días después del funeral de Eli, tumbado en la cama intentando recuperarme de un día muy largo que había pasado apilando madera. El tercer curso de instituto había acabado hacía ya semanas, y había aceptado pasar el verano trabajando para la empresa de construcción de mi padre, un destino que, aunque no se podía decir que fuera peor que la muerte, a veces se parecía mucho a la visión del infierno de Dante.

De repente sonó una notificación del móvil. Lo había dejado en el suelo, así que estiré un brazo dolorido y le di la vuelta. Tenía un mensaje nuevo.

Estoy aburrido. ¿Te apetece ir a cenar?

No tenía el número guardado entre mis contactos, pero tampoco parecía *spam*, a menos que los *bots* se estuvieran

---

1. *Los hijos de la medianoche*, en español.

empezando a sentir solos. Ante la posibilidad —por diminuta que fuera— de que una chica guapa hubiera conseguido mi número sin que yo lo supiera, le respondí:

Depende. ¿Quién eres?

La respuesta fue inmediata.

Chance. Me he tenido que cambiar de número.

¿Chance? Me volví a tumbar. En la enorme lista de gente con la que no quería salir a cenar, Chance estaba el primero, empatado con mi madre y el señor Ullis, el profesor de gimnasia, que era un asqueroso.

El chaval había logrado que dejara mi propio grupo con ese rollito estúpido de *prima donna* que llevaba —siempre intentando quedar mejor que yo en los conciertos, vetando mis ideas, tomando decisiones unilaterales por todo el grupo— y luego se había hecho famoso y no había mirado nunca atrás. Era la primera vez que me mandaba un mensaje desde que me había ido del grupo. ¿Y ahora me hablaba como si no hubiera pasado nada?

Estaba a punto de responderle y decirle exactamente qué era lo que se podía comer cuando me vino a la mente la imagen de Eli, decepcionado.

No debería haberme importado. Eli tampoco me había invitado a subirme al tren de la fama de Darkhearts. Pero al menos había mantenido el contacto, aunque solo fuese un poco. Y, aunque Eli también podía cagarla, al menos sabías que tendría la decencia de sentirse mal por ello. Eli se sentía mal por todo.

Además, siempre había sido el mediador del grupo. Sabía que querría que me comportara.

Si siguiera vivo, también lo habría mandado a la mierda a él. Pero eso es lo que pasa con los muertos: que cuesta llevarles la contraria.

Mis dedos empezaron a moverse por sí solos.

¿Cuándo?

Una notificación.

Ahora. ¿Me recoges?

El mensaje me llegó con un enlace de Google Maps adjunto.

Que Chance hubiera dado por hecho que iba a decir que sí me sacó de quicio. ¿Suponía que lo iba a dejar todo e iba a pasar a recogerlo? Pero le respondí con un emoji de un pulgar levantado y me incorporé.

Esto lo hago por ti, Eli.

Técnicamente mi cuarto era el ático de la casa, lo que tenía sus ventajas y sus inconvenientes. Por un lado, era grande y abarcaba toda la longitud de la casa. Por otro, la inclinación del tejado a ambos lados solo dejaba un pasillo de unos dos metros de ancho en el que podía estar de pie sin darme un coscorrón. Agarré una sudadera del montón de ropa usada pero no demasiado sucia y abrí la puerta del suelo, la trampilla que mi padre y yo habíamos instalado cuando yo tenía doce años. Salvo por el ángulo, parecía una puerta normal, con su pomo y todo.

En el piso de abajo, mi padre estaba tumbado sin camiseta en el sofá, viendo *Stranger Things*. Me vio bajar las escaleras y paró el capítulo

—¿A dónde vas tan tarde? Pensaba que estarías muerto después de descargar todo ese remolque.

—Voy a comerme una pizza.

—Anda. —Se incorporó—. ¿Quieres compañía? Lo mismo puedo ponerme una camisa y todo.

—Es que en realidad he quedado con alguien.

—Ah, ¿síííí? —Sonrió y movió las cejas—. ¿Alguien que conozca?

Durante un instante me planteé mentirle, pero decidí que no valía la pena.

—Chance Ng.

No pensaba usar su estúpido nombre artístico con mi padre.

—¿*Chance*? —Mi padre frunció el ceño como si le hubiera dado un mordisco a una comida podrida—. ¿Y qué quiere ese?

—Venga ya, papá. —Odiaba ese tema—. Su mejor amigo acaba de morir de sobredosis de alcohol. Seguro que solo quiere hablar con alguien que conociera a Eli tan bien como él.

Mientras lo decía en alto, de repente me parecía obvio.

—Ya, joder, es verdad. Lo siento. —Dejó de fruncir el ceño y, en su lugar, adoptó una expresión de culpa—. Los pobres padres de Eli... Bueno, me parece bien que hables con él. —Me miró con compasión—. ¿Cómo llevas todo eso?

Me encogí de hombros.

—¿Bien? No sé. Llevaba ya dos años sin verlo.

—Ya, pero, bueno, si alguna vez quieres hablar de ello..., aquí estoy, ¿vale?

—Vale.

Empecé a oír el tictac del reloj de pared mientras mi padre trataba de encontrar algo más que decir. Al final se rindió y sacudió la cabeza.

—Eres un buen chico, David.

—Ya.

Abrí la puerta para ahorrarnos a ambos tener que darnos más conversación.

Fuera, hacía una noche fresca, a pesar de que ya habíamos pasado el 4 de julio. Una farola iluminaba mi camioneta, que estaba aparcada junto a la acera.

«Mi camioneta», dos de las palabras más bonitas de nuestro idioma. No era una camioneta demasiado especial; de hecho, era la misma F-150 destartalada en la que me había estado montando desde que nací, con la pintura roja arañada y hecha polvo por dos décadas de obras. Yo ni siquiera era superfán de las camionetas, uno de esos falsos vaqueros que intentan destacar entre el mar de Prius y Camrys del aparcamiento del instituto Franklin. Pero el día que mi padre me entregó las llaves para que la usara solo yo, todo cambió. Ya no era *la* camioneta, era *mi* camioneta. Y eso, como escribió Robert Frost, marcaba la diferencia. Cuando giré la llave, se encendió con un rugido, como un dragón que había estado durmiendo.

En lugar de quedar en su antigua casa, Chance me había enviado una dirección cerca del parque Arboretum, donde la mitad de las calzadas tenían verjas y setos para ocultarnos de las miradas indiscretas de la gente normal. Chance estaba apoyado en una de esas verjas, con la cara iluminada por el móvil mientras iba deslizando el pulgar sobre la pantalla, y el resto de su cuerpo era una sombra delgada vestida con una chaqueta vaquera negra. Quedar guay sin estar haciendo absolutamente nada era uno de sus talentos principales.

Me detuve y bajé la ventanilla del pasajero.

—Ey.

—Buenas.

Chance se guardó el móvil en el bolsillo y se separó de la verja de hierro forjado. Abrió la puerta y se subió al coche, contemplándolo todo con atención.

—Bonita camioneta.

Seguro que él tenía un Porsche aparcado detrás de uno de esos setos, si no un Lamborghini. Me mordí la lengua para no contestarle y me aparté de la acera.

—¿A dónde vamos?

—¿A Orbital?

—Perfe.

Toqueteé el móvil y puse algo de música.

—¡Anda! ¡Bleachers! —Chance dejó el brazo colgando por la ventanilla e iba dándole golpecitos al lateral de la camioneta al ritmo de la música—. ¿Sabes que llegamos a grabar con él y todo?

—Ah, ¿sí?

Traté de hablar con un tono ligero, pero a mi dentista no le habría hecho mucha gracia cómo rechinaba los dientes.

—Sí, su verdadero nombre es Jack Antonoff. La discográfica hizo que colaborara con nosotros en un *single* que sacamos para la película esa con Saoirse Ronan. El chico es un genio.

—Ah, qué guay.

Subí el volumen para que fuera imposible hablar. La pizzería Orbital estaba en Georgetown, una antigua zona industrial que aún no estaba gentrificada del todo y, por tanto, era un laberinto de almacenes y fábricas reconvertidos en espacios artísticos. Orbital encajaba a la perfección con ese estilo de antro de mala muerte, con una clientela *crust-punk* y unas vías de tren en funcionamiento que atravesaban el aparcamiento. Entramos y nos sentamos en una mesa frente a un avión para niños que llevaba sin funcionar desde que yo era pequeño.

Una camarera cubierta de tatuajes y con el pelo verde nos ofreció unas cartas.

—¿Qué os pongo de beber?

Yo pedí un *ginger-ale* y Chance solo pidió agua.

—¿Vais a pagar juntos o por separado? —nos preguntó la camarera.

—Por separado —contesté.

Pero justo en ese momento Chance dijo:

—Juntos.

Me sonrió y me mostró una tarjeta de crédito.

—Yo invito.

Aquello me sacó de mis casillas.

—No, gracias. —Me volví hacia la camarera y le dije—: Por separado, por favor.

—Vale, cielo. —Por la cara que puso, parecía que le estaba haciendo gracia la situación. Luego miró a Chance con los ojos entrecerrados—. ¿Tú no eres...?

Chance le dedicó una sonrisa de mil vatios.

—Síp.

La chica lo estudió durante un momento con una mano en la cadera y luego se encogió de hombros.

—Guay.

Se dio la vuelta y volvió a la barra.

Sentí un breve arrebato de validación al ver que pasaban tan descaradamente de Chance, pero él se giró hacia mí con esa misma sonrisa.

—Menos mal que nos ha tocado una camarera macarra. —Le dio la vuelta a una de las cartas—. Podría haber sido ser George Clooney y le habría importado una mierda.

—¿Y te gusta que pasen de ti?

No pude contener la sorpresa.

—No está mal, para variar un poco. —No levantó la vista de la carta—. ¿Quieres pan de ajo? Porque yo sí.

La idea de que Chance fuera tan famoso que el hecho de que las chicas no se volvieran locas al verlo fuera un lujo no ayudaba a calmar mi pobre ego dolorido. Por suerte, la camarera volvió con las bebidas y nos obligó a dejar el tema. Le pedimos una Brooklyner, una pizza bien cargada de carne que siempre había sido nuestra favorita. Cuando se marchó, Chance se estiró en el banco, levantó los pies y apoyó los zapatos negros brillantes sobre el vinilo rojo.

Sentado así, de lado, tenía la postura perfecta para mostrar el pequeño tatuaje del cuervo que le cubría el pómulo afilado; parecía uno de esos tatuajes de los presos. Me preguntaba si se peinaba el flequillo justo de ese modo para que la punta acabara señalándolo. Cualquiera que se haga un tatuaje en la cara tiene que estar desesperado por que le pregunten por él.

Llegué a la conclusión de que prefería morirme antes que mencionarlo.

Chance me miró de arriba abajo, analizando mis pantalones Carhartt marrones y mi camisa de cuadros azules.

—Qué cambio de estilo, ¿no?

—Sí. Supongo que dejé atrás la fase gótica con la raya del ojo y tal.

De hecho, la abandoné en cuanto Darkhearts firmó con la discográfica. Las uñas pintadas, la ropa negra, el tinte y la cera para moldearme el pelo castaño ondulado... Lo último que quería era ver a Chance y a Eli cada vez que me miraba al espejo.

—Auch... —Chance sonrió y extendió una mano con las uñas pintadas de negro contra el pecho, como si hubiera recibido un golpe—. Bueno, al menos sigues con esa palidez fantasmal.

—Eso sí.

Esa parte del *look* de moda venía de serie.

—Te queda bien el nuevo estilo, muy de granjero, a lo tipo duro. —Miró los viejos pósteres de espectáculos de las paredes, las calaveras de vaca y los anuncios de cerveza antiguos—. Joder, echaba de menos este sitio. ¿Te acuerdas de cuando tu padre nos traía aquí después de los conciertos?

Claro que me acordaba. Solo habían pasado dos años.

—¿No sueles venir por tu cuenta?

Se encogió de hombros.

—Siempre estoy de aquí para allá. Y, cuando no, mi madre tiene tantas ganas de pasar tiempo en familia que quiere que cocinemos juntos o que nos vayamos de vacaciones a algún sitio.

—¿No viaja contigo?

—¿Y tener que dejar su trabajo? Qué va. Mi padre es el que me acompaña de gira, y supongo que técnicamente ahora estudio a distancia. Pero mi madre se queda aquí con Olivia. Dice que al menos uno de nosotros debería llevar una vida normal.

—Pues no sé yo qué tiene de bueno una vida normal —murmuré.

—Te sorprenderías. —Se estiró perezosamente y cruzó las manos por detrás de la cabeza—. Sé que suena superguay, pero la mayor parte de las giras te la pasas viajando. Tienes que levantarte a las cuatro de la mañana para volar a algún sitio o intentar dormir en un autobús mientras atraviesas la nada durante diez horas. No te das cuenta de la cantidad de campos de maíz que hay en este país hasta que no has ido de Denver a Omaha. Un noventa por ciento de este trabajo consiste en estar sentado y esperar a que te dejen hacer una paradita para ir al baño.

—Ya, y el otro diez por ciento es tocar en estadios y salir en programas de entrevistas de la tele. —Junté los dedos como si estuviera tocando un violín diminuto—. Déjame que saque el miniviolín.

Para mi sorpresa, se echó a reír.

—Vale, tienes razón. —Volvió a bajar las piernas, se incorporó y se inclinó hacia delante—. Ya está bien de hablar de mí. ¿Cómo te va la vida? ¿Qué ha pasado últimamente?

Me retorcí bajo la intensidad de su mirada. Con Chance siempre pasaba eso: cuando te convertías en su centro de atención, sentías la presión. Era parte de lo que lo hacía un buen líder.

—Pues no mucho —contesté—. He estado trabajando para mi padre este verano, en la obra. Aparte de eso, ya sabes, he estado ocupado con las clases y tal.

—¿Sí? ¿Y qué tal por el instituto?

—¿En serio?

—¿En serio qué?

—¿De verdad quieres que te hable del instituto?

—Macho, no estuve en Franklin ni nueve meses… Todo lo que sé de los institutos lo he aprendido sobre todo viendo películas para adolescentes. Y estoy bastante seguro de que nadie echa tantos polvos como sugieren. —Me lanzó una mirada pícara—. ¿O sí? ¿Llegaste a invitar a salir a Maddy Everhardt?

Me sobresalté.

—¿Qué?

—A ver, te tiró las bragas.

—*Nos* las tiró. A todos. Y estaba de broma.

—Sí, siempre es de broma hasta que deja de serlo. Y ahora dos de nosotros ya no vamos al insti. La has tenido para ti solito durante dos años.

Me costó mantener la boca cerrada. Esa forma suya de hablar sin rodeos —la manera tan despreocupada en que había mencionado que me habían dejado tirado, la insinuación nada sutil de que solo tenía posibilidades de salir con Maddy porque él se había marchado— volvió a congelar cualquier parte de mí que hubiera empezado a descongelarse ante su atención. Y, claro, no importaba que Chance hubiera intentado ligar descaradamente con Maddy cuando sabía que me gustaba, igual que ligaba con todas las chicas que venían a nuestros conciertos, asegurándose de que ninguna tuviera tiempo para los demás, porque ¿quién podía competir con aquella sonrisa deslumbrante? Eso había sido una de las últimas gotas que habían colmado el vaso y habían hecho que dejara la banda.

Pero resultaba que sí que había salido con Maddy. Durante tres meses, en el segundo año de instituto. Había sido la primera chica a la que había besado de verdad, e incluso más...

Y luego me había dejado sin pensárselo dos veces, como todo el mundo. Y todo por Chance Kain. ¿Por quién iba a ser?

Pero no pensaba contarle nada de eso a Chance. Me recosté en el banco y me crucé de brazos.

—Ya, bueno, no es tan fácil.

Asintió con compasión.

—Ya, te entiendo, hermano.

Resoplé.

—Sí, seguro.

—¿Qué? ¿No me crees?

Alcé una ceja y Chance levantó las manos en señal de paz.

—Vale, a ver, sí, conozco a un montón chicas. Pero ¿sabes lo que no se ve en todas esas páginas de cotilleos? A mi padre y a mi representante en una esquina, esperando a que vuelva al autobús de la gira. Cada noche estoy en una ciudad distinta. ¿Cómo se supone que voy a salir con nadie?

No había pensado en aquello desde esa perspectiva. Se pasó una mano por el pelo y de algún modo consiguió despeinárselo sin dejar de parecer que acababa de salir de un plató de televisión.

—Créeme, macho: quedarse en un mismo sitio te da cierta libertad. Tienes a tus amigos siempre cerca. Tengo un montón de números de gente y muchos amigos comunes, y salgo con mucha gente guay, pero al final solo estamos Eli y yo. —Hizo una mueca—. O... estábamos.

—Joder...

El silencio envolvió la mesa. Doblé el envoltorio de la pajita hasta dejarlo con forma de acordeón mientras Chance jugueteaba con sus cubiertos.

—Odiaba las fiestas —dijo Chance al fin—. Siempre intentaba que viniera. «Vente a hacer amigos», le decía, y él me contestaba: «¿Para qué quiero más amigos?».

Intenté contener una sonrisa. Sí que sonaba a algo que pudiera decir Eli.

—Nunca lo entenderé —continuó Chance—. Si fuera por timidez, lo comprendería. Si te asusta hablar con gente nueva, vale, de acuerdo. Pero Eli no era tímido. ¿Te acuerdas del Juego del Pene?

El Juego del Pene, que había causado sensación cuando teníamos unos diez años, era de lo más sencillo: ver quién se atrevía a gritar «pene» más fuerte en algún sitio público.

—Siempre ganaba él.

—Absolutamente siempre. Daba igual que estuviéramos en el bus o en una tienda o lo que fuera. Él era la razón por la que la gente dejó de jugar. —Chance sacudió la cabeza—. No le importaba lo que pensaran los demás. Ojalá yo tuviera esa confianza.

Puse los ojos en blanco.

—¿Y lo dices tú?

—A mí me importa lo que piense todo el mundo. Les pasa a todos los que lideramos un grupo. Por eso estamos al frente.

Aquella sinceridad repentina me pilló desprevenido.

—Ah...

Me señaló con un tenedor.

—Tú también la tienes, ¿eh? Esa confianza.

Reí por la nariz.

Sí, claro.

—Te lo digo en serio. —Me miró a los ojos y fue como recibir un rayo de Cíclope de los X-Men—. La tienes desde el día en que nos conocimos, cuando tenías diez años y estabas dispuesto a darme una paliza en Magic: The Gathering.

Sonreí a mi pesar.

—Le cambiaste a Eli dos Diablos arrojafuego por una Hidra kaloniana. Alguien tenía que darte una lección.

Chance me devolvió la sonrisa.

—¡No es culpa mía que Eli no mirase lo que valían! Pero tú montaste toda una emboscada para recuperar las cartas. No te daba miedo nada. ·

Recordaba que Eli quería que me olvidara del tema, pero yo no se lo permití. Chance no estaba en nuestra clase, así que había hecho que Eli me llevara al parque donde solían quedar.

—Y entonces me diste un puñetazo inesperado —dijo Chance, divertido.

—¡No es verdad! Te avisé. No es un «puñetazo inesperado» si te digo que te lo voy a dar.

—Ya, pero no pensaba que fueras a dármelo de verdad. Y luego te pegué con la carpeta de cartas, y Eli fingió que le estaba dando un ataque de asma y nos hizo llevarlo a cuestas a su casa.

Me reí entre dientes. Eli se había quedado tieso como un palo, fingiendo que le estaba dando un ataque de asma, basándose en lo que su mente preadolescente creía que eran esos ataques. Para cuando los dos conseguimos cargar con él las tres manzanas que nos separaban de su casa, Chance había accedido a devolverle las cartas a Eli, y al final todos nos fuimos a comer polos y a jugar a la Xbox.

—Menudo rey —dijo Chance. Luego, en voz más baja, añadió—: Todavía no me creo que ya no esté con nosotros.

En ese momento, el chico que tenía al otro lado de la mesa no parecía Chance Kain, la estrella internacional. Parecía una versión un poco mayor de Chance Ng, el chico que se había detenido en plena pelea para ayudar a un enemigo a cargar con otro. Al mirarlo ahora, sentí lo mismo que aquel día: que tal vez ese chico fuera algo más que un mero fantasma sonriente. Me entraron ganas de acercarme a él y ponerle la mano en el hombro.

De repente nos dejaron un plato de pan de ajo entre nosotros, y aquel momento de complicidad llegó a su fin.

—¡Toma ya! —Chance alzó una rebanada y la sacudió mientras la agarraba con los dedos—. ¡Ay, joder, está caliente! —Volvió a mostrar aquella sonrisa de revista; había vuelto a meterse en el personaje—. Oye, ¿sabías que, cuando haces cualquier cosa en Hollywood, las normas del sindicato indican que tienen que ofrecerte un servicio de *catering* increíble? El año pasado grabamos un vídeo y se gastaron unos diez mil dólares solo en aperitivos. La chica que sale en el vídeo con nosotros, Clara Shadid… Seguro que la has visto en la nueva peli de Bond. Bueno, eso, que estuvo ligando conmigo durante todo el rodaje, ¿sabes? Y va y agarra un plátano bañado en chocolate, y te juro por Dios…

Suspiré y deseé mentalmente que la pizza se cocinara lo más rápido posible. Iba a ser una cena muy larga.

3

—¿¡Has salido a cenar con Chance Kain!? —Ridley estaba agachada en el jardincito de la casa de sus padres y me señalo con un dedo enguantado y acusatorio—. ¿Y me lo cuentas ahora?

Yo estaba recostado en una tumbona vieja; las tiras de vinilo me estaban dejando marcas en los brazos y las piernas y parecía una cebra.

—No es para tanto.

—Eh…, sí, sí que lo es. —Ridley arrojó otra hierba al montón. Hacía tanto calor que tenía los brazos oscuros cubiertos de sudor y las axilas de la camisa sin mangas manchadas. Yo también tenía la tez, que parecía un pan de molde sin tostar, bastante más rosada que esa misma mañana—. Está entre los diez chicos más guapos de Estados Unidos. O sea, es una opinión objetiva, que no lo digo yo; lo dice *Teen Vogue*. Es básicamente una revista revisada por pares sobre famosos sexis. Sabía que antes tocabais juntos, pero era como una idea… *abstracta*. Esto es diferente. —Se secó la frente y dejó manchado de tierra el pañuelo rosa que le sujetaba la nube de pelo negro enmarañado—. Así que cuéntamelo todo. ¿Cómo es?

Ridley McNeill se había mudado al sur de Seattle durante el segundo año de instituto y, por lo tanto, era una de

31

las pocas personas de nuestro curso que no conocía ni siquiera de pasada a Chance y a Eli. A decir verdad, puede que fuera una de las cosas que me habían atraído hacia ella al principio: la posibilidad de estar con alguien que no me asociase automáticamente con ellos.

—Es un gilipollas.

Aunque, al decir aquello, tuve que admitirme a mí mismo que no era del todo justo. La noche anterior habíamos pasado momentos en los que casi se había parecido el Chance de toda la vida, el Chance de cuando nos pasábamos todo el verano jugando a videojuegos y nadando en el lago. Pero era más fácil seguir con esa respuesta automática.

—Pero un gilipollas que está tremendo, ¿eh?

—¿Tú te escuchas?

—En fin. —Me tiró un diente de león que había arrancado—. Menudo desperdicio. Chance Kain pasando la noche con la única persona en el planeta que no quiere dejarlo seco, mientras que yo estoy aquí atrapada arrancando hierbajos.

—Pero si hay solo como diez hierbajos. Ya habríamos terminado si trabajaras un poco más rápido.

—Podrías echarme una manita, ¿sabes?

—Lo siento, estoy ocupado con otra cosa. ¿Verdad que sí, R2? —Le hice la pregunta al *basset hound* de los McNeill, cuyo nombre completo era Erre Dos Perro Leeloo Dallas Multipase McNeill. Estaba tirado en el suelo, junto a la tumbona, aceptando mis caricias como el emperador flatulento que era—. Además, son tus tareas. Yo solo estoy aquí para darte apoyo moral.

—Pues apóyame. Entretenme mientras me tienen aquí en el jardín como a una esclava. —Arrancó otra mala hierba de las fresas de su madre mientras hacía una mueca al ver la pequeña babosa que se aferraba a ella—. Cuéntame el salseo. ¿Está saliendo con alguien?

—¿Qué? Y yo qué sé.

—¿Ni siquiera se lo preguntaste? Te la suda el sensacionalismo, ¿eh? ¿Y qué le mola? ¿Es bi de verdad o es solo parte del personaje?

—Hija, que no le estaba creando un perfil en una *app* de citas.

—Es que su imagen pública es confusa; su orientación sexual es un misterio. ¿Es hetero? ¿Es *queer*? ¿Qué es lo que le va?

Recordé la época en que nos quedábamos a dormir juntos y nos contábamos secretos en la oscuridad.

—Estoy bastante seguro de que le gustan las chicas. O al menos le gustaban. No sé si habrá expandido sus horizontes. Ya te he dicho que no se lo pregunté.

La idea de escuchar a Chance hablar de su vida sexual se me hacía de lo más incómoda.

Ridley negó con la cabeza.

—Me estás matando, Scott.

—¿Scott?

El objetivo principal de Ridley en la vida era convertirse en crítica de cine profesional, lo que significaba que cada dos por tres citaba películas que no había visto nadie. Incluso tenía su propio blog-boletín, *Perspectiva moderna*, donde escribía sobre películas antiguas y si habían envejecido bien o mal (*El club de la lucha*, por ejemplo, seguía siendo una obra maestra nihilista a pesar de la masculinidad tóxica que se representaba en la película, mientras que *Ace Ventura* era un espanto tránsfobo). Sus entradas más populares eran en las que reescribía escenas fundamentales de las películas para actualizarlas, y empezaba a plantearse estudiar escritura creativa en la universidad, además de cine.

—¡¿No has visto *The Sandlot: Historia de un verano*?! —Me miró incrédula y luego sacudió la mano—. Eso se podría considerar abuso infantil. Pero, bueno, da igual, ya hablaremos de lo trágica que ha sido tu infancia en otro momento. El caso es que necesito detalles. Detalles muy gráficos sobre Chance Kain. Me ayudan a imaginarme la escena cuando me toco.

—¡Ridley!

—Vale, vale, calma; me guardo mi vida privada para mí. —Le tiró una fresa a R2—. Bueno, y, si no me has conseguido cotilleos jugosos sobre sus ligues para contármelos luego, ¿de qué hablasteis?

Fruncí el ceño.

—Sobre todo de Eli.

—Ah… —Ridley se dejó caer en el suelo y estuvo a punto de aplastar un gnomo de jardín de cerámica. Parecía avergonzada—. Joder, lo siento. Yo aquí, pensando con la vagina, y tú acabas de estar en un funeral. ¿Cómo estás?

—Bien, supongo… —A esas alturas se me debería haber ocurrido una respuesta mejor, dada la frecuencia con la que me preguntaba la gente cómo estaba. Recogí el diente de león que me había tirado antes y lo giré entre los dedos, viendo la bola de algodón dar vueltas—. O sea, es que en realidad ya era casi un desconocido. Pero se me hace raro de todos modos, ¿sabes? Es el primer chico que conozco que se muere. Y, vale, es verdad que siempre había sido un poco melancólico, pero cuando me juntaba con él ni siquiera bebía. Se me hace raro pensar que alguien de quien tengo tantos recuerdos se haya marchado. Es como que cambia las cosas y a la vez no cambia nada. No sé… —Me froté una ceja—. ¿Podemos cambiar de tema?

—Sí, claro. —Asintió con cara de compasión y luego me ofreció una sonrisa—. ¡Oye! Te tengo que contar una buena noticia: todavía no te lo había dicho, pero mi familia se va a Yakima a visitar a mis abuelos el mes que viene.

—Ah, pues me alegro por ti, supongo.

—No, no lo estás captando: mi *familia* se va por ahí. Y yo me quedo aquí, porque tenemos los exámenes de acceso a la uni ese sábado. —Hizo un gesto exagerado, como de un mago—. Lo que significa que el sábado por la noche tenemos la casa para nosotros solos.

—Ah, ¿sí?

Me incorporé en la tumbona.

Era sorprendente la poca tensión sexual que había entre Ridley y yo, teniendo en cuenta que éramos dos adolescentes en teoría compatibles y sexualmente frustrados. Resultaba un poco raro, ya que Ridley era objetivamente guapa; tenía unas curvas espectaculares (ella las definía como «rubensianas»), la piel de un tono entre caoba y cedro rojo y una sonrisa pícara permanente. Sin embargo, por algún motivo que desconocía, desde la primera vez que me había susurrado una broma en clase de Álgebra, nos habíamos hecho íntimos amigos, en plan hermanos. Un «bromance mixto», como lo llamaba ella.

Pero, ya fuera algo platónico o no, cuando una chica te dice que vayas a su casa porque sus padres no van a estar, deja caer ciertas posibilidades.

Antes de que pudiera profundizar en la cuestión, dos puntos rojos aparecieron en la hierba, a mi lado. Oí unas risitas que provenían de arriba mientras los puntos se movían hacia Ridley.

Decidí montar un numerito y saltar de la tumbona para cubrir el cuerpo de Ridley con el mío.

—¡Señora presidenta! ¡Al suelo!

Y en ese momento me empezaron a acribillar con dardos de espuma y noté que las ventosas de goma me daban en la espalda. Arrastré la tumbona y nos cubrí con ella, a modo de escudo.

Ridley se zafó de mí entre risas.

—¡Suéltame, chupapollas!

R2 se acercó tambaleándose, incapaz de resistirse a los láseres, y empezó a lamerme la cara como si estuviera intentando encontrar el chicle de un chupachups relleno. Traté de mantenerlo a raya sin éxito mientras apartaba la cabeza para evitar las babas.

—¡La virgen, R2! ¡Cómo te canta el aliento!

—A ver, lleva la última media hora chupándose el culo, así que es normal. —Ridley se sacudió la tierra del culo y miró hacia la ventana del segundo piso, donde estaban asomados los dos gremlins risueños con unos punteros láser pegados a sus pistolas de dardos de goma—. ¿Sabe mamá que habéis abierto las ventanas?

—No —gritó Kaylee.

—Era una pregunta retórica, so lelo.

—¡Has dicho una palabrota! —la acusó Malcolm alegremente—. ¡Se lo voy a decir a mamá!

—«Lelo» no es una palabrota, traidor.

—Rápido —le dije a Ridley mientras recogía los dardos del césped—. Dime qué personajes malos somos. ¿Orcos?

—Claro, porque los *hobbits* tenían armas automáticas, ¿no? Además, lo de los orcos es racista.

—Vale, vale. —Me asomé por detrás de la barricada que había formado con la tumbona y empecé a lanzar dardos a la ventana—. ¡Por la Nación del Fuego!

La mayoría de los dardos rebotaron en la fachada de la casa, pero por suerte uno atravesó la ventana y le dio a Malcolm en la oreja. Los niños profirieron gritos divertidos, desaparecieron y cerraron la ventana.

Ridley se llevó las manos a las caderas.

—Solo hacen todo eso contigo, ¿sabes?

—Ya.

Le di la vuelta a la tumbona.

—Eres unas cinco veces más majo con ellos de lo que se merecen.

—Puede. —La verdad es que a mí me parecía que los hermanos de Ridley eran bastante guais para tener siete y ocho años. Pero era probable que fuera solo por ser hijo único. Seguro que las carreras y gritos constantes me agotarían si estuviera atrapado en la misma casa que ellos día tras día—. En fin. Decías que se iban a ir, ¿no?

—Sí. —Volvió a dirigirme una sonrisa traviesa—. Y pienso montar un pedazo de fiesta con todos los estereotipos posibles. ¿Todo lo que Hollywood muestra que hacen los adolescentes y que en la vida real nunca pasa? Pues en mi fiesta va a pasar.

Me detuve para recoger los últimos dardos.

—¿Vas en serio?

—Cien por cien. Y será una fiesta con temática de cine, claro; todos tendrán que ir vestidos como su personaje favorito. Nos emborracharemos y jugaremos al Twister, y nos quitaremos prendas si fallamos, y tomaremos decisiones románticas cuestionables y será lo más.

La verdad era que sonaba bastante guay. Pero fruncí el ceño.

—¿Dónde piensas conseguir alcohol?

—De eso se va a ocupar Jackson.

—¿Vas a invitar a tu hermano?

—¡No! —Se mordió el labio—. Aunque, en realidad, ahora que lo dices, tener a universitarios en la fiesta podría hacernos quedar bien. Pero no; su compañero de piso tiene un carné falso. Nos prometió que nos conseguiría un montón de White Claw y demás bebidas.

—Ah, pues ni tan mal. ¿Qué le has prometido tú a cambio?

—Nada. —Parecía que Ridley irradiaba petulancia, como si fuera un calefactor—. Todavía me debe una por calmar las cosas durante la gran debacle del Día de San Valentín.

Arqueé una ceja.

—¿Todavía le echas eso en cara?

—¿Estás de broma? ¿Después de lo mucho que me curré la operación Intentar No Quedar Como un Gilipollas? Era imposible que arreglara ese desaguisado él solito.

Tenía razón.

—Supongo que lo de alquilar un conejito fue bastante impresionante.

—Ya te digo. A las chicas les flipan los conejitos. Y, según mis cálculos, el hecho de que siga teniendo novia vale por lo menos una ronda de cerveza ilegal.

Sacudí la cabeza con admiración.

—¿Siempre llevas la cuenta de lo que te debe todo el mundo o qué?

—Claro, por eso soy la puta ama, cariño. Como el padrino, pero la versión sexi. Don Corleone en pantalones pirata. —Me apuntó con la paleta—. Lo que me recuerda que tú todavía me debes una por dejarte usar mis apuntes en el examen final de la señorita Schiffrin.

Suspiré y me levanté.

—Vale, venga. ¿Cuáles son los hierbajos que hay que arrancar?

—A ver, para empezar, llegas un poco tarde para ayudarme con eso, y, además, ¿de verdad piensas que quitar unas cuantas hierbas es un favor equivalente? Te lo voy a poner fácil, pero no tanto. —Hizo una pausa para dar un efecto dramático—. Quiero que invites a Chance a la fiesta.

—¿Qué? ¡No! —La fulminé con la mirada—. ¿Es que no has oído nada de lo que acabo de decir?

—Te he oído decir que es un imbécil. Y puede que lo sea, pero también es lo más emocionante que ha pasado por aquí en todo el año, y quiero aprovecharme. ¡Piensa en lo mucho que mejorará la fiesta si viene un famoso! No se la perdería nadie.

—No. Ni de broma.

—¡Venga, Davey! No dejes que tus broncas arruinen la posibilidad de montar una fiesta épica.

¿Es que no había ni una parte de mi vida que estuviera a salvo de toda la mierda de Darkhearts?

—Pero si seguro que ni siquiera sigue por aquí en un mes. Siempre está de gira o en Los Ángeles.

—Mmm. —Se cruzó de brazos mientras pensaba—. Vale, pues otra idea: monta un plan para que salgamos los tres solos.

Me froté los ojos.

—No piensas rendirte con este tema, ¿verdad?

Frunció el ceño.

—Mira, si yo lo entiendo: odias que Chance se haya hecho famoso y tú tengas que estar aquí haciendo el tonto con la reina de los empollones. Sé que no te gusta hablar de Darkhearts, y por eso nunca te saco ese tema. Y después de esto no lo volveré a sacar, te lo prometo. Pero, porfa, tráetelo a mi trabajo o algo así, para que pueda presumir un poco. Así puedo hacerme la importante y después todos mis compañeros del curro se preguntarán qué otros misterios seductores se esconden tras la chica que friega la grasa solidificada de la bandeja de la plancha. —Abrió mucho los ojos y juntó las manos—. *Porfa*.

Era imposible resistirse.

—Uf, venga, vale. Pero deja de ponerme ojitos de anime.

—¡Toma ya!

Hizo un gesto de victoria con el puño cerrado a lo Napoleon Dynamite.

—Bueno, ¿puedes terminar ya la condena para que podamos ir a nadar? Seguro que Gabe y Angela están ya en la lancha.

—Claro. —Se agachó y empezó a arrancar hierbajos y toda clase de maleza con un entusiasmo que nunca antes le había visto. Me miró disimuladamente por encima del hombro—. Aunque iríamos más rápido si me ayudaras un poco, ¿sabes?

Recogí otro diente de león, soplé y cubrí a Ridley con mil semillas flotantes.

—Ay, cabroncete —dijo con buen humor—. Si alguna de estas semillas brota el año que viene, pienso ir a tu casa y dejártela en la cama.

—Ya veo que sigues con el tema de El padrino.

—Don Corleone, cariño. Don. Corleone.

4

Me daba muchísima rabia tener que pedirle algo a Chance, pero un favor era un favor, sobre todo cuando se trataba de Ridley. Así que al día siguiente, por la tarde, caminé las pocas manzanas que separaban mi casa de Bamf Burger.

A diferencia de Ridley, que vivía cerca de la zona de restaurantes y tiendas a lo largo de Rainier, yo vivía en un barrio sobre todo residencial, con tan solo una pequeña zona comercial. Había una librería, una tienda de animales, una peluquería y una hamburguesería: Bamf Burger.

Vi un coche con un letrero iluminado de Lyft aparcado en la acera de enfrente. Al cruzar la calle, se abrió la puerta y se bajó Chance del asiento trasero.

Parecía recién salido de un videoclip. A decir verdad, la ropa era bastante discreta para él: una camisa de vestir gris oscuro con una corbata negra estrecha y unos vaqueros negros pitillos. Si cualquier otra persona llevara esa ropa, podría haber parecido que venía de la iglesia, y tal vez incluso fuera cierto en su caso, dado que era domingo. Sin embargo, el modo en que la llevaba hacía que destacara: la camisa le quedaba ceñida por los hombros anchos y llevaba la corbata suelta, los botones del cuello desabrochados y las mangas remangadas sobre los antebrazos nervudos. Era el tipo de *look* desaliñado con esmero que se veía cada dos por tres en los anuncios pero que, cuando lo intentabas tú, quedaba de lo más cutre. A menos que fueras Chance Kain.

Se bajó un poco las gafas de aviador oscuras y esbozó una sonrisa pícara.

—Había pensado esperarte aquí fuera para hacer una entrada triunfal juntos.

Le dio un golpecito al lateral del coche, que al momento se alejó.

—¿Gracias, supongo?

Abrí de un tirón la puerta del restaurante.

Dentro, el ambiente estaba muy cargado; olía a grasa agria y a cebolla. Las paredes del estrecho local estaban cubiertas con páginas de cómics antiguos, y a un lado había una tele en la que estaban emitiendo una escena de lucha de una película de Marvel.

—Joder, yo también echaba de menos este sitio. —Chance me dio una palmadita en el hombro—. Me voy a poner como una bola si sigo quedando contigo, Holcomb.

Nos dirigimos a la barra, donde había un chico lleno de granos con una etiqueta en la que ponía: JEFFREY. Le pedí una hamburguesa Colossus con patatas fritas y una Coca-Cola. Jeffrey miró a Chance, que estaba detrás de mí, y abrió los ojos de par en par, dejando bien claro que lo había reconocido.

Chance ya había aprendido la lección y se quedó unos metros atrás, esperando a que pagara mi comida para pedir la suya. Me di la vuelta para buscar una mesa, pero antes lo vi meter un billete de veinte en el tarro de las propinas.

Gilipollas, pensé, y al momento me sentí ridículo. Por más que odiara que alardeara de su riqueza, tenía que admitir que, en teoría, dar buenas propinas no convertía a nadie en un gilipollas.

—¡Has venido! —Ridley salió de la cocina con el delantal aún puesto. Normalmente llevaba la melena majestuosa suelta, pero en el trabajo la tenía recogida en un moño. Me dio un abrazo acompañado de aroma a aceite frito y estuvo a punto de tirarme contra una de las mesas. Luego se dio la vuelta, toda tímida de repente, y saludó a Chance con la mano—. Hola, soy Ridley.

—Buenas, Ridley. Yo soy Chance. —Señaló con la cabeza la mesa—. ¿Quieres sentarte con nosotros?

A pesar de que ambos sabían que habíamos montado todo aquel tinglado para que se conocieran, Ridley sonrió como si su príncipe azul acabara de invitarla al baile. Se sentó a mi lado. Chance se recostó contra la ventana, puso una pierna en el asiento y apoyó el brazo en ella como si estuviera posando para una sesión de fotos. Seguía llevando las gafas de sol. No sabía si formaban parte del rollo vampírico de Darkhearts o si era el típico *look* de «famoso de incógnito», pero, fuera lo que fuera, me sacaba de quicio. Y el hecho de que le quedaran genial no ayudaba.

—Ridley —dijo con delicadeza—. Qué nombre tan guay.

Ridley puso los ojos en blanco.

—Supongo. Mis padres son unos frikis de cuidado. Les flipa *La guerra de las galaxias*, así que, si hubiera sido niño, me habrían llamado Fisher, por Carrie Fisher. Pero les tocó una chica, así que me pusieron Ridley, por Ridley Scott, el director de *Alien*.

—Mola. —Le dedicó una sonrisa—. ¿Y qué es mejor, *Alien* o *La guerra de las galaxias*?

—¡Uhhh! Eh… —Ridley se dio un golpecito en los labios con el índice, disfrutando del desafío—. Si tenemos en cuenta las dos sagas enteras, ambas tienen partes brillantes y partes que no valen nada. Pero creo que *La guerra de las galaxias*. Desde luego, es menos transgresora: *Una nueva esperanza* es, literalmente, el viaje del héroe; en este caso, de Campbell. Pero es evidente que, en general, ha calado más en la sociedad, y los giros de trama del *El imperio contraataca* marcaron el nivel de calidad para todas las trilogías posteriores. Además, el universo es más rico y hay más personajes que se quedan grabados en la memoria de la gente. Leia, Han, Lando, Yoda. En *Alien* solo están Ripley y el xenomorfo.

Chance asintió, no como si estuviera de acuerdo, sino más bien como si estuviera reflexionando.

—Interesante.

Ridley alzó las cejas en señal de desafío.

—¿No estás de acuerdo?

Alguien más bondadoso le habría advertido de que acababa de retar a un cinturón negro a una pelea en un bar, pero no me sentía demasiado generoso.

Chance se encogió de hombros de un modo exagerado.

—No, no, si tienes razón. De la *Guerra de las Galaxias* han salido personajes legendarios: el villano icónico, la princesa valiente, el sinvergüenza, el granjero destinado al éxito… Además están las marionetas. Es la ley de Henson: los efectos especiales envejecen fatal, pero las marionetas no pasan nunca de moda.

—¡Eso digo yo! —Ridley sonrió—. Salacious Crumb es una pasada.

—Peeero… —Chance levantó un dedo con un gesto pedante—. Yo diría que, artísticamente hablando, *Alien* es mejor. El diseño de las criaturas de Giger es tan perturbador porque los elementos nos resultan familiares. Como en toda la obra de Giger, juega con la conexión inherente entre oscuridad y sexualidad.

Ahora me tocaba a mí poner los ojos en blanco, pero a Ridley se le iluminó el rostro como una calabaza de Halloween.

—¡Justo! —Se inclinó hacia delante—. Tengo la teoría de que, lo disfraces como lo disfraces, toda clase de terror se reduce a los mismos miedos humanos fundamentales. Por ejemplo, todo el ciclo vital del alienígena es una metáfora directa del miedo a la violación, la invasión del cuerpo y el embarazo.

—Exacto. —Chance trazó una curva en el aire con la mano—. Si solo hay que mirar la cabeza de la criatura: es básicamente un pene gigante.

—Y ahora estamos hablando de penes en público…. Genial.

Miré a nuestro alrededor para ver quién nos estaba observando, es decir, casi todas las mesas ocupadas.

Chance bajó el pie del asiento, se quitó las gafas de sol y le dirigió a Ridley una mirada de preocupación.

—Lo siento. Espero no meterte en ningún problema.

—No, no pasa nada, es mi rato de descanso. —Ridley miró hacia la barra y gritó, a nadie en particular—: ¡Me toca el descanso! —Luego se volvió y abrió los ojos de par en par—. ¡Anda, te has hecho un tatuaje! —Y se tapó la boca con una mano—. ¡Ay, Dios! ¿Soy una acosadora por saber que es nuevo?

Sí, pensé, pero Chance se limitó a ofrecerle una sonrisa amable.

—Si no quisiera que la gente se diera cuenta, no me lo habría hecho en la cara. Me lo hice cuando cumplí los dieciocho, hace unas semanas.

Ridley dejó caer la mano con cara de alivio.

—¿Te puedo preguntar qué significa?

Chance esbozó una sonrisa misteriosa y descarada a partes iguales.

—Es mi psicopompo. Me guía, me indica a dónde ir.

Ridley se inclinó hacia delante, entusiasmada.

—¿Tu guía espiritual?

—Como Virgilio en *Infierno* de Dante —dije, solo para dejar claro que yo también había estudiado un curso avanzado de Literatura y que, por lo tanto, era muy listo.

—Exacto. —Chance no mostró ningún indicio de vergüenza—. Un recordatorio de que todos vagamos por un bosque oscuro, buscando a alguien que nos ayude por el camino. —Se señaló el tatuaje, como si no estuviéramos hablando ya de por sí de él—. Por eso me lo hice al lado del ojo derecho, porque leemos de izquierda a derecha, y así, cuando me miro al espejo, me recuerda que debo mirar hacia el futuro, no al pasado.

Que alguien me mate, pensé, pero Ridley estaba cautivada.

—Vaya —dijo, y de repente adoptó una expresión de compasión—. Siento lo de Elijah, por cierto. Tendría que haberlo dicho antes.

—Gracias. —Chance movió la cabeza hacia delante y hacia detrás con solemnidad—. Bueno, Ridley... Holc me ha dicho que vas a Franklin, ¿no?

—Sí, me cambié de centro hace dos años. —Ridley me lanzó una mirada confundida—. Pero espera... ¿Holc?

Hice una mueca de incomodidad.

—Antes algunas personas me llamaban así.

La mayoría de la gente, en realidad. Me propuse dejarlo atrás cuando dejé de vestir de negro de pies a cabeza.

—¿Ya no te llaman así? —Chance parecía sorprendido—. Pero ¡si te va que ni pintado! —Extendió la mano y me agarró el bíceps—. Mira estos brazacos. ¡Igualito que Hulk!

Me encogí de hombros, sonrojado y molesto. Antes no me importaba demasiado que bromearan sobre que fuera más alto y que pesara más que Chance y que Eli, pero ahora, viniendo de esa versión tan pulida y hollywoodiense de Chance, un Chance vestido de diseñador, sospechaba que no era más que una broma de gordos.

Por suerte, Jeffrey se acercó con una bandeja antes de que tuviera ocasión de darle demasiadas vueltas. Dejó la comida en la mesa y se quedó mirando a Chance.

—Tú eres Chance Kain.

—Y tú eres Jeffrey. —Chance le lanzó un guiño y lo apuntó con el dedo, a modo de pistola; luego se inclinó hacia él, le dio un toquecito a la etiqueta con el nombre del chico y dijo en un susurro en voz alta—: He hecho trampa.

—Hala. —Jeffrey se quedó boquiabierto—. O sea... Hala. Seguro que conoces a todas las famosas buenorras, ¿eh?

—Hombre, todas, todas... —respondió Chance.

—¿Conoces a Taylor Swift?

—Alguna vez hemos coincidido, sí.

—¿Y a Carmen Elizalde?

Chance le guiñó un ojo.

—Un caballero nunca revela esas cosas.

—Gracias, Jeffrey —intervino Ridley con sequedad.

—Hala —repitió Jeffrey, y se movió por fin, pero solo para sacar el móvil—. ¿Podrías...?

—Claro, hombre.

Chance se inclinó y mostró unos dientes impecables mientras Jeffrey hacía una selfi.

—*Gracias, Jeffrey.* —Ridley pisó a Jeffrey a propósito y el chico captó al fin la indirecta. Con un último «Hala» volvió a la barra—. Siento lo del chaval ese —se disculpó Ridley.

—No lo sientas —contestó Chance—. Son cosas que pasan.

—No me creo que haya hecho el signo de la costa oeste al posar para la foto —dije—. Si ni siquiera estamos en la costa oeste.

Ridley me ignoró.

—¿Y qué haces cuando no estás de gira?

Chance había pedido patatas fritas y un batido, y levantó la tapa del batido para mojar una patata.

—Ah, pues entrevistas, actuar, crear nueva música... Leer poesía.

—¿Poesía? —Ridley parecía intrigada—. ¿Qué poesía?

—De todo tipo. Me encanta *The Art of Drowning*, de Billy Collins. O Stephen Crane. ¿Conoces a Crane?

Ridley negó con la cabeza. Chance se inclinó hacia delante mientras le clavaba la mirada en los ojos y recitó:

En el desierto
vi una criatura, desnuda, bestial,
que, agachándose en el suelo,
sostenía el corazón en sus manos,
y se lo comió.
Dije: «¿Está bueno, amigo?».
«Está amargo..., amargo», me respondió,

«pero me gusta
porque está amargo
y porque es mi corazón».[2]

Terminó y se reclinó en el asiento.

—Guau —dijo Ridley con un suspiro.

—¿Te puedes creer que lo escribiera en 1895? —Chance

2. Crane, S. (2011). «En el desierto». En H. Barrero (Ed.). *Lengua de madera (Antología de poesía breve en inglés)*. (Trad. H. Barrero). Sevilla: Ediciones de la Isla de Siltolá.

extendió los brazos por la mesa, aún con el batido en la mano—. Es superoscuro, crudísimo. Con una melancolía atemporal. Me siento muy identificado con él.

El dramatismo de su discursito se fue un poco al garete cuando intentó darle un sorbo al batido, pero se le rompió la pajita. Después de un segundo intentando succionar sin éxito, se dio por vencido.

—Se me había olvidado que estos batidos no se pueden beber con pajita.

—Ya, lo siento —se disculpó Ridley—. Los hacemos bien contundentes.

—No pasa nada. —Chance le dedicó una sonrisa sugerente—. Me gustan contundentes.

Para mi sorpresa, Ridley soltó una risita, y cualquier sentimiento positivo que pudiera haber albergado hacia Chance desde la noche en que habíamos ido a comer pizza se evaporó de repente. Me centré en comerme la hamburguesa.

El resto del almuerzo continuó en esa misma línea: Chance siendo un dramático y ofreciendo respuestas intelectuales o enigmáticas a cada pregunta. Después de que Jeffrey abriera la veda, otras tres clientas del restaurante se acercaron a nuestra mesa, dos para hacerse selfis y una con una servilleta que Chance firmó con gusto, mientras coqueteaba descaradamente con todo el mundo.

Por fin nos acabamos la comida y Ridley miró con pesar el reloj.

—Tengo que volver al trabajo.

—Bueno, ha sido un placer conocerte, Ridley. —Chance se puso de nuevo las gafas de sol—. Me alegro de que David nos haya presentado. Y le echaré un vistazo a tu blog.

—Yo también. —Ridley seguía esbozando una sonrisa

estúpida—. O sea, que me alegro de que nos haya presentado, no que vaya a leer mi blog. Ya lo leo siempre. —Se rio como una boba—. Espero que te traiga por aquí de nuevo.

La rabia bullía en mi interior; el trato que teníamos era que lo llevaría una única vez. Pero Chance dijo:

—Me encantaría.

Nos levantamos y nos marchamos, y Chance fue despidiéndose con la mano de todos los que nos seguían con la mirada.

Fuera, le dije:

—Bueno, ya nos veremos.

Y me di la vuelta para volver a casa, pero un toquecito en el brazo me detuvo.

—Oye, ¿te apetece ir a dar una vuelta?

Por lo visto, no debí ocultar mi sorpresa, porque Chance apartó la mano al momento y señaló colina abajo.

—He venido hasta aquí en Lyft. Venga, anda, vamos al parque.

Me dirigió una sonrisa alentadora.

Lo último que me apetecía era pasar el resto del domingo con Chance, pero algo (tal vez esa cortesía suya, por básica que fuera; tal vez la sorpresa; tal vez el hecho de que incluso yo me sintiera halagado por que Chance Kain quisiera dar una vuelta conmigo) hizo que me costara negarme. Me metí las manos en los bolsillos.

—Bueno, vale.

Empezamos a bajar la colina hacia el lago Washington. Chance no dejaba de girar la cabeza a un lado y a otro mientras estudiaba las hileras de casas pintorescas estilo *craftsman* e inhalaba el olor de los árboles y de los jardines.

—Bua, me encantan los veranos aquí. La gente de por ahí piensa en Seattle y dice —adoptó una voz aguda y quejumbrosa—: «Uf, ¿no llueve cada dos por tres allí?».

—Sacudió la cabeza—. No tienen ni idea. ¡Es que mira qué pasada!

Levantó la barbilla hacia un madroño del Pacífico que crecía al lado de la acera, con la corteza roja como un papel enroscado en tiras largas, enmarcado por el cielo azul resplandeciente.

—Supongo —refunfuñé.

Chance me miró.

—¿Qué pasa?

—Joder... —Se me escapó la palabra antes de que me diera cuenta, chorreando veneno. Señalé hacia atrás, hacia el restaurante—. ¿Por qué has sido tan falso?

Se sobresaltó.

—¿Qué?

Me llevé una mano al pecho con dramatismo.

—«Este poema... es tan profundo, con una melancolía tan atemporal...». —Dejé caer la mano—. ¿Desde cuándo lees poesía?

Se metió las manos en los bolsillos.

—Leo de vez en cuando.

—Bueno, vale, pero tú no eres así. Y no has dejado de ligar con todo el mundo, y te hacías el misterioso y el intelectual. Ni siquiera hablabas como tú. La otra noche no te comportabas así.

—Pero eso es distinto...

—¿En qué sentido?

Chance se apoyó en la valla de una casa y se quitó las gafas de sol. Sin ellas, de repente se le veía cansado.

—A ver, una cosa es salir contigo; tú ya me conoces. Pero con los demás es diferente. No me quieren a mí; quieren a Chance Kain.

—Y una mierda.

—¿Eso crees? —dijo Chance con un tono burlón—.

¿Tienes mucha experiencia siendo Chance Kain o qué? —Se me encendió la cara de rabia y de vergüenza, pero siguió hablando—: Hazme caso. Así son las cosas. La gente no quiere conocer a los famosos; quiere conocer la idea que tienen de ellos. ¿Crees que Johnny Depp es el Capitán Jack Sparrow todo el tiempo? ¿Que Chris Evans es el Capitán América? —Sacudió la cabeza—. Entra en cualquier hilo de Reddit de «¿Quién ha conocido a algún famoso?». Solo escribe gente enfadada porque algún famoso no ha acabado siendo quien pensaba que era. Hay que mostrarles lo que quieren ver. La gente como Jeffrey quiere creer que destrozo habitaciones de hoteles y me tiro a todas las buenorras de Hollywood. Las chicas como Ridley quieren creer que soy un chico melancólico y reflexivo. Así que, sí, digo que leo poesía o lo que sea. ¿Crees que quieren oírme hablar de cómo juego al *Animal Crossing* y hago deberes que tiene que corregirme mi padre?

Me crucé de brazos, no demasiado convencido.

—Lo que tú digas. Pero con Ridley compórtate normal, ¿vale? Es buena gente.

Suspiró y se apartó de la valla.

—Vale. Si me lo pides tú... Pero no me culpes cuando la decepcione.

Retomamos el paseo. Se colgó las gafas de sol de la camisa a medio abotonar.

—Oye, entonces, ¿Ridley y tú...?

Dejó la insinuación en el aire.

—¿Qué? ¡Qué va! Es solo una amiga.

—¿Seguro?

—Seguro. —Lo miré—. ¿Por qué? ¿Es que te interesa?

Se encogió de hombros.

—Lo preguntaba por curiosidad. Hacía tiempo que no sabía nada de ti.

Se me pusieron los pelos de punta.

—¿Que tú no sabías nada de mí? Tampoco es que hayas intentado ponerte en contacto conmigo, precisamente.

Me miró con frialdad.

—Ya, bueno, teniendo en cuenta cómo te marchaste, parecía que no querías que lo hiciera. —Luego apartó la mirada—. En fin. Me alegro de que volvamos a quedar y tal. Me hace ilusión volver a verte.

La sinceridad de su voz me tomó por sorpresa. Era muy fácil enfadarse con él cuando hacía gilipolleces típicas de estrella del *rock*, pero en cuanto dejaba todo ese rollo el cabreo parecía una tontería insignificante. Empezaba a marearme con esa montaña rusa de emociones.

—Por cierto, hay un concierto para homenajear a Eli el sábado por la noche. ¿Por qué no te vienes? Te puedo meter en la lista de invitados.

Mi cara debió ser un cuadro, porque Chance puso los ojos en blanco.

—Venga ya. No solo actúo yo; va a haber un montón de artistas haciendo homenajes. Yo solo salgo un ratito.

Entre las cosas que me apetecían hacer, ver a Chance pavoneándose por el escenario mientras el público lo adora estaba por debajo de que me sacaran las muelas del juicio y que se me quedara el pito enganchado con la cremallera del pantalón. Pero teniendo en cuenta que era por Eli...

—Puede que esté ocupado —dije.

—Bueno, como quieras. Mándame un mensaje si al final te apuntas.

Llegamos al pie de la colina, donde el parque Seward se adentraba en el lago Washington, con un camino que rodeaba la base de la colina repleta de árboles. Eché a andar hacia el camino, pero Chance me detuvo una vez más con un toquecito en el codo.

—Oye..., ¿te importa si vamos mejor al bosque? —Señaló la colina con la cabeza y luego miró hacia el camino, que estaba lleno de gente—. Esto está petado de gente.

Quise burlarme de él, pero entonces me acordé de los fans de la hamburguesería.

—Vale.

Cruzamos el aparcamiento y nos dirigimos a los senderos.

Los sonidos de la ciudad no tardaron en desaparecer; los árboles gigantes y los helechos frondosos los engulleron. Había senderos estrechos que partían en todas direcciones, y tomamos uno al azar que nos llevó hacia arriba en zigzag. De vez en cuando se veía el lago, con sus puentes a lo lejos y su flotilla de barcos.

—Oye —me dijo Chance—, ¿te acuerdas de cuando jugamos al *laser tag* aquí?

—Claro.

Para mi duodécimo cumpleaños, mi padre había alquilado unas pistolas de *laser tag* y las habíamos llevado al parque para jugar contra nuestros amigos por ese mismo bosque.

—Eli, tú y yo éramos imparables. Tu padre tuvo que separarnos para que los otros niños pudieran ganar alguna partida.

Sonreí al recordarlo.

—Sí. Se nos daba bastante bien.

Pero, aunque Chance también estaba sonriendo, era una sonrisa fina y tensa, y volvió la vista hacia los arbustos. Como si fuera a encontrarnos allí escondidos. Nos topamos con un árbol enorme que se había caído y que había dejado un pequeño claro entre la maleza frondosa. El tronco estaba cubierto de musgo, y Chance se dejó caer sobre él y se tumbó con los brazos extendidos, como Cristo en la cruz.

—Echaba de menos estar al aire libre.

—¿No sales mucho?

Arranqué una rama de un helecho y le quité con la uña del pulgar las diminutas esporas marrones que tenían las hojas por debajo.

—Imposible estando de gira, macho. Me levanto, hago ejercicio, estudio con mi padre, llego al local del concierto, atiendo a la prensa, hago el *meet and greet*, toco y al día siguiente a empezar de nuevo.

—¿No tienes días libres?

—Sí, bueno, a veces. Volvemos a casa en avión siempre que podemos. Pero Benjamin, mi representante, dice que los músicos adolescentes tenemos fecha de caducidad. Que, si queremos seguir dedicándonos a esto cuando tengamos veinticinco años, tenemos que dar conciertos sin parar ahora, para reunir una buena base de fans. —Frunció el ceño—. O al menos ese era el plan...

No quería preguntárselo, pero no pude evitarlo.

—¿Y ahora, sin Eli, qué va a pasar?

—¿Quién sabe? Todavía estamos intentando averiguarlo. —Agarró una piña y la lanzó a los arbustos—. Bueno, entonces, ¿vas a trabajar para tu padre este verano?

—Sí

—¿Y te gusta?

—No está mal.

—¿Qué haces exactamente?

—Lo que haga falta.

Se incorporó mientras se reía, incrédulo.

—Joder, Holcomb, colabora un poquito.

Sentí un destello de ira.

—Siento no ser tan interesante como tus amigos famosos.

—¿Es que no has escuchado lo que te acabo de decir o qué? —Me lanzó una mirada severa—. Que los famosos no somos tan interesantes en realidad. Todos fingimos, todos nos dedicamos a lo mismo y hacemos como que lo estamos pasando bien. Pero, sí, tengo un montón de estrellas del *rock* en el móvil. Si quisiera hablar con ellos, podría. —Arrancó un trozo de musgo y me lo tiró—. Pero en vez de eso estoy aquí hablando contigo, aunque seas un pendenciero. ¿Qué dice eso de ti?

Muy a mi pesar, sentí que se esfumaba mi rabia y que la sustituía una ráfaga de orgullo.

—Conque «pendenciero», ¿eh?

—No eres el único que está estudiando para las pruebas de acceso a la uni.

Le lancé el trozo de musgo que me había tirado.

—Soy un mandado.

—¿Que qué?

—En el trabajo, digo, que solo soy un mandado. Les llevo cosas a los demás: el almuerzo, suministros, lo que haga falta. Y también limpio y cargo con cosas. Y, si tengo suerte, algunos días aprendo carpintería.

—Un mandado... Ahora te imagino construyendo cosas disfrazado de Bob el Constructor.

—No le des ideas a mi padre.

Chance sonrió.

—¿Te acuerdas de cuando teníamos unos diez años y tu padre estaba remodelando tu casa y nos pagaba por cada clavo caído que recogíamos?

—Y nos dimos cuenta de que podíamos sencillamente sacarlos del cubo de los clavos y vendérselos.

—Me compré tantas chuches que vomité.

Chance volvió a tumbarse en el tronco, con las manos por detrás de la cabeza.

El tronco era muy largo, de modo que esa vez me tumbé yo también, con los talones casi rozando los suyos. Me sorprendió lo suave que era el musgo, y el sol que se filtraba a través de las hojas y las agujas de lo alto provocaba una sensación agradable de vértigo mientras se balanceaban los árboles. Aquello me recordó un fenómeno sobre el que había leído, «la timidez de los árboles»: un mecanismo mediante el cual las copas de los árboles no se tocan entre sí, para no dañarse durante las tormentas. Detienen su propio crecimiento en lugar de permitir que sus ramas se toquen.

Desde el otro extremo del tronco, Chance me preguntó:

—¿Alguna vez te has parado a pensar en los coprolitos?

—¿Qué es un coprolito?

—Mierda fosilizada. Caca de dinosaurio.

Solté una carcajada, sorprendido.

—Eh..., no. ¿Y tú?

—Ahora mismo, sí.

—Ya veo. ¿Y por qué?

—Es que estaba pensando... A ver, literalmente una caca, ¿no? Pero, si le das el tiempo suficiente, al final se acaba convirtiendo en algo por lo que la gente paga miles de dólares, sobre todo si el que la hizo ya no está entre nosotros. —Agitó una mano hacia el cielo—. Pues diría que la vida es así.

—¿La vida es una mierda?

Chance rio por la nariz.

—Bueno, sí, a veces. Pero no me refería a eso. Me refiero a que vivimos un montón de momentos que no parecen importantes de verdad. Uno tras otro, y los acabas dando por sentado. Pero luego pasa el tiempo y dejan de ser cosas que ocurrieron para ser recuerdos. Miras atrás y de repente te parecen valiosos.

Lo medité.

—Ya, entiendo.

Se produjo un momento de silencio y luego Chance añadió:

—Creo que la gente también es así. Menosprecias a los que siempre están cerca, pero los de tu pasado parecen más importantes.

Traté de asimilarlo y le di unas cuantas vueltas. Luego me incorporé.

—¿Acabas de llamarme una mierda?

Vi que sonreía, aún tumbado en el tronco.

—Ahí, ahí está el Holc que recuerdo.

No tuve más remedio que devolverle la sonrisa.

5

Al día siguiente era lunes, y por tanto mi padre empezó a llamar a la puerta de mi cuarto a las 8:30 de la mañana.

—Venga, arriba, muchacho. Hora de ir a la iglesia.

La iglesia católica de Santa Walburga estaba en lo alto de Beacon Hill, en una de las zonas residenciales. Para mí, que no era muy de ir a iglesias, parecía sacada de una foto de archivo, un *emoji* a escala real: el tejado inclinado, las vidrieras y un campanario alto que se alzaba hacia el cielo.

Y en ese momento también tenía una alambrada que rodeaba la propiedad. Me preparé para salir del coche y abrir la verja, pero ya estaba abierta, y la furgoneta de Denny y la camioneta de Jesús estaban ya en el aparcamiento.

Dentro, la iglesia estaba hecha un desastre. Los bancos estaban desplazados para hacer sitio a los caballetes y los andamios, y había varios agujeros abiertos en las paredes y los techos; el dorado tostado de la madera nueva contrastaba con el marrón café de la original.

Denny, una mujer enjuta, con un corte de pelo estilo *rockabilly* y un mono cubierto de manchas de pintura, estaba sentada con las piernas cruzadas en una de las salitas de la iglesia, pegando cinta de pintor por el borde de una ventana.

—Buenas, jefe.

—Hola, Denny —respondió mi padre.

Jesús estaba junto al altar, pasando bajo su tocayo mientras cargaba con un montón de madera. Estaba reproduciendo música pop mexicana desde unos altavoces *bluetooth*.

Me llevé una alegría; como contratista, mi padre solía trabajar con mucha gente diferente, pero los días con Denny y Jesús eran los mejores.

Mientras dejaba las bolsas de herramientas de mi padre en el banco, Denny asomó la cabeza desde la sala de reuniones.

—Ey, escuchad... Anoche por fin busqué el nombre de este sitio. —Levantó la voz—. ¡Oye, nuestro señor y salvador! Deja de gritar, que os voy a informar un poquito.

Jesús, un hombre bajito y lo bastante mayor como para ser mi abuelo pero con bíceps como melones, sonrió y paró la música.

—Escuchad, escuchad: al parecer, Santa Walburga era una virgen que... Atentos, eh. —Denny levantó las manos—. Una virgen que *exudaba* aceite. Ya está. Ese es el milagro. —Esbozó una sonrisa de oreja a oreja—. Quiero decir, joder, basándonos en esa definición, yo misma fui una santa durante todo el instituto. ¿Y dónde está mi iglesia?

Jesús negó con la cabeza, pero también sonrió.

—Menuda blasfemia.

—Pff. Lo dice el dueño de Jesús Es Carpintero, S. L.

—Oye, eso es solo un *marketing* que te cagas. —Jesús extendió los brazos—. Todo el mundo sabe que se puede confiar en Jesús.

Jesús nunca se cansaba de esa broma y, sinceramente, yo tampoco. Se volvió hacia mí.

—¿Hoy trabajas conmigo, colega?

Miré a mi padre, esperanzado, y asintió con la cabeza.

—Sí, al menos durante un rato. Tengo que tomar algunas medidas.

—Gracias, papá.

Ya estaba manos a la obra.

Llevábamos el tiempo suficiente reformando la iglesia como para que Jesús hubiera dispuesto un buen lote de herramientas. Había una sierra de mesa, una ingletadora y cubos de plástico manchados llenos de taladros y pistolas de clavos. Aun así, sabía que en su taller había bestias más extrañas aún: cepilladoras, tornos y máquinas estrambóticas que estaba deseando ver en acción. Todo olía a serrín y a lubricante para máquinas, como el propio Jesús.

—¿Hoy qué toca? —le pregunté.

Señaló la pared este, que en ese momento parecía una pantalla de un juego de plataformas antiguo, con un laberinto de andamios y pilares provisionales. Habíamos pasado parte de la semana anterior arrancando listones y yeso para dejar al descubierto los montantes, una labor engorrosa pero que también resultaba profundamente satisfactoria, ya que te sentías como en un mundo postapocalíptico. ¿Cuánta gente tiene la oportunidad de cargarse una iglesia con una palanca?

—Ahora que hemos apuntalado el techo para que no se nos caiga encima, podemos empezar a cambiar los montantes o a reforzar los que podamos dejar. —Se puso en cuclillas y me hizo un gesto para que me pusiera a su lado—. ¿Ves eso? —Señaló la base de la pared, una zona en la que las viejas tablas de madera estaban agrietadas y descoloridas—. Eso es podredumbre seca. En estos edificios viejos no han tratado la madera. Si entra la humedad, se va a la porra todo. Hay que quitar toda la solera, y puede que la mayoría de estos montantes también. ¿Ves que se anclan directamente a los cimientos en lugar de a la solera inferior?

Asentí. Me encantaba aquella jerga. Era como formar parte de una sociedad secreta. Los magos de la madera.

—Esta iglesia está construida sobre un armazón de madera de los de antes; las medidas no son estándares, así que tendremos que cortar cada tabla a medida. —Señaló una pila de tablas de madera, todas iguales—. Yo te voy diciendo las medidas; tú calcula los cortes más eficientes y hazlos. Una vez que hayas terminado, empezamos a sacar las antiguas y a sustituirlas. ¿De acuerdo?

—Vale.

Dentro de todas las labores posibles de carpintería, justo esa era bastante aburrida, pero la madera no era barata y agradecí la fe que depositaba Jesús en mí.

—Dentro de poco podremos hacer cosas más interesantes, te lo prometo. —Señaló la franja ondulada de madera en la que las paredes intactas se encontraban con la inclinación del tejado—. ¿Ves esa moldura decorativa?

—Sí.

—Está hecha a medida, y es muy antigua; no se puede comprar en el Ifea. —El «Ifea» era otra de sus bromas habituales—. Tendremos que hacer que coincida una vez que la pared está terminada. —Me evaluó con la mirada como solía hacer, como un senséi—. ¿Cómo lo harías?

—En una fresadora de mesa —dije al momento.

—Claro, si tienes una fresa perfecta. Pero pongamos que no. Mira todas esas rugosidades. Y ese ángulo… Mira cómo se curva. ¿Cómo lo abordarías?

Reflexioné. Con una fresadora normal y corriente no se podría hacer una curva como aquella y, aunque pudiera, sería un pecado tallar un bloque entero de madera buena solo para conseguir ese pequeño borde curvo. Lo que significaba…

—Con varios trozos de madera. Hacemos cada forma en el borde de su propia tabla, escalonadas para que encajen y formen la curva, y luego las pegamos.

Jesús asintió.

—¿Y qué tipo de fresas usarías?

Eché un vistazo a los festones y las protuberancias decorativas.

—Una de media caña, una para redondear y... —Me devané los sesos tratando de encontrar el término correcto—. ¿Fresa de doble radio?

Jesús entornó los ojos de satisfacción y alzó la voz.

—¡Tu hijo es un genio, Derek!

—Ya, ya —contestó mi padre—. Pero que no se entere, o acabará siendo igual de engreído que vosotros.

Pero sonaba orgulloso.

—Cuando seas mi aprendiz de verdad, ni siquiera voy a tener que decirte qué hacer. Me voy a quedar sentado en la camioneta comiendo Takis.

Se me infló el pecho, pero me limité a sonreír y a encogerme de hombros.

—Por mí, genial.

—Pues venga, manos a la obra. —Me pasó unas gafas de protección—. Tápate bien los ojos.

La mayoría de la gente no definiría la carpintería como «musical», pero esa era la mejor manera que tenía de describirla, teniendo en cuenta lo que me hacía sentir. El aullido agudo de la ingletadora me recordaba a cuando enciendes un amplificador de guitarra y tocas un acorde; no por las notas, sino por la potencia, por la forma en que el sonido te llegaba a cada célula del cuerpo. Pero era mucho más que eso. Se trataba de crear, de mantener la precisión, de encajar las cosas a la perfección.

En los años que habían pasado desde Darkhearts, apenas había tocado la guitarra. Me transmitía demasiados sentimientos.

Pero en la carpintería había hallado una emoción similar, esa vez en algo que era solo mío. Me moría de ganas de acabar el instituto y trabajar para Jesús a tiempo completo.

Una vez que estaban todas las piezas cortadas, Jesús y yo nos pusimos manos a la obra, sacando clavos oxidados y arrancando madera podrida.

—He visto en el periódico lo de tu amigo —me dijo.

—¿Qué? —Tardé un segundo en caer—. Ah... ¿Eli?

—Lo del concierto benéfico. —Arrancó una barra de refuerzo y la tiró a la pila mientras sacudía la cabeza—. Es una pena.

—Ya...

Seguía sin haber decidido si quería ir al concierto o no. Cada vez que estaba a punto de decidir que sí, pensaba en cómo me sentiría estando entre esa multitud, mirando a Chance, mientras él me observaba desde lo alto, como si fuera superior.

Pero al mismo tiempo una parte de mí sabía que era una tontería. No se trataba de Chance; se trataba de conmemorar a Eli. Y el hecho de que yo fuera o no al concierto no iba a cambiar nada. En cualquier caso, Chance Kain seguiría siendo famoso y yo seguiría siendo yo. ¿En qué momento negarse a reconocer ese hecho se había convertido en cobardía? Era como un niño pequeño que se tapa los ojos para que el monstruo desaparezca.

—¿Seguías hablando con él? —me preguntó Jesús—. Antes de que pasara esto, claro. O con el otro chico.

Desde el otro lado de la sala, mi padre refunfuñó:

—Más de lo que se merecen.

Jesús arqueó las cejas espesas.

—Derek...

Mi padre alzó las manos.

—No quiero hablar mal de los muertos; lo que le ha pasado a Elijah es una tragedia. Solo digo que David ha sido más comprensivo de lo que sería yo si me hubieran robado las canciones.

Se me revolvió el estómago.

—No eran mis canciones, papá.

—Y una mierda. Claro que lo eran. Fuiste tú el que creó el grupo.

Suspiré. Daba igual cuántas veces intentara explicarle que Eli había escrito la mayoría de las canciones y que no habían utilizado ninguna mía en el disco. Mi padre no quería entenderlo.

—Yo quería llevarlos a los tribunales —añadió mi padre, que seguía con su perorata de siempre—. Quería conseguir la parte de los derechos de autor que nos pertenece. Pero David me convenció de que no lo hiciera.

—Papá…

No me apetecía nada montar ese numerito delante de Denny y Jesús.

—Si esos chicos y sus familias tuvieran una pizca de honor, te habrían ofrecido una parte. Y, como he dicho, lo de Elijah… Eso ya es agua pasada. Pero al otro, a Chance, yo mismo lo llevaba de aquí para allá a un concierto tras otro, y ha pasado de ti durante dos años. Se quedó con tu grupo sin darte las gracias siquiera. En mi opinión, es un ladrón.

—¡Papá! —Percibí la brusquedad de mi tono de voz y traté de contenerla al momento—. No es mal chico.

¿Qué estaba haciendo? ¿Por qué estaba defendiendo a Chance? La mitad de las cosas que estaba diciendo mi padre eran cosas que había dicho yo mismo. Lo único que sabía era que quería que aquella conversación terminara lo antes posible.

Al fin, mi padre pareció darse cuenta de lo incómodo que estaba y se esforzó por controlarse.

—Ya, bueno, como decía, eres más bueno que yo. —Señaló a nuestro alrededor, hacia la iglesia—. Lo mismo deberían llamar a este sitio San David.

Traté de mantenerme ocupado sacando otro clavo.

—Bueno. —Mi padre ocultó lo avergonzado que estaba sacudiéndose el polvo de las manos y luego se sacó el metro del cinturón—. ¡Ey, Denny! ¿Quieres echarme una mano?

Denny asomó la cabeza desde la otra sala.

—¿Qué pasa?

Mi padre señaló una viga de soporte horizontal que atravesaba la nave de la iglesia, a más de tres metros y medio de altura.

—Hace falta que alguien suba y sujete el metro en la esquina de esa ventana.

—Uy, lo siento, jefe. —Denny intentó parecer compungida—. Hoy las alturas y yo no nos vamos a llevar bien. Voy puesta hasta las cejas.

Mi padre se quedó boquiabierto.

—¿Estás colocada? ¡Pero si son las diez de la mañana!

—¿Y? —Danny levantó un rollo de cinta de pintor azul—. Además, hoy toca enmascarar, y enmascarar es aburrido. Con un poquito de marihuana se lleva mejor.

Mi padre sacudió la cabeza.

—Nunca entenderé cómo trabajas tan bien… —Se metió los pulgares en el cinturón de herramientas—. ¿Y por qué estás enmascarando ya? Ni siquiera hemos terminado con estas paredes.

—Porque sí que habéis terminado con estas de aquí. Y porque quería colocarme, lo que significa que hoy toca enmascarar. ¿Alguna pregunta más?

Mi padre sacudió la mano para quitarle importancia y se volvió hacia mí.

—Bueno, pues te ha tocado a ti, chaval.

Jesús miró el suelo, la zona que quedaba debajo de la viga, donde habíamos colocado todos los bancos.

—Vamos a tener que moverlos para poner aquí la escalera.

—Bah, no hace falta. —Mi padre le dio un golpecito a la escalera que había apoyado en la pared junto a él y que quedaba al otro extremo del objetivo—. Puede ir por la viga.

Jesús frunció el ceño.

—¿Seguro?

—¿Tú qué eres, los de prevención de riesgos laborales o qué? Esa viga tiene diez centímetros de ancho. Si estuviera en el suelo, no se caería. —Me hizo un gesto para que me diera prisa—. Venga, vamos.

—No pasa nada. —Dejé la palanca que estaba usando en el suelo y me acerqué a la escalera—. No me dan miedo las alturas.

De hecho, más bien al revés. Cuando subí por la escalera y me monté en la viga, sentí un orgullo que me era familiar. La escalada no era lo mío, y tampoco es que fuera adicto a la adrenalina. No fantaseaba con hacer paracaidismo ni *puenting*. Sencillamente las alturas no me afectaban como a la mayoría de la gente.

Y, tal y como había dicho mi padre, la viga era muy ancha. Si podía caminar en línea recta por el suelo, podía hacerlo también allí arriba.

Agarré el extremo del metro y recorrí la viga.

—Toma ya —exclamó Jesús, satisfecho—. Va más tranquilo que un gatito.

Sostuve el metro en su sitio mientras mi padre movía el extremo que estaba agarrando él de aquí para allá y anotaba las medidas; luego lo solté y volví a recorrer la viga.

Al bajar la escalera, mi padre me agarró del hombro.

—¿Veis? —dijo mientras me estrujaba el hombro y me mostraba a los demás como si fuera un trofeo—. ¡A eso me refería! Es cuestión de confianza. Con la confianza suficiente, nada se resiste.

Y, mientras el calorcito de sus elogios me inundaba, tomé una decisión.

Mi padre tenía razón: la confianza lo era todo. Me gustaba ser lo bastante valiente como para atreverme a hacer cosas que otros no podían.

Era hora de aplicarlo a otras facetas de mi vida.

6

—**E**sto es literalmente lo mejor que nos ha pasado nunca —sentenció Ridley.

Seattle es una ciudad de barrios, y la verdad
es que no hay motivos para ir al centro a menos que seas un
turista o trabajes para alguna megacorporación. Ir a ver
conciertos y demás espectáculos era mi principal excepción
a esa regla, y por eso había llegado a asociar el olor a lejía y
a pañales del tren ligero con algo emocionante.

Ridley estaba sentada a mi lado, casi dando botes en
el asiento de plástico. Se había dejado el pelo suelto, que
le formaba un halo negro y denso alrededor de la cabeza,
y llevaba una camiseta ajustada con una abertura en el
escote de un tono azul que combinaba a la perfección
con su sombra de ojos. Me agarró del brazo y me zaran-
deó.

—¡No me creo que nos vayas a colar entre bastidores!

Técnicamente, era Chance el que nos iba a llevar entre
bastidores. Aunque me había dado rabia aceptar la invita-
ción, me dije que era un caso especial, y que a Ridley le fliparía la idea. Eso último había resultado ser cierto, y el
hecho de que me tratara como si hubiera logrado una haza-
ña imposible estaba consiguiendo calmar mi resentimiento
por momentos, y sin duda Ridley lo sabía, dado que era

una manipuladora experta. Pero a veces dejarse manipular resulta agradable.

El tren se detuvo en la estación de Westlake y nos unimos a la multitud de juerguistas que salían aquel sábado por la noche y que se abalanzaban hacia las escaleras mecánicas. Mientras recorríamos las cuatro manzanas que nos separaban de nuestro destino, el sonido de los mendigos que tamborileaban en cubos atravesaba el aire salobre del paseo marítimo.

The Moore era el teatro más antiguo de Seattle, un edificio cuadrado enorme con un hotel anexo. Las letras de plástico de la marquesina iluminada anunciaban con orgullo: CONCIERTO BENÉFICO: CANCIONES PARA ELIJAH. ENTRADAS AGOTADAS. Aún quedaba más de una hora para que abrieran las puertas, pero la cola de gente que esperaba ya se extendía por toda la manzana y doblaba la esquina.

Ridley corrió hacia la taquilla, arrastrándome por detrás de ella como si fuera un globo.

—¡Estamos en la lista de invitados!

El hombre, que tenía pinta de estar de lo más aburrido, comprobó nuestros carnés y señaló con el dedo.

—Tenéis que ir al callejón. Esperad junto a la puerta de incendios.

Ridley hizo que pasáramos por delante de la cola de gente con entradas normales con la chulería de unos monarcas europeos, pero el efecto se estropeó un poco cuando entramos en el callejón y nos llegó un hedor caliente similar al de un vertedero en verano.

Encontramos la puerta de incendios, un rectángulo gris liso sin tirador exterior. Al cabo de unos minutos, se abrió y apareció una chica pelirroja que parecía solo unos años mayor que nosotros, vestida de negro de pies a cabeza y con unos auriculares con micrófono.

—Carnés. —Los sacamos por segunda vez y la chica le echó un vistazo a la lista que llevaba en el iPad—. Vale, pasad. —Mantuvo la puerta abierta y pulsó un botón en el auricular—. Tengo a dos invitados vips de la lista de Darkhearts en la puerta norte.

Por dentro, con el suelo de hormigón y las vigas metálicas del techo, el lugar parecía más un muelle de carga que un teatro. También había una carretilla elevadora aparcada contra una pared.

Un hombre atractivo de unos treinta años, con el pelo castaño rizado y una chaqueta a cuadros muy elegante, se acercaba a paso ligero a nosotros, con unos mocasines que resonaban en aquella estancia enorme. La luz led azul de uno de sus auriculares parpadeó.

—Vosotros debéis de ser David y Ridley. —Nos ofreció una sonrisa tan cálida que resultaba inquietante y nos miró a los ojos mientras nos estrechaba la mano—. Encantado de conoceros. Soy Benjamin, el representante de Darkhearts. Venid conmigo.

Se dio la vuelta y comenzó a caminar sin comprobar si lo seguíamos. Me dio la impresión de que hacía eso a menudo.

Ridley me agarró del brazo de nuevo.

—¡Somos vips! —me susurró, contentísima.

—Ya, ya —contesté y le aparté con delicadeza los dedos del bíceps.

Benjamin nos llevó por un pasillo que parecía un poco menos industrial, con techos de altura normal. Llegamos a una sala grande con el suelo enmoquetado y una mesa larga de aperitivos en el centro. Alrededor de la mesa había unas veinte personas, hablando de pie o sentados en sofás antiguos de cuero.

—¡Ay, madre mía! —Ridley se quedó mirando a un hombre blanco de mediana edad con una camisa de franela—. ¿Sabes quién es ese?

Pero yo ya había visto a Chance en la sala; estaba apoyado contra una pared, ligando con una chica negra guapísima que llevaba una camiseta de tirantes y gafas. Chance iba vestido de negro, con todas las prendas ajustadas, y de la raya del ojo le brotaban unas lágrimas negras dibujadas. El único toque de color era un corazón anatómico rosa en el pecho, rodeado de una telaraña asimétrica de correas y hebillas de cuero. Parecía un dios, perfecto y seguro de sí mismo.

Nos vio llegar y se acercó a nosotros con una sonrisa.

—Bienvenidos al circo. ¿Habéis tenido algún problema para entrar?

—¡Nada, todo genial! —chilló Ridley—. ¡Gracias por invitarnos!

—Un placer —respondió Chance, pero me estaba mirando a mí.

Intenté sonreírle con naturalidad.

Ridley se acercó más a Chance y miró a su alrededor con los ojos desorbitados.

—¿Todos los que están aquí son famosos?

Chance le dirigió una sonrisa cómplice.

—La mayoría. La discográfica ha montado todo esto muy rápido, pero han conseguido que se apuntara un montón de gente, gente que conocía a Eli. Billie está por aquí, por supuesto, y Finneas. Sub-Radio ya iba a venir de todos modos por la gira, y Janelle ha venido desde Suecia o algo así. Pero también hay artistas de la zona, de todos los géneros. UMI, Macklemore, Jay Park... —Le tembló la sonrisa—. Es un concierto benéfico contra el consumo de drogas entre adolescentes. ¿Quién no iba a querer participar?

Ridley asintió con empatía.

—Qué bien.

Benjamin dio una palmada, anunció que quedaban dos minutos y luego salió a toda prisa de la sala.

Me hice con una bolsita de patatas fritas de la mesa.

—¿Qué pasa en dos minutos?

Un chico que no reconocí y que llevaba el brazo cubierto de tatuajes pasó a mi lado de camino a por un burrito.

—El *meet and freak* —dijo, y se dio la vuelta para ir a uno de los sofás.

Chance asintió.

—Habéis llegado justo a tiempo.

—¿El «*meet and freak*»? —le preguntó Ridley con una ceja arqueada.

—Sí, bueno, el *meet and greet*. Es un pase especial, cuando los artistas reciben a la prensa y a los superfáns que pagan un montón de dinero para venir aquí atrás, entre bastidores, y conocer a algunos de nosotros. Es una buena forma de recaudar más dinero.

Me metí un puñado de patatas fritas sabor barbacoa en la boca.

—¿Y por qué decís *freak*? ¿Tan frikis son?

Chance guiñó un ojo.

—Esperad y veréis.

Se abrió una puerta y entraron dos hombres de seguridad corpulentos con camisetas amarillas.

—Aquí vienen —murmuró el de los tatuajes.

—Hora de ganarme el sueldo. —Chance me dio una palmada en el hombro y se alejó de nosotros—. ¡Divertíos!

En ese momento una marabunta de gente entró por la puerta.

Y empezaron los gritos.

Para ser justos, tampoco gritaban demasiado. Pero en una sala cerrada, con que alguien chille un poco ya resulta exagerado. Los aullidos más entusiastas procedían de un grupo de adolescentes que rodearon al instante a Chance, varios de los cuales llevaban camisetas de Darkhearts o lágrimas maquilladas a juego con las suyas. Chance, por su parte, se encaramó al respaldo de un sofá y, con una pose majestuosa, les ofrecía una sonrisa enigmática mientras firmaba con un rotulador todo lo que le entregaban.

Otros admiradores (muchos de los cuales eran adultos y, para mi sorpresa, tenían un aspecto bastante normal) se agruparon en torno a los demás famosos de la sala. Al momento Ridley me empujó hacia el hombre en el que se había fijado antes.

—¡Venga! ¡Vamos a hablar con los famosos!

—Ve tú —le dije.

Estaba incómodo y no sabía si me hacía ilusión o me daba vergüenza estar allí. Unirme a la multitud que les pedía autógrafos a los famosos era como admitir la derrota, como ponerme al otro lado de una línea invisible, junto a los demás admiradores, mientras Chance se alzaba con orgullo, resplandeciente e intocable, en el otro lado. Tomé un refresco de la mesa de aperitivos y le dije a Ridley que en un rato iría a buscarla.

Ridley vaciló, y se le notaba que estaba debatiéndose entre intentar arrastrarme con ella o no, pero luego se encogió de hombros y se unió a la multitud. Yo me aparté de allí y me senté en un sofá alejado de todo el barullo.

El chico de los tatuajes seguía allí sentado, comiendo. Me saludó con la cabeza.

—¿Eres amigo de Chance?

Una pregunta que me parecía más complicada cada día. Pero asentí.

—Es un buen chico. —Le dio un buen trago a su lata de cerveza—. Qué lástima lo de Elijah. Ese muchacho tenía más talento a los diecisiete del que tendré yo a los setenta.

—Ya…

Tenía razón. Elijah siempre había sido el genio del grupo.

—¿Actúas esta noche?

Se me revolvió el estómago.

—No. ¿Tú?

—Sí, vamos a tocar una versión de *Photo Burn*. Soy el guitarrista de Godhead Immolator.

—Ah, guay.

Asentí con la cabeza como si hubiera oído hablar de ellos.

Esbozó una sonrisilla.

—No te rayes, si en realidad no nos conoce nadie. —Señaló a la multitud que nos ignoraba—. Tocamos *thrash-pop*; no estamos ni de lejos al nivel de esta gente. Pero a Elijah le gustaba nuestro grupo. Nos llevó a un par de conciertos de su última gira como teloneros, y Chance se ha acordado de nosotros para este evento. —Se terminó la cerveza y soltó un eructo sonoro—. Entonces, ¿tú de qué los conoces?

—Antes era el guitarrista de Darkhearts.

—Qué dices, ¿sí? —El chico me miró desde detrás de la cortina de pelo rubio grasiento con más interés que antes—. Pues menuda situación extraña debe ser esta para ti, ¿no?

—No te haces una idea.

Un muchacho que parecía algo mayor que yo y que llevaba una camiseta andrajosa de Spiritbox se acercó a nosotros, muerto de nervios.

—¿Jason Elkis?

El chico de los tatuajes se enderezó.

—¿Sí?

—Soy del periódico de la Universidad de Washington. Quería saber si podía hacerte una entrevista.

—¡Anda, coño! —respondió con una sonrisa, y yo me levanté para cederle mi sitio en el sofá al chico.

Volví con Ridley mientras se recorría toda la sala y acepté salir en sus selfis con varios famosos, pero era incapaz de desviar la atención de Chance, que seguía atendiendo a su séquito.

Se le veía tan cómodo... Era difícil imaginarse a Eli, con lo introvertido que era, haciendo eso todos los días. Pero supuse que para eso estaban los líderes de los grupos: para liderar y estar al frente. Por primera vez me pregunté si esa necesidad tan agresiva de Chance de acaparar el protagonismo no había sido solo para quedarse con todo el éxito él solito, sino también para proteger a Eli.

O tal vez fueran, como dice el meme, las dos cosas.

Las luces parpadearon al fin y entraron los guardias de seguridad. Ridley y yo los seguimos, pero nos detuvieron unas manos que nos agarraron de los hombros.

—Vosotros dos no. —Chance nos apartó del grupo de gente—. Tengo algo especial preparado para vosotros.

Hizo un gesto con la mano y apareció la pelirroja de la puerta del callejón.

—Te llamabas Emma, ¿no? Benjamin me dijo que podías conseguirles a mis amigos algunos de los asientos *especiales*.

Le dedicó un guiño exagerado y caricaturesco.

La chica se ruborizó y, para mi sorpresa, le devolvió el guiño.

—Eso está hecho.

Y nos hizo señas para que la siguiéramos.

Por segunda vez, Chance me agarró para que no me marchase aún.

—Oye —me dijo en voz baja con un tono que ya no era el de Chance Kain, el personaje—. Gracias por haber venido. Seguro que habría significado mucho para Eli.

—Claro, no hay de qué.

Intenté que pareciera que no había dudado ni un momento sobre si acudir al concierto o no. Su seriedad repentina me resultaba desconcertante, y no sabía muy bien dónde meter las manos.

Me sonrió y me soltó.

Emma nos condujo al interior del teatro propiamente dicho, a la zona del público con el suelo inclinado que se estaba llenando a toda prisa. Supuse que nos estaba llevando a uno de los palcos gigantescos, pero cuando nos acercábamos a las salidas que daban al vestíbulo se giró y abrió una puerta sobre la que vi las palabras: SOLO PERSONAL AUTORIZADO.

El jaleo de la multitud cesó cuando la puerta gruesa se cerró tras nosotros. Dentro había una escalera estrecha, con un aspecto bastante más deteriorado que el resto del teatro. Seguimos la linterna de Emma por las escaleras y luego bajamos por un pasillo inclinado y sin iluminación alguna, en cuyas paredes faltaban pedazos de yeso. Al final del pasillo, en la pared izquierda había una serie de ventanas arqueadas y sin cristal, sostenidas por columnas. Al otro lado, el teatro entero se extendía ante nosotros.

—Hala —exclamé al asomar la cabeza.

—Esta es la antigua galería —nos explicó Emma mientras sacaba dos sillas plegables de un montón que había apoyadas contra la pared—. No la han renovado como es debido, así que aquí no se permite la entrada a nadie que no forme parte del personal.

—Ya veo.

Le di una patadita a la barandilla de seguridad, que la verdad es que no era demasiado segura, ya que solo me llegaba a la altura de los muslos.

Emma desplegó las sillas y las colocó frente a las vistas del teatro.

—Esta noche vais a tener los asientos secretos para vosotros solos. No saquéis ninguna extremidad por encima de la barandilla o mi encargado nos asesinará a todos. ¿Entendido? —Esperó con expresión seria a que asintiéramos—. Genial. Si tenéis que hacer pis, puedo llevaros al baño ahora, pero cuando empiece el espectáculo os tenéis que quedar aquí hasta que venga a buscaros. Podéis salir por la puerta, pero no podréis volver a entrar. ¿Alguno de los dos tiene que ir al baño?

Ambos negamos con la cabeza.

Ridley le dio las gracias y Emma esbozó una sonrisa.

—No hay de qué. Que lo paséis bien.

Y desapareció.

En la galería no había luces, de modo que estábamos en la penumbra, iluminados tan solo por las luces de la sala. En el otro extremo del teatro, vi una fila de arcos oscuros como los nuestros a lo largo de la pared.

—Qué pasada. —Ridley se asomó para mirar, retrocedió al momento y se hizo con una de las sillas plegables—. Mucho mejor que los asientos de la primera fila.

Tuve que admitir que tenía razón. Me sentía como Batman, vigilando Gotham desde un tejado.

Las luces de la sala empezaron a apagarse.

—¡Hala, que empieza! —chilló Ridley.

Pasé de la silla que Emma había dejado para mí y me apoyé de lado en la barandilla, con la espalda contra una de las columnas.

Entre toda la maraña de cables del montaje, se encendió un proyector y en el fondo del escenario apareció una imagen de tres pisos de altura de Eli con su portátil repleto de pegatinas de calaveras y un auricular pegado a la oreja. El público aplaudió.

El espectáculo comenzó y las actuaciones fueron magistrales; los artistas invitados tocaron canciones de Darkhearts;

a veces, versiones fieles; y a veces las reinterpretaban con sus estilos propios. Me puse a gritar a pleno pulmón cuando tocó Godhead Immolator, con su estilo brutal y demoledor, liderados por un hombre chiquitín con el pelo del color del algodón de azúcar y la voz de Christina Aguilera.

Pero, sin duda, la estrella del espectáculo fue Chance. Hizo de maestro de ceremonias y, cada vez que presentaba a algún grupo, contaba anécdotas divertidas sobre Eli o le recordaba al público en un tono más serio los peligros del consumo excesivo de alcohol y la importancia de pedir ayuda en caso de caer en la adicción. Se movía de un lado a otro del escenario como una pantera; el encargado de los focos tuvo que sudar la gota gorda. En un momento dado, las luces se apagaron y Chance apareció en lo alto de un altavoz, envuelto en una nube de humo morado.

No podía apartar la vista de él. Siempre se le había dado bien interactuar con el público —era uno de esos músicos que siempre se bajan del escenario para acercarse al público o que cabrean al técnico de sonido por darle vueltas al micrófono agarrándolo del cable—, pero aquello estaba a otro nivel. Se adueñó por completo del escenario. Cuando esbozaba aquella sonrisa diabólica, te hacía creer que era tu mejor amigo.

Aunque, claro, en mi caso sí que había sido mi mejor amigo. Yo había sido una parte fundamental de su transformación en aquel ser elevado. Lo que me planteó la pregunta: ¿podría haber llegado yo a ser así si hubiera seguido en el grupo? No tenía la maestría natural de Chance en el escenario, pero incluso un reflejo pálido de la divinidad te volvía inmortal. Los celos y el orgullo luchaban en mi interior.

Cuando ya había presentado a seis o siete grupos, Ridley me susurró:

—¿Cuándo va a cantar él?

Sonreí.

—Tú espera. ·

Y al fin llegó. Tras dos horas de actuaciones de estrella tras estrella, las luces volvieron a apagarse, y esa vez permanecieron apagadas, sin que sonara nada de música por los enormes altavoces. El rugido de la multitud se fue desvaneciendo poco a poco hasta convertirse en un silencio respetuoso, y luego en un murmullo de confusión a medida que la oscuridad se prolongaba.

—¿Se ha ido la luz? —me preguntó Ridley.

—Shhh.

Por fin, cuando el estruendo del público alcanzaba de nuevo su punto álgido, apareció un anillo de luces formado por unos focos de color carmesí en el centro del escenario.

Chance estaba situado en el centro, como un demonio en un círculo de invocación. Entre las sombras se le veía más alto, y parecía que cada línea de su rostro estuviera dibujada con tinta mientras alzaba despacio la cabeza.

El bajo retumbaba por todo el teatro, un sonido grave que lo sacudía todo como los pasos de un *kaiju* que se aproxima. Un coro etéreo de guitarras ambientales y sintetizadores se unió al sonido del bajo, entrelazándose unos con otros en bucles. Reconocí el comienzo de *Asleep at the Altar*, la última canción del primer álbum de Darkhearts.

Chance levantó el micrófono y comenzó a cantar, despacio, no demasiado alto. Su voz era un río subterráneo, oscuro y pausado. En ese momento no bailaba, no se pavoneaba; tan solo surcaba el oleaje creciente del bajo y coqueteaba con el ritmo electrónico de la música. La música de Eli. El muro de sonido elevaba a Chance; presentaba su voz al público como una ofrenda. La música de Eli era un anillo, y Chance era el diamante del centro.

Su voz iba sonando cada vez más fuerte, más potente y en un tono más alto. Ni siquiera hacía falta fijarse en la letra para saber de qué iba; se podía oír en la voz de Chance: el dolor de la pérdida, el «¿por qué?» universal que todo el mundo se pregunta en algún momento.

La pregunta se alzó con la música y los instrumentos dejaron de oírse, la dejaron suspendida en el aire. El público contuvo la respiración. Las luces se encendieron de golpe cuando comenzó a sonar de nuevo el ritmo y sentí que estallaba en mi pecho. En el escenario, Chance resplandecía como un ave fénix mientras agarraba el micrófono con ambas manos y aullaba el estribillo. Las notas eran como una sierra de cinta, afiladas y cortantes, y Chance estaba doblado sobre sí mismo por el esfuerzo. En su voz habitaba todo aquel que alguna vez se han enfurecido contra un dios que permite que sucedan tragedias, todo aquel que alguna vez se ha plantado en el borde de un acantilado y ha gritado como un loco. Era algo vivo y tembloroso que se aferraba a tu columna vertebral incluso aunque el ritmo de Eli te obligara a mover el cuerpo.

Y entonces, de repente, llegó a su fin. Chance se incorporó, sudoroso, y se apartó el pelo de los ojos, imperfectamente perfecto. Se dio un beso a tres dedos y los levantó en un saludo como el de *Los juegos del hambre*.

—Gracias, Eli —dijo.

Y se apagaron las luces por última vez.

El público aplaudió. Cuando se volvió a iluminar la sala, Chance ya no estaba allí, y la imagen de Eli volvía a ocupar el fondo del escenario. La gente empezó a dirigirse a las salidas.

Ridley se giró hacia mí.

—Bueno —me dijo—. Pues creo que me ha dejado preñada. ¿Tú qué tal?

7

Tres días después, le envié un mensaje a Chance:

YO:

Hola. ¿Qué haces?

Y me respondió al instante:

CHANCE:

Estoy cenando con mi familia. ¿Por?

Me imaginaba que se habría sorprendido al leerme. Pero, para ser justos, yo también estaba sorprendido. Dibujé símbolos arcanos con el pulgar por el teclado virtual.

YO:

Me apetece ir a un sitio que se llama Golf Mortal.
Es como un minigolf, pero en plan *punk rock*.
Totalmente clandestino.
De repente aparece en una nave cualquiera
y luego desaparece antes de que el ayuntamiento
pueda cerrarlo.

CHANCE:

¡Uy, suena intrigante!

Sentí una oleada de orgullo. Me alegraba saber que la gente normal como yo aún podía impresionar a los famosos.

YO:

He encontrado la dirección en Reddit.

Ah, y esta es la última noche.

¿Quieres venir?

CHANCE:

¡Obvio!

Estaba a punto de enviarle la dirección cuando volví a recibir una notificación.

CHANCE:

¿Crees que habrá mucha gente?

YO:

Supongo... A juzgar por las fotos, parece un fiestón.

Esperé a que desaparecieran los puntos suspensivos que indicaban que estaba escribiendo. Me sorprendió lo mucho que estaba tardando. Al fin me dijo:

CHANCE:

A veces lo paso un poco mal cuando salgo por ahí en público.

Puse los ojos en blanco.

YO:

Macho, busca fotos en Google.
Tienen un hoyo que TE INCENDIA LAS PELOTAS.

Además, en la hamburguesería ya te reconocieron
algunas personas y no pasó nada.

CHANCE:

Ya, pero en un restaurante
no suele haber mucha gente.
Con las aglomeraciones es distinto.

Rechiné los dientes.

YO:

No te lo creas tanto,
que no eres TAN famoso.

CHANCE:

En realidad sí...

Menudo imbécil arrogante. ¿Por qué habría pensado yo
que era buena idea proponerle quedar?

YO:

Mira, olvídalo.

Estuvo muy bien el concierto la otra noche.
Gracias por colarnos.

Nos vemos.

Me estaba metiendo el móvil en el bolsillo cuando empezó a sonar como un loco.

CHANCE:
¡Espera!

Venga, vale, vamos.

Tienes razón, seguro que sale todo bien.

Releí los mensajes. ¿Podía considerarlo una victoria? No estaba seguro.

YO:
¿Seguro?

CHANCE:
Sí.

¿Cómo voy a negarme a que
me incendien las pelotas?

Sonreí, satisfecho.

YO:
Vale. Mi idea era llegar a las 20,
justo cuando abran.

CHANCE:
Guay. ¿Me recoges otra vez?

Seguía sin entender por qué estaba siendo tan peñazo. ¿Le molaba eso de usarme como su chófer o qué? Pero pensé que ya lo había sacado bastante de su zona de confort esa noche.

YO:

Vale, en media hora estoy allí.

Chance me respondió con una retahíla de *emojis* de calaveras, llamas y golf.

Me puse en marcha y un rato después estaba aparcando junto a su casa. Chance salió por la verja motorizada, cuyos barrotes se cerraron automáticamente tras él, y me sorprendió verlo vestido con unos vaqueros azules y una sudadera gris con capucha desgastada, una ropa demasiado sosa para salir para ser él, incluso para el Chance de antes de hacerse famoso. No es que le hubiera hecho falta jamás ir a la moda para destacar, pero aquellas prendas aburridas hacían que sus ojos oscuros y sus rasgos afilados parecieran más accesibles: un rey del baile del instituto en lugar de un ángel caído.

Se subió al coche y estiró el cuello para mirar los asientos de atrás.

—¿Solo vamos nosotros dos?

—Iba a venir Ridley, pero sus padres la han obligado a hacer de canguro. Y Gabe y Angela están en Tahoe haciendo esquí acuático.

—Ah. —Asintió con la cabeza—. De ahí que me invitaras de repente.

Me encogí de hombros.

—Bueno, suena genial —dijo—. Gracias por recogerme.

Me incorporé a la calle.

—Eso te iba a decir: ¿a qué viene eso?

—¿El qué?

—Lo de que te recoja. ¿Te da miedo aparcar tu Lamborghini en un mal barrio?

Hizo una mueca.

—No tengo ningún Lamborghini.

—Bueno, la marca que sea, pero seguro que conduces un cochazo.

Miró por la ventanilla y murmuró algo.

—¿Qué?

—He dicho que no conduzco. —Se encogió en el asiento—. No tengo carné.

—Espera, ¡¿qué?! —Lo miré sorprendido—. ¡¿No sabes conducir?!

Me fulminó con la mirada.

—Sí que sé. Más o menos. Tengo el carné que me permite conducir acompañado de un adulto. Pero no el oficial.

—Pero ¿y eso?

—Es que nunca tengo tiempo de practicar estando de gira. Cuando ya tienes un autobús, no tiene sentido llevar también un coche, y no es plan de que mi padre alquile uno solo para que pueda practicar durante una hora en alguna ciudad que no conozco. Así que voy en Uber y tal.

—Vaya.

—A ver, no es para tanto, ¿eh?

Su tono de voz defensivo me decía que sí lo era.

—Vale, vale.

Pensé en todo el tiempo que pasaba yo yendo de un lado a otro en mi camioneta, solo o con Ridley de acompañante, recorriendo las carreteras secundarias al este de la ciudad. Nunca había experimentado una sensación de libertad mayor que cuando me saqué el carné el día en que cumplí los dieciséis. La idea de que Chance pudiera permitirse tener el coche que quisiera pero no pudiera conducir ninguno resultaba triste, pero a la vez transmitía ese tipo de alegría morbosa y deliciosa por el mal ajeno. Sentí que se me relajaban los hombros y saqué el codo por la ventanilla para disfrutar de la brisa veraniega.

El GPS del móvil nos llevó de nuevo a Georgetown, una zona extraña en la que había cruces de calles en todos los ángulos posibles y las fábricas convivían con casas normales. Intenté mantener un ojo en el móvil mientras me guiaba por el caos de calles y bifurcaciones.

—Se supone que está en una oficina de correos abandonada o algo así —le expliqué—. Ahora creo que es una cooperativa de artistas.

Después de varios minutos dando vueltas en tensión, Chance señaló con el dedo.

—¿Será eso de ahí?

En uno de los callejones, que tan solo estaba medio iluminado por una farola alta, había un hombre corpulento con la cabeza rapada vigilando la puerta de un edificio con las ventanas tapiadas. Había un grupo de gente fumando al lado.

—Solo hay una forma de averiguarlo.

Aparqué la camioneta y nos acercamos.

Una vez que estábamos en el exterior, oí el ritmo ahogado de los bajos que procedía del interior del edificio. El portero llevaba una falda escocesa y una diadema de plástico con purpurina, y sorprendentemente ni siquiera aquel atuendo hacía que esos enormes brazos cruzados resultaran menos amenazantes.

—¿Es aquí el Golf Mortal? —pregunté.

—Depende —nos dijo—. ¿Sois mayores de edad?

Me quedé helado y se me cayó el alma a los pies. En la página web no ponía que fuera para mayores de dieciocho años. ¿Por qué los menores nunca podíamos hacer nada guay?

Chance fue más espabilado. Esbozó una sonrisa imponente y dijo:

—¿Acaso estaríamos aquí si no fuéramos mayores de edad? Por cierto, me encanta la diadema.

—Ya... —El hombre nos dirigió una mirada vacilante y luego se le suavizó la expresión de repente—. Eh, un momento, ¿eres Chance Kain?

Si la sonrisa que había esbozado Chance antes ya había sido resplandeciente, ahora podría iluminar una ciudad entera. Le guiñó un ojo.

—Eso queda entre nosotros y tú.

El hombre le devolvió la sonrisa.

—Mi marido y yo bailamos al ritmo de *Till Death* en nuestra boda. —Abrió la puerta y se echó a un lado—. Pasadlo bien.

El interior parecía un carnaval psicodélico a lo bestia. Era un espacio abierto gigantesco, abarrotado de gente y estructuras extrañas. Las risas y las sirenas atravesaban el zumbido de *death metal* que se oía de fondo. Había una mujer de mediana edad con un bombín a lo *La naranja mecánica* y los ojos muy maquillados recostada en un sofá que estaba colocado junto a la entrada, vigilando las puertas giratorias que daban acceso al resto del caos.

—Buenas, gamberros. —Nos entregó dos portapapeles—. Vais a tener que leeros el aviso legal. Sin estos papelitos no hay fiesta.

Agarramos los portapapeles y Chance leyó el principio en voz alta:

—«Por la presente reconozco que en el Golf Mortal todo es sumamente peligroso, y que soy un idiota imprudente solo por estar aquí». —Sonrió—. Mola.

Ambos firmamos al instante y dejamos algo de dinero en la caja grande en la que ponía: DONACIONES. La mujer nos dio dos palos de golf y una tarjeta para apuntar los puntos, y luego señaló hacia un lado.

—El primer hoyo está allí, pero podéis ir en el orden que prefiráis. No seáis cabrones y no le deis a nadie con las pelotas a menos que os digan que les mola ese rollo.

Nos hizo un gesto para que pasáramos.

Cruzamos las puertas y me esforcé por acostumbrarme al bombardeo de luces parpadeantes y ruido.

—Menuda pasada.

—Sí, ¿eh? —Chance torció el cuello, todavía sonriendo como un bobo—. Me siento como la bola de un *pinball*.

—Literal. —A mi pesar, por respeto tuve que decirle—: Gracias por colarnos.

—A veces la fama tiene sus ventajas. —Me dio un golpecito con su palo de golf—. ¡Venga, a jugar!

El primer hoyo acababa de quedarse libre; una pareja de punkis mayores se estaba alejando de allí mientras nos acercábamos. Aunque el suelo era del mismo césped artificial plastificado que se puede encontrar en cualquier minigolf, los obstáculos eran muy pero que muy diferentes. En el primer hoyo, habían colocado un muñeco y una muñeca hinchables en posturas comprometidas, y había túneles del tamaño de pelotas de golf que atravesaban sus orificios. Junto al soporte para la pelota había un cartel en el que ponía: HOYO 1: MÉTEME HASTA LAS PELOTAS.

—Qué poético. —Chance se dio un beso en los dedos, como un chef, y luego tomó una pelota de la canasta que colgaba del cartel. Apuntó bien y gritó—: ¡Cuidado con mis pelotas!

A partir de ahí, todo se fue volviendo aún más alocado. En un hoyo había una trituradora industrial que se cargaba las pelotas de quienes fallaran. Otro tenía una serie de tubos neumáticos para hámsteres que aspiraban las pelotas y las lanzaban a diferentes zonas de la sala. Otro te permitía lanzar la pelota desde un cañón de aire comprimido para que aterrizara en la taza de un váter, mientras que en otro había unas marionetas de metal enormes en forma de dragón que permitían a tus oponentes o a cualquiera que pasara por allí jugar al Hungry Hungry Hippo con tu pelota. Y, por supuesto, estaba el hoyo en el que un asistente con un sombrero de copa y una máscara de conejo sumergía tu pelota en algo que hacía que ardiera en llamas azules cuando la lanzabas a través de unos pequeños géiseres llameantes.

Allí había gente de todas las edades (vi pasar a una abuela con una chaqueta de cuero decorada con lentejuelas y con las palabras BLACK ROCK CITY), pero la mayoría tenía el típico aspecto moderno y alternativo, con *piercings* y pelo de colores neón. Había mucha gente haciendo *cosplay*, y la mitad de los asistentes parecían satisfechos con tan solo pasar el rato allí, charlando en el bar, que estaba decorado con una temática apocalíptica, o probándose disfraces en conjunto para hacerse fotos en el fotomatón.

Mientras estábamos en los primeros hoyos, todo iba normal, o todo lo normal que puede ir cuando intentas que una pelota de golf atraviese unas hojas de sierra chirriantes. Pero, mientras esperábamos a que las chicas de delante acabaran de jugar en uno de los hoyos, una de ellas se giró y se fijó en nosotros.

—¡Ay, madre! —exclamó—. ¡Son los chicos de Darkhearts!

Se me revolvió el estómago al oír aquella verdad a medias. ¿Era posible que nos recordaran de aquella época, cuando aún podía atribuirme ese título? ¿O sencillamente habrían supuesto que yo era Eli? Antes de que pudiera pensar en qué responder, Chance intervino y empezó a posar amablemente para sus selfis.

—¿Queréis jugar con nosotros? —nos preguntó la más alta de las chicas.

Lo cierto era que no había forma educada de negarse, dado que, a menos que nos saltáramos el orden de los hoyos, íbamos a ir detrás de ellas todo el tiempo. Chance me miró y yo me encogí de hombros.

Las chicas, Yumi y Claire, resultaron ser un par de años mayores que nosotros; eran compañeras de piso en la Universidad de Washington que habían decidido quedarse en la ciudad a pasar el verano. Era innegable que las dos eran muy guapas, y me sorprendió ver que hablaban conmigo casi tanto como con Chance.

Lo que no se podía decir era que fueran discretas. Para cuando llegamos al séptimo hoyo —EL SEÑOR T. ME HA FRITO LAS PELOTAS, donde unas bobinas de Tesla que chisporroteaban les daban descargas a unas pelotas especiales recubiertas de papel de aluminio—, se había empezado a formar una multitud a nuestro alrededor. Chance tenía que apartarse de los admiradores cada vez que era su turno, lo cual nos ralentizaba bastante. Aunque nadie parecía quejarse.

Un chico milenial delgado y atractivo, con un traje morado y la camisa desabrochada hasta el ombligo, se acercó a nosotros

—Ey, Chance, ¿te puedo invitar a una copa?

Una sombra le atravesó el rostro y me di cuenta de que debía de estar pensando en Eli, en todas las copas que se había tomado y que se lo habían acabado llevando, a solas en una habitación de hotel. Pero solo duró un instante. Cuando se volvió hacia el hombre, volvía a esbozar esa sonrisa de estrella suya.

—Un Amaretto Sour, si tienen.

—Perfecto.

Cuando estábamos en el hoyo siguiente, el hombre volvió, y no con una copa, sino con dos. Me entregó la segunda y me tocó la cintura.

—Que lo paséis bien esta noche.

Y acto seguido desapareció entre la multitud.

Me quedé mirando la copa y luego a Chance.

—¿Qué cooooño…?

Chance sonrió y brindó conmigo.

—Salud.

Nunca había oído hablar del amaretto, pero el cóctel estaba sorprendentemente bueno: ácido y dulce a la vez.

—Guau.

—Está rico, ¿eh? —Chance levantó su copa—. Es como un polo de lima.

—Es como si el Conde Limoncio se acabara de correr en mi boca.

Chance soltó una carcajada sorprendida, al igual que varios miembros de nuestro séquito. Sentí un hormigueo calentito, tal vez provocado por el alcohol.

Sin embargo, a medida que avanzaba la noche, toda esa atención empezó a resultar cansina. Todo el mundo quería hablar con Chance y, aunque algunos siguieron el ejemplo de Yumi y Claire y también hablaron conmigo, la mayoría se centró en acaparar cada ápice de la atención de Chance. Y todavía más rara era la gente que no decía nada y se quedaba ahí plantada, grabándonos con el móvil.

Cuando llegamos al último hoyo, en el que una máquina de corte por chorro de agua a presión nos partió las pelotas por la mitad, me di cuenta de que entretener al público estaba dejando a Chance agotado. No dejaba de reír y sonreír a cada persona que se le acercaba, y me recordó a la boda de mi primo en California, cuando mi tía había insistido en presentarme a un sinfín de personas que no había visto nunca y que jamás volvería a ver. Verlo así despertó en mí un instinto extrañamente protector, e hice todo lo que pude para contener a los fans más agresivos mientras devolvíamos los palos de golf y nos despedíamos, rechazando con educación las ofertas para asistir a fiestas esa noche (aunque dejé que Claire me diera su número). Chance me dedicó una mirada de agradecimiento mientras nos dirigíamos a la puerta.

Todavía me daba vueltas la cabeza por el alcohol, y la sensación de aire fresco después de estar en el local abarrotado era como ambrosía. El portero se despidió de nosotros con un gesto.

—Ha sido increíble —dije—. Incluso mejor que…

De repente una luz nos cegó por completo.

Parpadeé y vi a dos personas: un hombre negro con una cámara gigantesca y una mujer blanca con una cámara más pequeña y un móvil.

El *flash* de la cámara volvió a encenderse mientras el obturador chasqueaba como una ametralladora.

—Mierda. —Chance levantó las manos para taparse la cara con una y cubrirme a mí con la otra—. Paparazis. Profesionales.

—¿En serio? —No me parecía que fuera para tanto; mucha gente nos había hecho fotos dentro del local, pero Chance estaba poniendo cara como de haber pisado una caca de perro—. Vale, no te preocupes; vamos a la camioneta y nos largamos de aquí.

—¡No! —Tiró de mí hacia atrás para que nos alejásemos de la luz de las farolas y tratamos de darles la espalda a los paparazis mientras nos rodeaban para un conseguir mejor ángulo—. No dejes que vean tu camioneta. Investigarán la matrícula, lo averiguarán todo sobre ti y nunca vamos a poder salir tranquilos de nuevo. Son el puto FBI de los chismes.

Seguía sin entender del todo cuál era el problema. ¿Qué más daba si alguna revista sensacionalista sacaba fotos mías? Pero no había visto a Chance tan alterado desde el funeral de Eli.

—Vale, entonces, ¿qué hacemos?

Miró hacia atrás por encima del hombro y me lanzó una sonrisa repentina y salvaje. Me agarró de la muñeca y tiró de mí para que me moviera.

—¡Corre!

Me tropecé y salimos corriendo por el callejón, alejándonos de la zona en la que habíamos aparcado. Miré hacia atrás y vi que los dos fotógrafos también habían echado a correr con las cámaras pegadas al pecho.

—¡Nos persiguen!

—¡Es lo que hacen siempre!

Aceleramos el paso intentando esquivar contenedores y charcos asquerosos. Más adelante, el callejón daba a una calle vacía.

—¿Hacia dónde vamos? —me preguntó Chance.

Si girábamos hacia la derecha nos acercaríamos a las luces del área comercial; si girábamos hacia la izquierda nos adentraríamos en la zona industrial. Elegí lo primero que se me vino a la cabeza:

—¡Izquierda!

Chance no dudó; giró y siguió corriendo.

Y de repente no importaba el motivo por el que corríamos; éramos jóvenes y rápidos y estábamos juntos, y con eso bastaba. Chance profirió un grito agudo cuando saltamos a la rampa de hormigón de un muelle de carga y derrapamos al aterrizar, y luego nos lanzamos al otro lado.

Los paparazi aún nos seguían, pero no eran adolescentes. Cuando atravesamos un campo de deporte a toda pastilla, fuimos tomando más y más ventaja.

Doblamos una esquina, pasamos por delante de una central lechera y, a toda prisa, doblamos otra esquina y bajamos por una acera bordeada por un seto verde y alto. Yo no solía salir a correr, y la euforia empezaba a cederle el paso a una sensación de ardor en los pulmones—. ¿Adónde estamos yendo?

—Buena pregunta.

Chance se detuvo, miró a su alrededor y me empujó para colarnos por un arco que dividía el seto.

—¿Qué...?

Se llevó un dedo a los labios.

Al otro lado del seto había una casa de piedra extraña con un tejado de tejas que parecía sacada de la antigua Roma, rodeada de un jardín elaborado y una estatua de una sirena. Grabadas sobre la puerta estaban las palabras: THE CORMAN BUILDING. De las ventanas salía una luz tenue que, junto con las farolas que se asomaban sobre el seto, proyectaba sombras en el jardín.

Chance tiró de mí hacia la oscuridad hasta quedarnos detrás de un arbusto enorme, para que no nos viera nadie desde la entrada.

Nos quedamos allí en cuclillas y en silencio, con los muslos y los brazos pegados, a la sombra del arbusto. Percibía el calor que irradiaba incluso a través de su sudadera, la sacudida silenciosa de sus costillas mientras recuperábamos el aliento.

Al momento oímos unos pasos que se acercaban. Se detuvieron justo al otro lado del seto.

—¡Joder! —Era la voz de la mujer—. ¿Por dónde crees que habrán ido?

—¿Tal vez por ahí?

Oímos que retomaban la carrera y se alejaban de allí.

Después de varios minutos, Chance se puso al fin de pie. Pero, en lugar de dirigirse hacia la entrada, se adentró en el jardín. Me apresuré a alcanzarlo, con los ojos clavados en las ventanas anticuadas del edificio.

—Pero ¿qué haces? —le susurré—. ¿Y si hay alguien ahí?

—Pues le decimos la verdad. —Chance se acercó lo suficiente como para que pudiera notar su aliento mientras me hablaba en voz baja—. Que estábamos escapándonos de unos adultos asquerosos que nos perseguían.

Tenía que admitir que era una excusa bastante buena. Y, dado que Chance era famoso y yo era un chico blanco con pinta de inocente, puede que los policías incluso nos dieran una advertencia antes de meternos un tiro.

El seto rodeaba por completo la parcela y formaba un pequeño triángulo de intimidad. En la parte de atrás, una pérgola cubierta de enredaderas y tiras de luces con forma de estrellas se extendía sobre un patio de piedra y dos mesas largas de madera. Retrocedí ante toda aquella luz, pero Chance se acercó a hurtadillas hasta las puertas de cristal y miró en el interior.

—No pasa nada —me aseguró en voz baja—. Es una especie de sala para eventos. No hay nadie, solo una luz de las que se dejan encendidas por la noche.

Se me relajaron los hombros. Dejé escapar un suspiro y me hundí en uno de los bancos de la mesa. Chance se acercó y se sentó a mi lado sobre la mesa, con los pies sobre el banco.

—Vale —le dije cuando por fin dejó de irme el corazón a mil—, lo admito: a lo mejor sí que eres bastante famoso.

Se rio.

—Gracias, colega. —Agitó una mano—. Por todo esto. Después de estos últimos días, necesitaba divertirme un poco.

—¿Qué ha pasado estos días?

Frunció el ceño.

—Nada, cosas de trabajo. No quiero hablar del tema.

—Vale.

Se apoyó en los codos y miró las tiras de luces que titilaban entre las hojas.

—Parecen luciérnagas. ¿Has visto alguna vez luciérnagas de verdad?

Negué con la cabeza.

—En Nankín hay. Una vez las vi, cuando visitamos a mi *nai-nai*, mi abuela por parte de padre. Fuimos a un parque donde vuelan alrededor de los templos. —Suspiró—. Ojalá hubiera aquí. En cierto modo son muy poéticas, ¿sabes?

Eché la cabeza hacia atrás en un gesto exagerado.

—Y dale con la poesía…

Me dio un empujón en el hombro.

—Anda, calla. ¿Me estás diciendo que no te sientes identificado con esa metáfora? Estar atravesando la oscuridad, brillando con la esperanza de que alguien te vea antes de morir…

—Más bien enseñando el culo con la esperanza de echar un polvo —bromeé, pero tenía razón; algo de esa imagen me tocaba la fibra sensible.

Se echó a reír.

—¿Así es como lo haces tú?

—¿El qué?

—Echar un polvo. —Me miró y soltó una risita—. Tienes que haberte liado con alguien en los últimos dos años.

Me estaba sonrojando y esperaba que la luz tenue lo ocultara.

—Puede.

—¿Sí? —Se incorporó y se inclinó hacia delante con entusiasmo—. Pero, a ver, ¿liarte en qué sentido? ¿Hasta dónde llegasteis?

Tenía la cara más caliente que un horno.

—Digamos que tonteamos.

—Guay, guay. —Se apoyó en las manos—. ¿Y con quién?

Seguía sin tener ningún interés en hablarle de Maddy, y de repente me cabreó que me pusiera en un aprieto.

—¿Qué más te da? Tú mismo te podrías haber tirado a cualquiera de esas universitarias esta noche. O a las dos a la vez.

Chance puso los ojos en blanco.

—Que esas sean tus fantasías no quiere decir que sean las mías. Suenas como el chico ese de la hamburguesería.

—¿Me estás diciendo que no lo has hecho ya? —De repente me parecía muy importante que lo admitiera—. Vi a todas esas admiradoras rodeándote en el *meet and greet*. ¿Esperas que me crea que nunca te llevas a ninguna a los camerinos?

—No puedo —dijo—. Va contra las reglas.

—¿Qué reglas?

—Las de mi representante. Las «Reglas de Benjamin para las Estrellas». —Levantó un dedo—. Regla número uno: nada de sexo con fans. —Un segundo dedo—. Regla número dos: si rompes la regla número uno, llévate siempre el condón cuando te vayas.

—Puaj. ¿Y eso? ¿Por qué?

—Para que no puedan usarlo para quedarse embarazadas después. —Lo dijo con total naturalidad—. Crees que lo estás haciendo con protección y luego, cuando te vas...

—Hizo un gesto para ilustrar la escena—. La admiradora decide que quedarse embarazada es una buena forma de obligarte a casarte con ella o a pagar la manutención, o de chantajearte y ya está.

—Madre mía. La gente no está bien.

—Ya. Así que nada de liarse con fans.

—Joder. —Le di vueltas durante un momento—. Entonces, ¿de verdad nunca jamás has hecho nada con fans?

De repente se le veía incómodo.

—¡Ajá! ¡O sea que sí!

Asintió despacio.

—Una vez.

Lo dijo con tanta seriedad que cualquier resto de ira que me quedase se esfumó.

—¿Sí?

—Sí. —Volvió a mirar las luces, cuyo resplandor le moteaba la piel—. Una vez… con Emerson. Trabajaba en la sala donde íbamos a tocar. Teníamos que llegar pronto para un evento que se iba a celebrar antes del concierto pero que se acabó cancelando, así que no había nada que hacer más que esperar sentados en los camerinos. Le encargaron a Emerson que se ocupara de mí; tenía que traerme agua, llevarme adonde tuviera que ir, lo que fuera, pero la mayor parte del tiempo la pasamos charlando. Y molaba, ¿sabes? Sentí que conectábamos.

La pesadumbre de su voz parecía física.

—Pero…

Se encogió de hombros, impotente.

—Pero resultó que era une fan. Creía que me conocía, y no era así. Conocía a Chance Kain por haber visto cientos de entrevistas, pero no me conocía a mí. Yo era solo una fantasía. Y, cuando nos enrollamos, lo sentí. Sentí su decepción. —Sacudió la cabeza—. Dicen que nunca debes conocer a tus héroes, ¿no? Bueno, pues desde luego no tienes que meterles la lengua.

—Auch.

—Ya. —Entonces se obligó a pasar a un tono más ligero—. Pero, oye, ahora eso de que nadie sepa nada sobre mi sexualidad es parte de mi marca. A la gente le encanta el misterio. —Extendió las manos—. Aunque no puedo liarme con el misterio, así que...

—Joder —repetí. Y luego añadí—: Es como lo de los coches.

—¡¿Qué?! —preguntó Chance exhalando con fuerza, como una bomba.

Sacudí la mano.

—Puedes comprarte el coche que quieras, pero no puedes conducir ninguno. Es lo mismo.

—Guau. —Me fulminó con la mirada, moviendo ligeramente la cabeza mientras me estudiaba—. Tú sí que sabes hacerme sentir mejor, ¿eh?

—Supongo que tendrás que secarte las lágrimas con billetes de cien dólares —me burlé, pero lo dije con una sonrisa.

Chance se rio.

—Gilipollas.

—Alguien tiene que serlo. En el sitio ese todo el mundo pensaba que eras Dios con unos vaqueros pitillos.

—¿Estás diciendo que no lo soy? —Se llevó una mano al pecho—. Cómo me haces sufrir, Holc. —Pasó esa misma mano a mi hombro y se impulsó para ponerse de pie—. Venga, vamos a ver si llegamos a tu camioneta sin que nos vean, que Dios necesita que lo lleven a casa.

8

Después de nuestra aventura de huir de los paparazis, no volví a ver a Chance durante el resto de la semana. Lo cual no habría sido destacable si no fuera por el hecho de que, por alguna razón, y por sorprendente que fuera…, tenía ganas de verlo.

No era solo lo bien que lo habíamos pasado en el Golf Mortal. Eso no significaba nada: podría haber estado pasando el rato con uno de los muñecos hinchables del primer hoyo y ese sitio habría sido increíble de todos modos. Pero al escaparnos y escondernos juntos, al trabajar en equipo, había sentido algo distinto. Durante esos minutos, era casi como si los últimos dos años no hubieran pasado. No estaba con Chance Kain, sino sencillamente con Chance, el chico con el que solía jugar al *Fortnite* y hablar de chicas. El que había hecho que montar un grupo pareciera divertido. El Chance que había sido uno de mis mejores amigos.

Era una sensación incómoda. Una cosa era odiar a Chance, pero echarlo de menos era otra muy distinta.

Conseguí contener las ganas de hablarle durante un tiempo, pasando los días trabajando en la reforma de la iglesia y las noches construyendo mis propios proyectos en el sótano o viendo Netflix con mi padre. Pero el sábado por la mañana, puesto que Ridley iba a trabajar todo el fin de semana y mis otros mejores amigos, Gabe y Angela, seguían de vacaciones, empezaba a parecerme un poco ridículo.

¿De qué tenía miedo exactamente? No es que fuera un fan loco y ansioso por su atención; de hecho, todo lo contrario. Al fin y al cabo, él había sido quien me había enviado un mensaje primero. Con su miedo (puede que justificado) a salir en público, debía de estar aburrido en Seattle. Le estaría haciendo un favor.

Así que me rendí y le envié un mensaje.

YO:

Buenas, ¿quieres dar una vuelta esta noche?

A lo que él respondió:

CHANCE:

No puedo. Estoy ocupado todo el finde.
Cosas de música.

Fue casi un alivio notar que me inundaba de nuevo el resentimiento. Pues claro que Chance no quería quedar conmigo. Estaba demasiado ocupado siendo famoso e importante. ¿En qué estaba pensando? Chance no me había mandado ni un solo mensaje en los dos años que habían pasado desde que había dejado el grupo, ¿y ahora que habíamos quedado un par de veces de repente sentía nostalgia por los viejos tiempos? Era patético.

Me volvió a sonar el móvil.

CHANCE:

Aunque, bueno, ¿quieres venirte
a hacer ejercicio conmigo?
¿Ahora mismo?

Vacilé. Yo no solía hacer ejercicio. Entre el trabajo manual que hacía para mi padre, las clases de Educación Física del insti y subir las colinas de Seattle, el ejercicio era algo que sufría más que algo que buscaba por iniciativa propia.

Pero ¿acaso tenía algo mejor que hacer?

Le dije que vale.

Aparqué en la calle, frente a la casa de Chance, y pulsé el botón del telefonillo que había junto a la verja.

—¿Hola? —dijo la voz de la madre de Chance.

—Eh, hola. Soy David Holcomb.

—¡David! Pasa.

El telefonillo sonó y la puerta se abrió con un chirrido.

Definir su casa como una mansión sería pasarse un poco. Aunque quizá fuera el doble de grande que la casa en la que vivíamos mi padre y yo, había estado en casas igual de grandes en mi propio barrio. El sur de Seattle era una zona que se estaba gentrificando muy rápido y había viviendas de todo tipo: las casas modernas que parecían hechas de bloques de Lego se alzaban como alienígenas junto a las chozas medio en ruinas con barrotes en las ventanas. De modo que la nueva casa de los Ng no era inusualmente grande.

Pero, desde luego, era preciosa. Todo era de ladrillo rojo, con unos tejados a dos aguas que le daban cierto toque de mansión victoriana. Se alzaba entre unos jardines muy cuidados en la ladera de la colina pronunciada, y todas las ventanas que daban al este tenían vistas al lago Washington. El camino empedrado e inclinado de entrada llevaba a una rotonda con un jarrón de piedra elevado que parecía una especie de trofeo del *Mario Kart*. Como si quienes entraran necesitaran un recordatorio de que allí vivían ganadores.

Se abrió la puerta principal de la casa.

—¡David!

La madre de Chance estaba igual que la última vez que la había visto: una mujer coreana-estadounidense de unos cuarenta años muy en forma, con la cara redonda y el pelo largo y negro recogido en una coleta. Como era sábado, había cambiado su atuendo de trabajo habitual por una falda de senderismo de REI (que parecía más bien unos pantalones convertidos en falda) y que le quedaba tan bien que no me sentía del todo cómodo mirándola.

Pero todo eso quedaba en segundo plano, tras su sonrisa. La señora Ng tenía la expresión más radiante del mundo, y me sonreía de oreja a oreja mientras yo bajaba a toda prisa por el camino de entrada.

—¡Mírate! ¡Qué grande estás! —Tuvo que estirar el brazo para agarrarme del hombro. No dejó de sonreír en ningún momento, pero intensificó la mirada cuando añadió—: Hacía mucho que no te veía.

Por leve que fuera, el reproche me dolió. Hubo un tiempo en el que la madre de Chance era lo más parecido a una madre que tenía en mi vida; aunque no era mi madre de verdad, al menos podía disfrutar de ella durante un rato y dejar que su relación maternal con Chance se extendiera a mí. Cuando me marché del grupo, también me alejé de ella. Me había parecido la única opción, pero aun así me había dolido.

—Ya, ha pasado un montón de tiempo, ¿eh? Qué locura.

Me froté la nuca, incómodo.

Se apiadó de mí y me agarró para llevarme adentro.

—¡Entra, entra!

De alguna manera, el interior era incluso más impresionante que el exterior. Me quedé boquiabierto al ver la estancia principal, un espacio abierto terminaba en una pared de cristal macizo.

—No está mal, ¿eh?

Seguía teniendo ese acento neoyorquino marcado: directo e impávido, con una intensidad desenfadada que resultaba excitante y aterradora a la vez.

—Es increíble.

—Nos mudamos aquí el año pasado. Aunque, para serte sincera, teniendo en cuenta que Chance y Lawrence no están casi nunca en casa, quizá sea más de lo que necesitamos. Pero ahora mismo es ideal. —Abrió la reluciente nevera de acero—. ¿Quieres un La Croix o algo? Tenemos sobras de lasaña. ¿O tal vez patatas fritas?

—Gracias, pero no creo que deba. Chance quiere que hagamos ejercicio.

—Ah, claro, por supuesto. No quiera Dios que se relaje un solo fin de semana...

Se dio la vuelta y se apoyó en la encimera de piedra con los brazos cruzados.

—Bueno, David, ponme al día. ¿Sigues yendo al Franklin?

—Sí.

—¿Y tienes pensado ir a la universidad?

—La verdad es que voy a formarme como carpintero.

La madre de Chance alzó las cejas finas con curiosidad.

—¿En serio?

—Sí, con un hombre que trabaja con mi padre —me apresuré a justificar, tratando de ofrecerle todos mis argumentos antes de que pudiera juzgarme—. Llevo más o menos un año aprendiendo con él, y voy a trabajar para ellos todo el verano. Se me empieza a dar bastante bien.

La madre de Chance reflexionó y asintió una única vez, con decisión.

—Me alegro por ti. Siempre digo que más jóvenes deberían dedicarse a los oficios manuales. En el mundo ya hay bastante gente que ha estudiado humanidades y está en paro. —Señaló la opulencia que nos rodeaba—. Aunque no debería hablar mal de las artes; llevo veinte años trabajando en el campo de la política pública y vivo en una casa que me ha comprado mi hijo adolescente. —Ladeó la cabeza—. ¿Tú sigues tocando?

Me esforcé por evitar que se me hundieran los hombros.

—La verdad es que no.

Debió de notar mi incomodidad y cambió de tema, aunque volvió a ponerme de nuevo en un aprieto.

—¿Novia?

Me reí, incómodo.

—No.

La mirada maternal con la que me estudiaba se intensificó.

—¿Novio?

—¿Qué? No.

Me sonrojé.

Esbozó una sonrisa pícara.

—¿Algún lío de Tinder?

—¡Mamá, por dios! Déjalo tranquilo.

Chance estaba bajando las escaleras. Llevaba un pantalón de chándal normal y corriente y una camiseta blanca de Sub-Radio con las mangas cortadas, pero de alguna manera conseguía que el conjunto pareciera mil veces más estiloso que mis pantalones cortos de baloncesto y mi camiseta de los Seahawks.

Me giré hacia él, aliviado.

—Ey, hola.

—Buenas.

—¡Holc!

Me giré justo cuando un metro y medio de energía cinética embutida en un conjunto con un estampado de ponis se abalanzó sobre mí y me rodeó la cintura con los brazos.

—¡Hola, Olivia!

De repente supe cómo debía sentirse la madre de Chance al mirarme. La hermana pequeña de Chance había crecido quince centímetros desde la última vez que la había visto. Ay, madre, ¿iría ya la guardería?

Al momento se soltó y levantó los brazos.

—¡Hacedme volar por los aires, como en un concierto!

—Venga ya, Olivia. —Chance frunció el ceño, avergonzado—. Déjalo en paz.

La mirada de seguridad absoluta en sí misma que le dirigió a Chance era una versión en miniatura sorprendente de la de su madre.

—A Holc no le molesta.

La madre de Chance sonrió.

—¿Quiero saber de qué va esto…?

Miré a Chance sin saber qué hacer.

Con un suspiro, Chance se acercó y agarró a Olivia por debajo de las axilas.

—¿Lista?

—¡Lista! —exclamó.

La agarré por los pies. Tomamos impulso y la levantamos con los brazos estirados hacia arriba. Con Chance a la cabeza, corrimos hacia el salón gritando:

—¡A VOLAAAAR!

Olivia estalló en carcajadas.

Después de dar varias vueltas por el lujoso salón y alrededor de una mesa de comedor hecha con la puerta de una iglesia medieval, al fin la dejamos caer de manera espectacular (pero con cuidado) en el sofá.

—¡Uf! —me quejé—. ¡Pesas más que la última vez, eh!

A Chance le tembló la sonrisa y de repente supe justo lo que estaba pensando: que la última vez que habíamos hecho aquello la habíamos llevado entre tres.

Por suerte, Olivia no pareció enterarse de nada. Se levantó de un brinco de los cojines de cuero.

—¡Otra vez!

—Ya está bien, Livi —dijo su madre con una sonrisa—. Que seguro que los chicos quieren irse a hacer ejercicio de verdad. —Miró a Chance—. A menos que Peter te tenga haciendo levantamiento de hermana, claro. No está mal para fortalecer los brazos.

—Desde luego. —Chance me hizo un gesto con la mano—. Venga, vamos al sótano a hacer ejercicio.

Bajamos un tramo de escaleras hasta una habitación con suelo de baldosas que solo podría llamarse un «sótano» en el tipo de casa que tiene estatuas en el jardín. Había las mismas vistas que en el salón de arriba, con el perfil escarpado de la cordillera de las Cascadas en tonos púrpuras tras el lago.

La sala estaba repleta de máquinas de musculación. Una máquina de remo, un banco de pesas, una barra metálica para hacer dominadas, una hilera larga de mancuernas... Parecía como si alguien hubiera ido a un gimnasio y se hubiera llevado una unidad de cada cosa.

—Guau —dije con un suspiro.

—Ya... —Chance parecía avergonzado de nuevo—. Pero es mejor que ir a un gimnasio con gente todos los días.

Después de cómo había ido todo en el Golf Mortal, por no hablar de los fotógrafos, entendía que eso podía traerle problemas.

Se acercó al banco.

—La verdad es que así me va genial. Peter me ha preparado un programa rotativo de siete días, y hoy me toca el tren superior. Y tú me puedes acompañar.

—¿Quién es Peter?

—Mi entrenador personal.

—Ah, claro.

Lo dijo como si fuera lo más normal del mundo. ¿Quién no tenía su propio entrenador personal?

—Venga, empiezo yo. —Sacó un disco de pesas de acero de un estante y lo colocó en el extremo de la barra—. Ve a por uno de cuarenta y cinco para el otro lado, porfa.

Obedecí. Me sorprendió lo mucho que pesaba el disco.

—¿Sueles levantar pesas? —me preguntó.

—La verdad es que no. —Solo había hecho pesas un par de veces—. En el gimnasio del insti solo hay máquinas.

Señaló la cabecera del banco.

—Tú quédate ahí e intenta no tirarte ningún pedo. Si ves que me estoy muriendo, agarra la barra.

—Vale.

Me puse en posición y él se recostó en el banco. Retrocedí medio paso para no ponerle los huevos en la cara, pero Chance estaba dirigiendo toda su atención a la barra, con la mandíbula apretada y concentrado al máximo. De un tirón, la sacó del soporte, la sostuvo un segundo y luego la bajó hasta el pecho.

—¡Uno!

Sentí el impacto de su aliento, con toques de menta, mientras empujaba la barra hacia arriba. Hizo ocho repeticiones, gruñendo cada vez que la levantaba, y luego la volvió a colocar en el soporte con un ruido seco.

—Pues ya está. —Se puso en pie de un brinco y se hizo a un lado mientras llevaba las manos al disco de pesas—. Te toca. ¿Cuánto peso quieres?

—Lo mismo que tú.

Ladeó la cabeza.

—¿Seguro? El peso libre es muy diferente a las máquinas. Tienes que emplear todos los músculos estabilizadores pequeñitos.

Estaba bastante seguro de que pesaba casi quince kilos más que Chance. Me había pasado todo el verano apilando y acarreando trastos en la obra. Me lo tomé como un reto.

—Puedo sin problema.

—Vale. —Levantó la mano del disco como para indicar que no se iba a oponer y se colocó detrás del banco—. Cuando quieras.

Me tumbé en el banco y agarré la barra, todavía furioso por el hecho de que Chance hubiera insinuado que no iba a ser capaz.

Saqué la barra del soporte sin mayor problema. Con una oleada de orgullo, la bajé, y el acero me golpeó el esternón con un ruido sordo.

Y allí se quedó.

—¡Venga, vamos! —me animó Chance—. ¡Levanta!

Era como si tuviera un coche en el pecho. La barra me presionaba y amenazaba con partirme por la mitad despacio, como una máquina para cortar lonchas de queso.

—¡Tú puedes! —insistió Chance.

Me temblaban los brazos, pero me sentía como en esos sueños en los que no te funcionan las extremidades. Sentía el dedo de Dios clavado en la caja torácica.

Chance colocó con disimulo las manos bajo la barra, junto a las mías.

—Exhala mientras empujas. A la de tres. Uno…, dos…

Empujé con todas mis fuerzas. Con la ayuda de Chance, la barra se levantó entre temblores y volvió a caer de golpe en el soporte.

—¡Bien! —dijo Chance. La cara me ardía por algo más que el esfuerzo, y Chance se percató—. Mira, Holc, eres corpulento, pero este tipo de ejercicio requiere un esfuerzo muy específico. Nadie usa los pectorales de esta manera a menos que traten de fortalecerlos a propósito. Es no significa nada.

Lo único peor que sufrir que te dejen en evidencia es que te traten con condescendencia. Apreté los dientes y dejé que me cambiara los discos por otros de la mitad de tamaño.

Después de varias series en el banco, pasamos a la máquina negra y enorme.

—¡Dominadas! —anunció Chance—. Es una barra con agarre ancho para que puedas centrarte en los dorsales.

Dio un bote, se agarró en una barra que se curvaba como el manillar de un triciclo gigante y se empezó a balancear hacia delante y hacia atrás mientras llevaba las manos hacia los extremos. Se quedó colgado con los pies a medio metro del suelo, formando una «Y» perfecta con el cuerpo; luego respiró hondo y se levantó, con los brazos y los hombros doblados en forma de «W». Y luego otra vez.

—Ve haciendo… hasta que… no puedas más…

Iba tensando y relajando los músculos de los brazos y de los hombros, y la camiseta sin mangas que llevaba los exhibía a la perfección. No tenía nada de grasa que ocultara sus músculos, de modo que se le marcaban todas las fibras, bien definidas, como en las líneas de un cómic de arte lineal.

Hizo unas diez repeticiones y luego volvió a bajar al suelo, respirando con dificultad.

—En realidad es una mierda esto del agarre ancho —dijo entre jadeos—. Me llevó bastante tiempo hacer solo una. Puedes saltártelo si quieres.

Era imposible que aquello saliera bien, y ambos lo sabíamos. Pero no podía dejarle ganar sin intentarlo. Me levanté de un salto, me agarré a la barra y conseguí balancearme hasta aferrarme a las empuñaduras como había hecho él.

Normalmente no me preocupaba demasiado mi peso. Aunque era más corpulento que la media y estaba un poco rellenito, no solían meterse conmigo por ello. Cuando había que elegir equipos en Educación Física, no me escogían el primero, pero tampoco el último; más bien por la mitad. Pero, al colgarme de la barra de dominadas de Chance, sentía que cada kilo de más me atraía hacia el centro de la Tierra.

Apreté la mandíbula y traté de elevarme, pero bien podría haber estado intentando lanzar un hechizo. *Wingardium leviosa.* Mis hombros se negaban a subirme.

Pero pensé que a cabezota no me ganaba nadie, de modo que seguí ahí colgado, esforzándome al máximo.

Y entonces Chance se abrazó a mis piernas.

—Eh, ¿qué...?

—¡Sube! —me ordenó Chance.

Obedecí. Y, por suerte, logré levantarme. Con Chance ayudándome a levantar la parte inferior de mi cuerpo, de repente había conseguido elevar la barbilla por encima de la barra.

—¡Otra vez! —me mandó Chance.

Hicimos dos más así antes de que Chance me soltara y se apartara. Me dejé caer al suelo con pesadez.

—¡Genial!

Chance me levantó el pulgar.

Me ardía tanto la cara que seguro que la tenía como un tomate. Aquello había sido una mala idea.

—Creo que debería irme.

Chance parecía dolido.

—Oye, ya te lo he dicho: a nadie se le da bien hacer dominadas con agarre ancho desde el principio. Peter tuvo que levantarme por las piernas igual que yo a ti durante unos seis meses.

Quería que Chance dejara de intentar animarme tanto; soportar las burlas sería más fácil que soportar su lástima.

—Mira, te prometo que te va a gustar el siguiente ejercicio. —Se dio la vuelta y agarró un par de mancuernas de la estantería. Las levantó hacia los lados, con los brazos doblados noventa grados y las pesas a la altura de la cabeza, y se le abultaron los bíceps de un modo exagerado—. *Press* militar. —Las levantó por encima de la cabeza hasta que dejó los brazos rectos por completo y luego las volvió a bajar. Hizo una serie de diez, con cara de esfuerzo, y me pasó las mancuernas—. Te toca.

Estaba listo para otra ronda de pasar vergüenza, pero era verdad; ese ejercicio era más fácil. Hice varias repeticiones y conseguí levantar las pesas con movimientos suaves y firmes.

Chance sonrió.

—¿Ves? Te lo dije.

Pero no me fiaba del todo.

—¿Con qué mancuernas sueles hacerlo tú?

—Con estas. —Percibió mi escepticismo y levantó las manos—. ¡Que va en serio! Sabía que te resultaría fácil: tienes unos hombros enormes. Seguro que puedes levantar más que yo sin practicar siquiera.

—Mmm.

Mi ira empezó a desvanecerse.

—Mira, ven. —Chance me acercó a un espejo que había en una de las paredes—. Mírate para asegurarte de que mantienes la postura correcta.

Levanté las mancuernas. Chance se colocó detrás de mí y me tocó el tríceps con los dedos con tanta delicadeza como si fuera una polilla.

—Yo te voy acompañando. Hazlo hasta que no puedas más.

Y eso hice. Para mi sorpresa, en el espejo se me veía genial: con las mancuernas en las manos, se veían las líneas de mis propios músculos en movimiento, mejor de lo que me había visto nunca flexionándolos en el baño después de la ducha. Chance estaba justo detrás de mí, mirándome con una sonrisa que me hizo sentir una oleada de orgullo. A medida que aumentaban las repeticiones y me empezaban a temblar los brazos, Chance fue incrementando la presión de las manos para impedir que flaqueara.

Cuando estaba a punto de derrumbarme, dejé caer las mancuernas hacia delante y las bajé hasta el suelo con un gruñido.

Chance dio un paso atrás y sonrió.

—¡Joder, macho, qué máquina!

—¿Sí?

No pude evitar sonreír.

—Desde luego. Estás hecho para esto. —Pegó el antebrazo contra el mío para compararlos—. Yo sobre todo intento mantenerme delgado sin parecer un espantapájaros, pero tú podrías estar petado si te lo propusieras.

Ya me habían halagado alguna que otra vez por mi complexión; la gente que trabajaba con mi padre me preguntaba por qué no jugaba al fútbol, algunos parientes se daban cuenta de lo mucho que había crecido... Pero era distinto oírlo de boca de Chance. Se me relajaron los músculos del cuello.

—Gracias.

Pasamos a otros tipos de ejercicios y Chance iba nombrando y explicándomelos todos. Remo vertical, apertura con mancuernas, extensiones de tríceps con polea... Me alegró ver que no era tan patético como temía. Vale, puede que Chance pareciera una estrella de cine mientras levantaba pesas —con el pelo negro pegado a la frente por el sudor y los brazos abultados como pelotas de tenis en un calcetín—, pero al menos me defendía. Más o menos. Además, ahora que no hacía el ridículo con cada ejercicio, me sentía bien allí, con él. Incluso resultaba estimulante. Llevaba tiempo odiando la idea de Chance Kain, el chico famoso. Pero, si era su igual, si me quería allí con él, ¿qué decía eso de mí? Resultaba halagador.

Frunció el ceño mientras yo hacía un *curl* martillo.

—Estás girando los brazos.

—No es verdad.

Hice otra repetición.

—Que sí. —Me puso una mano en el bíceps, en el pliegue del codo, y la otra en la parte posterior del brazo. Tenía las manos ardiendo—. Prueba ahora.

Intenté mover el brazo hacia delante, haciendo fuerza contra él, pero me estaba sujetando con firmeza y no me permitía moverlo. Aunque resultara extraño, era agradable.

Sonrió.

—Así cuesta más, ¿eh?

—Vale, sí.

Siguió agarrándome durante unas cuantas repeticiones más, luego me soltó y dio un paso atrás. Sentí el aire sobre la piel, llenando el vacío que habían dejado sus dedos, como la imagen residual tras un *flash*.

—Pues ya estaría —dijo—. Suficiente ejercicio por hoy. Ahora terminamos haciendo abdominales hasta que nos entren ganas de vomitar.

—Pero pensaba que hoy tocaba solo el tren superior.

—Todos los días toca hacer abdominales. —Se dio unos golpecitos en el vientre plano—. Está genial tener músculos, pero lo que les interesa a los fotógrafos son los abdominales marcados.

Fruncí el ceño.

—Pues yo ni siquiera me he visto los abdominales jamás.

Chance se encogió de hombros.

—A ver, los abdominales están sobrevalorados. Son básicamente un cartel gigante que dice: «No tengo permitido comer carbohidratos». Al menos los músculos sirven para algo. —Señaló una colchoneta que había en el suelo—. Venga, tú primero.

Me dejé caer sobre la colchoneta, agradecido, y el sudor se me metió en los ojos, que me empezaron a picar.

—¿En serio entrenas así todos los días?

—Todos los días. —Sonríe con pesar—. No me puedo permitir engordar cuando tengo a todo el mundo prestándome atención.

—Claro, claro...

Dadas nuestras respectivas figuras, me sentó fatal la manera en que había dicho «engordar».

Debió de notárseme en la cara, porque no tardó en añadir:

—Que no es que eso tenga nada de malo, ¿eh? Es por el trabajo y tal.

—No, si lo entiendo.

La verdad es que lo respetaba. Yo trabajaba duro para mi padre, pero, aunque de vez en cuando había que levantar trastos muy pesados, la mayor parte del trabajo en la obra consistía en ir a buscar cosas o quedarse de pie sujetando un tiralíneas. Y al menos tenía los fines de semana libres. Nunca me había parado a pensar en la cantidad de trabajo que le suponía a Chance mantener su estatus de ídolo atractivo.

—En serio —insistió—. Es una estupidez. La gente se imagina que los famosos están todo el día para arriba y para abajo con champán y admiradoras, pero en realidad nos pasamos el día comiendo pechuga de pollo y haciendo cardio.

Me tumbé para empezar a hacer abdominales y me sobresalté cuando Chance se arrodilló a mis pies, se inclinó hacia delante y cruzó los brazos sobre mis rodillas.

—Es para ayudarte a mantener la posición —me explicó y me dio una palmada en el muslo—. ¡Venga, dale!

Empecé a hacer abdominales y Chance dejó caer la cabeza y apoyó la barbilla en los antebrazos.

—En serio, Holc, vas genial. Se te da muy bien.

Por mucho que me animara con sus palabras, no pude acallar mi parte inconformista y dije:

—No tan bien como a ti.

—Macho, ¿no me estabas escuchando o qué? ¡Que hago ejercicio todos los días! Es tu primera vez y vas genial. —Trataba de sonreír a pesar de estar agotado, y estaba aún más guapo así—. De modo que no te quites mérito, ¿vale?

Sentí una ráfaga de calor.

—Vale.

Y, en algún lugar de mi cerebro, algo me dijo: *Podrías besarlo ahora mismo.*

Me quedé paralizado, con la espalda pegada a la colchoneta. Chance se irguió, preocupado.

—¿Qué pasa?

—Nada.

Retomé los abdominales a toda prisa, con los ojos cerrados para que Chance no notara nada en mi mirada.

¿Y eso a qué coño venía? Si ni siquiera me gustaban los chicos.

Y, aunque me gustaran, no me gustaría Chance. No en plan romántico.

Era evidente que había sido un pensamiento fortuito e involuntario. Como cuando te asomas al borde de un edificio alto y sientes el impulso de tirarte. La «llamada del vacío» lo llaman los franceses. A todo el mundo le pasa. No significa que quieras tirarte de verdad. Es solo que sabes que podrías hacerlo.

Era evidente que aquello era lo mismo. Cada vez que me levantaba para hacer un abdominal, tenía la cara a pocos centímetros de la de Chance, de modo que, sí, técnicamente, podría acercarme un poco más y besarlo. Era una posibilidad física. Pero solo eso.

Como saltar de un edificio.

—Oye, ¿estás bien?

—Sí, sí —gruñí—. Es solo que... me cuesta más de lo que pensaba...

—Mejor. —Volvió a esbozar una sonrisa pícara—. Cuanto más odias algo, mejor te sienta.

Y, de repente,

todo

cambió.

¿Sabes esas ilusiones ópticas que hay en internet? ¿En las que parece que no se ve nada hasta que enfocas el punto del centro y entonces toda la imagen empieza a moverse, o los colores cambian, o lo que parecía una imagen resulta ser otra?

Pues eso fue lo que pasó. De repente lo vi todo, como una explosión de fuegos artificiales; comprendí a la perfección por qué había aparecido ese pensamiento en mi mente: había pensado en besar a Chance Ng porque *quería* besar a Chance Ng.

Era una locura; hasta entonces solo me habían gustado las chicas y, cuando veía porno, buscaba el de chicas. Claro que era capaz de reconocer que Chance era atractivo —la mandíbula marcada como la del prota de una peli de acción, los ojos oscuros y penetrantes, el pelo siempre despeinado a la perfección—, pero era como quien admira un cuadro.

Por no decir que me había pasado los dos últimos años odiándolo. Acabábamos de empezar a hablar de nuevo. Ni siquiera lo había visto desde que teníamos quince años. Nada tenía sentido.

Y, al mismo tiempo, tenía todo el sentido del mundo, aunque me resultara aterrador. ¿No sentía a veces que era la única persona del mundo que *no* quería besar a Chance Kain? Estaba bueno, era rico y le sobraba el talento.

En ese momento estaba pegado a mí, apretándose contra mis piernas.

Y yo tenía los pies metidos debajo del culo de Chance, y lo único que los separaba de su paquete eran unas pocas moléculas de poliéster. Me di cuenta, espantado, de que de repente no podía parar de pensar en los dedos de mis pies.

En el juego de *Tetris* que se estaba desarrollando en mi cerebro, cayó la última pieza en su sitio e hizo que una fila entera comenzara a parpadear.

Durante todo el rato que habíamos estado haciendo ejercicio, había pensado que era la envidia la que me había hecho fijarme en todos y cada uno de los músculos de los brazos de Chance.

Pero la envidia no te la pone dura.

—Eh... Creo que yo ya estoy.

Saqué los pies de debajo de Chance intentando hacer como que no pasaba nada.

—Vale. —Chance me miró con curiosidad y se tumbó en la colchoneta con las rodillas en alto—. ¿Me sujetas tú las piernas ahora?

La idea de sentarme a sus pies igual que lo había hecho él, con la entrepierna apretada contra sus tobillos, hizo que me fuera la sangre a las mejillas. Y a otro lado. Me metí las manos en los bolsillos de los pantalones cortos, tratando de ocultarlo.

—¡Ah! Pues, eh, es que...

Entonces oí pasos por las escaleras.

Buf, gracias a Dios.

—¿Chance? —El padre de Chance se asomó a la habitación y abrió los ojos de par en par al verme—: ¡Anda! Hola, David. Me alegro de volver a verte. —Volvió a centrarse en Chance, que se incorporó en la colchoneta—. Chance, deberías ir a asearte un poco. Benjamin va a llegar en media hora para la reunión por Skype. —Volvió a mirarme—. Siento tener que meterte prisa para que te vayas, David. Chance tiene la agenda muy apretada este fin de semana.

—No pasa nada —le aseguré.

De hecho, me venía genial; de repente lo que más deseaba era poner un poco de distancia entre Chance y yo.

Chance me miró.

—Ha estado bien el entrenamiento, Holc. ¿Repetimos cuando no esté tan ocupado?

¿Era cosa mía o me estaba dedicando una sonrisa de esperanza?

—Sí. Claro. Cuando quieras.

Me di la vuelta y salí pitando hacia las escaleras.

El padre de Chance me dio una palmada un poco incómoda en el hombro al pasar.

—¡Vuelve pronto, que estabas perdido!

—Sí, señor Ng.

Pero el padre de Chance tenía razón: estaba perdido, muy perdido.

9

«Encrucijada». Sustantivo.
— —Situación complicada o comprometida que resulta difícil solucionar.

Ridley hizo un gesto con el que me indicaba que continuara.

—Eh... —Cerré los ojos—. Un lugar donde se cruzan varios caminos.

—Bien.

Ridley tiró la tarjeta al montón que había en el suelo. Era domingo por la tarde, esa hora melancólica en la que aún no ha acabado el finde, pero ya se ve venir su fin. La luz del sol atravesaba las persianas en diagonal y creaba franjas doradas en la pared.

Estábamos recostados en extremos opuestos de la cama de Ridley. En una casa sumida en el caos y repleta de cosas frikis (dibujos de personajes de juegos de rol hechos por encargo, construcciones de Lego de *Juego de Tronos*, una máquina de hacer gofres en forma de la Estrella de la Muerte...), Ridley se había rebelado y mantenía su cuarto impoluto, como si fuera la habitación de un hotel o un hospital. La cama hecha, la ropa colgada en perchas, un escritorio blanco de madera con el cable del portátil enrollado y todos los bolígrafos colocados en fila. La única prueba del fanatismo friki de sus padres era un mural geométrico de la Montaña Solitaria de *El hobbit* que habían pintado ellos mismos antes de que Ridley naciera. Me parecía guay que lo hubiera dejado; los ángulos definidos y la puesta de sol resplandeciente convertían su cuarto en un lugar en el que podías evadirte. En la pared de enfrente había fotos impresas de gente con la mandíbula suelta; la práctica característica de Ridley de dejar la boca abierta y mover la cabeza de un lado a otro al hacer fotos para crear caras extrañas. Había fotos de ella así en la playa y en el insti, y de toda la familia con la misma cara en Disney World. Era una costumbre un poco rara, pero era algo característico suyo.

Ridley tomó otra tarjeta.

—«Falacia». Sustantivo.

—Engaño, mentira. Argumento falso pero que parece verdadero.

—Correcto. —Dejó caer la pila de tarjetas delante de mí y cambió de postura en la cama—. Bien, ahora dame caña a mí.

—Tienes que currarte un poquito las frases para ligar, eh.

—¿Y lo dices tú?

Suspiré y recogí las tarjetas.

—¿No hemos terminado todavía?

—Terminaremos cuando se termine el montón de tarjetas.

Me apoyé contra la pared.

—Pero si es que no tiene sentido. Ya has superado a todos los demás con tu nota, y yo ni siquiera tengo por qué hacer el examen.

—Ya, pero quiero subirla más todavía. Y sí que tienes que hacerlo.

En teoría, tenía razón. Aunque los exámenes de acceso a la universidad no me importaban, ya que iba a aprender carpintería al acabar el instituto, mi padre me había hecho prometer que los haría de todas formas, por si acaso. Así, si al final veía que no me gustaba la carpintería, siempre podría volver atrás y sacarme alguna carrera. Me había parecido un buen trato: el futuro que quería a cambio de un sábado de exámenes.

Pero ahora Ridley me estaba obligando a estudiar.

—Bueno, vale..... —Agarró un delfín de peluche y lo lanzó hacia el techo una y otra vez—. Pues entonces cuéntame cotilleos. Ayer estuviste haciendo ejercicio con Chance. ¿Está tan petado como en las fotos o es todo Photoshop?

Me acordé de sus hombros mientras hacía flexiones, de cada músculo definido y abultado.

—Es todo auténtico.

—Ufff... —Se apretó el delfín contra la ingle—. Me van a explotar los ovarios. Mira que tener un pase vip para ver el espectáculo de Chance Kain y sus musculitos y que se acabe desperdiciando en un público al que se la suda...

Ojalá. Si eso fuera verdad, la vida sería mucho más sencilla. Después de volver a casa, me pasé toda la tarde escondido en mi cuarto, intentando averiguar qué significaba todo aquello. Me puse a ver páginas porno y confirmé que no me atraía cualquier chico desnudo. Entonces, ¿por qué al pensar en las manos de Chance en mis brazos sentía chispas por dentro?

Pero no podía contarle nada de eso, de modo que me limité a tirarle una almohada y decirle:

—Deja de abusar de Flipper.

—Qué más da, si a él le gusta. Los delfines son unos pervertidos. ¿Sabías que se enrollan anguilas alrededor del pene para masturbarse? Y tienen penes prensiles.

Movió la mano hacia delante y hacia detrás.

—¡Puaj! Pero ¿cómo sabes tú eso?

—¿Cómo es que no lo sabes tú? Pensaba que los chicos estabais obsesionados con los pitos. ¿Sabías que los penes de los equidnas tienen cuatro glandes? Y es más raro aún de lo que parece ya de por sí, porque encima las hembras solo tienen dos vaginas. Supongo que a Dios le deben de encantar los tríos de equidnas.

A esas alturas estaba rojo como un tomate, que era por supuesto lo que Ridley pretendía. Me las arreglé para mantener la calma, o al menos lo bastante como para decirle:

—Ya veo que pretendes ser lo más original posible en las redacciones de los exámenes, ¿eh?

Sonrió y se dio la vuelta para mirarme con la barbilla apoyada en el delfín.

—Bueno, cuéntame más sobre la mansión de Chance. Quiero detalles.

—No es una mansión.

—Me has dicho que tenían una estatua. ¿Tenían una estatua o no? —Fruncí el ceño—. ¿Ves? Es una mansión.

—Ridley, no quiero hablar sobre Chance, ¿vale?

Soné más enfadado de lo que pretendía. No quería siquiera pensar en Chance, y el hecho de que no pudiera dejar de hacerlo me estaba volviendo loco.

A Ridley se le agrió la sonrisa.

—Vale, madre mía. Tampoco hace falta que te pongas así.

Señaló la pila de palabras.

Agarré una tarjeta.

—«Alicaído». Adjetivo

—Tú desde que has llegado a mi casa.

—Muy graciosilla.

Ridley se incorporó.

—En serio, Davey, ¿qué es lo que te preocupa? Si es Chance, vale, lo entiendo; sigues cabreado por lo de Darkhearts. Pero, si lo odias tanto, ¿por qué sigues quedando con él?

Era una buena pregunta, y me habría encantado saber la respuesta. Pero conocía a Ridley lo suficiente como para saber que, si le contaba aunque fuera solo una mínima parte de la verdad, lo descubriría todo y no dejaría el tema jamás. No creía que se fuera a burlar de mí, sino todo lo contrario; se entusiasmaría tanto que sería mil veces peor. Se pondría a maquinar y querría controlar cada detalle. Lo último que necesitaba era que Ridley se pusiera a planear mi boda ficticia con Chance.

—No es eso —le respondí.

—Entonces, ¿qué?

Señalé con las tarjetas hacia los libros y los portátiles.

—Es que estoy harto de estudiar. Es una estupidez.

—Tú sí que eres estúpido. Y lo que quiero decir con eso es que eres muy inteligente, y por eso sería estúpido no estudiar. —Frunció el ceño, muy seria de repente—. En serio, David. Esto es importante. Solo tenemos una oportunidad.

—Pero si tú vas a hacer los exámenes por segunda vez.

—Me refiero en plan metafórico. Elegir ir a la universidad o no es una de las decisiones más importantes de tu vida. —Ladeó la cabeza—. ¿Seguro que no quieres al menos pedir plaza en la Universidad de Washington conmigo? Solo para ver qué pasa. —Hizo un gesto con la mano hacia su cuarto—. Podríamos compartir piso. Yo te traería a chicas que hacen teatro a casa, y tú me encontrarías a chicos guapos del departamento de arte a los que les guste la carpintería, y organizaríamos fiestas de artistas y gente bohemia en casa como si fuera París en el 1700. Los dos trabajaríamos en la misma cafetería monísima y tú podrías construirles muebles y yo organizaría noches de cine mensuales... —dejó la frase sin acabar, perdida en su propia fantasía.

Así era Ridley. Para ella, la vida era una película y todos éramos sus actores. No solía importarme —su facilidad para el dramatismo hacía que los sucesos del día a día parecieran un poco más épicos—, pero estaba harto de esa discusión en concreto. Mantuve el rostro impertérrito, mirándola fijamente hasta que volvió a enfocar la vista y regresó a la Tierra.

Levantó las manos en señal de derrota.

—Vale, vale.... —Suspiró—. Solo quiero que seas feliz.

—Y voy a ser feliz, Rid. Me gusta trabajar con madera. Se me da bien trabajar con las manos.

—Ya, eso es lo que dicen por ahí. —Ridley esbozó una sonrisa pícara—. A mí no me importaría trabajar con el palo de Chance Kain.

—¡Oye! ¿En qué hemos quedado?

—¡Ay, venga ya! *Valar Babulis*; es decir, «todas las chicas deben babear». El chico está para hacerle un favor. Cuando lo odiabas era distinto, pero ahora que os lleváis bien voy a por todas. Necesito que me ayudes a conseguir que se enamore de mí. —Se dio la vuelta, sostuvo el delfín en alto y lo miró fijamente a los ojos de plástico—. A lo mejor podríamos ir todos a la montaña, y podrías fingir que se te estropea la camioneta, y Chance y yo podríamos ofrecernos a vigilarla mientras tú vas andando hasta la gasolinera más cercana. Y lo planeamos para que sea de noche, en algún sitio muy elevado, y hará tanto frío que los dos tendremos que acurrucarnos para entrar en calor.

—Menuda ridiculez —le espeté.

—Ya lo sé... —Me miró de arriba abajo—. Ya sé que en realidad no tengo ninguna posibilidad con Chance. Pero el «no» ya lo tengo, así que déjame soñar un poco. —De repente me observó con una mirada penetrante—. A menos que sepas algo que yo no sepa... ¿Hay alguna razón por la que no debería intentarlo?

Sí.

Aunque eso no era del todo cierto. Estaba claro que lo que estaba empezando a sentir —y ni siquiera sabía aún con seguridad qué era— hacia él era unilateral. Chance y yo habíamos estado haciendo ejercicio, no ligando. Había sido una tarde de *gymbros* y ya está. Chance solo quería ser mi amigo, y yo no iba a volverlo todo más incómodo de lo que ya era.

Lo que significaba que no había motivos para cargarme los planes de Ridley.

Ninguno que estuviera dispuesto a admitir, al menos.

—No —refunfuñé.

—Pues genial. A ver qué podemos tramar. —Se mordió el labio—. A lo mejor podríamos decirle que nos lleve en su yate...

—No tiene yate.

—¿Seguro?

En realidad no tenía ni idea.

—Bueno, eso, que podemos salir a navegar en su yate y yo finjo que me ahogo, así que él se tiene que lanzar a por mí, me salva y me hace el boca a boca. Y entonces le digo: «Ay, ¿cómo voy a poder pagártelo?», y él me dice: «No es nada», y le contesto: «No, insisto, deja que te lleve a...».

Me sonó el móvil. Miré el mensaje.

CHANCE:

¿Puedes quedar ahora?

Ridley se percató de mi sorpresa. Se quedó boquiabierta.

—Espera… ¿Es él?

Asentí con la cabeza.

—¡Ay, Dios! —Agitó las manos y los pies en el aire como un insecto moribundo y luego rodó sobre sí misma hasta quedarse de rodillas—. ¿Qué quiere?

Se lo conté y Ridley se llevó las manos a la boca al instante.

—¡Bua, esto es como el rollo ese de *El secreto*! ¡Lo de la ley de la atracción! ¡Le expreso mis deseos al universo y el universo los cumple! —Me agarró de los hombros—. ¡Pregúntale si puedo ir yo también!

—Rid…

—¡Por favor! Si se lo preguntas, te debo una.

Viniendo de Ridley, esa era la moneda de cambio más valiosa.

Suspiré y le respondí.

YO:

Estoy en casa de Ridley.
¿Puede venir ella también?

Su respuesta fue inmediata.

CHANCE:

Solo tú. ¿Me recoges?

—¿Qué ha dicho? —me preguntó Ridley.

Intentaba decidir cómo responderle cuando me llegó otra notificación. Miré hacia abajo y encontré una única palabra. La última palabra que esperaba ver de Chance Kain.

CHANCE:

Porfa.

10

Ridley estaba decepcionada, pero insistió en que fuera de todos modos.

—El rey del *goth-pop* te necesita.

—Lo que necesita es que lo lleven a algún sitio —refunfuñé.

—Para eso está Lyft, tontaco. —Recogió las tarjetas y mis libros y me lo puso todo en las manos—. Está claro que te necesita a ti.

Cuando aparqué frente a la casa de Chance, ya me estaba esperando de nuevo junto a la puerta, vestido con una camisa granate ajustada con charreteras de estilo militar y unas líneas negras, como tajos, en el pecho. Llevaba el pelo peinado a la perfección y parecía que acababa de salir de un programa de entrevistas o de una nave espacial. Cualquiera de las dos opciones parecía posible.

Corrió hacia el coche y se subió.

—Ey.

—Buenas. —Pisé el embrague—. ¿A dónde vamos?

—A donde sea. —Apoyó la cabeza en la ventanilla—. Tú conduce y ya está.

No me gustaba nada que se estuviera acostumbrando a que fuera su chófer, pero era evidente que algo no iba bien, así que lo dejé pasar. Metí primera y nos marchamos.

Como había aparcado con el coche mirando hacia el norte, me dejé llevar hacia esa misma dirección. Un poco más tarde estábamos atravesando el túnel formado por las copas de los árboles del Arboretum. Justo después, la carretera se bifurcaba, y una de las dos direcciones llevaba a la autopista; la tomé por impulso y la camioneta aulló mientras metía las marchas y salíamos disparados hacia el puente.

El puente 520, con casi dos kilómetros y medio, es el puente flotante más largo del mundo. El sol estaba bajo a nuestra espalda y se reflejaba en cada ola diminuta mientras atravesábamos el lago Washington. Al sur veíamos la montaña, que se cernía sobre nosotros como la de los créditos iniciales de las películas.

Chance no había dicho nada todavía. Casi podía oírlo rechinar los dientes mientras miraba por la ventana.

Saqué el móvil del bolsillo y lo conecté a los altavoces del coche. Me quedé un rato dándole vueltas a qué disco poner, y luego me decidí por la opción más obvia.

Empezó a sonar una guitarra junto con el suave golpeteo de unas escobillas, y el ritmo acústico intenso de *Out of this World* de The Cure inundó la camioneta. Bajé la ventanilla y saqué el brazo a la vez que subía el volumen de la música para que sonara por encima de las ráfagas de viento que aullaban al entrar en la camioneta como un animal enjaulado. El aire me iba azotando rítmicamente la mano extendida.

Chance seguía sin hablar y sin cambiar la expresión, pero por el rabillo del ojo vi que había empezado a mecer la cabeza, aún apoyado contra la ventana, moviéndose de manera involuntaria al ritmo de la música. El tipo de vaivén que la gente denomina «autocalmante» en el caso de los niños autistas pero que todo el mundo lleva dentro, en alguna parte, aunque no se permita sacarlo.

Bloodflowers: el mítico disco de The Cure que a los tres nos parecía perfecto de principio a fin. El disco que nos motivó para formar un grupo. Confuso, macabro, delicado y pausado de un modo que resultaba impactante y te llegaba a lo más hondo. *Out of this World* no era mi canción favorita, pero tampoco tenía elección; si ibas a poner más de una canción de un disco, tenías que reproducirlo en orden, tal y como el artista lo había concebido. Esa era la norma de Eli.

Giré hacia el sur por la 405 cuando la canción llegaba a su fin, atravesamos las torres relucientes de Bellevue y luego giramos de nuevo hacia el este por la I-90. Los rascacielos dieron paso a los barrios residenciales y luego a los árboles. Vimos la cordillera de las Cascadas, montañas enormes y escarpadas con la cima coronada de oro y la falda oculta en la penumbra.

Con cada kilómetro que nos alejábamos de la ciudad, veía a Chance destensarse y recobrar el ánimo poco a poco. Bajó la ventanilla y sacó también la mano, alzándola y bajándola para sentir la presión del viento a nuestro paso.

Empezó a sonar *Maybe Someday* mientras llegábamos a los pies de las montañas, y Chance le dio un golpe al salpicadero justo al ritmo de la batería.

—¡Joder!

Pero lo dijo con alivio. Se recostó en el asiento y al fin me miró y me dedicó una media sonrisa.

Asentí. Puede que no supiera los detalles, pero conocía la sensación a la perfección.

Perseguimos los últimos rayos de luz del día mientras ascendíamos por las montañas, ganando altura a ciento veinte por hora. Llegamos a lo alto de Snoqualmie Pass, el paso de las montañas, justo cuando el disco llegaba a su fin con un último aullido de guitarra. Chance soltó un suspiro muy largo.

—Ay —señaló con la cabeza a nuestra derecha, hacia los telesillas abandonados que subían por las laderas cubiertas de hierba—, ¿te acuerdas de cuando tu padre nos traía a hacer *snowboard* aquí arriba?

Asentí con la cabeza.

—¿Seguís viniendo?

—A veces, sí.

A decir verdad, no solíamos ir tan a menudo desde que había dejado Darkhearts. Aunque de vez en cuando me unía a los mellizos Martínez, mi padre nunca había pasado de la posición básica, dejándose caer en zigzag. Normalmente se pasaba el día en la cafetería del hotel, leyendo libros en el móvil y comiendo patatas fritas onduladas —las únicas patatas fritas malas— que le costaban diez dólares. Nunca se quejaba, pero me sentía culpable de todos modos. Además, tampoco era muy divertido hacer *snow* solo.

—Aquellos sí que eran buenos tiempos —dijo Chance con nostalgia.

Seguimos avanzando y el reproductor de mi móvil, que estaba en modo aleatorio, pasó a *Broadcasts in Colour* de Boy Is Fiction. El aire iba enfriándose a medida que recorríamos el lado oeste de los picos. En lugar de subir las ventanillas, encendí la calefacción.

Cuando pasamos junto a un pueblo diminuto que tenía una única gasolinera, Chance preguntó:

—¿Hasta dónde vamos a ir?

Como si todo aquello hubiera sido idea mía…

Me encogí de hombros.

—Hasta donde haga falta.

Chance sonrió; su primera sonrisa auténtica de la noche. Estudió la autopista, que estaba casi vacía, y me indicó la señal de una salida.

—Vamos por ahí.

—¿Y ahí qué hay?

—Eso es lo que vamos a averiguar.

Le hice caso, pero no había nada al final del carril de salida, solo un cruce vacío bordeado de árboles. Giré hacia un lado cualquiera, sin pensarlo, y luego hacia otro.

Poco después ya ni siquiera veíamos la autopista y avanzábamos por una carretera recta de dos carriles. Allí no había luces; ni siquiera nos llegaba el resplandor de las granjas lejanas. Solo había campos vacíos y colinas cubiertas de maleza que se iban revelando en parpadeos, como en una tira de película, gracias al haz de luz de los faros. De repente el carril parecía demasiado estrecho.

La música comenzó a fallar hasta que se apagó del todo. Chance se inclinó para echarle un vistazo al móvil.

—No hay cobertura.

—Uy. —Sabía que se podía ir en coche hasta algún sitio remoto en el que no hubiera cobertura, claro, pero nunca me había pasado—. Será por las montañas. Estamos en un valle o algo así.

Seguimos avanzando en silencio. Después de un minuto, Chance dijo:

—Guau, no hay ni Dios por aquí.

—Ya veo, ya.

—Es como una de esas carreteras de las pelis de miedo. En plan, donde se nos avería el coche y la única casa que hay cerca es la de unos paletos asesinos.

Solo de pensarlo me dio un escalofrío, pero me reí.

—Sí, o algún asesino en serie con una máscara y un gancho de esos de las carnicerías.

Chance también se rio.

Seguimos adelante. Aún no habíamos visto otro coche.

Al cabo de un minuto, Chance dijo:

—En realidad creo que iba desencaminado; no parece una zona de asesinos. Sería más bien una peli en la que recogemos a una chica que hace autostop y que no habla, y cuando volvemos al pueblo descubrimos que lleva muerta veinte años.

—O lo mismo nos abducen los extraterrestres. Es una zona ideal para encontrarnos con los típicos círculos en las cosechas.

—Espero que estés listo para que te hagan todo tipo de pruebas.

Ambos nos echamos a reír, pero después, cuando nos quedamos en silencio, lo oí comprobar que las puertas estuvieran cerradas.

Seguimos con conversaciones similares, comentando posibles escenarios, mientras el miedo que nos negábamos a reconocer nos envolvía, crepitante.

Por fin aparecieron unas luces a lo lejos que aliviaron la tensión. Disminuí la velocidad a medida que nos acercábamos.

Había unos focos pequeñitos a lo largo del suelo rocoso que iluminaban un letrero de madera con la forma de Washington y las palabras PARQUE ESTATAL STONE FOREST.

—Pues aquí estamos —declaró Chance con tono de autoridad.

—Supongo. —Señalé con la cabeza un cartel más pequeño con letras en negrita y sin adornos—. Pone que por las noches está cerrado.

—Pero, por suerte, alguien se olvidó de cerrar.

Tenía razón: un poco más allá de la calzada de entrada había una gran verja metálica que estaba abierta. Chance me miró expectante.

Cambié de marcha y giré para entrar.

El camino llevaba a un aparcamiento vacío y sin iluminación. Con la luz de los faros solo pudimos ver algunas mesas de pícnic y unos carteles informativos. Cuando aparqué y apagué las luces, la oscuridad nos cubrió como una manta pesada.

Nos quedamos allí sentados un momento a la espera de que se nos acostumbrara la vista. Entonces Chance abrió la puerta y lo seguí. Nada más salir me paré en seco.

Sobre nosotros había más estrellas de las que había visto en toda mi vida. Se extendían en todas direcciones en el cielo enorme, sobre las olas negras que formaban las colinas circundantes.

—Joder. —Chance echó la cabeza hacia atrás mientras daba vueltas despacio. Hablaba con una voz delicada y reverente—. Qué locura.

Se acercó a la mesa de pícnic que teníamos más cerca. Se tumbó encima, despatarrado, y yo me senté en uno de los bancos, donde los rombos de metal recubiertos de goma se me clavaron en las palmas de las manos.

—Ojalá conociera al menos alguna de las constelaciones —dijo Chance.

Me sorprendió.

—¿No conoces ninguna?

—Me sé los nombres, pero nunca las encuentro.

Señalé el cielo.

—Pues esa de ahí es la Osa Mayor.

—¿Dónde?

Traté de señalar con más precisión.

—Ahí.

—Eso ya me lo has dicho.

Me incliné hasta que tuvimos las cabezas pegadas, una al lado de la otra, y volví a señalar.

—Mira, es el carro de ahí, esas cuatro estrellas que forman casi un rectángulo y esas tres que forman como una cola.

—¡Ah, coño! Vale, ya lo veo.

Moví el dedo.

—Y, si sigues la línea de esas dos estrellas de delante, el borde del carro, ves que señala hacia la Estrella Polar. Que es la cola de la Osa Menor.

—Joder, ¿y cómo sabes tanto sobre las estrellas?

Pensé en cuando había ido de acampada con mi padre, aquel primer verano después de que mi madre se marchara. Se suponía que iba a pasar parte de las vacaciones con ella, pero, por supuesto, no vino a por mí.

—No sé, lo aprendí y ya está.

—Qué guay.

Se produjo otro largo silencio mientras observábamos el cielo. Cuando ya no podía soportarlo más, pregunté:

—¿Qué hacemos aquí, Chance?

Hizo un gesto a su alrededor.

—Vivir una aventura. Mirar las estrellas.

Me costó, pero logré contenerme y no dejarle ver lo mucho que me estaba irritando.

—Ya sabes a qué me refiero.

Volvió a quedarse callado. Esa vez esperé.

Al final suspiró.

—La discográfica me está intentando presionar para que vuelva al trabajo: una gira nueva, un disco nuevo…, algo.

—Dios, pero si Eli no lleva muerto ni un mes…

—Ya, pero todo el mundo ha perdido un montón de dinero al tener que cancelar la gira sin haberla acabado. No tengo tiempo para estar triste, a menos que esa tristeza les haga ganar dinero. He tenido reuniones todo el fin de semana y he intentado explicarles que Eli era el compositor, pero les da igual; quieren comprar canciones compuestas por otros para que las grabe yo. Contratar productores. Benjamin dice que, mientras yo siga siendo la cara del grupo, la mayoría de los fans ni siquiera se darán cuenta.

Se me formó un nudo en el estómago. Intenté decirme a mí mismo que esa rabia repentina que sentía era por Eli, por el hecho de que lo tratasen como si fuera desechable. Pero me resultaba todo demasiado familiar. «Los fans ni siquiera se darán cuenta».

—Pero no es solo eso. —Chance sacudió la mano en el aire, enfadado—. Es que…, vale, quizá tengan razón, quizá pueda seguir yo solo. Pero ¿y si no puedo? ¿Y si Eli era quien tenía el toque especial y todo el mundo odia la música nueva? Con la gira, vale, bueno, puede que la gente venga a verme. Pero, si el próximo disco fracasa, la discográfica me dejará tirado, y Benjamin siempre habla de lo rápido que el público se interesa por otra cosa. A los dieciocho años ya voy a ser un fracasado, alguien que fue famoso en el pasado.

Sus palabras, al decirlas así, como si nada, me desmenuzaron el nudo de rabia que tenía en las tripas y me lo repartieron por todo el cuerpo. Sentía que me vibraban las extremidades.

—Dios —dije con sequedad—. Qué horror, eh.

Chance ni siquiera se dio cuenta del tono de voz que había empleado; estaba demasiado absorto en su propio drama.

—¿Verdad? Con todo lo que construimos juntos, y todo podría irse a la mierda de repente. —Chasqueó los dedos—. Así, sin más. ¿Y luego qué?

Yo sabía qué venía luego; lo estaba viviendo.

Sin alterarme, en una voz relajada, le dije:

—Así que esta es tu gran crisis: que puede que tengas que dejar de ser una estrella del *rock*.

Chance giró la cabeza de golpe y me miró a través de la oscuridad.

139

—¡No es eso! Ahora hay gente que depende de mí. Todo mi equipo, Benjamin, la discográfica… ¡Puede que mis padres tengan que mudarse!

—Uy, sí, debe de ser muy difícil mudarse de una mansión.

Se levantó como un resorte.

—¿Por qué te estás comportando como un gilipollas? ¡Pensaba que éramos amigos!

—¿Lo somos, Chance? ¿Lo somos de verdad?

Lo peor era que casi había empezado a creérmelo; había empezado a actuar como si esa vez fuera a ser todo distinto. Pero Chance seguía siendo el mismo capullo arrogante y egocéntrico de siempre. Me daba rabia y vergüenza a la vez; ya me la había jugado dos veces, de modo que sentía que esa vez era culpa mía por haber sido tan tonto.

Vomité las palabras, ardientes y amargas:

—Porque, que yo sepa, llevábamos ya varios años sin ser amigos. Has estado de gira por el mundo, siendo don Famoso, mientras yo estaba aquí viendo cómo pasaba todo. Y ahora me llamas para que lo deje todo, esté haciendo lo que esté haciendo, y venga a escucharte lloriquear por la posibilidad de que tengas que volver a ser una persona normal. Bueno, ¿pues sabes qué, Chance? ¡Tienes razón! ¡Ser normal es una mierda! Pero no te preocupes. Los dos sabemos que, en cuanto termines de revivir los mejores momentos del cole conmigo, te olvidarás de todo y volverás a ir de aquí para allá en jets privados con gente sofisticada. Y yo seguiré aquí. —Me bajé del banco de un brinco, rabioso—. Así que, ¿sabes qué? Que le den por culo a todo eso y que te den por culo a ti.

—Dios, es que solo te importa lo que tenga que ver contigo, ¿eh? —Chance sacudió la cabeza y se bajó de la mesa—. A pesar de lo bien que lo estábamos pasando, de todo lo que he hecho para intentar recuperar la amistad, sigues sin poder pasar cinco minutos sin que te reconcoma la envidia. Te metes conmigo por ser famoso y no puedo hablar del tema sin que te pongas de mal humor. —Extendió los brazos—. Cuando me miras, ¿me ves acaso? ¿O solo ves un espejo gigante que refleja tus propios errores? Porque yo he sido sincero contigo —se dio un puñetazo en el pecho— y estoy intentando que volvamos a ser amigos. Y lo único que haces es culparme por tus propias decisiones.

—¿Mis decisiones? Pero ¡si me dejasteis tirado!

—¡Tú fuiste el que dejó el grupo! —El grito de Chance resonó por las laderas—. ¿Qué se suponía que tenía que hacer, encadenarte a la sala de grabación de la casa de Eli? ¡Querías dejarlo, y lo dejaste y ya está! Y nos jodió bastante a Eli y a mí, por cierto, aunque a ti te la sudara. Tuvimos que apañárnoslas para averiguar cómo ser un grupo de solo dos miembros. Pero, en fin, qué más da. —Levantó las manos y se encogió de hombros, todo dramático—. ¿Y sabes qué? Que recuerdo que estabas contento con tu elección hasta que firmamos con la discográfica. Y es ahora, después de que Eli y yo nos lo currásemos a muerte, cuando te arrepientes. —Resopló y sacudió la cabeza, cabreado—. Eres consciente de que te habríamos dejado volver al grupo, ¿verdad?

Me quedé paralizado.

—¿Qué?

—Eli y yo lo estuvimos hablando. Incluso después de que te marcharas y nos dejaras colgados. Incluso después de conseguir que nos fichara la discográfica. Eras nuestro amigo, Holc. —Volvió a resoplar—. Si nos lo hubieras pedido, te habríamos dejado volver.

De repente sentí que los sonidos se apagaban y el mundo a mi alrededor se distanciaba. Me pitaban los oídos, oía un ligero tono agudo, como cuando te lanzan una granada aturdidora en un videojuego de disparos en primera persona. Me mareé y me agarré a la mesa de pícnic para tener algo con lo que sujetarme.

Me habrían dejado volver...

—Pero no nos lo pediste. —Chance se acercó a mí—. Ya no querías estar en el grupo. Y todo lo que logramos de ahí en adelante fue cosa de Eli y de mí. Así que no me vengas ahora con ese rollo, como si te hubiéramos robado algo. Fuiste tú el que nos dejó.

Se acercó más aún, con la cabeza ladeada, hasta que nuestras narices casi se rozaban.

—Si tienes algún problema con todo eso, Holc, enfréntate al espejo.

Extendí los brazos de pronto, casi sin saber lo que hacía, y lo empujé hacia atrás. Chance abrió los ojos de par en par, y entonces fue él quien me puso las palmas en el pecho y me empujó. Me abalancé sobre él sin pensármelo y lo volví a tirar contra la mesa. Se liberó de mí con una fuerza sorprendente y me di un golpe en el codo contra el borde del banco y sentí que me saltaban chispas por todo el brazo.

Ninguno de los dos nos dimos puñetazos. No era ese tipo de pelea; ni montamos el numerito de los típicos enfrentamientos del comedor del instituto ni se parecía a una lucha a vida o muerte de una paliza entre bandas. Era algo diferente: la externalización física de la frustración. Nos agarramos el uno al otro, sin saber lo que intentábamos conseguir, tan solo conscientes de que tenía que ocurrir. Nos aferrábamos a la ropa del otro mientras nos esforzábamos por sujetarnos los brazos para retenernos. A Chance se le fueron desabrochando los botones de la camisa bajo mis dedos.

Me di un golpe en la rodilla contra el lateral del banco y caímos dando tumbos hasta que nos chocamos contra la base de hormigón de la mesa. Sentí otra descarga al golpearme el codo por segunda vez.

El impacto nos dejó sin fuerzas para seguir luchando. Nos separamos como de mutuo acuerdo y nos giramos hasta acabar bocarriba, respirando con dificultad.

En lo alto, las estrellas seguían girando despacio.

Podría habérselo pedido. Podría haber llevado una vida completamente distinta con una sola llamada. Chance tenía razón; habría sido muy fácil.

¿Por qué no lo había hecho?

Chance jadeó a mi lado:

—¿Tregua?

Me alegré de que estuviera demasiado oscuro como para que pudiera ver el rubor que me había provocado el sentimiento de culpa.

—Tregua.

—Joder. —Gruñó, se incorporó y se sacudió la camisa arrugada—. No nos peleábamos así desde que estábamos en el colegio.

Esbocé una sonrisa débil, me apoyé sobre los codos magullados y al instante me arrepentí.

—Desde lo de Eli y las cartas de Magic.

—Sí.

Chance soltó una carcajada entre jadeos. Y rompió a llorar.

11

e quedé de piedra, paralizado por la sorpresa. El silencio de la noche magnificaba los jadeos de Chance: sollozos intensos y espantosos que le sacudían todo el cuerpo. Se encorvó mientras se agarraba el vientre.

Después de demasiado rato, me atreví a decir:

—¿Chance?

—Lo maté yo —dijo con la voz entrecortada.

—¿Qué?

Aquella noche nada tenía sentido.

—¡Lo maté! —Se agarró las rodillas y dejó la cabeza colgando como si fuera a vomitar—. ¡Yo maté a Eli!

Aún tenía el cerebro entumecido por tantos sobresaltos, pero eso no impidió que se apoderara de mí un terror gélido. Me puse en cuclillas despacio y sentí que las rocas y la tierra se me incrustaban en las palmas de las manos.

—Pero ¿qué dices?

—Sabía que estaba deprimido. —Chance soltó un hipo y habló con la voz temblorosa—: Para él era más duro estar lejos de casa, lejos del resto de sus amigos. Empezó a beber. Conseguía el alcohol a través de los tramoyistas. No se lo dije a nadie.

Sentí una oleada de alivio.

—Chance, eso no es…

—¡Lo sabía! —Me caí de espaldas ante el rugido de Chance—. Eli odiaba ir de gira. A mitad de la primera gira, ya estaba harto. Lo único que quería era quedarse en casa y componer. Pero teníamos mucha presión. —Se frotó los ojos con las palmas de las manos—. Y podría haberlo hecho; podría haberse ido a casa y ya está. A Eli no le importaba una mierda el dinero, ni la discográfica, ni nada. Podría haber hecho lo que quisiera. Pero no lo hizo porque no quería decepcionarme *a mí*. —Miró el cielo mientras la luz de las estrellas jugueteaba sobre su precioso rostro desfigurado por la pena—. Yo no paraba de presionarlo: que si unos cuantos conciertos más, que si unas cuantas entrevistas más, que si tenemos que hacer ese vídeo, que si era mejor quedarse en Los Ángeles, más cómodo para todos… Llegó un punto en que se iba directo a su habitación y se emborrachaba después de cada concierto. Bebía hasta que perdía la consciencia, solo en la oscuridad de su habitación. Yo solía decirle a la gente que estaba trabajando en nuevos temas. —Soltó una carcajada fría y rabiosa—. Vi todas las señales que deberían haberme advertido de lo que estaba ocurriendo. Y las aparté, las ignoré. Porque soy un egoísta.

Se miró las manos y luego alzó la vista para mirarme a mí, con el rostro desencajado, vulnerable. En un susurro ronco que no tenía nada que ver con Chance Kain, el dios del *rock*, dijo:

—He matado a mi mejor amigo.

—Chance…

Estiré la mano y le toqué el hombro.

Chance se abalanzó sobre mí. Noté que se estremecía contra mi cuerpo y lo rodeé con los brazos en un acto reflejo. Enterró la cara en mi hombro, abrazándome fuerte mientras una nueva tormenta de sollozos se apoderaba de él.

Me sorprendí al darme cuenta de que yo también estaba llorando; lágrimas pesadas y silenciosas que me recorrían las mejillas y aterrizaban en el pelo de Chance. Tal vez fuera por la proximidad de su dolor, que me activaba las neuronas espejo como ocurre con los primates. Tal vez fuera por saber que, después de todo, Eli y él no me habían traicionado. Pero, de repente, la distancia prudencial que había logrado mantener se evaporó y tuve que enfrentarme no solo a la teoría de lo que le había ocurrido a Eli, sino a la realidad. El chico tímido y encantador que se quedaba despierto toda la noche jugando conmigo. Que me había hecho un tono de llamada personalizado por mi decimotercer cumpleaños. Y que había estado tan triste que no sentir nada le había parecido mejor que sentir cualquier cosa.

Nos quedamos allí sentados durante unos minutos que se hicieron eternos, yo en cuclillas, en una posición rara e incómoda, y Chance aferrado a mí como alguien que se estaba ahogando. Nunca había abrazado a otro chico, y menos de ese modo. No tenía ni idea de qué hacer con las manos y al cabo de un rato decidí acariciarle la espalda, aunque me sentía ridículo, como si acariciara a un perro.

—Chance… —le dije—, ya está, ya está.

Pero lloró con más fuerza.

Al fin, cuando los sollozos dieron paso a unas respiraciones largas y temblorosas, dejé de agarrarlo con tanta fuerza y me eché hacia atrás hasta que pude verle la cara.

—Oye, Chance, necesito que me escuches, ¿vale? Tú no mataste a Eli. ¿Y sabes cómo lo sé?

Sus ojos eran pozos oscuros; Chance no se atrevía a albergar ninguna esperanza. Esperé para obligarlo a responder.

Respiró despacio y me preguntó:

—¿Cómo?

Sonreí.

—Porque *siempre* has pensado solo en ti mismo, y eso no ha matado nunca a nadie.

Chance soltó una carcajada sorprendida, estuvo a punto de atragantarse con los mocos y bajó los brazos.

—Cabrón.

—Lo digo en serio. —Le apreté el hombro—. Nada de esto es culpa tuya. Vale, tú querías seguir de gira... ¿Y qué? Como has dicho tú mismo, Eli era una persona independiente. Podría haberlo dejado también si una parte de él no quería seguir en el grupo.

Hizo una mueca.

—Pero él sabía que yo...

—Así solo me estás dando la razón, Chance. Deja de pensar que todo gira en torno a ti. ¿Que podrías haber hecho más para ayudarlo? Claro, seguro que todo el mundo podría. Pero Eli podía decidir por sí mismo. ¿Quieres echarme en cara que dejé el grupo? ¿Quieres que asuma la responsabilidad de mis propias decisiones? Vale, genial. —Le señalé con el dedo—. Pero eso significa que tienes que hacer lo mismo con Eli. Lo que pasó es cosa suya, no tuya. ¿De acuerdo?

Me estaba mirando fijamente, sin pestañear.

Lo sacudí del hombro sin demasiada delicadeza.

—¿Vale?

Dejó escapar un suspiro.

—Vale.

—Vale.

Volví a sentarme en el suelo, a su lado, pero no dejé de rodearle los hombros con el brazo. Y Chance se apartó.

—Gracias, Holc. —Me rodeó la espalda y también me agarró del hombro. Se giró hacia mí—. Eres un buen chico.

Los últimos vestigios de mi resentimiento se desvanecieron. Puede que siguiera enfadado por cómo había ido todo con Darkhearts. Puede que siempre lo estuviera. Pero, en ese momento, no estaba enfadado con Chance. Ya no.

—Tú también.

Chance bajó la mirada hacia mi hombro, que se me estaba congelando mientras se evaporaban sus lágrimas. Se secó la cara con la muñeca.

—Creo que te he llenado de mocos.

—De eso sí que eres responsable.

Se rio y levantó el brazo que le quedaba libre.

—¿Un abrazo de hermanos?

Nos abrazamos mientras nos dábamos palmadas en la espalda con la misma fuerza de la pelea anterior. El pelo de Chance me hizo cosquillas en la oreja. Olía a sudor, a detergente de lavanda y al típico desodorante con el bote de colores de neón que se llama algo tipo Hielo Brutal.

Pero, cuando dejamos de darnos palmadas, no se apartó. Ni yo tampoco. Nos quedamos allí, uno al lado del otro, pero con el cuerpo retorcido y pegado. Notaba su espalda firme y cálida bajo las manos. Y Chance me apretaba lo suficiente con los brazos como para sentir cada respiración entrecortada.

Me sentía vacío. Agotado. Sentía las extremidades tan pesadas como las mancuernas de Chance de la mañana anterior, aunque a Chance no parecía molestarle seguir soportando su peso sobre los hombros. Nos apoyamos el uno en el otro.

Y de repente no quería que me soltara.

Pero poco después sentí que retiraba los brazos. Esa vez fue él quien se echó hacia atrás, lo bastante como para mirarme. El viento que bajaba por las montañas lo despeinó, aunque ya tenía el pelo alborotado. Solo podía ver algunos rasgos de su rostro —una mejilla, la punta de la barbilla—, pero resplandecían a la luz de las estrellas como la ciudad por la noche: elegantes, misteriosos y muy familiares.

—¿Holc?

Recibí en los labios el aliento de la palabra, aún caliente de su boca.

Se me cortó la respiración.

—¿Sí?

Y de pronto nos estábamos besando.

No sé quién fue el que dio el primer paso. Parece algo importante, ¿no? Quién besó a quién. Quién fue lo bastante valiente como para ser el primero en pasar por encima de esa trinchera. Pero quizá sea mejor así, sin puntos que anotar.

Para mi sorpresa, tenía unos labios suaves y vacilantes, casi tan ligeros como su aliento. Sin embargo, cuando el primer roce me recorrió los nervios hasta llegar al cerebro, fue como si alguien hubiera activado un electroimán y nos hubiera pegado el uno al otro. Tenía el labio inferior entre los suyos y notaba ligeramente sus dientes tras ellos. Alcé la mano para acariciarle la mejilla, cálida y suave, y luego la bajé por el cuello y le recorrí el pelo liso de la nuca hasta llegar a la melena espesa y cuidada. Por alguna razón acariciarle aquel pelo perfecto me resultaba tan excitante como el beso en sí.

Tras una infinidad de idas y venidas en las que uno retrocedía mientras el otro lo perseguía, como las olas de la playa, nos acabamos separando.

Nos miramos fijamente a través del espacio que de repente había quedado entre nosotros.

—Joder —soltó Chance entre jadeos.

Estallamos en carcajadas alocadas de emoción, alivio y miedo. Y ni siquiera entonces me soltó.

Cuando dejamos de reír, me miró con expresión seria.

—¿Y qué significa todo esto?

Sentía el sudor frío en las axilas y una emoción tensa pero alegre en las entrañas, como si estuviéramos en una montaña rusa que subía hacia la cima, antes de caer.

Respondí con sinceridad:

—No tengo ni idea.

Y volví a abalanzarme sobre él.

12

i móvil se volvió loco cuando llegamos a la autopista: empezó vibrar y a pitar al recibir un montón de mensajes de texto y del buzón de voz, uno tras otro, en cuanto volvimos a tener cobertura. Me lo saqué del bolsillo y le eché un vistazo rápido, con un ojo puesto en la autopista vacía. A excepción de tres, que eran de Ridley, todos los mensajes eran de mi padre, resumidos convenientemente en el último:

PAPÁ:
¡¿DÓNDE ESTÁS?!

—Ay, mierda.

Miré el reloj de la radio del coche: 01:17.

—¿Qué pasa?

Chance tenía los dedos extendidos delante de una de las rejillas del aire acondicionado, calentándoselos con el exceso de calor del motor.

—No le he dicho a mi padre dónde estaba.

—Uhhh. —Chance hizo una mueca—. ¡Te la vas a cargar!

Me reí. Sabía que debería sentirme culpable o estar asustado, pero no podía. En ese momento no.

Le dije a Chance que hiciera algo por la vida y que viera cuánto íbamos a tardar en volver. Toqueteó su móvil y dijo:

—Joder, ¿una hora y media? Al venir hacia aquí no me pareció tanto tiempo.

Tal vez pudiera lograr que tardásemos menos yendo a toda velocidad, pero tampoco demasiado. Me acerqué el móvil a la boca para que me oyera por encima del ruido de la carretera y le pedí al asistente de voz que mandara un mensaje a mi padre. Cuando el móvil emitió un pitido de confirmación, dicté:

—Siento no haberte dicho nada. Estoy bien. Voy para casa; llegaré sobre las tres. Enviar mensaje.

El teléfono me leyó el mensaje para que comprobara si estaba todo bien y luego lo envió.

Chance me miraba, apoyado en la puerta del copiloto.

—¿Te va a caer una buena o qué?

—Pues no lo tengo claro. —No tenía toque de queda como tal y mi padre no solía liármela, pero eso de volver a las tres de la mañana era un límite que nunca había cruzado—. ¿Y tú?

—Nah, no pasa nada. Como mi padre y yo estamos por ahí tan a menudo, siempre que estamos en casa mi madre y él desaparecen en su dormitorio y cierran la puerta en cuanto llega la hora de dormir de Livi. Ni siquiera se van a dar cuenta de que no estoy.

—Ay, Dios.

Imaginarme a los padres de Chance follando era incómodo a varios niveles, y más aún con Chance justo a mi lado.

Chance soltó una risita.

La camioneta atravesó el paso de la montaña zumbando. Tenía los ojos secos y arenosos, y me vibraba todo el cuerpo, como si hubiera tomado demasiada cafeína.

Chance y yo casi no pronunciamos palabra. Tal vez ninguno de los dos quería echar a perder el encanto del momento. Sin embargo, de vez en cuando intercambiábamos una mirada y ambos empezábamos a sonreír sin control.

Quería estirar el brazo y tomarle la mano, pero la ansiedad estaba empezando a invadirme de nuevo. Si lo intentaba, ¿aceptaría? Estaba tan agotado que todo me resultaba confuso; los besos que nos habíamos dado empezaban a parecer un sueño, el producto de una imaginación hiperactiva. Todo lo que había ocurrido aquella noche parecía pertenecer a la oscuridad, y estábamos a punto de salir de ella.

Pero Chance seguía regalándome esa sonrisa suya.

Al fin llegamos a su casa y detuve la camioneta. Chance se desabrochó el cinturón y nos quedamos un momento mirándonos.

—Bueno, pues... Eh... —dije.

Se abalanzó sobre mí y me besó; un pico rápido.

Al apartarse, seguía sonriendo.

—Adiós, Holc.

Y la puerta se cerró tras él.

Volví a casa, despierto solo por las endorfinas y la necesidad imperiosa de hacer pis. Pensé en aparcar a una manzana de casa, para evitar despertar a mi padre, si es que estaba dormido, pero luego llegué a la conclusión de que, si se había ido a la cama, lo mejor sería que viera la camioneta fuera cuando se despertara. Al aparcar vi que las luces de la cocina y del salón estaban encendidas, pero eso no tenía por qué significar nada. Podría haberlas dejado encendidas para mí. Me acerqué a hurtadillas a la casa, introduje la llave en la cerradura y abrí la puerta con cuidado.

Una ráfaga caliente de olor a canela me envolvió y supe que me iba caer una regañuza.

153

Mi padre estaba sentado en la mesita de la cocina, con el móvil, que estaba cubierto de polvo blanco, en las manos. Había más harina aún en la encimera, y sartenes llenas de rollitos de canela frente a él, galletas en el horno y un pan de plátano encima del microondas.

Mierda, mierda, *mierda*.

—¿Qué tal está Chance? —me preguntó.

Me esperaba una buena. Mi padre solo hacía repostería cuando estaba estresado, y para que se hubiera puesto a hacer rollitos de canela y bizcocho de plátano...

—Eh..., bien.

—Me alegro. —Me asustaba lo ligera que sonaba su voz—. ¿No quieres que te cuente cómo sabía que estabas con Chance? Al fin y al cabo, me habías dicho que ibas a estudiar con Ridley.

—Papa, es que...

—Me dijiste que estarías en casa a las nueve. Cuando vi que no aparecías, pensé: bueno, da igual, a lo mejor están viendo una peli o algo. Cuando llegaron las diez, te mandé un mensaje. Pero supongo que estabas muy ocupado.

—Sí, lo siento...

—Así que a las once —alzó la voz por encima de la mía, sin dejarme hablar—, al ver que seguías sin responder, me tuve que poner en contacto con Ridley. Pero, claro, no tengo su número. Ni siquiera me acordaba de su apellido. Así que tuve que ponerme a cotillear tus redes sociales hasta que la encontré. Y, como Ridley no respondía a mis mensajes, porque seguro que estaba dormida, como debería haber estado yo, tuve que investigar su perfil hasta que encontré a sus padres. Pero, claro, tampoco leían los mensajes de Facebook que les enviaba, así que he tenido que pagar cuarenta dólares, que pienso restarte de tu sueldo, por cierto, para averiguar sus números de teléfono a través de una de esas páginas web de detectives de Internet.

Sentí que me iba encogiendo, pero no dije nada. Estaba claro que había estado ensayando el discurso y no pensaba dejar que lo interrumpiera.

—De modo que he llamado casi a medianoche a unas cuantas personas que no conozco, que seguro que tienen que ir a trabajar por la mañana, y al fin he conseguido ponerme en contacto con su madre al tercer intento. Por suerte, ha sido muy comprensiva y ha ido a despertar a Ridley, y así es como me he enterado de que te habías ido por ahí con Chance Ng. He intentado llamar a sus padres, pero, por supuesto, han cambiado de número, y en la web esa de los teléfonos no aparecían. —Frunció el ceño—. Supongo que cuando eres rico y famoso puedes pagar a alguien para que borre toda esa información. Así que estaba pensando cuánto debía esperar antes de llamar a la policía cuando por fin me has mandado un mensaje para decirme que llegarías a casa a las tres de la mañana. A las tres, joder. —Cerró el puño alrededor del móvil, y después lo abrió de nuevo y lo dejó sobre la mesa con cuidado. Adoptó una expresión de tristeza—. ¿A qué viene esto, David? Nunca te he dado la tabarra con el tema de llegar a casa tarde. Lo único que te pido es que me mantengas informado. Que pienses en mí, aunque sea solo un poco.

—Ya, si lo sé —dije a toda prisa—. Y lo siento. Te habría enviado un mensaje, pero es que era una emergencia, más o menos, y luego nos quedamos sin cobertura.

—¿Que os quedasteis sin cobertura? —dijo mi padre, sobresaltado—. Pero ¿dónde coño estabais?

—Eh… —De repente vi nuestra pequeña aventura a través de sus ojos y me invadió la culpa—. Cerca de Ellensburg, creo…

—¡¿Ellensburg?! —Abrió tanto los ojos que resultaba cómico—. ¿Habéis cruzado el paso de la montaña y no se te ha ocurrido decírmelo?

—¡Es que no lo habíamos planeado! —insistí—. Hemos ido hasta allí sin pensar. Ya te he dicho que era una emergencia.

—¿Qué clase de emergencia hace que tengas que recorrer en coche más de trescientos kilómetros entre la ida y la vuelta?

—Es que Chance lo estaba pasando mal.

—Ah, claro. —Mi padre se cruzó de brazos y se dejó las marcas de las huellas de los dedos, blancas por la harina, en la camisa de franela—. Tiene que ser durísimo ser tan rico. Cuanto más dinero, más problemas.

—Joder, papá. No todo tiene que ver con eso. —El eco inesperado de mi propia pelea con Chance me dejó descolocado—. ¿Por qué eres tan duro con él?

—¿«Tan duro con él»? Pero sí tú mismo me dijiste que era un capullo pretencioso, tanto que te echó de tu propio grupo. Luego se hizo rico gracias a tu trabajo, pero no me dejaste demandarlo para que nos dieran la parte que te pertenece. Te tiraste dos años deprimido y, en cuanto aparece desesperado por tener un amiguito, te desvives por él. —Se inclinó hacia delante y se agarró a la mesa—. Lo que pasa es que no quiero que vuelva a aprovecharse de ti.

Me enfurecí.

—¡No se está aprovechando de mí!

Mi padre me clavó la mirada.

—¿Estás seguro?

¿Lo estaba? Todo había sido un auténtico torbellino. Esa noche me había parecido diferente, como si todo hubiera cambiado. Y sí que había cambiado algo. Pero ¿qué significaba?

¿De verdad me había equivocado al estar resentido con Chance durante todos esos años? ¿O era solo que ya me había tocado a mí quedarme prendado de Chance, como todos sus fans desesperados?

No lo creía. Pero, a decir verdad, estaba tan cansado que apenas podía pensar. Sentía el cerebro retorcido como una de esas tiras de regaliz.

—Tengo que hacer pis.

Pasé por delante de la mesa en dirección al baño.

—¡Eh! —Mi padre se levantó de la silla—. ¡Que no he terminado de hablar contigo!

—¿Prefieres que mee en el suelo?

No miré hacia atrás; tan solo agarré el pomo de la puerta del baño.

—¡Me cago en todo, David! —Mi padre le dio un golpe a la pared, frustrado—. ¡Vale! Pues nada, vete. Igualito que tu madre.

Las palabras estallaron en la habitación y le arrebataron el aire a la estancia.

Se me quedó la mano paralizada sobre el pomo. Me giré.

Mi padre estaba perplejo, como si hubiera sido yo quien había dicho algo imperdonable. Mientras lo contemplaba, vi que su asombro se convertía en vergüenza. Levantó la mano y se cubrió la barba y el puente de la nariz, como si quisiera contener unas palabras que ya se le habían escapado. La harina le volvió blanco el pelo castaño, como el de un anciano.

Tras una eternidad, al fin habló:

—Ve a lavarte y tira para la cama —dijo en voz baja—. Tienes que estar listo para trabajar en cinco horas.

Tan solo pude asentir despacio, darme la vuelta y entrar en el cuarto de baño. Cuando salí, las luces estaban apagadas y la puerta de su cuarto cerrada.

Subí las escaleras hacia mi habitación en la oscuridad, envuelto en rabia, vergüenza y el olor del glaseado de vainilla, mientras me preguntaba cómo se había complicado todo tanto.

13

Mi padre se apiadó de mí e hizo una paradita en Starbucks a la mañana siguiente. No solía tomar mucho café, pero sentía los ojos como uvas estrujadas y, al menos, el ardor amargo me los mantenía abiertos.

Ninguno de los dos habló demasiado durante el trayecto; las palabras de la noche anterior seguían revoloteando en silencio en el interior de la furgoneta. Tras los quince minutos más largos de nuestra vida, aparcamos junto a la furgoneta de Denny. Mientras que la de mi padre era la furgoneta de carga blanca típica de los obreros, la suya estaba pintada con dibujos psicodélicos, con una caricatura de ella montada en un dragón y empleando un rodillo de pintura muy largo como lanza.

Denny estaba subida a una escalera cuando entramos, pero se bajó a toda prisa cuando mi padre empezó a sacar de una bolsa las consecuencias del desastre de la noche anterior.

—¡Joder! ¿¡Eso es pan de plátano!?

—Y rollitos de canela. —Mi padre despejó una zona de la mesa de trabajo—. Es todo casero.

—Hala, Derek. Guau. —Tomó una rebanada de pan de plátano y me apuntó con ella—. ¿Ves, Davey? Este es justo

159

el motivo por el que tu padre es el mejor contratista de Seattle. —Le dio un mordisco y puso los ojos en blanco—. ¡Ay, madre mía!

—Dale las gracias a David —dijo mi padre con sequedad.

Denny me miró sorprendida, con las mejillas abultadas.

—¿Lo has hecho tú?

Me encogí entre los hombros.

—No exactamente.

—Venga, engulle, Denny —le mandó mi padre—. Que hoy solo estamos nosotros, y no quiero llevarme a casa más curro del necesario.

—¿No viene Jesús? —pregunté, tratando de ocultar mi decepción.

—Hoy tenía que trabajar en otro sitio —me respondió mi padre sin mirarme—. Así que te toca ayudar a Denny.

—Vale.

Normalmente lo disfrutaba tanto como ayudar a Jesús, pero lo había dicho de una manera un poco inquietante.

—Lánzame un rascador, Den.

Denny hizo malabarismos con los dulces para poder obedecerle. Mi padre me entregó una especie de espátula metálica con una hoja ancha y plana y una máscara protectora.

—A quitar la pintura de la fachada. Sin escaleras; llega solo hasta donde alcances. Empieza en la pared este y ve limpiando a medida que avanzas.

—¡Ups! Gracias, jefe. —Denny me lanzó una sonrisa maliciosa pero amistosa—. No tengo ni idea de qué has hecho, pero me alegro de que lo hayas hecho. Espero que tengas auriculares para oír música.

—¿Recuerdas cómo se hace? —me preguntó mi padre.

—¿Cómo iba a olvidarlo? —murmuré.

—El descanso para comer es a la una. —Se volvió hacia la mesa de trabajo—. Hala, a quitar la pintura.

Quise responderle algo impertinente, pero me lo pensé mejor. Con un suspiro, agarré la botella de agua y salí al exterior. A juzgar por los fragmentos de *Infierno* de Dante que había leído para la clase de Lengua y Literatura, sabía que quitar la pintura de una pared no era técnicamente un círculo del Infierno, pero seguro que era solo porque se le había olvidado incluirlo. A primera vista, raspar la pintura no parece un peñazo, tal vez incluso pueda parecer satisfactorio, del mismo modo que a algunos niños les gusta echarse pegamento en las manos en primaria para luego despegárselo como si fuera una segunda piel. Pero hay que tener en cuenta las circunstancias: cuando se quita la pintura, no basta con dejar una pequeña zona limpia; hay que raspar todo lo que se vaya a pintar después y hay que buscar cada grieta y burbujita, por minúsculas que sean, y rasparlas para poder lijar e imprimar luego. Lo que resulta divertido durante cinco minutos se vuelve tolerable después de veinte e insoportable al cabo de unas horas.

El año anterior había pasado dos días larguísimos raspando paredes para mi padre en un bar de White Center, pero lo de ahora era aún peor. Porque el verdadero peñazo de quitar la pintura era que tenías que limpiarlo todo bien luego. Aunque mi padre estaba bastante seguro que esa pintura no tenía plomo tóxico, sus clientes no querrían que quedaran montones de pedacitos de pintura en el suelo. Lo que significaba que tenías que asegurarte de recogerlos todos.

Hasta el último fragmento.

Como la tarea era muy monótona, tenía mucho tiempo para pensar, pero a decir verdad no tenía claro que eso fuera bueno. Una parte de mi cerebro seguía a tope, entusiasmada con la aventura de la noche anterior, incluso aunque tuviera el cuerpo agotado, destrozado. Sin embargo, con cada hora que pasaba me surgían más preguntas.

¿Por qué babeaba de repente por Chance Ng? ¿Por qué justo por él? ¿Por qué ahora, cuando nunca había sentido nada por él en los años que habíamos pasado juntos? Nunca había pensado en besar a ningún chico, de modo que ¿qué significaba que hubiera ocurrido? Y, aunque había creído a Chance cuando me había dicho que me habrían dejado volver a Darkhearts, también era posible que mi padre tuviera razón; tal vez estuviera metiéndome en un berenjenal y podía acabar llevándome un buen tortazo. Porque, a pesar de lo que hubiera podido cambiar entre nosotros, Chance seguía siendo Chance, lo que significaba que cualquier día volvería a irse. Y yo seguiría allí, raspando pintura y tratando de averiguar qué significaba todo aquello.

Había terminado la pared este y estaba de rodillas recogiendo trocitos de pintura de la hierba cuando Denny salió a ver cómo estaba, con un rollito de canela en cada mano.

—Esto está que te cagas, eh —me dijo, y luego estudió la pared con ojo crítico—. No está mal. Puede que hoy acabes. —Le dio una patadita a la hierba alta que había a lo largo de los cimientos de la pared—. Pero deberías haber puesto una lona primero; así es mucho más fácil limpiar después.

La miré fijamente desde el suelo.

Una lona… ¿Cómo coño no lo había pensado?

Denny se echó a reír.

—No te preocupes, que no eres el primero. —Se sentó en un montoncito de madera que había cerca y me tendió un rollito de canela—. ¿Quieres uno?

A pesar de todo lo que representaban los rollitos de canela de mi padre, era innegable que estaban deliciosos. Y, desde luego, me apetecía descansar un poco. Me quité los guantes y me senté a su lado.

—Bueno —me pasó el rollito—, ¿qué has hecho?

Me encogí de hombros.

—Volví a casa muy tarde. Y no llamé para avisar.

Asintió con la cabeza.

—Yo también he pasado por ahí. ¿Te ha castigado?

—Todavía no.

—Qué suerte; la mayoría de los padres no son tan majos.

—Ya.

Pero no podía explicarle la verdad: que, al mencionar a mi madre, mi padre había cometido un pecado tan grave como el mío.

Cuando tenía siete años, mi madre anunció que se había hartado de su trabajo, de mi padre y de Seattle. No estaba segura de adónde iba a ir, solo sabía que se marchaba. Y me dieron a elegir: irme con mi madre o quedarme con mi padre.

Y yo, con mi inmensa sabiduría de un niño de siete años, elegí a mi padre, con la teoría de que, si me quedaba, mi madre tendría que quedarse por allí cerca para verme, y así podría estar con los dos. Creía que, al elegir a mi padre, estaba siendo más listo que ella. Pero no resultó ser así; en la década que había transcurrido desde entonces, la había visto solo tres veces. Ni siquiera me enviaba mensajes a menos que yo le enviara uno primero, de modo que cuando tenía unos diez años decidí dejar de intentarlo.

Con Denny no podía hablar de nada de eso, pero, cuando empezaron a reconcomerme de nuevo las preguntas de antes, supe que tenía que aprovechar la oportunidad.

—Oye, Denny…, ¿puedo hacerte una pregunta personal?

Se echó hacia atrás y apoyó los codos en las tablas de madera.

—Davey, por unos rollitos de canela como estos te daría hasta los códigos para activar un ataque nuclear.

Me armé de valor y le pregunté:

—¿Cómo supiste que eras lesbiana?

No pareció sorprenderle la pregunta; tan solo se pasó la lengua por las muelas con cara de reflexión.

—La verdad es que nunca tuve que cuestionármelo. —Esbozó una sonrisilla—. Recuerdo que cuando tenía unos seis años intenté besar a Claudia Demopolis en el tobogán en el recreo. Claudia se tiró justo cuando me estaba inclinando hacia ella y di una voltereta. Acabé con tres puntos en el labio.

—Ah. —Eso no me ayudaba demasiado—. Muy interesante. Gracias.

—De nada. —Denny levantó el rollito para darle otro bocado—. ¿Y has besado al chico que te gusta ya o qué?

—¡¿Qué?!

Se me escapó el rollito y lo atrapé unos centímetros antes de que cayera al suelo. Se me quedó el glaseado espachurrado en los dedos.

—Davey, soy una bollera que trabaja en la obra. Ya he mantenido este tipo de conversación otras veces. —Le dio un mordisco al dulce y se lo metió en la mejilla—. Así que cuéntame, ¿has besado ya al chico este que te gusta?

—Puede. —Me ardía la cara—. Bueno, sí.

—Guay. ¿Y te ha gustado?

Aquello era insoportable. ¿Por qué me había parecido buena idea sacar ese tema de conversación?

—Supongo…

—Pues ya está, eso es lo único que te hace falta saber.

—Pero es que nunca me habían gustado los chicos.

—¿Y? —Se giró hacia mí—. Hazme caso, chico, no te obsesiones con las etiquetas todavía. La sexualidad es... —Miró a su alrededor en busca de alguna metáfora y alzó lo que le quedaba del rollito de canela—. Es como este rollito. Lo ves y piensas: «Joder, qué buena pinta tiene», así que te lo comes. Y, si te gusta, pues repites. Todo lo demás, lo de si eres bi o pan o sapiosexual o lo que sea, todo eso son etiquetas, algo político, algo que sirve para ofrecerles a los *demás* una manera de referirse a ti. Y puede ser útil e importante para la sociedad, pero no tienes por qué elegir una bandera desde el principio. Te gusta lo que te gusta y ya está. —Le dio otro mordisco—. Y el chico este... ¿ha salido ya del armario?

—No exactamente. —Y entonces, solo porque tenía que decírselo a alguien, solté—: Es Chance Kain.

—¡¿Qué me dices?! —Denny alzó las cejas, sorprendida—. Empiezas pisando fuerte, ¿eh? Seguro que la mitad de los chicos de América se volverían gais por Chance Kain. El chico está para mojar pan.

De repente el terror se apoderó de mí.

—No se lo digas a nadie, por favor.

Denny me sonrió.

—Puedes confiar en mí, colega. La primera regla del Club Queer es no delatar a nadie, y eso también va por ti con Chance, ¿eh? Que todo esto puede ser bastante duro de por sí, sin tener a todo el mundo prestándote atención. Tómate tu tiempo y deja que él se tome el suyo.

Asentí. Volvió a darme una palmadita en el hombro.

—Si tienes alguna pregunta, me llamas, ¿vale? —Sacó el móvil y nos dimos los números—. Y no tienes por qué aguantar que nadie se meta contigo, ya sea hetero o *queer*. Tanto si acabas volviéndote loco por los chicos como si nunca vuelves a besar a otro, ahora eres de la familia. ¿Entendido?

Una oleada de alivio se me extendió por el pecho.

—Gracias, Denny.

—De nada. —Se chupó lo que le quedaba de glaseado de los dedos y luego se los miró—. Lo mismo debería haberme lavado las manos antes. —Se encogió de hombros y se levantó—. Bueno, qué más da. Que te lo pases bien encontrando todos los trocitos de pintura.

Cierto. La pintura.

Con un suspiro, me arrodillé de nuevo junto a la fachada de la iglesia y retomé mi penitencia.

14

¿Estás castigado, entonces?

E sa era la pregunta que se hacía todo el mundo. El mensaje de Ridley me estaba esperando desde aquella mañana, y en su puntuación excesiva casi podía oír su regocijo maníaco, ya que llevábamos todo el verano casi sin cotilleos. El mensaje de Chance, más comedido, me llegó durante el descanso para comer, cuando ya tenía la espalda dolorida de tanto encorvarme para recoger los fragmentos de pintura.

Les respondí lo mismo a ambos:

YO:

Creo (solo creo) que no...

Chance respondió al momento.

CHANCE:

Entonces supongo que puedes
venirte a nadar conmigo esta tarde,
después del trabajo 🙂

La locura de la noche anterior se me echó encima como un tsunami y se llevó el resto de mis preocupaciones. Lo único que respondí fue:

YO:

Puede que no sea una buena idea
si quiero seguir evitando que me castigue

Otra notificación.

CHANCE:

¿Mañana, entonces?

Le respondí que ya veríamos, pero tenía una sonrisa de oreja a oreja.

Puede que mi padre no me hubiera castigado de manera oficial, pero tampoco habíamos mantenido ninguna conversación al respecto. Aparte de mandarme al purgatorio de pintura, apenas habíamos hablado. Pero, en cualquier caso, sabía que salir esa tarde solo me traería más problemas. Además, tampoco era un capullo integral; puede que mi padre hubiera perdido la pelea al sacar el tema de mi madre, pero sabía que yo también la había cagado al preocuparlo. Así que, cuando llegamos a casa aquella tarde, sudorosos y mugrientos, dejé que se duchara primero. Cuando salió, había hecho palomitas y había puesto *Más allá del jardín* en la tele. Levanté el cuenco con cara de avergonzado.

—¿Noche de series?

Levantó ligeramente la comisura de los labios. Era evidente que había reconocido mi ofrenda de paz. Pero solo dijo:

—Voy a pedirnos una pizza.

Me aseguré de poner el móvil en silencio para que nadie nos pudiera interrumpir. Al cuarto episodio, ya estábamos los dos dormidos en el sofá.

A la mañana siguiente me dolía todo por haber dormido medio recostado en el reposabrazos, pero el ambiente en casa se parecía más al de siempre. Me pasé la primera parte del día siendo un trabajador modélico, tratando de predecir lo que iba a necesitar mi padre antes de que me lo pidiera, así que cuando llegó la hora de comer pensé que era el mejor momento para tantear el terreno.

—Oye —dije, intentando sonar despreocupado—, ¿te importa si voy a la playa con unos amigos esta noche después del trabajo? —Y añadí al momento—: Volveré a casa antes de que anochezca, de verdad. Es que hoy hace mucho calor.

El mero hecho de preguntarle ya era una concesión enorme; no había tenido que pedirle permiso para salir desde que me había sacado el carné de conducir, e incluso antes de eso se lo pedía más por el hecho de que me tuviera que llevar que para ver si me dejaba. Mi padre era un firme defensor de tratar a los niños como personas autónomas y, por tanto, mientras no faltara a clase o me arrestaran, mis planes eran asunto mío.

Sin embargo, todo eso parecía haber quedar en el olvido, ya que lo vi arquear una ceja.

—¿Con quién?

No pensaba mentirle.

—Con Chance. —Frunció el ceño—. Y puede que Ridley y más gente.

Lo cual técnicamente no era mentira. En un día tan caluroso, seguro que había más gente en la playa. Y puede que una de esas personas fuera Ridley. ¿Quién sabía?

Mi padre mantuvo el ceño fruncido durante un rato más, luego suspiró y sacudió la cabeza.

—Vale.

—¡Gracias, papá!

Empecé a recoger los restos del almuerzo a toda prisa para volver al trabajo antes de que mi padre pudiera seguir con la conversación. En cuanto me alejé y me aseguré de que mi padre no me veía, saqué el móvil y le envié un mensaje a Chance.

YO:

Podemos quedar hoy.

La verdad es que era un día perfecto para ir a la playa. El aire acondicionado de mi camioneta siempre había estado roto y, cuando llegué a la casa de Chance, tenía la camiseta empapada de sudor. El asiento de vinilo resquebrajado rechinó cuando me despegué de él.

Esta vez Chance no me estaba esperando para subirse a la camioneta a toda prisa. Mientras caminaba hacia la verja, sentí que empezaban a sudar las axilas el doble, y no solo por el calor; el corazón me martilleaba el pecho.

Lo cual era estúpido. Ya había estado allí antes, hacía solo unos días. Sin embargo, todo me resultaba desconocido. Cuando éramos amigos, o *eneamigos*, creía que sabía dónde me estaba metiendo. Pero ahora... ¿Sería todo diferente? ¿Quería que lo fuera?

Pulsé el botón del telefonillo.

—¿Sí? —dijo la voz de Chance.

—Hola, buenas, tengo un pedido para un tal Chance Ng. El paquete dice que son diecisiete consoladores XL, y algo que se llama el Anoquilador. Me hace falta una firmita.

—Muy gracioso. Te diría por dónde te los puedes meter, pero supongo que vienen con instrucciones.

La verja vibró y se abrió.

Chance me recibió en la puerta principal. Llevaba un bañador rojo y naranja, sandalias deportivas y una camiseta negra con la imagen de una furgoneta en llamas bajo las palabras TOMORROW WE DIE! De repente me di cuenta de que llevaba la camiseta del trabajo toda sudada y un bañador que me quedaba grande con estampado de camuflaje; lo único que quedaba con opción de envío en el mismo día cuando por fin había hecho el calor suficiente como para ir a la playa. Por lo visto la mayoría de la gente era muy rarita y se compraba el bañador en marzo.

—¿Preparado para irnos? —Chance se echó una toalla al hombro y me ofreció otra—. ¿Te has traído toalla?

—Uy. —Con las prisas por cambiarme y meterme en la camioneta nada más llegar a casa, me había olvidado por completo—. Pues la verdad es que no. Gracias.

—De nada.

Me la dio, salió y cerró la puerta.

—Bueno, ¿y adónde vamos?

En cuanto se lo pregunté, me di cuenta de que teníamos un problema. En Seattle, la gente sacaba los bikinis del armario en cuanto pasábamos los dieciocho grados. En un día caluroso de verdad como hoy, las playas estarían abarrotadas. Si Chance no podía ir al Golf Mortal sin que lo acosaran, ¿cómo íbamos a ir a una playa? ¿Y por qué no había caído en eso en ningún momento de las cinco horas anteriores?

¿Tal vez porque estabas demasiado ocupado pensando en cómo te ibas a sentir al ver a Chance en bañador?

Pero Chance no se dirigió hacia la puerta principal, sino que giró por el lateral de la casa, por el borde del jardín.

—Por aquí.

Ah, por supuesto.

—¿Tienes piscina?

—No.

—¿Una playa privada?

—No.

Pensé en Ridley.

—¿Un… yate?

Echó la cabeza hacia atrás y se rio.

—Joder, Holc, las sorpresas no son lo tuyo, ¿eh?

Por debajo de su casa había un camino de adoquines que bajaba en zigzag por la ladera escalonada, entre árboles frutales y arbustos decorativos. Al fondo había otro seto alto y un cobertizo más grande que algunos apartamentos.

Detrás del cobertizo había una puerta de madera más normalita. La cruzamos y llegamos a una escalera de cemento que casi parecía en un túnel, ya que la bordeaba otro seto y los árboles se cernían sobre nosotros.

—Hala. —Iba torciendo el cuello mientras bajábamos, intentando ver algo a través de los setos y las vallas de los vecinos—. ¿Esto es privado?

—No. Aunque la gente de por aquí hace como si lo fuera. Todo esto está lleno de pequeñas zonas de servidumbre secretas, sitios demasiado empinados para construir calles, por lo que los convierten en escaleras.

—Ah.

Cerca de mi casa también había algunas zonas así, pero parecían más abiertas, más públicas, y siempre estaban repletas de gente que paseaba a sus perros o personas que hacían ejercicio subiendo y bajando los escalones.

Al final, las escaleras daban a un callejón sin salida. Chance se dirigió hacia lo que parecía un camino de entrada para un coche, con una señal de PROHIBIDO EL PASO clavada en un árbol, encima de otra señal que advertía que el barrio estaba vigilado. Chance pasó a toda prisa por delante de ambos.

Lo seguí, un poco más vacilante.

—¿Conoces a la gente que vive aquí?

Chance negó con la cabeza.

—Ya te lo he dicho; la gente hace como si fuera privado, pero esto es una zona de paso pública. Lo he visto en Google.

La calzada desembocaba en el lago y, efectivamente, había una señal en la que ponía ACCESO PÚBLICO. Aunque el lugar al que se accedía tampoco era gran cosa: solo un banco con pintadas y una mata espesa de arbustos y nenúfares tras los cuales se veía el lago resplandeciente.

—¿Ves? —dijo Chance, sonriente—. Privacidad total.

—Y unas vistas preciosas. —Les di una patada los arbustos—. ¿Te has traído el machete?

—Anda ya, no seas gallina.

Dejó caer la toalla, se quitó los zapatos y se deshizo de la camiseta. Verle los músculos de la espalda moviéndose bajo la piel y los surcos curvados de las caderas, que apuntaban hacia el bañador como pistolas listas para que las desenfundara, hizo que se me removiera algo por dentro. Me di la vuelta y me quité la camisa despacio para ocultar mi rubor.

Para disimular lo incómodo que estaba, solté:

—Al menos los paparazis no vendrán a buscarte por aquí. Todo el mundo sabe que los vampiros odian el agua.

—En realidad solo el agua corriente. Y no seas estúpido.

Cuando me volví, Chance ya había atravesado los arbustos y vadeaba el agua por una zona estrecha que había entre los nenúfares. Lo seguí y me adentré en el lago. El agua me abrazó los pies, fresca y perfecta.

Pero entonces me hundí unos quince centímetros en el lodo.

—¡Puaj, qué asco! —Saqué el pie con un chapoteo mientras sentía la sustancia babosa entre los dedos—. ¡Es como pisar mierda de perro!

—Más bien mierda de pato. —Para entonces Chance estaba ya a unos cinco metros, y el agua aún le llegaba solo a los muslos—. ¡Venga, Holcomb!

—Ah, pues genial, ahora seguro que he pillado herpes de pato...

Seguí vadeando mientras el lodo iba formando en una nube fangosa a cada paso.

Chance llegó a la zona en la que se terminaban los nenúfares y se zambulló. Se deslizó sin esfuerzo bajo la superficie, medio visible a través de las olas brillantes como espejos, antes de salir como un delfín unos doce metros más adelante. Sacudió la cabeza, se apartó el pelo de los ojos y siguió nadando, moviendo los brazos en arcos perezosos.

Dios, qué guapo era. Las líneas definidas de sus pectorales, la barbilla como la de un puto príncipe de Disney... ¿Cómo no me había dado cuenta antes? O sea, a ver, sí que me había dado cuenta, pero no así. No de esa manera compulsiva y excitante que incluso me provocaba cierta presión en la entrepierna. ¿O lo habría sabido siempre una parte de mí y era solo que lo había enterrado bajo la envidia y el resentimiento? Incluso cuando aún estábamos en el grupo, ¿era posible que la irritación que me provocaban los alardes de Chance fuera un mecanismo de defensa, un intento de ocultar otros sentimientos a los que aún no sabía cómo enfrentarme?

Y, lo que era más extraño aún, ¿había sentido él lo mismo por mí?

—¿Holc?

Me zambullí, pero, en lugar de dar un salto elegante como él, me di más bien un planchazo. Salí a la superficie y nadé hasta donde se encontraba Chance.

Me sonrió.

—Es bonito, ¿eh?

—Sí.

Volví la vista hacia la costa y vi las casas lujosas que trepaban por la colina; un muro de verde y cristal. Hacia el norte, el puente por el que habíamos pasado unas noches antes era ahora una línea repleta de coches sobre el agua, y más allá había lanchas ruidosas que arrastraban a gente que hacía esquí acuático en círculos. Sin embargo, allí estábamos completamente solos.

—Me alegro mucho de que tu padre no te haya castigado —me dijo Chance.

—Yo también.

Se le había desprendido un mechón de pelo de la melena húmeda y repeinada hacia atrás, a lo mafioso, y se le había curvado en un arco perfecto sobre un ojo.

Al ver que no decía nada más, Chance me echó agua.

—Oye, ¿te pasa algo?

—No, nada.

—Mentiroso.

Me sonrojé, furioso y avergonzado por ser tan transparente. Chance frunció el ceño.

—¿Se te hace raro lo de la otra noche?

Sí.

—No.

—Oye, que no pasa nada si...

Se me abrió la boca sola antes de que pudiera detenerla.

—¿Esto es una cita?

En cuanto las palabras se me escaparon de los labios, supe que incluso haber tragado agua del lago habría sido mejor. O que me hubiera hundido en el lodo y me hubiera quedado allí, como una de esas ranas que hibernan.

Chance frunció el ceño.

—¿Te *gustaría* que fuera una cita?

—¿Te gustaría *a ti*?

Chance resopló, exasperado, y sacudió la cabeza.

—No te gusta poner las cosas fáciles, ¿eh?

Me quedé en silencio.

—Vale, venga, pues yo primero. Como siempre. —Suspiró y me miró a los ojos—. Sí, Holc, me gustaría que fuera una cita.

—Ah…

Aunque ya me lo veía venir, e incluso puede que esperase que esa fuera su respuesta, sus palabras me impactaron como si me hubiera arrollado el metro. Durante un momento me olvidé de que tenía que mantenerme a flote y se cumplió mi deseo original cuando una ola me inundó las fosas nasales. Me agité en el agua y tosí.

A Chance se le descompuso el rostro por la decepción.

—Joder, macho, podrías haberme dicho que…

—¡No! —Estuve a punto de tragar más agua en mi esfuerzo por interrumpirlo—. ¡No, no pasa nada! Me parece genial. —Parte de mí había estado esperando a oírselo decir a él, y ahora todo encajaba—. A mí también me gustaría. Lo de que sea una cita, digo.

Me miró a la cara.

—¿Sí?

—Sí.

Rompió a reír, aliviado, y se echó hacia atrás hasta quedarse flotando con los brazos extendidos.

—Madre mía, cabrón, me habías dejado en tensión.

Sonreí.

—Lo siento. No se me da muy bien todo esto.

—¿Lo de las citas? ¿O nadar? Porque parece que ninguna de las dos cosas.

—Que te den.

—Venga, anda, vamos a volver a donde hagas pie antes de que te tragues un salmón.

Era tal mi alivio ante la repentina claridad de la situación (¡estaba teniendo una cita con Chance, y me sentía cómodo!) que ni siquiera le discutí; tan solo lo seguí hasta una zona en la que podía rozar el fondo con los dedos de los pies, balanceándome con la estela de los barcos que pasaban a lo lejos. Chance encontró una roca sumergida en la que posarse y, desde allí, las clavículas le asomaban por encima del agua.

—Aquí estamos mejor —dijo—. Así ya no te ahogas cada vez que te haga una pregunta.

—Ja, ja.

Se le torció la sonrisa un poco.

—Entonces..., doy por hecho que nunca antes habías besado a un chico, ¿no?

—No. —Me invadió la inseguridad. ¿Cómo era posible que las dos respuestas posibles, si había ocurrido o si no, me hicieran sentir raro?—. ¿Y tú?

—No.

Lo dijo como si nada.

Otra oleada de alivio, aunque fuera injustificada.

—Entonces, lo que me estás diciendo es que soy el chico más guapo al que has besado jamás.

—Técnicamente, sí. —Me sonrió—. Si quieres ganar por descarte...

Me eché a reír. Puede que no tuviera ni idea de cómo tener una cita con un chico, pero al menos Chance y yo estábamos igualados.

—Pero sí que te has liado con chicas. Saliste con Jennifer Marse durante unos dos meses. Y besaste a Grace Kim después del concierto ese en el Black Lodge.

—Sí. Y estuve con Emerson, le fan del que te hablé, que era de género no binario. Pero esto es diferente.

Lo entendía a la perfección. Besar a Chance había sido a la vez familiar y extraño. Las líneas de su rostro eran más afiladas; su piel, más áspera. Olía diferente: a chico, a deporte, a menta, a alcohol y… a algo cálido, de algún modo.

Y, sin embargo, tenía los labios igual de suaves, una boca igual de delicada e insistente. La esencia era la misma. Como decía la canción, quizá un beso era solo un beso.

Chance me tiró un alga.

—Ah, y tú no me has llegado a contar con quién saliste mientras yo estaba de gira.

Me sonrojé y Chance abrió los ojos de par en par.

—Es alguien que conozco, ¿verdad? ¡¿Quién?!

Desvié la mirada y le dije la verdad:

—Maddy Everhardt.

—¡Lo sabía! —Chance sacudió el brazo, golpeó una ola y me tiró agua a la cara—. ¡Sabía que estaba coladita por ti! ¡¿Cuánto tiempo estuvisteis saliendo?!

Me enjugué el agua de los ojos.

—Tres meses. Hace casi dos años.

—¡Tres meses! —Chance frunció el ceño—. ¿Por qué rompisteis?

—Pues… —Qué incómodo—. Fue por ti, la verdad.

—¿Qué?

Parecía de lo más desconcertado.

Apreté los dientes al recordar todo aquello.

—Cuando vinisteis a tocar aquí, en el Paramount, en vuestra primera gran gira, parte de nuestro antiguo grupo de amigos fue a veros.

—Sí, me acuerdo. —Chance frunció el ceño de nuevo—. Recuerdo ver a Maddy allí.

—Sí. Ella quería ir.

—Y tú no.

—Exacto…

De repente parecía insignificante, pero por entonces estaba todo aún muy fresco y aún me afectaba.

Maddy era consciente, y en cierto modo lo entendía, pero insistía en que tenía que superarlo. «Son tus amigos —me dijo—. Vamos a apoyarlos».

Le dije que, si quería apoyarme *a mí*, se quedara en casa conmigo.

Pero acabó yendo. Y ese fue nuestro final.

—Guau —dijo Chance—. ¿Te dejó por un concierto?

Me encogí de hombros. ¿Podía considerarse eso que «me había dejado»? Desde luego, yo me había sentido como si me hubiera dejado. Vale, le había dicho que, si iba al concierto, eso significaba que lo nuestro no iba a funcionar. Pero con eso solo estaba exponiendo un hecho. La decisión había sido suya, y la había tomado. Y que no hubiera intentado arreglar las cosas más tarde no hacía más que confirmar lo que ya me temía: que solo le interesaba el David de la época del grupo, no el fracasado de después. A la hora de elegir entre Darkhearts y David, no había dudado.

Y nuestros amigos en común tampoco, ya que se habían puesto de su parte después de que rompiésemos. Me sentí bastante solo durante los meses siguientes, hasta que conocí a Ridley.

—Joder, Holc, lo siento —me dijo Chance, y parecía sentirlo de verdad.

Pero no quería su lástima.

—No pasa nada —solté.

Chance se percató de mi bajón y cambió de estrategia.

—Bueno, pasara lo que pasara, me alegro de que ya no estéis juntos. —Me dedicó una sonrisa pícara—. Es muy maja; no me gustaría tener que arrebatarte de sus brazos.

Me sonrojé, pero de repente me estremecí al caer en una cosa.

—Espera, entonces, la otra noche..., ¿ya sabías lo que iba a pasar?

Arqueó una ceja.

—¿Me estás preguntando si planeé que me diera un ataque de nervios para que me recogieras y me llevaras a ciento sesenta kilómetros de aquí, en mitad de la nada, solo para seducirte? —Me guiñó el ojo—. Demasiado trabajo, ¿no? Yo soy más de: «Qué zapatos tan chulos. ¿Follamos?».

Me sonrojé más aún, pero de repente necesitaba saberlo.

—No, pero, en plan... ¿Desde cuándo te gusto?

—¿Y quién ha dicho que me gustes? —Me echó otras gotitas de agua con el dedo—. A lo mejor es solo atracción física.

Me saltaron chispas en el cerebro y me quedé en blanco. Chance se echó a reír.

—Holc, que estoy de broma. —Las olas de una lancha motora que pasaba a lo lejos nos sacudieron—. Siempre me has gustado como amigo. O sea, cuando no te comportas como un capullo egocéntrico.

—Lo mismo digo.

—Pero gustarme de verdad... —Acarició la superficie del agua con las yemas de los dedos—. Desde que volví, creo. Cuando fuimos al Golf Mortal fue como una cita perfecta, así que cuando acabó ese día ya estaba bastante pillado. —Las olas se calmaron y Chance volvió a posarse sobre la roca—. ¿Y yo qué? ¿Cuándo te empecé a gustar?

—Eh... —Era una pregunta de lo más razonable—. No estoy seguro.

—Guau. —Chance hizo como que se abanicaba—. Me entran calores de lo romántico que eres, eh. —Sacudió la cabeza—. Te estás cargando mi ego, Holcomb.

—Y seguro que lo echamos todos muchísimo de menos —contrataqué—. Pero, no sé..., supongo que me di cuenta cuando estábamos haciendo ejercicio. Aunque me llevó un tiempo asimilarlo todo. Empezó a tener más sentido cuando fuimos a las montañas y cuando...

Hice un gesto confuso y Chance soltó una risita.

—¿Cuando nos besamos? Puedes decirlo, Holc.

—Sí, cuando nos besamos.

Los dos nos quedamos mirándonos y sonriendo como tontos. Al fin, Chance alzó el brazo, se apartó el mechón de pelo húmedo y se lo echó hacia atrás. Mis manos me pedían a gritos hacerlo por él.

—Bueno, sea como sea, me alegro de que haya ocurrido. Pero eso nos lleva a una nueva pregunta.

Se me revolvió el estómago.

—¿Cuál?

Su sonrisa se volvió aún más pícara.

—¿Qué haces ahí plantado, tan lejos de mí?

Se me revolvió el estómago de nuevo, pero esa vez era una sensación agradable. Fui dando saltitos como una rana hacia él, pisando con torpeza el suelo de lodo, y me detuve cuando estuve a punto de rozarle el pecho con el mío.

—Hola.

Nos miramos a los ojos, y estábamos tan cerca que tenía que elegir en cuál de sus dos ojos centrarme. ¿Era raro mirar a alguien a un único ojo? ¿Y si le miraba a un ojo, pero él me estaba mirando al otro? ¿Se podría decir que estábamos mirándonos el uno al otro, o estaríamos mirando *a través* del otro?

Y, sobre todo, ¿qué se suponía que tenía que hacer en ese momento? Era la oportunidad perfecta para besarlo. Más o menos me había pedido que lo hiciera, pero no podía sencillamente inclinarme y besarlo, ¿no? No podía acercarme flotando, como un manatí paliducho, y plantarle los morros en los suyos. Me parecía que debía decirle algo antes, algo romántico o ingenioso, tal vez.

—Pues, eh… —empecé a decir.

Pero Chance se inclinó hacia mí y me besó.

Ay, Dios, gracias.

Le devolví el beso, un beso intenso, y lo rodeé con los brazos. Chance respondió envolviéndome la cintura con las piernas, aferrándose a mí como el koala más sexi del mundo.

Al final había sido mejor no decirle nada. El peso de Chance nos empujó hacia abajo, de modo que me planté con firmeza en el lodo y se nos quedaron las caras justo por encima del agua. Bajo la superficie, le acaricié la llanura de la espalda y la cordillera de la columna vertebral. Me envolvió con más fuerza aún con las piernas, apretándome, y di gracias por que mi bañador tuviera una redecilla interior. Me di cuenta con un sobresalto de que también lo sentía a él; un bulto duro apretado contra mi estómago.

Sus labios abandonaron los míos y me recorrieron la mandíbula y el cuello. Deslicé las manos hacia abajo, por la tela fina y resbaladiza de la cintura de su bañador. Me aferré con los pulgares a sus caderas, con fuerza, y el sonido que emitió no se parecía a nada que hubiera imaginado jamás. Me agarró la cabeza con las dos manos y la giró hacia arriba para acercarme a sus labios.

—Dios —dije con un jadeo—. Es…

Una ola nos arrolló y nos sumergió a los dos.

Nos separamos y empezamos a reírnos y a escupir agua. Cuando nos secamos los ojos, Chance volvió a acercarse y me posó las manos en los hombros.

—Holc…

La palabra salió de sus labios vacilante, vulnerable, y su expresión era de sinceridad total.

Me latía el corazón cada vez más rápido.

—¿Sí?

Y me hundió.

Comenzó a atardecer justo cuando subíamos por la escalera secreta, caminando en fila india para no darnos con las ramas de los árboles. A Chance se le pegaba la camiseta al triángulo invertido de la espalda; el algodón húmedo le perfilaba cada detalle, y yo disfrutaba de las vistas. Al parecer, me ponían los músculos de la espalda. Esa semana estaba aprendiendo un montón de cosas nuevas sobre mí mismo.

Pero en esos momentos la lista de cosas que iba aprendiendo sobre mí se había despejado para dejarles sitio a varios asuntos que acaparaban toda mi atención:

1. Oficialmente, Chance y yo nos gustábamos.
2. Me agradaba la idea.
3. Me flipaba, en realidad.
4. ¿¿¿???

Seguía sintiendo un cosquilleo en el estómago, pero no era desagradable, sino más bien efervescente. Todo mi cuerpo era como un refresco que habían agitado. O una de esas chucherías efervescentes que parecen explotar en la boca.

Me gusta Chance Ng.

Sonaba estúpido, incluso aunque solo me lo dijera mentalmente. No debería haberme sorprendido tanto. En general, uno se da cuenta de ese tipo de cosas antes de besar a alguien, y sobre todo antes de tener una segunda cita. Pero los últimos días habían sido un torbellino y creo que una parte de mí no tenía del todo claro lo que sentía. La atracción había surgido de la nada; no me había dado tiempo a asimilarla.

¿Y si había sido solo cosa del momento, una locura temporal provocada por el romanticismo inherente a las aventuras nocturnas? ¿Seguiríamos conectando a la luz del día?

Pero verlo de nuevo no había disminuido esa emoción; solo la había intensificado. Incluso ahora, después de haber pasado horas nadando y tumbados juntos en el banco viendo las libélulas cazar mosquitos, lo que más deseaba era acariciarle los brazos desnudos y sentir el frescor de su piel. Era como cuando pasas horas enfrascado en un juego, o concentrado en un proyecto, y de pronto te das cuenta de que se te ha olvidado comer y te mueres de hambre.

Chance giró la cabeza hacia atrás para mirarme y sonrió como si él también estuviera hambriento.

Llegamos a la verja y recorrimos el jardín de su casa hasta la puerta principal. Fue a agarrar el picaporte, pero cambió el rumbo de la mano y tomó la mía.

Me dirigió una media sonrisa.

—No me apetece entrar todavía.

Le devolví la sonrisa.

—Ni a mí.

Se acercó y me besó. Esa vez no nos embargó el frenesí del lago. Fue un beso lento y delicado, el beso cargado de confianza de alguien que ya no tiene que preguntarse cómo reaccionará el otro. Era como dormir hasta tarde un domingo. Era una tarde de verano sin obligaciones.

Cerré los ojos y me dejé llevar por el beso.

Desde detrás de nosotros nos llegó un suspiro exasperado.

—Genial. Esto es justo lo que me hacía falta hoy.

Nos dimos la vuelta y vimos al representante de Chance mirándonos con el ceño fruncido desde la mitad del camino de entrada. Cerró los ojos y empezó a frotarse las sienes con el pulgar y el índice, todo dramático.

Durante un momento, nadie dijo nada. Luego bajó la mano, abrió los ojos y nos señaló con el índice, primero a uno y luego al otro.

—Esto —comenzó a decir— va a traer problemas.

15

Al oír la voz de Benjamin, Chance y yo nos separamos de un brinco como dos niños a los que han pillado jugando a los médicos. Chance dio un paso adelante para interponerse entre el intruso y yo. Cuando habló, me sorprendió lo fría que sonaba su voz, directa y atrevida.

—¿Y por qué iba traer problemas, Benjamin?

Benjamin puso los ojos en blanco.

—Ay, venga ya, no me vengas con rollos sobre justicia social. Me importa una mierda a quien beses. Pero yo no soy tu público. Tenemos que mantener el equilibrio, ¿recuerdas? —Movió una mano hacia arriba y hacia abajo—. Un poco de ambigüedad, un poco de misterio... Eso es lo que le conviene a tu carrera. Que los fans que quieran verlo lo vean y que los demás puedan negarlo si quieren. Cuanta más gente crea que puede salir contigo, mejor. Pero, si hay pruebas, la cosa cambia. Con una sola foto, perdemos el apoyo de toda la zona del cinturón bíblico.

—Me importa una mierda el cinturón bíblico —le espetó Chance.

—Ah, ¿sí? Pues a tu discográfica sí que le importa. —Benjamin negó con la cabeza—. Pero ¿sabes qué? Que le den a Arkansas. ¿Y China qué? La mitad de tu público está en el extranjero. Con que les llegue un ligero indicio de «comportamiento inmoral», entre comillas, sin ánimo de ofender —me señaló con un movimiento de cabeza que me pareció cien por cien ofensivo—, te censurarán y estarás muerto para ellos. No solo perderás fans, sino que te prohibirán la entrada a sus países.

Chance se cruzó de brazos, pero parecía nervioso.

—Menuda estupidez.

—Así es la vida, estrellita del *rock*. —Odiaba el modo tan condescendiente en que le estaba hablando. Suavizó un poco el tono, tratando de sonar lo más razonable posible—. Mira, Chance, no voy a deciros que no os enrolléis. He sido el representante de suficientes músicos adolescentes como para saber que vais a hacer lo que os dé la gana. Pero necesito saber que vais a ser discretos, ¿vale? Nada de fotos, nada de redes sociales, nada de tomaros de la mano donde pueda veros alguien. Nada que pueda iniciar rumores. Todos nos hemos dejado la piel para que esto funcione.

Chance parecía estar encogiéndose, derrumbándose. Por mucha rabia que me diera su confianza imperturbable, verlo sin ella era aún peor. Parecía un perro al que habían molido a patadas cuando dijo:

—Vale.

—Porque, de lo contrario —continuó Benjamin con una dulzura impostada tras la cual se intuía un tono férreo—, voy a tener que incluir al resto del equipo en esta conversación. Y a tus padres también.

Chance entrecerró los ojos y volvió a enderezar la columna.

—He dicho que vale.

Benjamin lo estudió con la mano en la barbilla, como si estuviera evaluando un nuevo sofá para su piso. Por fin asintió.

—De acuerdo. Nos vemos dentro cuando estés preparado para hablar sobre licencias de canciones.

Se interpuso entre nosotros, entró en la casa y cerró la puerta tras de sí.

—Gilipollas.

Me quedé mirando la puerta con los puños apretados.

—No, tiene razón. —Chance se apoyó en el lateral de la casa, levantó las manos y se frotó la cara. Luego me dirigió una mirada solemne—. Tenemos que andarnos con cuidado. Si se corre la voz de que tengo novio, estoy acabado.

Me cortocircuitó el cerebro al oír la palabra «novio». Por suerte, la ira se apoderó de mí y tomó el control, una ira que bullía al ver a Chance tan derrotado. Aunque hacía unas semanas me habría encantado verlo así.

—Eso no quita que sea una puta mierda. Si a la gente le gusta tu música, no debería importar nada más. No deberías tener que fingir.

Chance esbozó una sonrisa triste.

—Siempre estoy fingiendo, Holc. —Extendió la mano y me tomó la mía—. Salvo contigo.

Eso sí que logró que me empezara a rebotar el corazón tras las costillas como una *Super Ball*, y me dejó sin aire, incapaz de responder nada.

Me estrujó la mano.

—Debería ir a ver qué quieren. De todos modos, tienes que estar en casa pronto, ¿no?

—Sí.

Todavía me daba vueltas la cabeza. ¿Qué hora era? ¿Quién era? ¿En qué dimensión alternativa me había adentrado, donde Chance y yo teníamos los dedos entrelazados?

—Nos vemos pronto, ¿vale?

Al menos la respuesta a esa pregunta la sabía.

—Claro.

Chance me ofreció una sonrisa; no su sonrisa arrogante, sino una auténtica y feliz. Volvió a apretarme la mano.

—Genial.

—Sí.

Pero no nos soltamos.

Se echó a reír.

—Vale, ahora en serio, me voy ya.

—Pues venga, vete.

Sonrió más aún.

—Como te decía antes: no te gusta poner las cosas fáciles, ¿eh?

—Y te encanta.

—Puede. —Retiró la mano y abrió la puerta; al entrar, se giró y me dedicó una última sonrisa—. Hasta luego, Holc.

Y se cerró la puerta.

Menos mal que el seto era altísimo porque, si no, cualquiera que pasara por la calle me habría visto allí plantado como un bobo durante un buen rato, mirando la puerta cerrada como si fuera una ecuación que estaba intentando resolver. Solo me aparté cuando al fin recordé el toque de queda que me había autoimpuesto. Me di cuenta de que aún llevaba una de las toallas de Chance y, en lugar de arriesgarme a mantener una conversación con sus padres en mi estado, la colgué del pomo de la puerta y volví a subir despacio por el camino empedrado.

«Novio». Todo iba muy rápido. ¿Qué significaría salir con Chance? Vale, nos habíamos besado, ¿y qué? Podría volver a desaparecer en cualquier momento, volver a salir de mi vida tal y como había entrado. E incluso si no desaparecía tendríamos que estar siempre a escondidas. Aunque, en realidad, ¿acaso era eso diferente de lo que estábamos haciendo hasta ese momento? ¿Por qué iba a importarme si alguien más se enteraba? Durante un instante me dio un bajón al pensar en Ridley y darme cuenta de que no podía contarle nada. Ridley tenía un montón de cualidades maravillosas, pero la discreción no era una de ellas. Aunque nunca me traicionaría a propósito, si se enteraba de que estaba saliendo con Chance, más me valía llamar yo mismo a *Teen Vogue*.

Pero todo eso quedaba en segundo plano ante el resplandor que surgía de mi interior y se me extendía por todo el cuerpo. Estaba aturdido, casi como si estuviera borracho, y durante un segundo tuve que luchar contra un impulso de reírme al que no estaba acostumbrado. Porque, a pesar de toda lógica, a pesar de los años de enemistad y a pesar de estar poniendo en riesgo su carrera, Chance quería estar conmigo. La gente siempre decía cosas como: «De todas las personas del mundo, mi pareja me ha elegido a mí», pero en el caso de Chance era tal cual. Chance podía estar con quien quisiera.

Y me había elegido a mí.

Salí por la verja y abrí la puerta de la camioneta. Cuando me senté, la euforia se transformó en determinación. Apreté la mandíbula y giré la llave.

Tal vez Benjamin tuviera razón en que mi existencia podía venirle mal a la carrera de Chance. Joder, incluso podía venirle mal a su vida; tampoco es que yo tuviera un historial magnífico con mi propia vida. Y solo habían pasado unos días desde que nos habíamos besado por primera vez. ¿Quién me decía a mí que Chance no iba a entrar en razón en una semana y mandarlo todo a la mierda? O puede que yo hiciera alguna estupidez y lo fastidiara todo.

Pero no importaba, porque en ese momento estaba cien por cien seguro de algo: yo también quería estar con Chance.

Y no pensaba dejarlo escapar sin pelear.

16

Benjamin no quería que Chance y yo saliéramos juntos en público, pero a mí eso me daba igual; yo tampoco tenía ningún interés en compartir a Chance Kain con su público devoto. Aunque era cierto que eso reducía considerablemente la lista de sitios adonde podíamos ir.

Lo que significaba que había llegado el momento de mantener una conversación.

—¿Papá?

—¿Mmm?

Mi padre estaba sentado a la mesa de la cocina, leyendo algo en el móvil y comiendo huevos revueltos, como todas las mañanas.

Levantó la vista y respiré hondo.

—Quiero invitar a Chance a casa.

Mi padre no cambió la expresión, pero se le endureció el rostro como si fuera cemento de secado rápido.

Intenté hacer alguna broma al respecto.

—A ver, al menos así sabrás dónde estamos.

Craso error. Mi padre se puso rojo y vi que le sobresalía la mandíbula de la fuerza que necesitaba hacer para contener todas las palabras que quería decir.

Sabía que habría sido más fácil quedar en casa de Chance y ya está, pero solía llevarme genial con mi padre y odiaba saber que no le hacía gracia que me juntara con Chance. Quería pasar tiempo con Chance, sí, pero al traerlo a casa y obligar a mi padre a verlo también esperaba que mi padre superase el resentimiento que sentía hacia él, al igual que me había pasado a mí. (Bueno, a lo mejor no *exactamente* del mismo modo). Si Chance iba a ser mi novio (aunque seguía sintiendo una descarga eléctrica por todo el cuerpo cada vez que pensaba en esa palabra), quería que le cayera bien a mi padre.

Lo cual era mucho pedir, puesto que aún ni siquiera estaba muy seguro de por qué me gustaba Chance *a mí*. Era guapísimo, claro, pero había montones de chicos guapos en los que no tenía ningún interés. Y nuestro pasado común tenía tantas partes negativas como positivas. ¿Era sencillamente por vanidad? ¿Por un orgullo como el de Cenicienta por saber que me había elegido alguien que estaba por encima de mis posibilidades? No, todo eso me parecía demasiado superficial, y tampoco explicaba la facilidad que tenía Chance para sonrojarme con solo una mirada. Había algo especial en la forma en que hablaba conmigo, en el modo en que se lanzaba de lleno y se negaba a quedarse en la superficie. No era solo confianza; siempre había sido bastante arrogante. Aquello era lo contrario: vulnerabilidad deliberada. Yo no había hecho nada para animarlo a venir a por mí, y de hecho se lo había puesto bastante difícil, pero él no había dejado de mostrar interés.

Tal vez el dicho ese sobre la delgada línea que separa el amor del odio fuera cierto. Era como si toda la energía emocional de antes siguiera ahí, pero transformada; como si fuéramos a la misma velocidad que antes, pero, en lugar de hacia delante, de pronto habíamos cambiado de dirección e íbamos marcha atrás.

Lo cual, en el caso de un coche, destrozaría la transmisión, así que tal vez no fuese la mejor metáfora. Pero, aunque no supiera con exactitud qué era lo que tenía Chance, eso que lo volvía tan especial, sabía que necesitaba más.

—Por favor —le supliqué a mi padre.

Sacudió la cabeza y suspiró mientras volvía la vista de nuevo hacia su teléfono.

—Haz lo que quieras.

Era solo una pequeña victoria, pero seguía siendo una victoria; de modo que la acepté y me retiré.

Llegó el viernes por la noche. Entre la familia y el trabajo, Chance había estado ocupado durante los últimos días, pero eso no había impedido que nos enviáramos mensajes a todas horas. Era extraño lo rápido que habíamos vuelto a las costumbres de antes, a enviarnos GIF divertidos y *posts* de Reddit y TikTok.

Solo que en los viejos tiempos no sentía un cosquilleo en el estómago cada vez que me vibraba el móvil.

Aún tenía el último mensaje de Chance, en el que me decía que venía de camino, abierto en el móvil, que estaba junto a los restos de nachos irlandeses (rebanadas finas de patata cubiertas de queso, tocino y jalapeño) que habíamos cenado ya, aunque aún fuera pronto.

—Al menos no tengo que darle de comer —refunfuñó mi padre.

—Papá…

—Ya, ya —respondió mientras recogía los platos.

Llamaron a la puerta.

—¡Ya abro yo! —exclamé, aunque mi padre no había mostrado ninguna intención de ir a abrir.

Chance estaba en la puerta, con el pelo volando al viento. Llevaba una *bomber* color vino con mangas de cuero negro y las letras DH bordadas en el pectoral izquierdo. Debajo llevaba una camisa negra con un estampado de telarañas en relieve y una corbata pequeñita del mismo tono que la chaqueta. Los mismos vaqueros pitillos de siempre le abrazaban las caderas, y las Converse tenían las suelas tan blancas que era imposible que llevaran más de veinte minutos fuera de la caja.

Tardé un momento en asimilar el monograma de la chaqueta.

—¿No es un poco de mal gusto llevar tu propio *merchandising*?

Chance puso los ojos en blanco.

—Dímelo a mí, pero es que vengo directo de un rodaje. Siento no haber podido llegar antes.

—No pasa nada.

Me aparté para dejarlo pasar.

Chance se limpió los zapatos, que ya estaban lo bastante limpios como para entrar con ellos a quirófano, en la alfombrilla y pasó a mi lado.

—Hola, señor Holcomb.

—Hola, Chance.

Mi padre estaba limpiando la encimera con un trapo.

—Gracias por invitarme —añadió Chance mientras se metía las manos en los bolsillos de la chaqueta.

—Dale las gracias a David. —Parecía estar sacándole mucho partido a esa frase últimamente. Siguió frotando una mancha inexistente—. Yo no le llevo el calendario de actividades sociales.

No hablaba con un tono enfadado, pero no pasé por alto el «claramente» tácito en aquella frase. Me encogí, incómodo.

Chance no se dio por vencido y siguió hablando.

—¿Qué tal todo?

Mi padre dejó escapar un leve suspiro de exasperación y se irguió, formando una bola con el trapo.

—Pues bien, Chance —respondió con frialdad—. Y tú qué tal.

No era una pregunta.

—Más o menos —dijo—, dadas las circunstancias.

Mi padre pareció suavizar un poco el mal humor.

—Siento lo de Elijah.

—Gracias. —Chance no dejaba de mover las manos, aún metidas en los bolsillos—. Eras su adulto favorito, ¿sabes?

—¿Qué? —dijo mi padre, sorprendido.

—Siempre nos llevabas de aquí para allá en coche y te tragabas todos los conciertos. Te debemos mucho.

—Ya, bueno… —Mi padre empezó a balbucear un poco; no estaba preparado para oír sus quejas favoritas enumeradas una tras otra. Agitó el trapo—. Los ensayos eran siempre en casa de sus padres.

—Ya, pero eso era porque querían apoyarnos. Tú eras el único padre que *entendía* de verdad nuestra música. Eso significaba mucho para él. —Chance esbozó una sonrisa triste—. Bueno, eso, que solo quería darte las gracias.

—De nada. —Mi padre parpadeó; era evidente que no sabía ni qué decir. De repente pareció darse cuenta de que seguía con el trapo en las manos y lo dejó en la encimera—. Bueno, voy a… Voy a ver una peli. Que os divirtáis.

Se fue a la sala de estar con aspecto de estar en *shock*.

¿Qué coño había sido eso? En sesenta segundos, Chance había desarmado a mi padre por completo. ¿Lo habría tenido todo planeado? No podía preguntárselo allí, donde mi padre nos pudiera oír.

—Bueno, pues, eh…, bienvenido. —Años atrás, tener a Chance en mi cocina habría sido lo más normal del mundo, y ahora se me hacía incómoda tanta formalidad—. ¿Quieres algo de beber?

—Vale, gracias.

Me acerqué a la nevera, agradecido por tener algo que hacer.

—¿Qué te apetece? Tenemos Sprite, La Croix de pomelo y agua.

—Ay, Holc…

—¿Qué?

Me asomé desde detrás de la puerta de la nevera para mirarlo.

Un resplandor pícaro le iluminaba los ojos.

—¿Hacemos Sludge?

—Uhhh. —Fruncí los labios, pensativo—. La verdad es que tenemos todo lo que hace falta.

—¡Venga, va!

Saqué los dos litros de Sprite mientras señalaba a mi espalda.

—El cacao en polvo está en el armario de la esquina.

Chance se hizo con el bote mientras yo servía el hielo en los vasos. Añadió una cucharada de cacao a cada uno y se apartó para dejarme servir el Sprite. El resultado era una bebida espumosa y burbujeante de color *beige*.

Chance se inclinó para mirar los vasos y removió para evitar que las burbujas se desbordaran.

—No bebía esto desde que teníamos trece años.

—Normal, es que solo un niño de trece años se bebería algo así.

Tomé los vasos y le tendí uno.

—¿Listo?

—Listo. —Agarró el vaso y brindamos—. ¡Salud!

Bebimos.

Imagina que mezclas Fruit Loops con cereales de chocolate, lo licuas todo y añades mil cucharadas de azúcar; pues así sabe más o menos el Sludge. Es como recibir un golpetazo en la cara con una bolsa llena de caramelos de Halloween.

—Pfff. —Chance se tapó la boca, con los ojos abiertos de par en par y las mejillas abultadas. Vi que se le movía la garganta al tragar y luego se dobló sobre sí mismo—. Pues no estaba listo, no.

A mí también se me revolvió un poco el estómago ante el impacto de tanto dulzor, pero di otro sorbo, aunque fuera solo para quedar por encima de él.

—¿Cómo sobrevivimos a la infancia? —Chance tiró lo que quedaba en el vaso por el fregadero y metió la boca bajo el grifo. Se enderezó de nuevo, jadeante, y se secó los labios con el dorso de la mano—. ¡Puaj!

Me pareció que ya había alardeado bastante y tiré el resto por el fregadero yo también.

—Supongo que el pasado tiene que quedar en el pasado.

Chance sacudió la cabeza, horrorizado, admirando la versión preadolescente de nosotros mismos.

—Vale, bueno, ya está bien de nostalgia por esta noche. ¿Qué hacemos?

Aunque todo había ido bastante bien con mi padre, tampoco iba a sugerir que pasáramos el rato con él, de modo que no teníamos demasiadas opciones en casa, con lo pequeña que era.

—Podemos ir a mi cuarto a ver una peli. O te podría enseñar mi taller de carpintería.

—¿Tu taller?

Chance arqueó las cejas.

—Bueno, *nuestro*. Pero sí. ¿Quieres verlo?

Me estaba haciendo el interesante, como si me diera igual, pero en parte estaba desesperado por enseñárselo, incluso desde antes de invitarlo a casa.

Chance no me decepcionó.

—Claro.

Lo llevé de nuevo afuera y bajamos los escalones de hormigón que daban al sótano.

La última vez que Chance había visto el sótano, no era más que una cueva húmeda y llena de arañas. Ahora estaba bien iluminado; las paredes, cubiertas de pintura impermeabilizante; y los tableros de clavijas, repletos de herramientas. Bajo una capa de serrín resplandecía el suelo de hormigón liso.

—Guau. —Chance pasó una mano por la enorme mesa de trabajo empotrada—. Menudo cambio ha pegado este sitio.

—Sí. Nos encargamos mi padre y yo. —Me iba moviendo de un lado a otro de la estancia, tratando de encontrar las palabras que transmitieran lo mucho que significaba ese sitio para mí—. Paso mucho tiempo aquí abajo.

—¿Sí? —Chance se inclinó hacia delante para inspeccionar la hoja de una sierra de mesa—. ¿Y qué tipo de cosas haces?

Me encogí de hombros.

—De todo. —Señalé una silla de madera que había en un rincón y que todavía no estaba pintada—. Esa está casi lista.

—¿Que tú has hecho eso? —Chance abrió los ojos de par en par—. Joder, pero ¿cómo has aprendido?

—Sobre todo con YouTube. Y con el carpintero que trabaja con mi padre, Jesús. Voy a ser su aprendiz cuando me gradúe.

—Guau. —Chance se sentó en la silla y acarició el cedro lijado y suave. Me sonrojé, orgulloso—. Ni siquiera sabía que te gustaba la carpintería.

—Es que no me gustaba; me empecé a interesar por ella de verdad el año pasado.

—¿Has aprendido a hacer esto en un año? —Parecía más impresionado aún—. ¿Y cómo es que te dio por ahí?

¿Cómo se lo podía explicar a Chance? Después de dejar el grupo, de repente me vi sin ningún tipo de afición creativa. Cuando mi padre me presionó para que trabajara para él durante aquel primer verano, la verdad es que no tuve queja. Me pagaba más que en Bamf Burger y no me hacía trabajar los fines de semana. Pero, a medida que pasaba el tiempo y seguía ayudándolos a él y a Jesús, me fue interesando cada vez más la madera: las líneas limpias, el olor a serrín... La satisfacción de haber creado algo, aunque solo fueran dos trozos de madera a partir de uno. Cuando le pregunté si podía usar sus herramientas fuera del trabajo, mi padre estuvo encantado.

Volví a encogerme de hombros.

—No sé. Me parecía guay y ya está.

—Lo es, lo es. —Chance miró a su alrededor—. ¿Qué más has hecho?

—Eh... Otras sillas como esa, un mueble de televisión, unas estanterías para el salón, algunas cajas... Quiero probar a hacer cuencos, pero no tengo torno. —Señalé una pila de tablas y trozos de madera cortados que había en la mesa de trabajo—. Ahí hay sobre todo marcos de fotos para mi tienda de Etsy.

—¿Etsy? —Por lo visto, le parecía divertido—. ¿En serio?

Se me tensaron los hombros y me puse a la defensiva.

—La gente paga un montón por marcos de madera auténtica, sobre todo si los haces a medida. Además, puedo hacerlos durante el curso, en el horario que me venga mejor.

Chance levantó las manos.

—No, no, si me parece chulísimo. —Volvió a mirar la silla con auténtica envidia—. Ojalá yo también pudiera crear cosas.

Aquella afirmación, viniendo de alguien que tenía una estantería entera llena de estatuas de premios, era tan ridícula que podría haber resultado insultante, pero Chance no estaba siendo irónico.

Se me ocurrió una idea.

—¿Quieres que hagamos algo ahora mismo? Puedo enseñarte.

Chance se irguió en la silla.

—¿En serio?

—¿Por qué no? —Tomé una tabla larga de pino de cincuenta por veinticinco que estaba apoyada contra la pared—. ¿Quieres hacer un marco?

—Claro. —Chance se levantó, impaciente—. ¿Qué hay que hacer?

Después de pasar tanto tiempo aprendiendo de Jesús y de mi padre, el hecho de encontrarme de repente en el papel de profesor me resultaba desconcertante, pero en el buen sentido. Me gustaba que Chance tuviera que mostrarme respeto.

—Bueno, primero hay que usar la sierra de mesa para biselar la madera, o sea, para cortar la esquina de modo que quede inclinada. —Me agaché y enchufé la sierra—. Ya tengo la hoja colocada en el ángulo adecuado, así que podemos pasarla. —Hice una pausa al caer de repente en que el serrín iba a ponerlo perdido—. Pero te vas a estropear esa ropa tan elegante.

—Ah, no te rayes, nunca me pongo la misma ropa dos veces. —Me quedé mirándolo—. Era una broma, bobo.

Vale, puede que tampoco me mostrase *demasiado* respeto. Le hice una mueca de burla.

—Al menos métete la corbata por dentro para que no se te enganche y tire de ti.

—Encuentran al rompecorazones internacional Chance Kain estrangulado y decapitado en el sótano —dijo Chance con voz de presentador de noticias, pero me hizo caso y se metió la corbata por dentro de la camisa.

Me puse un par de gafas de protección y unas orejeras, y luego le entregué otro par de cada cosa a Chance. Le quedaban ridículas con el resto del atuendo.

—¿Has usado alguna vez una sierra de mesa?

Sacudió la cabeza.

—Vale, pues fíjate en mí.

Coloqué la tabla en su sitio, le enseñé a usar el empujador y pulsé el interruptor. La sierra empezó a chirriar, pasé la tabla por ella y corté una esquina. Le entregué a Chance una tabla idéntica y grité por encima del ruido de la sierra.

—¡Te toca!

Chance tenía los ojos desorbitados tras las gafas.

—¡A lo mejor deberíamos ver una peli y ya está!

—¡Venga, que no te hace falta tener dedos para cantar! —Le agarré la mano, muy consciente del roce de nuestras pieles, y puse la tabla en la mesa—. ¡Tú solo agárrala fuerte y usa el empujador desde ese lado! No te vas a acercar en ningún momento a la hoja.

Chance parecía cagado de miedo, pero apretó la mandíbula y asintió. Manteniéndose lo más lejos posible de la hoja, pasó despacio la tabla. Cambié de posición para ponerme al otro lado y ayudarlo a mantener firme la parte cortada. Cuando terminó, detuve la sierra y me quité las orejeras.

—Buen trabajo.

—¿Sí?

Chance parecía encantado.

La verdad era que se le había torcido un poco al final, cuando tuvo que depender del empujador, pero para qué iba a decírselo. Ya cortaríamos esa parte en la siguiente fase.

—No te voy a mentir —me dijo Chance—, la sierra esa me asusta un poquito. Me sudan los pies.

—Mejor. Eso significa que estás prestando atención.

—Ya te arrepentirás cuando me quite los zapatos.

Agarré la tabla que había hecho y la dejé apoyada en el lateral de la mesa de trabajo.

—Vamos a usar una fresadora para el rebajo.

Chance se apoyó en el borde de la mesa.

—¿El «debajo»?

—Rebajo. Es una ranura que se hace a lo largo del borde de algo. —Estaba orgulloso de saberme los términos técnicos—. Es lo que sujeta el cristal y el cuadro. —Tomé la fresadora, que ya tenía la broca recta que necesitábamos, y la conecté a la corriente—. La tengo ya ajustada para que no te puedas pasar. Sujeta esto en horizontal y pásalo con delicadeza por el borde de la madera, y la máquina se encargará de hacer el resto. Toma, sujétala con las dos manos. —Chance tomó la herramienta con cautela e intercambiamos posiciones—. ¿Preparado?

Chance asintió.

Me acerqué y encendí la fresadora. Chance dio un saltito cuando se puso en marcha.

—¡Ahora tienes que guiarla!

La fresadora fue soltando aullidos intermitentes mientras le pegaba mordiscos a la madera. Chance se sacudía cada vez que la acercaba y acababa retrocediendo todo el tiempo.

—Mantenla firme —le insistí por encima del ruido—. ¡Y recta! ¡Recta!

El corte que hizo en la madera parecía casi el zigzag de una serpiente. Apagó la fresadora y retrocedió a toda prisa, como asustado de que la serpiente pudiera morderlo.

—A lo mejor deberías hacerlo tú.

—Qué va. —Verlo inseguro me despertó un instinto protector que ni siquiera sabía que tenía—. Tú puedes. Venga. —Dirigí la fresadora de nuevo hacia la parte superior de la tabla—. Sujeta las asas. Yo te ayudo.

Chance me hizo caso a regañadientes. Me puse detrás de él, lo rodeé y coloqué las manos sobre las suyas. Solo medía unos centímetros más que él, pero encajaba a la perfección en la curva de mis brazos, como las matrioscas. Tenía la espalda contra mi pecho y, al igual que aquella noche bajo las estrellas, sentía su respiración en las costillas.

Ahora era yo quien iba a empezar a sudar. ¿Cómo podía convertir incluso la respiración en algo atractivo?

—¿Listo? —le pregunté—. Poco a poco.

—Poco a poco —repitió.

Seguía sonando nervioso, pero no sabía si era por la fresadora o por mí.

Volví a encender la fresadora y comenzó a chirriar. Guie despacio a Chance, mientras él sujetaba la herramienta, a largo de la tabla y luego lo llevé de vuelta al principio.

—Lo mejor es hacerlo varias veces —le dije con la boca pegada a su oreja, cubierta por la orejera—. Para asegurarnos de que lo dejamos perfecto.

La pasamos una segunda vez y apagué la fresadora. Nos quedamos allí, inmóviles; sentía el frío de las mangas de cuero de su chaqueta contra la piel de los brazos que no me cubría la camiseta.

Era extraño lo natural que se me hacía tener a Chance allí, apretado contra mí. Me preguntaba si él estaría pensando lo mismo. En parte me moría de ganas de inclinarme hacia delante y besarlo; me imaginaba que giraba el cuello alrededor de las orejeras que llevaba y que Chance se volvía para encontrarse con mis labios mientras nos chocábamos con las gafas protectoras. Pero ¿sería capaz de hacerlo de verdad? Ya nos habíamos besado varias veces antes, pero ¿significaba eso que podía besarlo cuando me apeteciera? ¿Cuáles eran las normas?

Pero se pasó el momento; Chance soltó la fresadora y, en un acto reflejo, dejé caer los brazos y di un paso atrás mientras él pasaba el dedo por el corte que había hecho.

—¿Ves? —le dije—. Puedes hacerlo perfectamente.

—Sí —respondió, pensativo—. Supongo que sí.

Le enseñé a usar la sierra ingletadora para cortar los ángulos de las esquinas. Vi la confusión en su mirada cuando le expliqué los cálculos que había que hacer para asegurarnos de que las dimensiones interiores eran las correctas. Pero yo tampoco estaba concentrado; solo podía pensar en cómo me había sentido al tener su espalda contra el pecho. En cómo entrecerraba los ojos y apretaba la mandíbula con determinación cada vez que tocaba la sierra, lo cual le acentuaba los hoyuelos de las mejillas. Quise acercarme de nuevo, agarrarlo de las manos, pero me preocupaba que pareciera demasiado premeditado, que le causara rechazo.

Puede que estar tan distraído no fuera lo mejor teniendo herramientas eléctricas tan cerca, puesto que encendí sin querer la lijadora y ambos nos llevamos un buen susto.

—Bueno, ya es suficiente por hoy. ¿Todavía te apetece ver una peli?

—Claro.

Chance intentó reprimir un bostezo y sonrió.

Fuera ya no solo hacía viento, sino que nos envolvía una auténtica tormenta de verano que doblaba los árboles del vecindario y que parecía que me iba a arrancar la puerta del sótano de las manos.

—Bua, me encantan las tormentas.

Chance se detuvo en mitad del jardín con los brazos extendidos y dejó que el viento lo azotara. Cerró los ojos y echó la cabeza hacia atrás, como si él mismo fuera una ofrenda.

—Y a mí.

Pero en realidad estaba disfrutando sobre todo de observarlo. Era tan expresivo… No solo expresaba con el rostro, sino también con el cuerpo. Me hizo darme cuenta de la poca atención que la mayoría de la gente atraía hacia sí misma.

—Creo que me apetece corretear bajo la tormenta. —Volvió la cabeza para mirarme—. ¿Quieres?

De repente, lo único que quería era vagar por las calles vacías como los reyes adolescentes que éramos, con las camisas estiradas en forma de velas para atrapar el viento. Pero todavía no había arreglado del todo las cosas con mi padre, y desaparecer en plena noche con Chance una vez más haría que haberlo traído a casa perdiera todo el sentido.

—Creo que es mejor que nos quedemos aquí.

Chance lo entendió al momento.

—Claro, claro, control de daños y tal. ¡Pues vemos una peli y ya está!

Entramos en casa y vimos que mi padre seguía en el salón, así que nos dirigimos a mi cuarto para ver la peli en el portátil. Cerré la puerta tras nosotros, y en ese momento me di cuenta de la importancia de lo que estaba ocurriendo.

Estábamos en mi cuarto.

Solos.

En teoría, el acuerdo al que habíamos llegado mi padre y yo era que tenía que dejar la puerta abierta si estaba con una chica. Pero la palabra clave era «chica». Nunca habíamos hablado de otras posibilidades.

Era evidente que Chance también sentía la tensión repentina. Se metió una mano en el bolsillo, incómodo.

—Siempre me ha parecido muy guay que tuvieras una trampilla. Hace que parezca que estamos en una casita de un árbol.

—Ya... —Fui a toda prisa a por el portátil, que estaba en el escritorio—. ¿Qué quieres que veamos?

—Mmm... —Se lo pensó durante un momento—. *El laberinto del fauno*?

—Por mí, guay.

Me dirigí a la cama y de repente me quedé paralizado.

Solo tenía la silla del escritorio y un viejo puf. Ridley y yo solíamos ver películas juntos en la cama, igual que hacíamos en su casa, ya que para nosotros no significaba nada.

Pero ahora estaba con Chance. Y nos íbamos a sentar en la cama. Iba a tener a Chance Ng en la cama. Me cortocircuitó la mente.

Por suerte, Chance resolvió el dilema cuando arrastró el puf y se dejó caer sobre él, con la espalda apoyada en la cama. Señaló el techo inclinado.

—No recordaba que el techo fuera tan bajo.

—Sí —contesté con una risita—. Cuidado con la cabeza.

Tiré de la silla del escritorio para apoyar en ella el portátil.

Chance se quitó la chaqueta; debajo llevaba aún la camisa remangada, con los antebrazos al descubierto y las mangas sujetas con correas y botoncitos plateados en forma de calavera. Al momento se me fueron los ojos a la piel desnuda de sus brazos, al vello fino y al movimiento de los tendones mientras doblaba la chaqueta y la dejaba sobre la cama.

¿Por qué me ponía tanto eso? Si solo eran unos antebrazos... ¿Qué era yo de repente, una dama victoriana que se acaloraba al verle a alguien las muñecas y los tobillos?

Chance me sorprendió observándolo. Me sonrojé, pero solo dije:

—Sigues teniendo la corbata metida por dentro de la camisa.

—Ah, es verdad.

Llevaba el botón superior de la camisa desabrochado, de modo que se estiró el cuello y se sacó la corbata. Siempre que me ponía una camisa me sentía como un globo con forma de animal; siempre se me salía del pantalón, se me inflaba y me formaba una molla; pero a él le quedaba perfecta: la tela se le ajustaba al cuerpo y le definía los contornos del pecho e incluso la elevación de los pezones.

Aparté los ojos al instante y fui a poner la película. Sabía que Chance ya la había visto, ya que la habíamos visto juntos; a los dos nos flipaban los diseños de las criaturas de Del Toro.

Me tumbé de lado en la cama, apoyado sobre el codo, casi rozando la cabeza de Chance con el vientre. Quería estirar la mano y pasarle los dedos por el cabello negro, alborotarle de verdad ese pelo «despeinado» a la perfección y hacerlo mío. Pero, por supuesto, no lo hice.

Tras unos minutos en silencio, se giró para mirarme y me dijo:

—Se te ve incómodo. Cabes en el puf, si quieres.

No cabía ni de broma.

—Vale.

Se echó a un lado para hacerme sitio. Me deslicé de la cama hasta quedarme a su lado y logré que al menos una nalga me cupiera en el puf.

—¿Mejor? —me preguntó Chance.

No.

—Sí, gracias.

Tras pasar unos minutos intentando con todas mis fuerzas mantener esa postura, me quedó claro que tendría que moverme pronto. No sabía qué ocurriría primero, si acabaría sin poder soportar el escozor de la nalga derecha, que se me estaba empezando a dormir; o si perdería el equilibrio y me caería del puf directamente al suelo.

Me armé de valor y estiré el brazo derecho por detrás de Chance, a lo largo del borde de la cama; así tenía unos centímetros más de espacio y un mejor punto de apoyo para mantener el equilibrio. Al momento sentí un alivio tremendo en el culo.

Chance se pegó más a mí y se acomodó bajo mi axila. Me había duchado después de trabajar —me había puesto mis mejores vaqueros y una camiseta con manga raglán naranja y blanca ajustada que me resaltaba el pecho— y estaba rezando para que el desodorante siguiera haciendo efecto. Relajé el brazo, me acerqué más y le apreté el hombro.

Menos mal que ya había visto la película, porque solo podía pensar en que tenía la mano en su hombro, en su músculo curvado y su hueso duro. Ni siquiera los monstruos sin ojos en la cara ni los faunos raritos podían resultar tan fascinantes y aterradores a la vez. Chance apoyó la cabeza en mi clavícula y olí el aroma cítrico de su gomina. Al fin posé la mejilla en el pelo de Chance, sorprendido de lo espeso que era.

Tras lo que me pareció una eternidad, terminaron los créditos. Empezó a sonar un diálogo al volver a la pantalla de inicio de la plataforma de *streaming*, intentando seducirnos con los avances.

—Mmm. —Chance se estiró con dramatismo—. ¿Qué hora es?

Miré el móvil.

—Casi las doce.

—Dios, me podría quedar dormido aquí mismo.

Cerró los ojos y se acurrucó como un perrito.

—Si quieres, puedes —le ofrecí—. Quedarte a dormir, digo.

—¿Sí?

Abrió un ojo y me miró.

—Claro. —Traté de fingir indiferencia—. A ver, yo también estoy cansado; puede que sea más seguro llevarte a casa mañana por la mañana.

—Podría pedir un Uber.

Señalé con la cabeza hacia la ventana; fuera aún soplaba el viento con fuerza.

—¿De verdad querrían tus padres que te subieras en el coche de un cualquiera en plena tormenta? Podría haber árboles caídos.

Se lo pensó.

—¿A tu padre le daría igual?

—Claro.

Sobre todo porque no pensaba preguntarle.

Otra pausa y luego contestó:

—Vale. Pues les voy a enviar un mensaje a los míos.

Cuando bajé, mi padre ya se había ido a la cama. Le llevé a Chance un cojín y una manta del sofá y luego bajé de nuevo a lavarme los dientes. Cuando volví, Chance estaba acurrucado en el puf y le asomaban los calcetines negros y los tobillos pálidos por debajo de la manta. Intenté no pensar en los vaqueros oscuros que había dejado hechos un gurruño sobre la chaqueta, en el suelo.

Cerré la puerta y apagué la luz. La oscuridad repentina me dejó ciego —y esperaba que a él también— mientras me quitaba a toda prisa la camiseta y los vaqueros y me metía en la cama en calzoncillos.

A nuestro alrededor, la casa crujía, se mecía con cada ráfaga de viento que silbaba por los bordes de las ventanas.
Pensaba que Chance ya estaría dormido, pero dijo:

—No dormía aquí desde que éramos niños.

—Ya.

Habíamos dormido juntos durante los años del grupo,
pero siempre había sido en casa de Eli, cuando nos quedábamos los tres fritos en la sala de grabación, rodeados de
cables y auriculares y bolsas de patatas fritas vacías. De hecho, habíamos formado el grupo en una de esas noches, alrededor de las dos de la madrugada, gracias a esa lucidez
nocturna fruto de una mezcla de agotamiento total y demasiada cafeína, mientras estábamos tumbados en su suelo
viendo videoclips.

Se produjo una pausa larga, y luego oí la voz de Chance,
delicada y vacilante:

—¿De verdad era tan capullo?

—¿Qué?

—¿Fui tan capullo como para que dejaras el grupo?

Quería esquivar la pregunta, dejar el pasado atrás y fingir que siempre había sentido lo que sentía ahora. Pero por
alguna razón la oscuridad te saca la verdad.

—Más o menos —admití—. Siempre querías acaparar la
atención.

Chance dejó escapar un suspiro largo y pesaroso.

—Ya, ya lo sé, pero es que es duro, ¿sabes? —A pesar de
la oscuridad, vi que sacaba las manos de debajo de la manta, como en busca de aire—. Sentía que siempre tenía que
demostrar mi valía.

Si no hubiera estado ya tumbado, me habría caído de
culo por el *shock*. ¿Desde cuándo tenía Chance Kain, el chico
de la sonrisa fácil y la chulería natural, que demostrarle
nada a nadie?

—¿A quién?

—¡A todo el mundo! —Agitó una mano—. Tú, por ejemplo, tenías la guitarra, y Eli tenía el portátil. Y yo estaba ahí plantado, sintiéndome desnudo. Las personas del público son conscientes de que no saben tocar la guitarra, ¿sabes? Y de que no pueden producir temas como Eli. Pero todos se creen en secreto que podrían ser el cantante principal de un grupo. Tenía que llamar la atención de alguna manera, ser extraordinario. ¿Y cómo se hace algo así a los catorce años?

—No lo sé —respondí, lo cual era cierto; yo nunca lo había averiguado, pero Chance sí.

—No entendía por qué dejaste el grupo —continuó—. Por entonces no lo comprendía. Me pareció una estupidez. Pero ahora lo entiendo. Siempre intentaba hacer que todo el mundo me mirase a mí, en cada programa, en cada entrevista… —Se irguió, se apoyó en un brazo y me miró por encima del borde de la cama—. Lo siento, Holc.

Habían pasado dos años. Ya no esperaba oír esas palabras y, si había una pequeña parte de mí que lo hubiera esperado, se había rendido hacía ya mucho tiempo. Oírlas ahora, tan sinceras, tan sentidas, me impactó.

Logré recomponerme lo suficiente como para murmurar:

—Gracias. —Y luego añadí—: Aunque no fue solo por ti.

—Ah, ¿no?

—No. También estaba enfadado con Eli. —Por entonces estaba enfadado con todos, enfadado con el mundo, por motivos que me parecían confusos e incoherentes ahora que por fin los miraba de cerca—. Estaba cansado de tocar lo que él me decía que tocara. Tú dices que sentías que necesitabas demostrar tu valía; pues supongo que yo también.

Solo que yo lo había hecho alejándome.

Asintió despacio.

—Tiene sentido. Yo no tenía que pelearme con él por tener el control de mi parte. A lo mejor debería haberte defendido.

—A lo mejor debería haberle dicho algo yo mismo. Antes de dejar que se fuera todo a pique.

Pero me había resultado más fácil no decir nada, dejar que aumentara la presión hasta que se volvió demasiado intensa para contener la explosión. Velocidad de escape.

—Tal vez esa es la moraleja —dijo Chance mientras se volvía a recostar, sin mirarme.

—¿Qué moraleja?

Apenas podía verlo por encima del borde de la cama.

Chance estaba mirando el techo.

—Con todo lo de Eli... Sé que hay cosas malas que tienen que pasar y ya está, y que es una estupidez y muy egocéntrico por mi parte pensar que tienen algo que ver conmigo. Pero no puedo evitar sentir que tiene que haber algún tipo de lección que pueda sacar, ¿sabes? Algo que se supone que debo llevarme de esto. ¿Me convierte eso en un gilipollas?

—No.

—No sé, lo único que sé es que me hace pensar que todo lo malo, lo de Eli, el hecho de que tú me odiaras durante años y tal, todo viene de que a la gente le da miedo hablar. Le da miedo decir lo que necesita. Si Eli... —Se le quebró la voz y dejó escapar un suspiro intenso—. Es solo que pienso que guardarse las cosas es peor ¿sabes? Un día Eli está vivo y al siguiente ya no. Y no solo él; podría ser cualquiera. Podría ser yo. —Me miró con los ojos brillantes—. Así que ¿a qué coño estamos esperando? Es mejor decir lo que tengamos que decir.

Me clavó la mirada, como si me estuviera presionando contra la cama.

¿A qué estamos esperando?

Aparté el edredón.

—Ese puf es muy pequeño. Vas a estar más cómodo aquí arriba.

Abrió los ojos de par en par. Durante un momento interminable, nos quedamos inmóviles, como flotando, ingrávidos.

Luego apartó la manta y se subió a la cama.

Iba solo en calzoncillos, *boxers* de un color demasiado oscuro como para distinguirlo. Eran un rectángulo negro en contraste con la palidez de su pecho y su vientre plano. Una línea de vello le bajaba desde el ombligo y se curvaba ligeramente hacia la derecha. Se dejó caer con cuidado a mi lado, como si me fuese a ir corriendo si hacía cualquier movimiento brusco.

Pero ya estaba harto de salir corriendo, de huir. Extendí la mano, le acaricié la piel desnuda del brazo y noté que tenía la piel de gallina.

—¿A qué estamos esperando? —le pregunté, y lo besé.

Había perforado el dique y de repente ya no había nada que nos detuviera. Nos besamos como un torrente, una avalancha, un río que baja por la montaña y arrasa con todo lo que encuentra a su paso. Giramos y giramos el uno sobre el otro sin más motivo que la intensidad de lo que sentíamos, la necesidad de hacer algo, lo que fuera, con aquella energía salvaje. Nos aferramos el uno al otro mientras movíamos las manos y nos mordíamos los labios. Le arañé la espalda desnuda, le clavé los dedos en la carne. Chance me agarró los bíceps, como si me sacudiera, y me estremecí.

Besarlo no era suficiente. Le recorrí el rostro entero con los labios, desde el pómulo hasta el rabillo del ojo. Mientras tanto, él me besaba el cuello, y sentía su aliento caliente en la oreja. Me mordió el lóbulo y no pude evitar dejar escapar un gemido.

Luego se colocó encima de mí, con el muslo entre los míos. Yo ya había tonteado así con Maddy, los dos apretados el uno contra el otro en esa misma cama, y aquello era exactamente igual y totalmente diferente a la vez. Las zonas del cuerpo de Maddy que me habían parecido blandas y delicadas eran duras en el de Chance; me impresionaba la fuerza de su cuerpo enjuto mientras se aferraba a mí. Sentía su piel por todas partes, apretándome, y, aunque yo fuera más corpulento que él, quería justo eso, quería que me aplastara contra el colchón, que se apretara contra mí hasta que estallaran las burbujas de nuestros cuerpos.

No entendía cómo podía desear algo con tanta intensidad. Nunca había pensado en ello, pero mi cuerpo lo sabía. En ese momento no cabía duda, estando allí solos en ropa interior, encajados el uno contra el otro, con la necesidad de dejarnos llevar hasta el final. Le recorrí las costillas con los dedos como teclas de un piano hasta el borde afilado de su cadera. Como un saltador que mira hacia abajo desde lo alto del acantilado.

Introduje poco a poco el dedo en la cintura de su calzoncillo y Chance soltó un leve gemido. Dejé de besarlo y me eché hacia atrás para estudiarle el rostro.

Lo veía en blanco y negro, como una foto antigua. Una combinación delicada de sombras y necesidad. Entreabrió los labios, como formulando una pregunta tácita.

—¿Quieres? —le susurré.

Chance asintió.

Estaba tan empalmado que me dolía, pero me di cuenta, sobresaltado, de que no sabía qué era exactamente lo que estábamos negociando. Mi entrepierna me decía a gritos que lo quería todo, *lo que fuera*, pero algo y pronto. Pero ¿qué significaba eso?

—¿Qué...? —empecé a preguntar, pero me detuve y lo intenté de nuevo—. ¿Qué quieres que hagamos?

Incluso a oscuras, podía ver la mirada salvaje de Chance mientras jadeaba.

—¿Qué quieres *tú* que hagamos?

—Es que yo no he... Nunca he hecho esto antes. Con un chico.

A decir verdad, estábamos a punto de cruzar el límite de lo que había hecho hasta ese momento en general, con quien fuera.

—¿Qué, eh...? —Chance se lanzó a besarme y, por primera vez, fue un beso torpe, incómodo. Luego se retiró—. ¿Qué te apetece?

Estallé en carcajadas.

—Pareces un camarero.

Lo besé a toda prisa para que supiera que no me estaba riendo *de* él.

Me ofreció una sonrisa ladeada.

—La pregunta sigue en pie. Podemos hacer lo que quieras.

«Lo que quieras». Solo de pensar en esa carta blanca y en su cuerpo estuve a punto de correrme en ese instante, en los calzoncillos. Pero ¿qué era lo que quería? No había visto demasiado porno gay, pero me había formado una idea de lo básico. Me resultaba todo desconocido, aunque oía una voz en la cabeza que me susurraba que lo desconocido podía ser bueno. ¿Y qué pasaba con el tema de la protección? No tenía condones, y ni siquiera sabía para qué eran necesarios y para qué no. ¿Y si probábamos algo y no me gustaba? ¿Y si me dolía? ¿Qué pensaría Chance si empezábamos a hacer algo y luego no podía seguir? ¿Y si me resultaba asqueroso? ¿Y si le resultaba asqueroso a él?

Estaba hiperventilando. Chance me puso una mano en la mejilla.

—Ey —se acercó hasta que me rozó la nariz con la suya—, no tenemos por qué hacer nada si no quieres.

—Eh... —A pesar de los nervios, no pensaba dejar pasar esa oportunidad. Mi polla se rebelaría. Le envolví el muslo con las piernas y apreté para dejarnos inmovilizados y muy juntos—. Sí que quiero.

Se rio.

—Vale. —Bajó la mano entre nosotros y me recorrió el vientre con los dedos—. ¿Probamos con las manos?

Dios, sí.

—Vale.

Aunque en teoría los dos teníamos lo mismo ahí abajo, tocarle el... Joder, me resultaba incómodo incluso *pensar* en la palabra «pene» en ese contexto. Pero, al tocarle el suyo, todo me resultaba sorprendente. Tenía la piel suave, tersa y delicada, y por alguna extraña razón me recordó al interior de la oreja de un perro. Pero por debajo de la piel había un núcleo duro, cálido y firme.

Algo que nunca te cuentan sobre estar con otro chico es lo fáciles que son ciertas cosas. Puede que hubiera estado preocupado por mi falta de experiencia con otra persona, pero las miles de horas de práctica en solitario nos habían convertido a los dos en expertos.

Al momento habíamos acabado y teníamos las manos atrapadas entre los vientres pegajosos mientras él se tumbaba sobre mí y me cubría todo el cuerpo con el suyo. Enterré la cara en su pelo, respiré hondo y sentí su peso como una manta de protección. El olor a pino se mezclaba con nuestro sudor.

—Tienes serrín en el pelo —le susurré.

—¿Marcando tu territorio, Holc? —murmuró con la boca aún pegada a mi cuello.

Sonreí en la oscuridad y lo abracé con más fuerza.

Fuera, la tormenta azotaba la casa, tratando de alcanzarnos.

17

La semana siguiente fue una tortura, pero del mejor tipo posible.

El día que Chance despertó en mi casa nos habíamos levantado temprano, con cierto vértigo al ser conscientes de las líneas que habíamos cruzado. Había oído a mi padre en la ducha, lo que nos había permitido evitar las preguntas incómodas típicas de los padres, y tras un rápido beso en la puerta, Chance se había escabullido calle abajo para llamar a un Lyft. Yo me había vuelto a la cama y me había tumbado, confundido pero contento, en unas sábanas que olían a él.

Ahora que ya había atravesado esa frontera con Chance, solo podía pensar en repetir. Pero el universo tenía otros planes. Chance tenía que tomar un avión a Los Ángeles esa noche para hacer un cameo en una película y no volvería hasta el viernes siguiente.

Y así fue como comenzó una de las semanas más largas de mi vida. Me consolaba el hecho de que, si mi enchochamiento resultaba ridículo, al menos Chance estaba igual. No dejábamos de mandarnos mensajes sobre mil temas diferentes que en realidad significaban: «Estoy pensando en ti». Entre ellos Chance también me enviaba fotos del rodaje (en las que sobre todo se veían personas por aquí y por allá con focos enormes), de diferentes lugares de Los Ángeles y, por supuesto, una mesa de cáterin con un surtido increíble.

También recibí una selfi suya con el vestuario de la película: vaqueros rotos y guantes sin dedos. Llevaba un tupé enorme al estilo *rockabilly*; Denny habría estado orgullosísima.

Le envié un *emoji* de un guiño y le dije en un mensaje: «Míralo, don Estrella de Cine».

«Qué va —me respondió—. Por lo visto se creen que los chicos de instituto normales visten así. Pero, bueno, al menos han elegido al chico asiático como el malote en lugar de como el friki, así que al menos vamos progresando».

Hubo un tiempo —hace unas dos semanas, vaya— en que me habría muerto de envidia al ver a Chance paseándose por Hollywood. Y mentiría si dijera que no seguía dándome un pelín de envidia, pero también había un nuevo sentimiento que ocupaba la mayor parte de ese lugar: el orgullo. Mi novio iba a salir en una película. Traté con todas mis fuerzas de contener al antiguo David, el envidioso, y reforzar al nuevo, un David relajado y entusiasta.

El intercambio constante de mensajes no pasó desapercibido para Ridley. Aunque sabía que aún no podía decirle la verdad, intentaba compensárselo enseñándole algunas de las fotos de Chance entre bastidores, con cuidado de que solo viera las imágenes, sin contexto.

—¡Hala! —exclamó mientras miraba mi móvil, entusiasmada, tumbada despatarrada en el puf de mi cuarto, con el portátil y la guía de estudio para los exámenes de acceso a la universidad por delante—. No me puedo creer que conozcamos a alguien que vaya a salir en una peli de verdad, una peli que van a poner en cines y todo. —Cerró la tapa del portátil—. Y qué guay que volváis a ser amigos, ¿no?

—Sí.

Si ella supiera…

—En serio, David. —Ridley se incorporó con las piernas cruzadas sobre el puf y me miró, adoptando una expresión de madurez—. Sé que llevabais mucho tiempo de mal rollo. No es fácil superar algo así. —Extendió la mano, me agarró el pie y me lo sacudió un poco—. Estoy orgulloso de ti, colega.

—Ya, bueno, el Comité del Nobel puede enviarme el Premio de la Paz a casa.

Pero, en realidad, yo también estaba orgulloso de mí. Después de tanto tiempo enfadado, de repente veía una nueva versión de mí mismo: alguien más maduro, capaz de superar los errores del pasado, no por haberme rendido, sino porque tenía más confianza en mí mismo. Esa nueva persona me parecía mucho más atractiva. Y eso era de lo que más estaba disfrutando: de sentirme atractivo.

De modo que decidí canalizar toda esa energía romántica frustrada —y cada célula cerebral que no tuviera ocupada estudiando o evitando que me cayera de las escaleras en el trabajo— en planear la cita perfecta, teniendo en cuenta todo lo que había aprendido sobre Chance en nuestras últimas quedadas. Como me estaba portando como un hijo ejemplar, mi padre me había sacado de su lista negra y volvía a no tener ningún toque de queda oficial; el único requisito para que todo siguiera así era que debía avisarle si decidía, por ejemplo, salir del estado. Por suerte, esa vez mi plan no requería salir siquiera de la ciudad. Cuando acabé de trabajar el viernes y fui a recoger a Chance, ya tenía todo listo.

Me recibió en la verja, como empezaba a ser habitual, con una camisa de manga larga con un estampado de engranajes de reloj rosa y morado un tanto mareante.

—La virgen. —Levanté una mano como para protegerme de la luz—. Ya veo que hoy vas muy discretito.

—Mira quién habla, el leñador. ¿Te hacen jurar que solo vas a llevar cuadros escoceses cuando te compras la primera sierra de mesa o qué? Además —se señaló a sí mismo—, es el camuflaje perfecto; que la camisa atraiga toda la atención.

—Si tú lo dices. Monta antes de que te ataquen los polinizadores.

Se subió y, antes de que pudiera arrancar la camioneta, ya estaba en mi asiento, a mi lado, apretándome contra la ventanilla de un beso.

La postura era espantosa: el asa de la puerta se me clavaba en la espalda y la correa del cinturón amenazaba con cortarme la cabeza. Chance tenía la rodilla en el portavasos. A un nivel estrictamente físico, puede que fuera el beso más incómodo de mi vida.

Pero no quería que se acabara nunca.

Una eternidad más tarde, cuando ya nos habíamos quedado sin aliento, Chance se pasó de nuevo a su asiento, satisfecho, como si nada.

—Vale, ya podemos irnos —anunció, apartándose el flequillo de los ojos.

—¿Seguro? —Parpadeé deprisa, tratando de reiniciar el cerebro—. Porque yo creo que se me ha olvidado hasta cómo se conduce.

Pero giré la llave, y Chance apoyó la mano en la mía sobre la palanca de cambios, con total naturalidad, como si lo hubiéramos hecho mil veces.

—Bueno, ¿y a dónde vamos? —me preguntó.

Recuperé la compostura lo bastante como para mover las cejas arriba y abajo.

—Uhhh, sorpresas. —Me apretó la mano—. Me gustan las sorpresas.

Al ratito, le pregunté:

—¿Qué tal el rodaje? ¿Eres el nuevo Robert Pattinson o qué?

Chance rio por la nariz.

—Macho, que es solo un cameo. Tengo una frase y ya está.

—Bueno, ¿y qué frase es? Dímela.

Chance se encogió un poco en su asiento.

—¿Es necesario? Pero si es una tontería…

Sonreí.

—Vale, sí, ahora desde luego que es necesario. Venga, dímela ahora mismo.

—Bueno… Pero dame un segundo para meterme en el personaje. —Se irguió y respiró hondo varias veces para centrarse. Después se volvió hacia mí con los ojos muy abiertos y, con un acento de surfero a lo Keanu, dijo—: ¡Hala! ¿Eso es salsa de queso?

Me reí tanto que estuve a punto de meterme en el carril contrario y un ciclista me hizo la peseta.

—¿Ya está? ¡¿Te has pasado una semana de rodaje para decir solo eso?!

—Y para un montón de escenas en las que salgo de fondo. Pero, sí, te sorprendería saber de cuántas maneras se puede decir mal la frase: «¡Hala! ¿Eso es salsa de queso?».

—Claro, claro. Imagínate que sin querer dices «salsa de queso» en plan emocionado en vez de en plan inquieto.

—O «salsa de queso» en plan triste.

—O «salsa de queso» en plan seductor.

—O «salsa de queso» en plan he matado a toda tu familia.

Seguimos partiéndonos de risa hasta que llegamos a nuestro destino, pronunciando la frase con emociones cada vez más extrañas. Le hice prometer a Chance que en el futuro le pondría el título *Salsa de queso en plan inquieto* a alguno de sus discos.

Estábamos en Georgetown una vez más. Mientras buscaba aparcamiento, Chance me preguntó:

—Segunda ronda del Golf de la Muerte, ¿eh? —Asintió con cara de sabihondo—. Claro, ¿por qué íbamos a cambiar la fórmula? Yo siempre digo que hay que encontrar un plan que funcione para una cita y hacer siempre lo mismo.

—Calla, que no es culpa mía que todo lo guay pase aquí.

Nos bajamos de la camioneta y seguimos las indicaciones del móvil por una calle que no conocíamos, entre una empresa de pavimentos y una fábrica textil. Al doblar la última esquina, de repente nos encontramos ante un caos de color y ruido. Había montones de puestos de comida y remolques estilo retro en un aparcamiento, y el espacio que había entre ellos lo ocupaban sombrillas, tiendas de campaña y alfombras con estampados alocados.

—¡Tachán! —Extendí los brazos—. ¡El festival de puestos de comida y el mercado temporal de Georgetown!

—¡Hala! —exclamó Chance.

—¿«Eso es salsa de queso»? —añadí yo, y ambos soltamos una carcajada.

Me agarró del brazo y me arrastró hacia los puestos.

Hasta ese momento solo había estado en festivales que eran un setenta por ciento arte para hippies ricos y un treinta por ciento churros, pero aquello era diferente. Tenía todo un toque *punk-rock*, desde los chicos treintañeros que paseaban con cervezas abiertas hasta los puestos llenos de calaveras falsas, cuero escandaloso y marionetas espeluznantes. Pasamos por delante de un puesto que solo vendía cómics antiguos y novelas de ciencia ficción, y luego por una tienda llamada Brilliponi que vendía los accesorios de moda más chillones del mundo.

Me probé unas gafas de sol que tenían unos cristales gigantes, como los ojos de una mosca, y unas pestañas largas y rosas.

—¿Qué tal me quedan?

—Pareces un teleñeco putón. —Tomó un trozo de cuero rojo que resultó ser un arnés con un flamenco de plástico pegado a la entrepierna—. Guau, ¿cómo conocían mi fetiche?

Dejé las gafas de nuevo en el maniquí de ojos saltones.

—Vamos a comer algo.

Los puestos de comida eran tan excéntricos como la zona del mercado, pero había uno que destacó de inmediato. Estaba pintado con aerógrafo para que pareciera una galería de cuadros extraños de temática gastronómica: un hombre con una hamburguesa flotando por delante de la cara, dos personas con bolsas en la cabeza besándose mientras sujetaban un cuenco de pasta... En un lateral se leía el nombre: BANQUETE SURREALISTA. Nos acercamos y le echamos un vistazo a la carta.

—Salvador Dal —leyó Chance en voz alta—. Penne Magritte. Pita Kahlo. —Miró a la mujer del puesto, que tenía un montón de *piercings*—. ¿En serio solo ofrecéis platos con juegos de palabras sobre pintores famosos?

—Pintores *surrealistas* famosos —apuntó la mujer en un tono animado.

—¿Y eso es un modelo de negocio viable?

—Estamos en Seattle —respondió la mujer, encogiéndose de hombros.

Decidimos comer allí. Chance pidió un Leonora Curryngton y yo un *Ceci n'est pas une* pita. Para beber, tomamos un Doroté Tanning y para acompañar pedimos también unos Remedios Varos de cebolla .

Nos sentamos en una mesa de plástico bajo una sombrilla de color rojo brillante, junto a un pijo con un polo que hablaba por el móvil y una mujer con rastas que intentaba sin éxito darle de comer a su hijo pequeño. No me importaba que tuviéramos que estar todos tan apretujados, porque me daba una excusa para acurrucarme contra Chance, y nos sentamos con las caderas y los codos rozando.

Chance le dio un bocado a la comida y soltó un gemido.

—¿Está rico? —le pregunté.

—Está todo tan bueno que es *surrealista* —bromeó.

—Bueno, pues come rápido, que esta es solo la primera parada.

Lo engullimos todo mientras veíamos a una chica con una camiseta de tirantes y unos pantalones de campana gigantes hacer trucos con un Hula-Hoop en llamas.

Pero ni siquiera eso estaba distrayendo a la gente lo bastante como para que nos librásemos; justo cuando estábamos terminando de comer, un chico señaló con el dedo a Chance, a tan solo unos metros de su cara.

—¡Eh! ¡Es Chance Kain!

—¡¿Chance Kain?! —exclamó Chance mientras hacía como que buscaba a alguien a su alrededor—. ¡¿Dónde?!

Pero el chico que lo señalaba y sus dos amigos (una chica y otro chico, todos de veintitantos) ya nos estaban rodeando. Chance se puso de pie al momento y se separó de mí. Sentí el espacio vacío donde había estado como una bofetada de aire gélido.

Por supuesto, me dijo una vocecita en la cabeza. *A don Famoso no lo pueden ver con su novio porque su novio es un cualquiera.*

Pero, claro, eso tampoco era justo. Traté de contener la voz con todas mis fuerzas.

—Ey, tienes que firmarme un autógrafo. ¿Tienes un boli?

—Lo siento —dijo Chance, dándose palmaditas en los bolsillos—, no llevo ninguno encima.

—¡¿Alguien tiene un boli?!

El chico del autógrafo se adentró entre la multitud y al instante la novia se acercó a Chance, con el teléfono en la mano y el brazo extendido.

—¡Podemoshacernosunafotovalegracias!

El obturador de la cámara del móvil empezó a emitir un clic tras otro antes de que la chica terminara siquiera de hablar, mientras con el otro brazo rodeaba de manera posesiva a Chance por la cintura. Chance esbozó una sonrisa automática, pero percibí su mirada inexpresiva, apagada.

—¡He conseguido un boli! —El bobo del novio volvió abriéndose paso entre la multitud, sosteniendo un bolígrafo como si fuera una antorcha olímpica. En la otra mano llevaba un montón de servilletas—. Ay, colega, te voy a pedir un montón de autógrafos. Empieza por Mikayla: «M», «I», «K»...

Y yo estaba allí plantado, observando cómo se desataba el caos sin poder hacer nada. Ahora me daba cuenta de lo serenos que habían sido los fans del Golf Mortal. Ese día nos habíamos enfrentado a toda una multitud consciente de la presencia de Chance pero que intentaba comportarse con calma y respeto. Ahora solo había tres personas, pero nos habían cortado el rollo por completo, pisoteando nuestro plan, como si fueran tres vacas mugiendo y cagando por todas partes.

Y además estaban llamando la atención.

El otro chico también quiso hacerse una foto con Chance.

—En realidad a mí no me mola vuestra música —admitió—. Pero a mi hermana pequeña le flipa.

Chance esbozó una sonrisa débil.

—Pues dile que tiene un gusto exquisito.

Aquello fue la gota que colmó el vaso. Me puse en pie y me abrí paso entre ellos hasta que pude agarrar a Chance del brazo.

—Vale, vale, gracias a todos, pero el señor Kain tiene que irse ya. Llega tarde a cenar con Eddie Vedder y el príncipe Harry. Lo siento muchísimo.

Tal vez por primera vez en mi vida, le saqué provecho a mi corpulencia: actué como un barco rompehielos y arrastré a Chance tras de mí. Lo que en cualquier otra situación me habría parecido una grosería tremenda, de repente me pareció un acto justificado, puesto que era por Chance. Algunas personas se apartaron a nuestro paso y a otras tuve que empujarlas, y en unos instantes nos habíamos alejado de la multitud y volvíamos hacia la camioneta.

—Lo siento —me dijo Chance con cara de pena.

—¡¿Que lo sientes?! —Me di cuenta de que estaba gritando y me contuve—. No tienes nada de qué disculparte. Menudos gilipollas.

Chance se encogió de hombros.

—Te acabas acostumbrando.

¿Me habría acabado acostumbrando a ese tipo de trato? No lo tenía claro.

—Bueno, pues esta noche no tienes por qué soportarlo. Se acabó la parte pública de la velada. —Abrí la camioneta—. Sube.

Esa vez tan solo nos desplazamos un kilómetro y pico, hasta la cima de Beacon Hill, y aparcamos junto al parque Jefferson. Chance parecía a la vez confundido y encantado mientras lo alejaba de la calle y atravesábamos un muro de arbustos.

Al otro lado había un laberinto de senderos de virutas de madera que serpenteaban por la ladera, se entrecruzaban y creaban pequeñas islas de vegetación bordeadas de ladrillos. Algunas parecían jardines, con hileras cuidadas de cultivos, mientras que en otras solo crecía maleza. En el centro había una especie de cenador de madera. Aparte de una mujer negra mayor que estaba arrancando hierbas en una parcela ladera abajo, estábamos completamente solos.

—¡Pues aquí estamos! —anuncié—. ¡Ahora toca el postre!

Chance miró a su alrededor, confundido.

—¿Un huerto comunitario? ¿Tenéis una parcela aquí?

—No, esto es un jardín forestal, y aquí todo es gratis. Lo mantienen voluntarios, así que cualquiera puede venir y comerse lo que encuentre. Es como una búsqueda del tesoro.

Chance no parecía muy convencido.

Extendí la mano y empecé a recoger frambuesas.

—¡Mira!

Le dejé unas cuantas en la mano y Chance se las comió y levantó las cejas al ver lo ricas que estaban.

—Joder.

—Están buenas, ¿eh? —Empecé a recorrer el sendero—. Venga, vamos a ver lo que encontramos.

Tal y como esperaba, Chance no tardó en dejarse llevar por la emoción de ir descubriendo frutas. Al momento estábamos correteando como niños pequeños y hablando a gritos. Había arbustos llenos de arándanos y frambuesas tan maduras que se deshacían nada más arrancarlas. Había zarzamoras autóctonas diminutas bajo manzanos cuyos frutos empezaban a madurar, y cerezas, aunque ya casi no era la temporada. Incluso había frutas que nunca había probado, como grosellas e higos.

Después de recolectar todo lo que se nos antojaba, nos sentamos en los bancos del pequeño cenador y compartimos una ciruela que había recogido yo. Los listones de madera de los laterales nos ocultaban de los campos de deporte que había más arriba y nos ofrecían un poco de intimidad. De repente tomé a Chance de la mano por impulso.

Chance se estremeció y miró a su alrededor en un acto reflejo, y se me partió un poquito el corazón. Pero, al ver que no había nadie, me sonrió y me apretó los dedos.

Para fingir que no me había dolido, canté un trocito de *Breaking the Law* de Judas Priest.

Se le torció la sonrisa y se volvió más débil.

—¿Sabías que el que cantaba eso era gay?

—¿En serio? —le pregunté en un tono menos indiferente de lo que pretendía.

—Rob Halford. Salió del armario en los noventa.

Nos quedamos dándole vueltas un momento.

—¿Siempre lo has sabido? —le pregunté—. Lo de que te gustan los chicos.

Se encogió de hombros.

—Más o menos.

—¿Cómo es que nunca nos dijiste nada?

—¿Cómo es que nunca me lo preguntasteis? —respondió con mala cara—. Quiero decir que, en el escenario, era básicamente un Freddie Mercury en versión gótica. Creo que era bastante evidente.

—Ya, pero en cuanto te bajabas del escenario te ponías a ligar con todas las chicas que se te acercaban. —Fruncí el ceño—. Incluso las que nos gustaban a Eli y a mí.

—Ya… —Agachó la cabeza—. Lo siento. Supongo que pensaba que era algo que tenía que hacer, ¿sabes? Para asegurarme de que nadie pensara que era *queer*.

—Pero acabas de decir que lo eras.

—Pero ¡eso no significa que quisiera que los demás lo supieran!

Bajó la mirada, sorprendido; había aplastado lo que le quedaba de ciruela. La tiró a los arbustos y se limpió la mano en los bajos del pantalón.

—Creo que... quizá el personaje en el que me convertía en el escenario era una forma de intentar ser otra persona, ¿sabes? Sin tener que comprometerme a nada.

—¿Y ahora? —Señalé hacia los jardines vacíos—. O sea, sé que tienes que mantener el misterio en público. Pero ¿te consideras gay? ¿O bisexual?

Hizo una pausa mientras le daba vueltas y luego dijo:

—No, bueno, quiero decir..., no sé. ¿Qué significan todas esas palabras, al fin y al cabo? Si el género y la sexualidad son espectros, ¿no significa eso que todos somos bisexuales? ¿Dónde está el límite?

Me encogí de hombros.

—A lo mejor tienes que pensarlo de este modo: si estuvieras en una isla desierta y solo pudieras acostarte con un género para siempre, ¿tendrías alguna preferencia?

—Pero es que no estamos en una isla. —Agitó la mano, aún pringosa por el jugo de la ciruela—. Así que, vale, pon que el noventa y nueve por ciento de las veces soy del Equipo Polla. Entonces se me consideraría gay, ¿verdad? Pero luego pon que me enamoro de una chica y nos casamos, y soy muy feliz, aunque todavía, en teoría, me gustan más los chicos. ¿Significa eso que antes estaba mintiendo y que no era gay de verdad? —Sacudió la cabeza con rabia—. La vida va de situaciones concretas, no de hipótesis, ¿sabes?

—Sí, supongo.

Me apretó la mano.

—Lo siento. No pretendía soltarte un sermón.

—No te preocupes.

Le di un mordisco a mi mitad de la ciruela y el jugo me recorrió la barbilla.

Chance extendió el brazo y me limpió con el pulgar. Sentí un cosquilleo en varios órganos ante aquel gesto.

—Creo que la gente debería dar cabida a lo inesperado, ¿sabes?

Resoplé y lo fulminé con la mirada.

—Dímelo a mí.

Me sonrió. Me moría de ganas de besarlo, pero, aunque no hubiera nadie cerca, tampoco quería que se sintiera incómodo. Y además era el mejor momento para pasar a la próxima sorpresa, de modo que me levanté y me llevé a Chance a rastras.

—Hablando de lo inesperado, esta cita aún no se ha acabado. Arriba, señorito Ng.

Lo saqué del cenador, le solté la mano a mi pesar y atravesamos la hierba del borde del parque, manteniéndonos alejados de las personas que hacían ejercicio o paseaban tranquilamente.

Chance miró hacia atrás por encima del hombro.

—¿No vamos a la camioneta?

—No. A partir de ahora vamos andando.

Fuimos hacia el norte por calles residenciales. Al cruzar una zona comercial, llena de cafeterías y restaurantes, nos detuvimos frente a un estudio de tatuajes para ver por el escaparate a alguien que se estaba tatuando.

Chance suspiró mientras nos alejábamos de allí.

—Me encantan los tatuajes.

—No me digas. —Lo miré de reojo—. Diría que la mayoría de la gente no empieza a hacerse tatuajes por la cara.

Se encogió de hombros, haciéndose el guay.

—¿Qué te digo? No hago las cosas a medias. —Entonces se quitó la careta de chulito—. Para serte sincero, los dos primeros tatuadores con los que hablé se negaban a hacérmelo;

decían que nadie debería hacerse su primer tatuaje en la cara. Pero es que justo esa era la parte importante.

Me giré para mirarlo de frente.

—¿Y eso?

Hizo una mueca y siguió andando sin mirarme a los ojos.

—Pues, a ver, no me malinterpretes, me gusta el diseño. Y queda guay contar todo ese rollo del psicopompo. Pero en realidad solo quería hacerme algo para *no* ser una estrella del pop perfecta, ¿sabes? Algo que Benjamin y la discográfica odiaran. Para demostrarles que mi cuerpo es mío.

—Ah...

Pensé en los supuestos fans de los puestos de comida. Desde luego, ellos sí que se habían comportado como si fueran los dueños de Chance. Me preguntaba cuántas personas pensarían que les pertenecía un pedazo de él.

—Pero ni siquiera se trata solo de ellos —añadió—. Ni de los tatuajes. La cuestión es que todo el mundo siente que puede opinar sobre quién debo ser. Y el hecho de ser asiático solo empeora las cosas: como las personas asiáticas no abundamos precisamente en esta industria, al final tengo que representarnos a todos. Pero resulta que nadie se pone de acuerdo respecto a nada. —Movía una mano de un lado a otro, con los labios fruncidos—. Que si debería pronunciarme y aprovechar mi plataforma, pero sin ofender a nadie; que si debería luchar contra las injusticias, pero ser agradable y cordial... Si me maquillo, la gente dice que estoy perpetuando los estereotipos racistas y estúpidos de que los hombres asiáticos son femeninos. Pero, si dejo de maquillarme, dicen que estoy acatando las normas de género opresivas. Haga lo que haga, alguien acaba cabreado. —Sacudió la cabeza—. Así que eso es lo que representa en realidad el tatuaje: es un recordatorio para mí de que puedo ser yo mismo. De que soy yo quien controla mi vida. —Se detuvo un momento y añadió—: Y, bueno, también fue un poco por la rebeldía típica de los niños famosos. —Se rio, pero contrajo los hombros, avergonzado—. ¿Te parece patético? Soy como la típica estrella chalada que se afeita la cabeza, ¿no?

—Oye —lo agarré del brazo y tiré de él hasta que se detuvo y lo obligué a mirarme—, no es patético. Es una reivindicación. Y eso es bueno.

—¿Tú crees? —me preguntó con cara de esperanzado.

—Claro.

Sonrió.

—Entonces, lo que me estás diciendo es que no pasa nada si me rapo la cabeza, ¿no? A lo mejor me hago un tatuaje enorme en todo el cuero cabelludo de una tela de araña.

—Pues claro. —Reanudamos el paseo—. O sea, tendrías que llevar una bolsa en la cabeza siempre que quedásemos. Pero prometo respetarte desde el otro lado de la bolsa.

—Puede que me compre una de esas máscaras de plástico de una cabeza de caballo. Ese va a ser mi nuevo estilo.

—Seguro que así te ganas a los fans de *My Little Pony*.

Seguimos andando durante un kilómetro y medio más, por calles en las que las casas y los setos proyectaban largas sombras sobre la acera. La mayoría de la gente con la que nos topábamos estaban paseando a sus perros y esperaban impacientes, mirando el móvil, a que hicieran sus necesidades. Nadie nos prestaba atención.

Cuando llegamos a la valla metálica, casi había anochecido.

—Bueno —dije—, pues ya hemos llegado.

Chance levantó la cabeza, tratando de asimilar el lugar al que lo había llevado.

—¿Una iglesia? —Volvió a mirarme—. A ver, Holc, ha sido una cita estupenda, pero me da la sensación de que vas un poco rápido.

—Qué listillo eres.

Me acerqué al candado de la verja, introduje el código y se abrió con un clic de lo más satisfactorio.

—¡Joder! —exclamó Chance, que se había quedado con la boca abierta—. ¡Esta es tu iglesia!

—Sí. —Abrí la puerta de un tirón—. Pero date prisa antes de que alguien nos vea.

El mismo código nos permitió atravesar la puerta principal. Dentro, el último resplandor del cielo que se colaba a través de las vidrieras le otorgaba al lugar un aspecto onírico mientras resonaban nuestros pasos por toda la sala de techos altos.

Chance lo observaba todo con respeto.

—Supongo que no deberíamos estar aquí, ¿no?

—Después de la persecución de los paparazis del Golf Mortal, suponía que te molaría otro plan de colarnos en algún sitio.

Chance me ofreció una sonrisilla. En ese momento, a salvo de miradas indiscretas, cedí ante el deseo de besarlo. Sabía a fruta robada. Chance dio un paso atrás, se quedó medio sentado en el respaldo de uno de los bancos, me agarró del cuello y me acercó a él. Me coloqué entre sus piernas.

Durante un buen rato, le apreté los costados y recorrí con los dedos la escalera de sus costillas, extasiado. El tejido sintético y brillante de su camisa le marcaba los músculos abultados y de repente fui consciente de su desnudez bajo la tela.

Pero tenía un plan, de modo que me separé a regañadientes, lo tomé de la mano e intenté guiarlo por la sala.

—Quiero enseñarte una cosa.

—Ah, ¿sí? —Me agarró de las caderas y tiró de mí hacia él, de modo que se me quedó el culo contra su entrepierna—. ¿Vamos a liarnos en el altar? Porque me parece bastante sexi.

Los pantalones me apretaban cada vez más y lo único que me impidió dejarme llevar fue la semana que había pasado planeándolo todo.

—Desde luego eso te daría más credibilidad como gótico —le dije—. Pero no; quiero enseñarte otra cosa.

Me metió una mano por debajo de la camiseta y recorrió la cintura de mis vaqueros. Me detuve.

—Vale, quiero enseñarte otra cosa *primero* —me corregí.

Me dio un mordisquito en el cuello.

—*Sacrilicioso.*

Detrás del púlpito, a un lado, había una puerta estrecha que daba a la oscuridad. Me saqué dos linternas frontales del bolsillo con gomas elásticas naranjas.

—Ponte esto.

—Eh… —Chance observó la linterna—. No iremos a bajar a una cripta, ¿no?

—¿Por? No me digas que al vampiro favorito de Estados Unidos le dan miedo los ataúdes.

Chance puso cara de asombro. Dejé que se lo creyese un momento y luego me eché a reír.

—Que es broma, bobo. No vamos a entrar en ninguna cripta.

Chance relajó el cuerpo, aliviado.

—Para que quede claro, no me asusta lo más mínimo visitar la cripta de una iglesia vieja y espeluznante donde nadie encontraría jamás nuestros cadáveres. —Se puso la linterna en la cabeza—. Es solo que no quería despeinarme.

—Claro, hay que estar bien guapo para el Señor.

Alcé la mano y encendí su linterna, cuya goma le aplastaba el pelo y sí que le dejaba una forma un poco ridícula.

Los haces de las linternas revelaron una escalera estrecha de madera que ascendía en espiral hacia una zona un poco menos oscura seis pisos más arriba. Empecé a subir.

Chance no me seguía; se había quedado mirando la escalera.

—No te preocupes —lo consolé—. Estas escaleras están en perfecto estado. Jesús les ha dado su bendición. —Me detuve al darme cuenta de lo que acababa de decir—. Me refiero al carpintero de mi padre. Pero, bueno, probablemente el otro también.

—Es que… —Nunca había visto a Chance tan incómodo—. Es que no me gustan las alturas.

—¿En serio? —Eso era nuevo para mí. El gran Chance Kain, asustado de una escalera. ¿Cómo es que nunca había salido el tema? Le di una palmada a la barandilla—. No te va a pasar nada, si tiene barandilla y todo.

Chance seguía inmóvil.

En mi interior se batían sentimientos contradictorios. Por un lado, un ambiente de pánico no es el que uno espera crear en una cita, a menos que sea con una peli de miedo, para darse abrazos con cada susto. Por otro, aquel era el gran final de mi plan mágico de una velada romántica, y no quería tener que renunciar a él.

Y, para ser sincero, había una pequeña parte de mí, una muy egoísta, que disfrutaba viendo a Chance vulnerable. Al igual que con la carpintería, saber que yo podía hacer algo que él no podía resultaba muy reconfortante. Me hacía sentir como si fuéramos iguales de verdad. Y eso, a su vez, hacía que sentir amor por él fuera más fácil.

Que te guste más tu novio cuando está asustado suena fatal, ya lo sé. Seguro que cualquier psicólogo tendría unas cuantas cosas que decir al respecto.

Pero, por suerte, yo no iba a ninguno.

Le tendí una mano a Chance.

—Agárrate a mí con una mano y a la barandilla con la otra. Mantén la vista fija en mi espalda hasta que lleguemos arriba. ¿Vale?

Se mordió el labio (¿quién se muerde el labio de verdad?) y le quedó tan mono como en las películas. Pero por fin tomó aire, irguió los hombros y me tomó de la mano.

—Eres consciente de que, si me muero, pienso atormentarte durante toda tu vida, ¿no?

Como si no lo hubiera estado haciendo durante años.

Empecé a subir.

En defensa de Chance, las escaleras eran bastante impactantes: los tramos de escalones giraban y giraban como un remolino cuadrado, y el hueco del centro, por el que colgaba una trenza de cables oscuros, parecía diseñado a propósito para dar vértigo.

A mitad de camino, Chance se detuvo de golpe, con lo que se me estrujaron los tendones de la mano contra el hueso.

—Joder.

Giré la cabeza y lo vi mirando por encima de la barandilla, a punto de vomitar.

—¿Qué te acabo de decir sobre mirar hacia abajo?

Cerró los ojos.

—Deberíamos haber bajado a la cripta.

Le acaricié el brazo.

—Solo un poquito más.

Arriba del todo, la torre se ensanchaba de nuevo y las escaleras daban paso a una plataforma más amplia. Chance llegó a ella tambaleante pero agradecido.

—Jesús…

—Justo gracias a él hemos podido subir, sí.

Miró la viga central que quedaba por encima de nosotros y la luz de la linterna iluminó los altavoces que colgaban de cadenas enormes.

—¿No hay campana?

—No. En los ochenta se modernizaron. —Le hice señas para que se acercara al parapeto de ladrillo que nos llegaba al pecho y que rodeaba el campanario, al aire libre—. Apaga la luz antes de que nos vea alguien.

Cuando Chance llegó a mi lado y ambos estuvimos a salvo, apagué también mi linterna. Veíamos todo Beacon Hill bajo nosotros. Al otro lado del valle, en el centro, los edificios se alzaban como torres puntillistas con ventanas iluminadas por aquí y por allá en la oscuridad. La I-5 era una franja brillante y serpenteante, mientras que en el estrecho los ferris avanzaban despacio entre el continente y las islas como pequeños faroles sobre el agua negra. Pensé en lo que había dicho Chance sobre las luciérnagas.

—Esto es lo que quería enseñarte —le dije.

—Guau…

Mirar a lo lejos en lugar de hacia abajo parecía ayudar a Chance con su miedo a las alturas. Apoyó los codos en el parapeto y contempló el horizonte.

—¿Ha merecido la pena subir? —me atreví a preguntarle.

—Debería decir que no —contestó—. Pero… sí. Esto es increíble.

Nos apoyamos el uno en el otro, hombro con hombro, mientras observábamos nuestra ciudad y de algún modo ese contacto, por mínimo que fuera, fue tan íntimo como todos nuestros líos nocturnos. Sentí una oleada de amor repentina y abrumadora por el mundo, por Chance, por aquel momento, por todas y cada una de las personas que habitaban aquellos edificios. Brillando con la esperanza de que alguien nos vea.

Chance suspiró.

—Siempre me sorprende lo mucho que echo de menos Seattle. Pienso que estoy bien y de repente, mientras vuelvo a casa desde el aeropuerto, veo los edificios de la ciudad y es como si me quitara un peso de encima, ¿sabes?

—Sí. —Yo casi nunca viajaba a ninguna parte, pero aun así sabía a qué se refería—. Pero también me encanta lo contrario.

—¿Qué quieres decir?

Me costó encontrar las palabras para expresarme.

—Vale, a ver, ¿sabes cuando pasas suficiente tiempo en un sitio y empieza a parecerte tu casa?

—Supongo...

—Pues me encanta cuando vuelves a casa y todo te resulta familiar: tu calle, tu casa, todo. Pero entonces recuerdas durante un solo segundo lo que sentiste la primera vez que lo viste todo. La primera vez que recorriste esa calle, el primer día que fuiste a ese instituto; lo extraño que te parecía todo, lo emocionante. Y te das cuenta de que lo único que ha cambiado eres tú. —Hice un gesto hacia la ciudad—. Por debajo de la comodidad, aún está todo ese misterio.

Chance se apartó del parapeto y vi que estaba mirándome fijamente. Sacudió la cabeza.

—¿Y tú eras el que decía que no le gustaba la poesía?

—¿Qué?

Me agarró del brazo y me acercó a él.

—Holc, esa metáfora ha sido muy romántica.

—Ah, ¿sí?

La verdad es que no me estaba refiriendo a las personas, pero entonces me besó, y no pensaba quejarme. Fue un beso delicado y profundo, pero, justo cuando empezaba a pensar en la logística de acostarme con Chance en un campanario, se puso rígido, y no en el buen sentido.

Dejé que se separara de mí.

—¿Qué pasa?

—Lo siento. No has hecho nada malo. —No me soltó el brazo, pero volvió a contemplar la ciudad sin mirarme a los ojos—. Quieren que vaya de gira de nuevo.

Se me cayó el alma a los pies; no, todavía más allá, seis pisos más abajo, hasta el suelo de la iglesia.

—¿Cuándo?

—En septiembre. Puede que en octubre como muy tarde. Lo han decidido esta mañana.

Sabía que iba a pasar, por supuesto; lo sabía desde antes de que empezáramos a salir, pero aun así... Faltaba menos de un mes para septiembre.

—¿Y qué vas a hacer sin Eli?

Se encogió de hombros.

—Pues contratarán a alguien. Músicos específicos para la gira, productores...

Resultaba casi cómico, en un sentido más lamentable que irónico, como una canción de Alanis Morissette. Me había pasado años pensando que Chance me había robado el grupo, y ahora el grupo me iba a robar a Chance.

—Oye —Chance me apretó la mano—, me gustas de verdad, pero entiendo que no quieras..., bueno, esto. —Señaló el espacio que nos separaba—. Por si todo se vuelve más difícil cuando me vaya. Sé que las relaciones a distancia son una mierda.

Mi alma seguía cayendo; ya había atravesado los tablones del suelo y estaba hundiéndose en las profundidades de los cimientos de la iglesia.

—¿Quieres *tú* que paremos? —le pregunté.

—No. Pero...

Tiré de él hacia mí y lo besé con fuerza. Durante una fracción de segundo, Chance vaciló, y luego me devolvió el beso con la misma intensidad.

Cuando por fin acabamos y tomamos aire, le dije:

—Buena respuesta.

Sonrió como un bobo.

—Entonces, ¿tú tampoco quieres que paremos?

—Si quisiera que parásemos, no habría empezado, idiota. Como si no supiéramos que esto iba a pasar tarde o temprano. —Le besé la punta de la nariz—. Y esta es la lección, ¿no? Todo eso de «deja de preocuparte por el futuro y di lo que tengas que decir».

—Lo que *tengamos* que decir. —Chance me miró a los ojos y me acarició despacio la mejilla con un nudillo—. Haces que quiera decir toda clase de insensateces.

Me parecía que me vibraba todo el cuerpo.

—Pues dilas.

—Tal vez lo haga. —Me ofreció otra sonrisa ladeada—. Supongo que vas a tener que esperar para saberlo.

Nos besamos de nuevo. Pero, incluso mientras caía en el pozo gravitatorio de sus caricias, una parte diferente de mi cerebro se estaba saturando y comenzaba a atar cabos de un modo frenético.

Ya no le guardaba rencor a Chance; al menos, no demasiado. Enamorarme de él me había hecho reconocer mi propio papel en la ruptura del grupo. Aunque ya no lo culpaba a él por no haber alcanzado la fama, seguía lamentando la oportunidad perdida. Y ahora ahí estaba, a punto de quedarme atrás por segunda vez, y ni siquiera era culpa mía. Y tampoco era culpa de Chance. Ninguno de los dos queríamos que ocurriese.

Pero si ninguno de los dos lo queríamos…

Se me ocurrió una idea. Era casi demasiado absurda para tomarla en serio; desde luego, era demasiado absurda para plantearla.

Pero se suponía que debía decir lo que tenía que decir, ¿no?

Dejé de besar a Chance y me aparté lo suficiente como para verle la cara.

—¿Y si no tuviéramos que mantener una relación a distancia?

—¿Qué?

Respiré hondo y me lancé.

—¿Y si volviese a formar parte de Darkhearts?

Se sacudió como si se hubiera electrocutado y dio un paso atrás.

—¿Qué? —repitió.

Me lancé.

—Mira, te hace falta un nuevo compañero para componer canciones, ¿no? Pues tal vez podría ser yo. Sé que Eli era quien tenía el toque especial, pero yo también escribía algunas partes de las canciones. No pueden contratar a nadie que estuviera presente en los comienzos del grupo; nadie te conocería tanto como yo. Y, si volviera al grupo, podría ir de gira contigo. —Lo tomé de las manos—. Podríamos pasar todos los días juntos.

—Holc… —Chance parecía impactado—. Pero… —Infló las mejillas y dejó escapar el aire—. Guau.

—Ya, ya, es mucho que asimilar. Para ser sincero, no lo había pensado hasta ahora mismo. No pretendía sorprenderte con una propuesta así. —Le apreté más aún las manos—. Pero tiene sentido, ¿no?

—Sí, pero… —A oscuras, era difícil descifrar las expresiones que le atravesaban el rostro—. La última vez que estuvimos en un grupo juntos, lo pasaste tan mal que te tiraste dos años sin hablarme.

—Tú tampoco me hablabas a mí.

—Esa no es la cuestión. —Apartó las manos, se frotó la cara y luego junto las palmas, como si estuviera rezando—. Te lo he estado intentando advertir: esta vida no es lo que piensas. Acaba machacando a la gente.

Noté un destello de la ira del pasado.

—Podría soportarlo.

Chance parecía triste.

—Eso es lo que pensaba Eli.

—Pero yo no soy Eli —le espeté.

—Lo sé, lo sé. —Apartó la mirada—. Lo que quiero decir es que me encanta lo que tenemos tú y yo ahora mismo. Y no me gustaría que el grupo se interpusiera.

Apreté los dientes.

—Pero es que el grupo ya se está interponiendo. Esta es una buena oportunidad para solucionarlo. Y ahora somos personas diferentes. Yo soy diferente. —Volví a agarrarle las manos y lo acerqué a mí—. Mira, sé que metí la pata. Y sé que nadie va a poder sustituir a Eli. Nunca vamos a poder ser lo que deberíamos haber sido. Pero tal vez podamos ser algo… nuevo.

Estuve a punto de decir «algo mejor». Y lo cierto era que sería mejor, al menos para mí. Tendría un grupo y un novio. No creía en el destino, pero una parte de mí me susurraba que tal vez teníamos que pasar por todo aquello, que, si no fuera por lo que habíamos sufrido, nunca habríamos llegado a ese punto.

Me di cuenta de que Chance no había dicho nada en un rato, lo que me recordó que seguía teniendo el alma perdida en las profundidades, haciendo un túnel a través de la corteza terrestre.

—Bueno, si tú quieres, claro —terminé de decir sin demasiada convicción.

Nos quedamos callados durante un instante, y entonces Chance dejó escapar un suspiro largo y lento.

—Sí que quiero —respondió.

Me dio un vuelco el corazón.

—¿De verdad?

—Sí. —Esa vez me agarró él las manos—. Nos lo pasaríamos genial juntos de gira.

El cuerpo de Chance aún irradiaba tensión.

—¿Pero…? —le pregunté.

Se encogió de hombros.

—Pero tampoco depende de mí. Darkhearts es una marca en sí misma; tenemos un contrato con la discográfica. Si quieres volver a unirte al grupo, vamos a tener que convencerlos a ellos.

—Vale, ¿y cómo lo hacemos?

Chance se lo pensó y contestó:

—Con una muestra de lo que podemos hacer. Podemos escribir algo nuevo juntos, una canción, muy rápido, antes de que empiece la gira, y se la tocamos. Así les demostraremos de lo que somos capaces.

—¡Perfecto!

Sentía como si fuera a salirme de mi propio cuerpo. Menos mal que no había una campana de verdad en aquella torre, o habría empezado a sonarla como si fuera el jorobado de Notre Dame. Para mí, todo aquello no era solo emocionante; era como tener la oportunidad de rehacer mi vida entera.

Chance se acercó más aún, intentando mirarme a los ojos.

—¿Seguro que quieres apuntarte a todo esto?

—Segurísimo —respondí con una sonrisa de oreja a oreja.

—Genial.

Allí, a oscuras, no tenía forma de saber qué significaba en realidad la sonrisa de Chance.

18

Chance tenía que pasar el resto del fin de semana con su familia. «Mi madre me ha amenazado con atarme a una silla», me había dicho cuando lo había dejado en su casa. Pero no pasaba nada, porque de repente yo también tenía mucho que hacer.

Durante la mayor parte de los dos últimos años había tenido la guitarra guardada en su funda, debajo de la cama, y había llegado el momento de sacarla y descorrer los pestillos. Abrir la tapa fue como abrir el Arca de la Alianza, o mejor, como si Arturo sacara la espada de la piedra.

El cromo y el palisandro me miraban desde el suelo. El tejido gris y peludo de la funda se amoldaba al cuerpo asimétrico de la guitarra, de color verde bosque con un golpeador negro, y la sostenía como una ofrenda.

La acepté: me agaché, la agarré y me pasé la correa por el cuello. Era una Fender Jazzmaster: la guitarra que usaban The Cure, Arcade Fire y My Bloody Valentine.

Y ahora puede que volviera a ser la guitarra de Darkhearts.

Quité la ropa sucia y los viejos libros de Calvin y Hobbes del amplificador, enchufé la guitarra y le di al interruptor.

El amplificador cobró vida y empezó a zumbar. Mantuve el volumen bajo mientras afinaba, luego tomé aire y lo puse a tope.

La distorsión del amplificador retumbó por toda la habitación. Bajé a mi menor y coloqué el canto de la mano sobre las cuerdas para sentir los graves en el pecho. Probé a hacer un par de *bends* y luego pasé a una escala mayor y fui tanteando las notas.

Buf, estaba muy oxidado. Pero a lo mejor eso podía jugar a mi favor; a veces, cuando dejas de tocar un instrumento durante mucho tiempo, lo retomas con ideas nuevas. Y yo llevaba mogollón de tiempo sin tocar la guitarra.

Probé a tocar un par de canciones antiguas de Darkhearts y empecé a trastear, a tocar notas al azar y a encadenar acordes en busca de algo que me pareciera que podía sonar al estilo de Darkhearts. Incluso me puse a oír un par de las canciones más recientes del grupo e intenté tocarlas para hacerme una idea de lo que haría Eli. La guitarra no era un elemento demasiado central de sus canciones, pero eso solo significaba que había más espacio para incorporarla.

Al cabo de una hora, mi padre asomó la cabeza por la puerta. Era evidente que acababa de llegar de trabajar en la furgoneta y se estaba comiendo una bolsa de palomitas de queso con unas pinzas para ensalada para evitar tocarlas y que se le quedaran las manos grasientas.

—No suena nada mal —me dijo, lo cual era bastante generoso por su parte—. Me alegra oírte tocar de nuevo.

—Sí. —Toqué un último acorde y bajé el volumen del amplificador—. Me está sentando bastante bien.

Me sorprendió darme cuenta de que lo decía muy en serio.

Mi padre parecía contento.

—¿Qué ha cambiado?

No pensaba contarle nada de nuestro plan. Una de dos: o se cabrearía o le daría esperanzas, lo cual lo empeoraría todo si al final salía mal. Pero tampoco quería mentirle.

Decidí contarle la verdad a medias.

—Supongo que pasar el rato con Chance me ha dado ganas de tocar.

Se le empezó a desvanecer la sonrisa, pero se contuvo antes de que le desapareciera por completo.

—¡Bueno, algo es algo! —Agitó las pinzas mientras se daba la vuelta para bajar las escaleras—. En fin, voy a hacer tacos para cenar. Avísame si quieres algo especial.

Me pasé el resto del día sumergido en montones de pestañas del navegador de internet mientras probaba a hacer *riffs* que no me terminaban de salir del todo, y tan solo paré para bajar a por algo de comer y para ir al baño. Podría haber seguido hasta que estuvieran listos los tacos si no fuera por la notificación de un correo electrónico que me apareció en la pantalla del móvil.

Asunto: ¿Entrevista?

Hola, David:

Me llamo Jaxon Aldern, soy periodista y trabajo para *Pop Lock*. Corre el rumor de que Chance Kain y tú habéis pasado mucho tiempo juntos últimamente... ¿Podrías contarme algo acerca de vuestra relación? 😉

Por otro lado, si estás dispuesto a hacer una entrevista exclusiva sobre el tema, te podríamos pagar unos honorarios bastante generosos, además de los derechos de licencia de cualquier fotografía o vídeo original donde aparezcáis Chance y tú juntos.

Gracias.

Volví al principio del correo y lo leí de nuevo. Luego busqué en internet la palabra «honorarios». Y después volví a leer el correo otra vez.

Con una búsqueda rápida en Google averigüé que *Pop Lock* era mitad revista de música *online*, mitad blog de cotilleos de famosos; el tipo de medio en el que se nota que los redactores pretenden ser *Rolling Stone* o *Pitchfork* pero no pueden evitar publicar artículos sobre todas las rupturas de los famosos y los desnudos que se filtran. En otras palabras: escoria.

¿Cómo había averiguado esa gente quién era? Por no hablar de mi dirección de correo electrónico, claro. Aunque en realidad supuse que no sería muy difícil reconocerme... Tampoco es que hubiera desaparecido por completo de la historia de Darkhearts; de hecho, incluso seguía apareciendo en su página de Wikipedia, aunque solo fuera en la sección de antiguos miembros y aunque clicar en mi nombre no te llevara a ninguna página propia. Además, Chance había dicho que esa gente era muy tenaz. Pero apenas habíamos salido juntos en público, y nunca habíamos mostrado ningún comportamiento romántico.

De repente estaba muy cabreado. Habíamos sido todo lo cuidadosos que podíamos, siempre a escondidas, manteniéndolo todo en secreto, pero daba igual; la gente iba a creer lo que quisiera.

Pues que creyesen lo que les diera la gana. Una parte impulsiva de mí quería decirle a Benjamin, el representante de Chance, que se metiera su opinión de experto por donde le cupiera. Anunciar de una vez que Chance y yo estábamos saliendo, y que les dieran por culo a los *haters*. Como si ningún famoso hubiese salido nunca del armario, vamos...

Pero, por supuesto, no era decisión mía. Chance era el que podía salir perdiendo, y ya había dejado clara su elección.

Lo cual, si era sincero conmigo mismo, también me molestaba en parte. Sabía que no se trataba de mí, que la cuestión era que Chance no podía permitirse poner en riesgo su carrera, pero en el fondo no podía dejar de oír un susurro que me decía que se avergonzaba de mí. Ni siquiera de salir con un chico en general, sino de que fuera *conmigo*. Chance Kain debería estar saliendo con alguien deslumbrante y elegante, no con un estudiante de instituto que no está en forma, que es un don nadie y que tiene pegamento para madera bajo las uñas.

Pero eso era otro punto a favor de que volviera al grupo, ¿no? Que yo también fuera una estrella del *rock*; entonces podríamos sacarle provecho a nuestra relación. ¿Dos ídolos adolescentes en el mismo grupo y saliendo juntos? Seríamos iconos.

Pero nada de eso me servía para la situación en la que estaba ahora mismo; quería contestarle al periodista y decirle que se fuera a la mierda, o que buscara cosas mejores que hacer con su vida que acosar a adolescentes, pero imaginaba que eso no encajaría demasiado con la estrategia de relaciones públicas que tenía en mente Benjamin. Sin embargo, la idea de no decir nada me parecía bastante frustrante. Ese tipo de invasión de la intimidad exigía una respuesta.

Cliqué en el botón de responder. ¿Qué era lo que decían siempre los políticos cuando alguien les daba la tabarra?

«Sin comentarios».

Lo escribí y me quedé mirando el mensaje. Me parecía una buena respuesta, así, sin saludos, sin «Atentamente, David»; solo esas dos palabras, frías, sin complicaciones. Una respuesta que no decía nada pero que a la vez transmitía claramente: «Tu pregunta no merece siquiera respuesta. Soy mejor que tú».

Le di a enviar y me fui a comerme los tacos.

Al día siguiente, alrededor del mediodía, estaba empezando a aprenderme un nuevo *riff* cuando Chance me mandó un mensaje.

CHANCE:
Tenemos un problema.
¿Podemos hacer una videollamada?

Agarré el teléfono.

YO:
Claro...
¿Qué pasa?

Chance no me respondió a la pregunta, solo me dijo que me iba a enviar un enlace por correo electrónico y que llevara pantalones.

Por suerte, ya estaba vestido, pero me peiné lo mejor que pude con los dedos, me senté con la espalda apoyada en la cama y abrí el portátil.

Me llegó el correo y el circulito de «Conectando...» empezó a dar vueltas.

Y de repente ahí estaba Chance, pero no solo: también estaba Benjamin, encorvado en una segunda ventana de vídeo, con una habitación de hotel de fondo. Me dedicó la sonrisa más débil que se pueda uno imaginar.

—Y aquí está nuestro Romeo —me saludó Benjamin—. Gracias por reunirte con nosotros. Ya sé que debes tener una agenda muy apretada removiendo mierda.

—Benjamin... —se quejó Chance, que parecía abatido, con una sudadera con capucha negra lisa y el pelo alborotado de verdad por una vez en lugar de su estilo despeinado a propósito de siempre.

—¿De qué estás hablando?

Pero en realidad ya lo suponía.

—Busca tu nombre y *Pop Lock* en Google.

Abrí una pestaña nueva y, efectivamente, allí estábamos, en la página de inicio de la revista digital: una foto de los dos corriendo por el callejón tras salir del Golf Mortal, con Chance agarrado a mi muñeca. El titular era: LA ESTRELLITA TIENE UNA CITA. Bajé a toda prisa por la página y vi que había más fotos nuestras, todas tomadas en el festival de comida.

—¿Los cabrones del festival han vendido las fotos que hicieron?

Pero ¿cómo se podía tener tanta cara?

—¡Pues claro que las han vendido! —me espetó Benjamin—. ¿Por qué no iban a venderlas? Si te viene un periodista ofreciéndote dinero por una foto que tienes en el perfil de Facebook, ¿cómo vas a decir que no? Es obvio. Y hablando de obviedades... —Su cara de decepción era tan profesional que estaba seguro de que debía de haberla ensayado delante del espejo—. Tenemos que hablar de la respuesta que le has dado a ese mismo periodista.

No tenía ni idea de si el calor que sentía en las mejillas era de ira o de vergüenza.

—Yo no le he dicho nada.

—Ahí te equivocas. —Benjamin ni siquiera me estaba hablando en un tono agresivo, lo cual lo volvía aún más cortante—. Según el artículo, le dijiste: «Sin comentarios». Que, para el caso, es lo mismo que decirle: «Sí, por supuesto, todo lo que te imagines es verdad». Acabas de decirle que tienes algo que ocultar.

Dicho así, sonaba tan evidente.... Pero la rabia es mucho más fácil de llevar que la culpa.

—Entonces, ¿qué debería haberle dicho? —le pregunté de mala gana.

—¡Nada! —Benjamin dibujó una línea plana en el aire con las manos—. No tenías que responder nada de nada. Tu objetivo es ser un agujero negro: puedes recibir sus mensajes, pero de ti no puede salir nada. —Suspiró. Dejó de lado aquella calma profesional y se pellizcó el puente de la nariz—. Mira, los medios cutres como *Pop Lock* lo tratan todo de manera sensacionalista. Si consiguen una foto tuya con kétchup en la camisa, dejarán caer que es posible que acabes de asesinar a un bebé. No tienen decencia; son como calamares.

Me quedé desconcertado.

—¿Calamares?

—Sí, tiran tinta por todas partes. —Movió los dedos, imitando a un calamar que expulsa tinta—. Son un puñado de interesados que quieren ser el próximo Perez Hilton. Son escoria, pero a la gente eso le da igual. Twitter ya es un hervidero de rumores. Algunos creen que estáis saliendo; otros piensan que vas a volver al grupo.

—¿En serio?

Oír aquello me animó, pero Chance abrió las fosas nasales y me dirigió una mirada que me decía que no era el momento.

—Entonces, ¿qué hacemos?

Era la primera frase completa que decía Chance, y me dolió oírlo tan agotado y resignado.

—Con señuelos de radar. —Benjamin hizo gestos de fuegos artificiales con las manos—. Hay que crear una cortina de humo. Hacemos correr rumores contradictorios y esperamos que unos anulen a otros. —Me miró a través de la cámara—. Y ni una declaración pública más, ¿*capisce*?

Gracias a que Ridley me había hecho ver *El padrino*, sabía que esa última palabra significaba que si lo entendía.

—Sí.

—Me alegra oír eso. Bueno… Vamos a pasar a ver cómo controlamos los daños. —Juntó las manos—. La mayor amenaza ahora mismo es el rumor de que estáis saliendo, así que ese va a ser el objetivo. Y la mejor manera de acabar con ese rumor es ofrecerle a la gente otra posible amante. Una chica esta vez, alguien con quien Chance pueda tener una cita, y luego filtramos la ubicación, o al menos las fotos.

—Ah, genial, me encanta que me prostituya mi propio representante—murmuró Chance.

—A eso se dedican los representantes, estrellita del *rock*. Y me pagas bastante por ello. Pero tranquilo, que no te estoy pidiendo que te acuestes con ella. Tú ve a cenar, sonríe para las cámaras y, hala, cada uno para su casa.

—¿Con quién? —pregunté.

Se me había formado un nudo el estómago. Puede que lo de tener novio fuera nuevo para mí, pero con los celos ya tenía experiencia.

Chance ladeó los labios, pensativo.

—¿Qué tal Clara Shadid? Podría volver a Los Ángeles.

El nudo del estómago se me tensó aún más, pero Benjamin descartó la idea.

—No, nada de famosas. Nos vamos a tomar esto como una oportunidad para hacerte parecer más accesible. Tiene que ser una chica normal y corriente, alguien que haga pensar a las fans: «¡Podría ser yo!». —Dejó caer las manos—. Bueno, ¿quién podría ser?

Fuera una cita falsa o no, no quería que Chance saliera con nadie que no fuese yo. Pero sabía lo que tenía que hacer. Levanté un dedo.

—Creo que ya lo tengo.

19

—¡Aydiosaydiosaydios! No me puedo creer que vaya a tener una cita con Chance Kain.

Ridley iba en el asiento del copiloto, dando botes, como un perrillo que mueve las patas en el suelo. Llevaba su *look* favorito, uno que yo llamaba «el de después de juguetear con las tijeras»: una camiseta rosa ajustada del Festival Internacional de Cine de Seattle con aberturas horizontales en el lateral y unos vaqueros azules de cintura alta a los que parecía que los había atacado una tijera de podar. Se había recogido el pelo en dos coletas enormes, como las orejas de Mickey Mouse.

Reduje la marcha para comprobar el mapa.

—Para el carro, ligona. Que es una cita de mentira, ¿recuerdas?

—Ya lo sé, ya lo sé, no tienes que seguir recordándomelo.

Chance y yo no éramos tan cabrones; le había advertido a Ridley desde el principio que aquello era solo un truco, parte del plan de relaciones públicas de Benjamin, para dejar caer la posibilidad de que Chance tuviera una novia de su misma ciudad. Solo que no le había explicado exactamente por qué era necesario todo aquello. Ridley, cómo no, había querido sacarle partido a la situación desde el primer instante; había presionado a Chance para que promocionara su blog a cambio de la cita y había obligado a Benjamin a incluir esa cláusula en el acuerdo de confidencialidad. Fue todo muy profesional.

Así que Ridley estaba al tanto de todo. Bueno, no de *todo*, y verla tan entusiasmada me hizo sentir culpable.

—Aun así… —añadió—, aunque sea falsa, sigue siendo una cita. Y Chance sigue sin estar saliendo con nadie, ¿no?

Mantuve la mirada fija en la carretera.

—Que yo sepa, no.

—Entonces, nunca se sabe, ¿no?

—Ridley…

—Calla, déjame montarme mis fantasías. Tú no… ¡Ay, es ahí!

Di la vuelta a la manzana, buscando un sitio donde aparcar, y al final tuve que meterme en un carril exclusivo para autobuses.

Zuzu era el último restaurante que había abierto Doug Thomas, el famoso chef de Seattle. Era un sitio de cocina fusión, una mezcla de comida china y comida del noroeste de Estados Unidos, y estaba muy de moda; era uno de esos restaurantes en los que cada tallo de brócoli cuesta lo mismo que un plato entero en otro sitio. Desde luego, era el tipo de lugar al que los adolescentes no iban a menos que fuera la noche del baile de graduación.

O a menos que tuvieras una cita con Chance Kain, al parecer.

Ridley abrió la puerta de la camioneta.

—¡Gracias por traerme!

—No es nada —dije, aunque en realidad sí lo era, ya que sospechaba que a Benjamin no le haría gracia que me involucrara tanto; pero el tren no llegaba hasta el oeste de Seattle, Ridley no conducía y yo estaba desesperado por sentir que controlaba al menos alguna parte de la situación.

En parte quería ponerme en plan detective adolescente y sentarme en una mesa cercana para poder ver todo lo que ocurría, pero sabía que con eso solo lograría echar más leña al fuego si alguien me descubría.

Y además ni siquiera era razonable; Ridley era mi mejor amiga y Chance, mi novio. Todo aquello no era más que una farsa que habíamos montado los tres para el resto del mundo, no algo de lo que tuviera que preocuparme. La parte racional de mi mente lo sabía. Pero eso no impedía que algo rugiera en lo más profundo de mis entrañas y me dijera que debería ser yo quien comiera *lo mein* de salmón a precio de oro y pudiera disfrutar de una cita en plan *celebrity* con Chance Kain.

Un pitido me sacó de mi ensimismamiento. Un autobús urbano se había detenido detrás de mí y el conductor me estaba haciendo gestos, enfadado. Me disculpé y puse la camioneta en marcha.

Una vez en casa, intenté prestarle atención a la película que estaba viendo mi padre, pero no podía evitar mirar el móvil cada treinta segundos.

Riley ya estaba colmando Instagram de fotos, justo como habíamos planeado. Fotos de comida, selfis y, por supuesto, fotos de Chance. Me fijé en particular en una de los dos en la que Ridley salía agarrada del brazo de Chance de una forma que podría considerarse tanto amistosa como romántica, dependiendo de lo que quisieras ver. Y lo mismo con el pie de foto:

@SoyRidley: De cenita con @ChanceKain. Me siento como Cenicienta, pero con mejores zapatos.
#loszapatosdecristalsonunamierda #ylascalabazas

Al principio creía que no querrían que Ridley publicara fotos ella misma. ¿No parecería sospechoso que subiera selfis con Chance mientras él y yo evitábamos que nos sacaran fotos juntos? Pero Chance solo había dicho: «Bah, la mitad de mi vida consiste en posar para las selfis de la gente».

Cuanto más miraba la foto, más difícil me resultaba concentrarme en cualquier otra cosa. Al final me rendí y le envié un mensaje a Chance.

YO:

¿Cómo va la cosa?

Unos minutos después me llegó su respuesta:

CHANCE:

¡Bien! La verdad es que
Ridley es muy guay.
Tienes buen gusto para los amigos.

¿De verdad tenía que elegir un cumplido que alimentara tanto mi ego como mi ansiedad? Pero traté de mantener el tono ligero:

YO:

Tampoco puedo tener tan buen gusto...
Mira con quién estoy saliendo.

Me respondió con un emoji del dedo corazón.

Le contesté: «Joder, qué incómodo, yo te había comprado lo mismo...», y añadí el mismo emoji.

CHANCE:

Los genios pensamos igual.

Oye, toc, toc.

YO:

¿Quién es?

Otro emoji del dedo corazón.

YO:

Dicen que la comunicación
es la clave de las relaciones sanas.

Desde el otro lado del sofá, mi padre me dijo:

—Cuánto mensajito esta noche, eh.

—Uy, lo siento.

Puse el móvil en silencio.

—¿Algo importante?

—No, es solo que Ridley tiene una cita con un chico.

—Me alegro por ella —respondió mi padre, y me miró con expresión de curiosidad, tal vez porque percibía mis nervios—. ¿Y te cae bien chico?

—Muchísimo.

Me estaba convirtiendo en el rey de las respuestas técnicamente ciertas.

Pero, al oír aquello, mi padre pareció interesarse más aún.

—¿Te gustaría estar en su lugar o qué?

—¿Qué?

Ay, Dios, ¿tan transparente era?

—Ridley es muy buena chica. Y guapa.

Me reí, aliviado.

—Papá, si he montado la cita yo mismo...

—Eso no es lo que te he preguntado.

Sacudí la cabeza.

—No te preocupes, puedes estar seguro de que no me gusta Ridley. Es solo que me da curiosidad saber cómo va su cita.

—Vale, vale.

Mi padre se encogió de hombros y volvió a centrarse en la película.

Todo aquello se acercaba demasiado a la verdad, y sinceramente no me lo esperaba, viniendo de mi padre, de modo que, en cuanto me pareció que no quedaría como que me quería escaquear, le dije a mi padre que me iba a mi cuarto.

Ridley seguía a tope en Instagram y me sorprendió ver el número de *likes* y comentarios. Por lo visto, tan solo salir junto a Chance Kain en las redes sociales causaba efecto. Su foto más reciente era de su propia mano mientras la acercaba a un plato con algo que parecían albóndigas. Chance salía de fondo, encogiéndose de hombros de manera exagerada y con una expresión cómica.

@SoyRidley: Imágenes en vivo de cómo le agarro las pelotas a @ChanceKain. #losientochicas #nolosiento

Era una broma simplona e infantil, y estaba cabreadísimo de no ser yo quien la hubiera hecho. Le envié un mensaje a Chance («Te estoy viendo las pelotas»), y luego, al ver que no respondía de inmediato, le envié uno a Ridley también: «¿Cómo va la cita falsa?». Luché contra el impulso de poner la palabra «falsa» en mayúsculas.

Ridley respondió primero.

RIDLEY:

¡De puta madre!

Ya sabía que estaba bueno

pero es que también es listo.

Hemos pasado como media hora comparando

Entrevista con el vampiro y Crepúsculo.

Y hablando de que ambas son metáforas

del sentimiento de culpa religioso

y de las relaciones abusivas.

Mmm. No lo había pensado hasta entonces, pero el conocimiento enciclopédico de Chance sobre los vampiros era perfecto para Ridley.

Le respondí: «Sí que suena a algo que diría Chance, sí» y al ratito me vibró el móvil.

RIDLEY:

¡Además, ya tengo como unos

cien suscriptores nuevos en el blog,

y eso que ni siquiera ha subido

el post para promocionarlo todavía!

Es la mejor noche del mundo.

En fin, ahora vamos a ir a pasear por Alki

y ver la ciudad.

¡Para ser una cita «falsa»,

se la está currando! 😍

Mis dedos me pedían a gritos responder que ya lo sabía. Pasear por la playa era solo otra parte del plan; los paparazis y demás acosadores habrían tenido el tiempo suficiente para ver las fotos de Ridley durante la cena, y además Benjamin estaba preparado para enviar pistas anónimas si era necesario. Mientras Ridley y Chance paseaban, estaba claro que les harían miles de fotos, tanto profesionales como *amateurs*, que harían que todo pareciera más auténtico y reforzarían los rumores.

263

Pero no respondí. Había hecho todo lo que estaba en mi mano para evitar que Ridley pensara que se trataba de una cita auténtica y, a no ser que le dijera la verdad —lo cual seguía sin ser una posibilidad siquiera—, no podía hacer nada más. No la estábamos engañando para que pensara que tenía posibilidades con Chance, y ella estaba sacando tanto provecho del trato como nosotros. Llegados a ese punto, si Chance hería sus sentimientos, era porque ella misma se lo había buscado. Ridley estaba más interesada en la historia de Chance que en la realidad.

Sin embargo, a pesar de que trataba de justificarnos, no podía evitar sentirme un poco culpable. No solo porque no quería que mi amiga lo pasara mal, sino porque en parte sí que quería. Daba igual que mandarla a la cita con Chance hubiera sido idea mía; una parte espantosa de mí quería castigarla por estar con mi novio. Por hacer lo que yo no podía. No importaba que no fuera racional; tenía la espalda curvada y las garras listas para atacar.

Me vibró el móvil.

CHANCE:
Siento que hayas tenido que verme
las pelotas en internet.
Si te hace sentir mejor,
eran *baos* rellenos de alubias.

Y me envió otro mensaje con un *emoji* de un melocotón y otro de una ráfaga de viento. Sonreí y respondí.

YO:
Ya me han contado que habéis
estado hablando de películas.
Me alegro, pero no seas demasiado

encantador, ¿eh?
Que compartir no es lo mío.

Otro zumbido.

CHANCE:

Uuuuuh. . . ¿Te estás poniendo celoso,
Holc?

Me quedé allí sentado durante cinco minutos, tratando de pensar en una respuesta ingeniosa. Antes de que lo lograra, me volvió a vibrar el móvil.

CHANCE:

Ups, que vuelve. Tengo que dejarte.

Y volví a quedarme solo. Me recosté en la cama, con el teléfono sobre el pecho, sintiendo su peso.

En realidad no estaba celoso de Ridley. O, al menos, no de ella en concreto. Con Ridley pasaba lo mismo que con los fotógrafos, los padres de Chance o los fans que nos encontrábamos por la calle; solo era otra persona más que podía mostrarse públicamente con Chance, de un modo que a mí no me estaba permitido.

Chance pertenecía a todo el mundo más de lo que me pertenecía a mí. Y siempre sería así.

A menos que hiciera algo al respecto.

20

A la noche siguiente, después de trabajar, esperé a que mi padre fuera al cuarto de baño para hacer sus necesidades, como siempre hacía al llegar a casa; y, como solía tirarse un buen rato sentado con el móvil, sabía que tenía al menos quince minutos de intimidad, de modo que subí corriendo a por la guitarra y el amplificador... Pero al bajar me encontré a mi padre rebuscando en el armario del pasillo. Levantó la cabeza, sorprendido.

—¡Guau! ¿A dónde te llevas eso?

—Voy a tocar.

Puso los ojos en blanco.

—Eso es evidente, hijo. Me refiero a con quién.

Y ahí estaba la conversación que había estado tratando de evitar. Pero a la mierda todo. Allá iba.

—Pues la verdad es que... con Chance.

Se quedó inmóvil, con un rollo de papel higiénico en cada mano.

—Me cago en todo... Tienes que estar de broma.

—Sí, a eso creía que ibas, a cagar. —Era una broma malísima, pero no lo pude evitar—. Estoy pensando en volver a Darkhearts —solté.

Una vez, cuando mi madre aún vivía con nosotros, su hermano nos llevó a pescar en las islas San Juan. Las criaturas que sacamos del fondo marino parecían extraterrestres con espinas, y estaban todas boquiabiertas y con los ojos desorbitados. Más tarde me enteré de que se debía al cambio de presión: los peces de las profundidades están acostumbrados a la presión de allí abajo y, al subirlos cientos de metros hasta la superficie, habíamos hecho que les explotaran los órganos.

Así era como me estaba mirando mi padre en ese momento.

—Que quieres volver al grupo… Después de lo que te hicieron…

Apreté el mango de la funda de la guitarra y me obligué a mantener la calma.

—No me hicieron nada. Fui yo el que dejó la banda. Y, de todos modos, eso ya no importa. Ahora tengo la oportunidad de arreglar las cosas. Podría estar tocando en *estadios*, papá. Y no algún día, en el futuro, sino el mes que viene.

—¿*El mes que viene*? —Mi padre parecía aturdido—. ¿Y qué pasa con las clases?

—¿Qué más da eso? Chance estudia a distancia, y así puede irse de gira. Podría estudiar con él, o sacarme el graduado por mi cuenta, o lo que sea. Además, si no me hubiera ido del grupo, ya habría dejado las clases.

—No sé yo si me parecería bien…

—¿Desde cuándo? —Cada vez me costaba más controlar el tono de voz—. ¿De verdad me habrías hecho quedarme en casa mientras ellos se iban de gira y se hacían famosos? Siempre has dicho que me arrebataron la oportunidad de ser una estrella. Bueno, pues ahora la puedo recuperar. Pensaba que te alegrarías.

Lo cual era cierto a medias, pero surtió efecto y mi padre frunció el ceño.

—A ver… —le costaba encontrar las palabras—, si eso es lo que quieres…, claro que me alegro. Y tienes razón; es una gran oportunidad. Pero… no dejes que nadie te presione, ¿vale? No te preocupes por lo que yo quiera, ni lo que quiera la familia de Chance, ni nadie. Haz lo que sea mejor para ti.

—Vale —le prometí; al menos eso era fácil.

Nos quedamos mirándonos, yo con la guitarra en la mano y él con el papel higiénico.

Soltó un suspiro, sonrió y sacudió la cabeza.

—Contigo no se puede aburrir uno, hijo.

—Ya…

Se giró hacia el baño y, de espaldas, levantó el puño, con el pulgar, el índice y el meñique extendidos.

—A darle duro al *rock and roll*, hijo mío.

Cuando llegué a casa de Chance, su madre me abrió la puerta y tuve que volver a pasar de nuevo por una situación similar.

—¡Uy! —La madre de Chance se quedó mirando la guitarra y el amplificador, sorprendida, antes de transformar el rostro con máscara elegante y amable—. Hola, David. Chance no me había dicho que ibais a tocar.

—Espero que no os moleste. —Desde luego, no pensaba traer a Chance a casa para tocar allí—. No estaremos hasta muy tarde.

—Claro que no nos molesta.

No dejaba de observarme, y me preguntaba si vería cosas de las que yo ni siquiera era consciente.

—Buenas. —Chance estaba en lo alto de la escalera curvada, con una sudadera negra sin mangas con rajas alargadas y artísticas—. Sube.

Obedecí y subí las escaleras cargando con los veinte kilos que pesaba mi amplificador Marshall.

—¿Qué tal anoche? ¿Fue todo según lo planeado?

—Sí. La verdad es que lo pasamos bien. —Pero entonces Chance puso mala cara—. Aunque Ridley me ha invitado a su fiesta del fin del verano.

—Ah, ¿sí? —Lo seguí por el pasillo—. ¿Y piensas ir?

No estaba seguro de qué respuesta quería oír.

—¿Y pasar toda la noche expuesto como un mono de feria? No, gracias.

Se giró y abrió una de las puertas.

Dentro había un dormitorio. Diría que era el cuarto de Chance, pero la verdad es que no lo era. Tenía alguna que otra cosa —un vestidor hasta arriba de ropa, un portátil sobre el escritorio, un par de premios en el alféizar de la ventana…—, pero nada de lo que había en aquel cuarto daba a entender que era de Chance. Vale, la habitación de Ridley estaba ordenada de un modo exagerado, pero al menos expresaba una parte de ella. El antiguo cuarto de Chance estaba repleto de pósteres de series, réplicas de espadas y montones de novelas de terror: un santuario de Chance, vamos. Pero la habitación que tenía delante era genérica a más no poder.

Chance había comprado una casa increíble, pero vivía como si pudiera hacer las maletas y salir por la puerta en unos treinta segundos. Tal vez eso era en lo que te convertías cuando estabas siempre de gira: en un invitado en tu propia casa. Era una idea demasiado triste.

Dejé el amplificador y la guitarra en mitad de la habitación.

Chance cerró la puerta tras nosotros.

—Lo siento si mi madre te estaba diciendo algo raro. No sabía cómo…

Lo detuve con un beso que pareció más bien una embestida, y lo empujé contra la pared con un ruido sordo. Me apreté contra él, aplastándolo, lo tomé las manos y sentí su cuerpo a través de la débil barrera de nuestra ropa.

Al final me retiré, jadeando, y le dije:

—Hola.

—Hola. —Él también respiraba con dificultad y se le dibujó una sonrisa de bobo—. Te va que ni pintado el nombre de Holc, eh. Qué burro.

—Pues sí.

Y me abalancé sobre él de nuevo.

Por alguna razón me encantaba apretarle la espalda contra la pared; nos obligaba a estar en contacto de un modo diferente a cuando nos dábamos besos normales. No solía sentirme poderoso muy a menudo, pero, al tenerlo atrapado contra mí, soltando gemidos en voz baja en mi boca, me sentía al mismo tiempo al mando y completamente descontrolado.

Me metió la mano por debajo de la camiseta, pero conseguí concentrarme en el motivo por el que estaba allí, aunque me costaba horrores, y dar un paso atrás para zafarme.

—No, no. Por ahora, ya está. Primero los negocios y luego ya el placer.

—Uf, qué cabrón eres —me soltó, aunque me estaba sonriendo.

—Solo te quería recordar lo que está en juego.

Y recordármelo a mí mismo, además. Lo único que quería era arrancarle la ropa, pero íbamos mal de tiempo. Si lográbamos que aquello funcionara, tendríamos un montón de oportunidades de liarnos en el futuro.

Pero, si no, tal vez no tuviéramos ninguna.

Saqué la guitarra, la enchufé y me senté sobre el amplificador. Chance se sentó en la cama con las piernas cruzadas. Nos miramos fijamente.

—Bueno… —dijo Chance.

—Bueno… —repetí mientras acariciaba la guitarra.

—Qué raro es todo esto sin Eli.

—Sí.

Y no solo porque no estuviera presente, sino porque siempre había sido el que llevaba la voz cantante, el que nos guiaba en todo lo relacionado con la música. Yo había escrito algunas partes de algunas canciones, pero era Eli quien lo unía siempre todo.

—¿Quieres calentar tocando algo? —le pregunté.

—Vale —respondió tras encogerse de hombros.

Todavía no estaba preparado del todo para tocar alguna canción antigua de Darkhearts, de modo que tocamos algunas versiones, canciones que solíamos tocar en nuestros inicios: *Just Like Heaven* o *Heroes*, de Bowie. Incluso sentado allí, encorvado, Chance tenía una voz más potente de lo que recordaba, más profunda y más firme. Se mecía al ritmo de la música y, cada vez que cruzábamos la mirada, tenía que concentrarme para no meter la pata con la guitarra.

Pero tampoco podíamos posponerlo mucho más, de modo que saqué el móvil, abrí la aplicación de la grabadora, para que no se nos olvidara nada de lo que se nos ocurriera, y lo dejé en el suelo.

—Bueno, ¿cómo quieres que lo hagamos?

Me encogí de hombros.

—Supongo que… voy tocando y me dices cuando toque algo que te inspire. ¿Te parece?

—Vale. —Parecía incómodo—. Y no pasa nada si no va bien, ¿no? O sea, ha pasado tanto tiempo…

Pues claro que pasaba, pero decirlo tampoco ayudaría.

—Por supuesto.

Dejó escapar un suspiro y se crujió el cuello.

—Vale, pues venga. Dale.

Había estado ensayando algunos *riffs* y progresiones, pero me pareció que la mejor opción sería ir directamente a por lo seguro. Toqué la progresión en la que más confiaba mientras sentía los acordes brotando del altavoz sobre el que estaba sentado.

Cuando terminé, Chance ladeó la cabeza.

—Eso es *Midnight's Children*.

Se me revolvió el estómago.

—¿Qué? ¡Qué va!

—Sí que es, solo que la estás tocando en un tono distinto. Tócala de nuevo —me pidió, girando la mano.

La volví a tocar, y esa vez Chance empezó a cantar:

I wanna fly
like a vampire bat.
Don't wanna die,
we're too pretty for that

Joder, pues normal que me sonara tan bien...

—Bueno, pero es diferente —me justifiqué—. Y además los grupos reutilizan las progresiones cada dos por tres.

—Holc... —Chance me miró de reojo—. Que fue nuestro tercer sencillo, macho. ¿De verdad crees que no se va a dar cuenta la gente?

—Vale, vale. —Traté de sonreír—. Al menos sabemos que componemos temazos, ¿no? —Pero de repente me sentía muy inseguro—. Venga, a ver qué te parece esto.

Volví a tocar; esta vez, una mezcla más *punk* de *riffs* y acordes, con unos movimientos de púa un poco demasiado complicados para mí, al llevar tanto tiempo sin tocar. Cada vez que fallaba, ponía cara de dolor. Al fin acabé y alcé la vista para mirar a Chance.

Pero tenía el rostro inexpresivo: la cara que ponía siempre que tenía alguna crítica. De repente recordé montones de versiones distintas de ese mismo momento, solo que sentado en el sofá de Eli, mirándolos mientras se preparaban para desechar todas mis ideas.

—Es un poco repetitivo —apuntó Chance—. Y quizá demasiado *punk* para nuestro estilo.

En el sótano de mi corazón, el viejo monstruo de la rabia abrió la puerta y asomó la cabeza.

La cerré de una patada.

Concéntrate.

—Sí, es verdad, estaba pensando lo mismo.

Volví a tocar. Acordes abiertos, dulces y tristes. Mantuve la mirada fija en la pared mientras tocaba; no quería ver a Chance en modo robot. Era tan amable con los fans y en las entrevistas… ¿Por qué no podía tratarme a mí con esa delicadeza? Pero siempre había sido así; cuando se trataba de la música, iba directo al grano, y le daban igual los sentimientos de los demás.

Llegué al final y lo miré, expectante.

—Es bonito —admitió despacio—. Pero un poco genérico. Y un poco cliché.

Ya no pude contener la ira que hervía en mi interior y se desbordó.

—¿Y? «Genérico» significa que es universal. Y «cliché» significa que funciona.

—«Cliché» significa fácil de olvidar —respondió, inexpresivo—. La gente de la discográfica ya lo ha oído todo. No basta con que suene bien, tenemos que aportar algo original. —Desvió la mirada—. Además, no suena a Darkhearts.

Tenía razón, a mí también me parecía que era un *rock* demasiado blando, pero mi orgullo no me iba a permitir quedarme callado.

—Pensaba que éramos nosotros quienes decidían cómo suena Darkhearts.

—Ya, bueno, pues ya no... —Cerró los ojos y se frotó uno—. Puede que todo esto no sea buena idea.

¿Alguna vez has vivido un momento de esos en los que ves cómo se te escapa una oportunidad entre los dedos? Me imaginaba a Chance en la popa de un barco que se alejaba y me dejaba allí plantado, en el muelle. Mi rabia se transformó en miedo.

No. No pienso volver a estropearlo.

Estiré la mano y le toqué la rodilla.

—Ey, lo siento. —Intenté parecer arrepentido—. Será la falta de costumbre. Vamos a seguir intentándolo un poco más, ¿vale?

Me miró a la cara y luego asintió.

—Vale.

Solté el aliento que no sabía que había estado conteniendo y respondí:

—Guay.

Había conseguido una suspensión de la ejecución. El alivio hizo que se me convirtieran los brazos en fideos, pero me quedaban muy pocos *riffs* que enseñarle. Sentía las palmas de las manos sudorosas contra el mástil de la guitarra; las cuerdas, afiladas y extrañas bajo los dedos.

Me quedaba solo una idea. Era a la que menos vueltas le había dado; solo un par de acordes, en realidad, con el re como nota base. No sabía mucho de teoría musical, solo sabía que el sonido de esos acordes tenía un toque melancólico. Añadí un rasgueo percusivo, casi golpeando las cuerdas, dejando que subiera y bajara como el ritmo de un tren.

Noté que surtía efecto; todo el cuerpo de Chance se estremeció levemente. Cerró los ojos, sintiendo la música.

—Sigue.

¡Sí!

Seguí tocando mientras lo veía balancearse sin darse cuenta al ritmo de la guitarra. Pero al cabo de un momento frunció el ceño.

—El tercer acorde está mal.

Sentí que volvía mi frustración.

—No puede estar mal, si se me acaba de ocurrir.

Chance entreabrió los ojos.

—Vale, pues no está mal, pero no encaja. Prueba con otra cosa.

—¿Cómo qué?

Chance alzó las manos.

—¡No lo sé! Tú eres el guitarrista. Algo distinto y ya está.

Quería replicar, pero no había olvidado todo lo que estaba en juego. Me tragué el orgullo y empecé a introducir diferentes acordes en ese último momento, eligiendo más o menos al azar.

Nada sonaba bien, y noté cómo Chance perdía el interés.

Desesperado, decidí eliminar el tercer acorde. Se quedó tan solo en dos y fui alternando entre ambos. Era tan simple que resultaba ridículo.

Pero logré que Chance volviera a mecerse, y abrió los ojos de golpe mientras asentía enérgicamente, girando un dedo para que siguiera. Luego volvió a cerrar los ojos y empezó a cantar.

Eran sílabas sin sentido, un idioma inventado. Pero así componía Chance; lo primero era el sentimiento. Cantaba cosas que ni siquiera eran palabras, pero lo hacía de una forma que se sentía hasta en los huesos; las notas surgían de lo más profundo de él y flotaban con delicadeza sobre las olas del ritmo.

La mezcla de mi guitarra con su voz hizo que me vibraran las piernas, las manos y las entrañas.

¿Cómo había podido olvidarlo? Pero sí, lo había olvidado. Me había dicho a mí mismo que no lo necesitaba y me había marchado. Pero, ahora que había vuelto, todo estaba clarísimo. Su voz recorriendo mis terminaciones nerviosas como un arco de violín sobre las cuerdas; los dos formando parte de la misma criatura inmensa, respirando acompasados, una criatura esplendorosa y extremadamente melancólica.

De repente, parecía imposible tocar mal alguna nota. Subí el volumen y me lancé a un acorde mayor triunfal.

—¡Sí!

Chance saltó de la cama mientras yo tocaba un estribillo improvisado. Iba volando sin red, descubriendo cada nota a medida que la tocaban mis dedos, pero nos sentíamos perfectos e invencibles. Dejé atrás el estribillo y volví a lo que ahora ya sabía que era la estrofa mientras Chance rebuscaba en su mochila y sacaba un pequeño cuaderno de cuero y un boli. Empezó a garabatear con una energía furiosa.

Yo continué alternando entre las dos partes mientras Chance murmuraba frases en voz baja. En un momento dado, añadí una transición ascendente entre las dos partes, a modo de preestribillo, y Chance me señaló con el bolígrafo con tanta fuerza que me habría sacado un ojo si hubiera estado un palmo más cerca.

—¡Genial! —sentenció—. ¡Repítelo!

Debí de tocar lo mismo durante una media hora, hasta que empecé a sentir calambres en los dedos y tuve que tomarme un descanso. Chance me miraba como un sonámbulo al que habían despertado de golpe. Sonrió, aturdido.

—Me parece que tenemos algo.

—¿Sí...?

Yo también lo sabía, pero quería oírselo decir otra vez.

—¡Sí! —Soltó una carcajada y dio una palmada en la cama—. ¡Joder, es muy bueno!

—¡Oye, tampoco te sorprendas tanto! —le dije, pero yo también me estaba riendo. Me sentía demasiado bien como para no reírme—. Casi puedo oír el ritmo de la batería; algo así como *pum, pum, tss, pum, pum, tss.*

—*Pum, pum, tss,* ¿eh? —se burló Chance mientras me lanzaba una mirada escéptica.

—Ay, calla, que ya sabes a qué me refiero. —Señalé su cuaderno con la barbilla—. ¿Ya tienes la letra?

De repente se puso tímido y agarró la libreta de un modo protector.

—Tengo un comienzo, sí.

—Bueno, pues habrá que oírla, ¿no?

Vaciló, luego resopló y se puso en pie.

—Vale. —Me hizo un gesto para que tocara—. Haz unas cuantas repeticiones para ir entrando en materia, y luego toca cuatro desde que empiece a cantar hasta que pases al preestribillo.

—Entendido.

Y empecé a tocar.

Chance asentía con la cabeza sin mirarme, alternando entre centrar la vista entre la libreta y mirar fijamente a un público invisible. Entonces empezó a cantar.

I recognize
it'll never be the same.
And our hands are tied
by choices that we made.
But you
don't want this to burn.
And I don't know,
But I'm afraid that we'll learn... [3]

Conforme llegábamos al preestribillo me temía que ya sabía hacia dónde iba la letra...

... that the lights, and the sounds,
and the memories of the friends,
are a life, once lived,
that can't be lived again. [4]

Estaba cantando sobre nosotros. La música iba aumentando, pero yo cada vez me sentía más pequeño. Yo intentaba darnos una segunda oportunidad y él decía que nuestras decisiones eran permanentes y que no había vuelta atrás. No sabía si llorar o gritar.

Y entonces, al llegar al estribillo, se volvió y me miró fijamente a los ojos.

But now you're back.
And I'm not backing away.
And I still know what we said,

---

3. «Reconozco / que nunca será lo mismo. Y estamos atados de manos / por lo que elegimos. / Pero tú / no quieres perder todo esto. Y yo no lo sé, / pero me temo que veremos...».

4. «... que las luces y los sonidos / y los recuerdos de los amigos / forman parte de una vida / que ya se ha consumido».

so let's say nothing instead,
because you're back from away. [5]

¿Qué? Me dedicó una sonrisa vacilante y sentí que a mí se me dibujaba una de oreja a oreja, torpe y bobalicona. Repetimos el estribillo una segunda vez, sonriéndonos mientras Chance cambiaba las últimas frases:

And I still know what we said,
but we're not done till we're dead,
so let's get back from away.[6]

Empecé a tocar la segunda estrofa, pero Chance dejó caer los brazos y dejó la libreta colgando.

—Ya no tengo más.

—Es increíble —dije, y lo decía en serio—. Todo esto es increíble. Tú eres increíble.

Se sonrojó, y me costó la vida no tirar la guitarra a un lado y abalanzarme sobre él.

Me había escrito una canción de amor. Puede que no fuera la canción de amor más alegre, pero así me gustaba incluso más. Era una canción de amor realista. Teníamos un pasado en común, y estaba repleto de tristeza, de rabia y de caos. Pero ahora yo había vuelto, y Chance no pensaba echarse atrás. Estábamos juntos en eso.

—Está bien —dijo, y no sabía si se refería a la canción o a algo más—. Pero ¿será suficiente?

—Va a tener que serlo. —Dejé la guitarra sobre la alfombra—. ¿Cuándo crees que se la podremos presentar a la discográfica?

_____

5. «Pero ahora has vuelto / y yo no pienso partir, / y recuerdo lo que hablamos, / así que mejor nos callamos, / porque ahora estás aquí».

6. «Y recuerdo lo que hablamos, / pero mientras queramos / estaremos juntos aquí».

Chance parecía sobresaltado.

—¿Ya quieres que se la toquemos?

—Tampoco es que tengamos mucho tiempo. Seguro que están contratando ya al resto de músicos para la gira.

Chance frunció el ceño.

—Lo intentaré.

Me levanté, me acerqué a él y lo tomé de las manos.

—Como dice Yoda, hazlo o no lo hagas, pero no lo intentes —le dije—. Esto podría cambiarlo todo.

Desvió la mirada.

—Lo sé.

—Oye. —Me agaché para que nuestras miradas se encontraran de nuevo y le apreté la mano—. Lo vas a conseguir. Lo *vamos* a conseguir. Juntos.

Me miró a los ojos y sonrió despacio.

—Juntos.

Me acerqué y lo besé, y empecé a acariciarle los brazos. Vaciló durante un momento, pero luego me devolvió el beso y sentí que la tensión lo abandonaba.

Al cabo de un minuto, se apartó y fue a por el portátil, decidido.

—Vale —dijo, mucho más determinado que antes—. Vamos a encontrar un *loop* de batería que encaje, al menos para la demo.

—¿Crees que le hace falta?

Los ritmos siempre habían sido el terreno de Eli, y a mí, sinceramente, me aterraba un poco toda la parte digital de la música.

—Hombre, si la otra opción eres tú haciendo *beatboxing*, pues sí. —Me lanzó una miradita—. No creo que nos sirva el *pum, pum, tss.*

Me llevé la mano al pecho.

—¿Qué dices? ¡A la gente le encanta mi *pum, pum, tss*!

Bufó, pero no pudo mantener el rostro serio. Se sentó en la silla del ordenador y me dejé caer sobre su regazo.

—¡Ay, que me estás aplastando!

—Pero te encanta.

Empecé a mover las caderas.

—¡Que podría entrar mi madre!

—A tu madre también le encanta. —Estaba atontado, como borracho, colocado por la emoción de haber creado algo—. A todo el mundo le encanta mi culito precioso.

—Venga, va, levanta. —Me levantó de un empujón, me cedió la silla y se acomodó en mi regazo—. Al menos vamos a colocarnos por tamaño.

—Por mí, genial.

Le rodeé la cintura con las manos con total naturalidad, como si siempre nos hubiéramos sentado de ese modo. Sentir su peso me embriagaba. Me incliné hacia delante e inhalé su aroma mientras Chance abría GarageBand.

—Vale, dime que pare cuando lleguemos a alguno que te guste.

—Para —le ordené y le mordí el hombro—. Este me gusta.

—Idiota. —Se dio la vuelta y me empujó la frente con el dedo entre risas—. Concéntrate.

—Vale, vale, me concentro —dije, tratando de controlarme—. Vamos al lío. Aunque primero necesito saber una cosa.

—¿Qué?

Le metí la mano por los pantalones y me incliné hacia él hasta quedarme muy cerca, con los labios pegados a su oído, mientras le susurraba:

—Cariño, ¿por qué te metes con mi *pum, pum*?

21

A pesar de lo bien que nos había ido el primer día, la madre de Chance frustró la posibilidad de seguir trabajando en la canción al día siguiente cuando anunció que toda la familia se iba de viaje sorpresa a la Isla Orcas para pasar tiempo en familia.

La idea de no ver a Chance durante cinco días me resultaba dolorosa incluso físicamente, sobre todo teniendo en cuenta lo mal que íbamos de tiempo para tener lista la canción. Pero no podíamos hacer otra cosa que tomárnoslo con calma.

Chance se mostraba menos optimista.

CHANCE:

Nos tiene a todos metidos en una
cabaña con una sola habitación.
Estoy bastante seguro de que esto viola
el Convenio de Ginebra.

YO:

Sé fuerte. No dejes que te amarguen.

CHANCE:

Menos mal que existen los móviles.

Me vas a tener que mandar mensajes
cada dos por tres, ¿vale?
Para recordarme cómo es la vida fuera de aquí.

A pesar de mi decepción, se me derritió un poco el corazoncito.

YO:
No se preocupe, soldado.
No olvidaremos su sacrificio.

Y parecía que la cosa se había quedado ahí, hasta que al día siguiente, en mitad del trabajo, estaba sacando clavos de maderas viejas cuando de repente me empezó a vibrar el teléfono y recibí una serie de *emojis* de una sirena.

CHANCE:
¡ALERTA ROJA! ¡NO ES UN SIMULACRO!
TENEMOS UN PROBLEMA.

Me quité uno de los guantes pesados de cuero y respondí:

YO:
¿Qué pasa?

CHANCE:
Mi madre acaba de declarar la isla
como una zona sin móviles.

YO:
Q U É

CHANCE:

Te estoy enviando estos mensajes
desde la terminal del ferri.
Esta será la última vez que me podré
comunicar contigo antes del Gran Silencio.

YO:

Buf, ¿y no puedes escabullirte para usar el móvil?

CHANCE:

Me temo que no. Una vez que nos subamos al ferri,
la madre superiora va a guardar todos
los teléfonos en la guantera. Incluso el suyo.

Desde luego, no se podía decir que la madre de Chance no fuera justa. Ni decidida.

CHANCE:

Si te digo la verdad, no sé si puedo
hacer caca sin el móvil.

YO:

¿En serio?

CHANCE:

Es que me parece demasiado estresante.
Ahí sentado en silencio, sin pensar
en nada más que en el hecho
de que estás cagando.

«Sí, ya me sale la caca, uy,

se viene un pedazo de mojón».

plaf

YO:
Te voy a pedir por favor que dejes de meterme
esa imagen en la cabeza.

Hablando de imágenes, ¿qué pasa con las fotos?
¿No quiere tu madre que tengáis fotos de la Operación
Diversión en Familia?

¿Cómo vas a subir fotos de cómo te arrastran
los cangrejos o lo que sea?
¿Y si ves a Bigfoot?

CHANCE:
Nos ha dado cámaras de usar y tirar.

Las opciones que tenemos para divertirnos son:
jugar a juegos de mesa, leer y mirarnos fijamente.

O gritarle al mar. Diría que eso también está permitido.

YO:
Bufffff.

CHANCE:
Pero, bueno, eso, que tenemos cámaras de usar y tirar.

Por lo visto no bastaba con irnos a una isla.
También tenemos que volver a 1995.

NO ME APETECE VER CÓMO
SE VIVÍA EN LA EDAD OSCURA.

YO:

Cuando aún no existían los memes.

CHANCE:

Sin enviar mensajes, sin Reddit, sin Insta…
SIN PORNO.

EL HOMBRE NO ESTÁ PREPARADO
PARA VIVIR ASÍ.

YO:

Bueno, cierto, pero vas a estar en una cabaña
que solo tiene una habitación, ¿no?
¿Acaso podrías pajearte sabiendo
que tienes a la familia entera al otro
lado de la puerta del baño?

CHANCE:

No lo sé. PERO PODRÍA
INTENTARLO, JODER.

YO:

Pues sí que tienes tú capacidad
de adaptación. Menudo temple.

CHANCE:

Contaba contigo para mantenerme
cuerdo mientras veo cómo crecen las algas.

YO:

Voy a ir organizando un equipo de rescate.

CHANCE:

Ojalá.

La verdad es que creo que hasta
mi padre está llevando mal la idea
de no tener móvil, pero a la madre superiora
no se la desobedece.

Está llegando el ferri. Me tengo que ir.

YO:

Buena suerte, soldado.

CHANCE:

Si no sobrevivo, dile a todo el mundo
que morí igual que viví:
SIENDO EXTREMADAMENTE ATRACTIVO.

YO:

Y humilde.

CHANCE:

Justo.

Vale, ya me tengo que ir de verdad.
Que mi madre me está mirando mal.

Y ese fue el fin de nuestra conversación. Durante los cinco días siguientes, no recibí ni un solo *emoji*.

Era extraño; había pasado dos años sin hablar siquiera con él, y ahora unos días sin él era como haber perdido el móvil, siempre buscando de forma inconsciente algo que no estaba.

Cuando no estaba ensayando con la guitarra, pasaba todo el tiempo posible con Ridley, viendo películas antiguas y extrañas o ayudándola sin que se enteraran sus padres con la preparación de la fiesta, que iba viento en popa. La había llevado en la camioneta al apartamento de su hermano para que nos diera la bebida y luego la había ayudado a esconderla debajo del suelo del porche, donde ahora había una cantidad de alcohol barato suficiente para una bacanal romana, escondida tras bolsas de tierra para las plantas. Sin embargo, estuviera haciendo lo que estuviera haciendo, seguía sintiendo el silencio del móvil como el hueco vacío de un diente que se ha caído.

Estaba en el taller, preparando el disfraz que iba a llevar a la fiesta, cuando por fin me sonó mi móvil. Me lancé hacia la mesa de trabajo, donde lo había dejado.

CHANCE:
Hola, internet.

YO:
¡HAS VUELTO!

CHANCE:
¿Sí? ¿Cómo puedo estar seguro?
¿EN QUÉ AÑO ESTAMOS?

YO:
¿Habéis logrado sobrevivir todos a la encerrona?

CHANCE:

Por los pelos. Por suerte, en la cabaña
había un reproductor de DVD.

Incluso mi madre ha acabado
con sobredosis de tiempo
en familia al final.

Acabamos de bajar del ferri.
Ya vamos a casa.

En el coche reina el silencio,
salvo por las notificaciones.

YO:

Bueno, pues espero que hayas
descansado, porque esta noche
te vienes conmigo por ahí.

CHANCE:

¿Esta noche? No vamos a llegar
a casa hasta las 22.

YO:

¿Y...?

CHANCE:

Uuuuuh...

No sé qué les parecerá a mis padres
que salgamos tan tarde.

YO:

Se llama «escaparse de casa».
He oído que es algo que suelen
hacer los adolescentes.

CHANCE:
¡Guau!

David Holcomb, el rebelde.

Me gusta.

YO:

Y más que te va a gustar
cuando veas lo que tengo planeado. 😈

CHANCE:
:-O

¿Me estás mandando mensajes
subiditos de tono?

¿Estamos haciendo *sexting*
hora mismo?

YO:

Tú escríbeme cuando llegues a casa.

Dos horas más tarde estaba aparcando frente a la casa de Chance. Salió corriendo de detrás de los arbustos, vestido de negro, para sorpresa de nadie, y con la capucha puesta. Tenía las ventanillas bajadas, de modo que lo oí silbar la cancioncilla de *Misión imposible*.

—Qué discreto —le dije.

—Me fundo con la noche. —Se subió a la camioneta y cerró la puerta—. ¡El paquete está a salvo! ¡Vamos, vamos, vamos!

—¿«El paquete está a salvo»? ¿Quién es el que está haciendo *sexting* ahora?

Se abalanzó sobre mí y me dio un beso intenso mientras me acariciaba el pelo.

—¿Me has echado de menos?

—Meh...

Cerró el puño y, al tirarme del pelo, sentí un placer que rayaba en el dolor.

—Admítelo. —Pegó la mejilla a la mía mientras me respiraba directamente en el oído—. Soy como una melodía adictiva, Holc. Aunque te raye, no me puedes sacar de la cabeza.

Y no se equivocaba. Me giré para demostrárselo.

Pero los faros de un coche se colaron por la ventanilla trasera y nos iluminaron; un vecino estaba aparcando unos metros más atrás. Chance se sentó con una sonrisa de fastidio e hizo un gesto con la cabeza hacia la calle.

Puse la camioneta en marcha.

—¿Qué tal por Orcas?

—Publicidad falsa. Ni un solo príncipe demonio.

—¿Qué?

Lo miré y lo vi recostado contra la ventanilla.

—Si le pones a una isla un nombre que suena casi como Orcus, lo que espero es ver al príncipe demonio de los no muertos.

Entonces caí en la referencia.

—¿Acabas de hacer un juego de palabras de Dragones y Mazmorras?

Esbozó una sonrisa orgullosa.

—Lo siento. En *elfondo* no lo puedo evitar.

—Dios mío. ¿Cómo eres tan friki?

—Es un *hobbito* espantoso, ya lo sé.

—Que paro la camioneta, ¿eh?

—Pero si te encantan mis juegos de palabras. No seas *venanoso*.

—Prepárate para bajarte.

Se calló al fin, y me atreví a mirarlo una vez más.

—Estás intentando pensar en más, ¿verdad?

—La verdad es que no se me ocurren. Ha pasado demasiado tiempo.

Los dos nos quedamos callados un segundo, pensando en Eli. Mi padre me había comprado el juego base de Dragones y Mazmorras después de verlo en *Stranger Things*, y habíamos pasado dos veranos seguidos jugando antes de que centrásemos toda nuestra atención en el grupo. Eli había sido el *Dungeon Master*, el narrador, como era de esperar. Pero aquella noche no iba de Eli, de modo que aparté esos pensamientos.

Aunque sí que me recordaron la pregunta que le quería hacer:

—¿Pudiste hablar con la discográfica? ¿Sobre la audición?

El buen humor de Chance se esfumó.

—Todavía no. No he podido usar el móvil, ¿recuerdas?

—Ya, ya, solo pensaba que a lo mejor habías hablado con ellos antes de que te fueras. O quizá de camino a casa o algo así.

Dejó caer los hombros.

—Te he dicho que ya lo haré, ¿vale?

—Vale. —Le agarré el muslo—. Lo siento, ya no hablamos más del grupo. Esta noche es solo para nosotros. —Le apreté—. Volviendo a la pregunta original... ¿Mola o no la vida en la isla?

Chance se destensó un poco.

—Eh… No ha estado mal. Vimos un montón de anémonas. Jugamos al Código Secreto más o menos un millón de veces. Comimos. Sobre todo comimos, la verdad; como mi padre no puede cocinar cuando viene conmigo a las giras, se propuso hacer de todo: pato salado de Nankín, *tangbao*, pez ardilla…

—¿Pez ardilla?

—Es pescado frito pero con forma de ardilla. Algo así como una versión de pescado de una flor de cebolla frita.

—Guau.

Intenté imaginármelo, pero no pude.

—Sí, bueno, esa parte estuvo bien. Y me gustó tener tiempo para estar con mi madre y con Livi, tranquilos. —De repente cambió a un tono inquietante—. Pero, siguiendo con la temática de las vacaciones a la antigua usanza, mi madre decidió que alquiláramos bicicletas.

—Pues guay, ¿no?

Estaba claro que estaba insinuando algo, pero no estaba seguro de qué.

—Puede que te hayas percatado de mi afición por los pitillos. ¿Eres consciente de lo que ese tipo de vaqueros le hacen a la anatomía de los chicos al montar en bici?

—Uuuh. —Me estremecí—. Pobres de tus huevos. Que descansen en paz.

—Fue horrible, macho. No me había llevado ningún pantalón corto, porque esos días iba a descansar un poco de hacer ejercicio, y porque me niego a ser menos sexi de lo necesario. Y puede que pienses que ahí quedó todo, pero no: a la madre *führer* se le ocurrió una solución.

—Ay, no.

—Ay, sí. Me pasé todas las vacaciones llevando pantalones cortos de la tienda de *souvenirs*, que para colmo se llamaba

Artículos de Playa y el letrero tenía las dos primeras sílabas desgastadas.

—Ay, no.

—Y encima eran pantalones cortos tipo cargo. Con dibujos de ballenas.

Me estaba riendo tanto que me costaba no salirme de la carretera.

—Y puede que estés pensando que eso ya parece una pesadilla estética, pero no te preocupes, que hay más: también llevaban impreso en el culo ME ENCANTA LA ISLA, MON[7]. Porque por lo visto todas las islas son Jamaica. O quizá todas las ballenas son jamaicanas, no sé. El mensaje de los pantalones no era demasiado claro.

—¡Ay, Dios! ¡Para antes de que nos mate a los dos! —Me aferré al volante mientras me ahogaba de la risa—. Además, que sepas que estás obligado a ponértelos en nuestra próxima cita.

—Ya te gustaría a ti.

—Pues sí. Si nos estrellamos ahora mismo, pienso llamar a la fundación Make-A-Wish y para decirles que ese es mi último deseo.

—Lo siento, pero esos pantalones ya están en el fondo de un cubo de basura de la terminal del ferri. Lo que pasa en la isla se queda en la isla.

Nos incorporamos al puente de la I-90 y atravesamos una vez más la superficie oscura y lisa del lago Washington. Chance arqueó una ceja.

—¿Vamos al paso de la montaña otra vez?

—Nop.

Me miró desde su asiento.

---

7. En patuá, uno de los idiomas hablados en Jamaica, *mon* es un término informal que se usa para referirse al hombre, mujer o niño al que se esté dirigiendo el hablante.

—¿Me vas a decir a dónde vamos?

—Nop.

—Qué misterioso. Vaya. —Chance iba mirando por la ventanilla las luces que venían en nuestra dirección—. Parece que siempre que estamos juntos es de noche.

Aquello me caló hondo. Tenía razón: podíamos quedar durante el día, a la luz del sol, pero «estar juntos» era otra cosa. Nuestro romance era nocturno. De repente, volví a desear poder disfrutar de la sencillez de la cita falsa que había tenido con Ridley. Poder permitirnos ser lo que fuéramos, sin pensar en quién podría estar mirándonos.

Pero tan solo dije:

—Eso me pasa por salir con un vampiro, supongo.

Soltó una carcajada educada.

—Supongo. —Apoyó la cabeza en el cristal—. ¿Te parece una ridiculez? ¿Todo el rollo ese de ser un vampiro?

Me daba la impresión de que debajo de esa pregunta se escondía otra, pero no era capaz de distinguir qué era lo que estaba preguntándome en realidad.

—Hasta ahora te ha ido bien así —aventuré.

—Puede. —Le dio unos golpecitos lentos a la ventana con un nudillo—. Es que se me hace raro seguir intentando ser lo que me imaginé cuando tenía doce años. Creo que a veces nos convertimos en nuestros propios personajes sin darnos cuenta.

—¿A qué te refieres?

Sacudió la cabeza mientras trataba de encontrar las palabras.

—Por ejemplo, a veces sí que me siento como un vampiro. Me paso todo el día encerrado y solo salgo por la noche para alimentarme del público. De su energía.

—Pero eso mola, ¿no?

—Supongo.

Pero no parecía muy convencido.

Y yo no era tonto; era consciente de que se sentía solo. Pero esa era parte del motivo por el que había querido volver al grupo, ¿no? Para que pudiéramos ser vampiros juntos.

En cualquier caso, esa noche no era momento de ponerse introspectivo. Le di una palmadita en la pierna.

—Venga, anímate, Drácula. Esta noche no es para comerse el coco. ¡Louie Armstrong! Como en los viejos tiempos.

—Louie Armstrong —repitió.

—No te ha quedado muy convincente. ¡Más alto!

Puso cara de burla ante el discursito de ánimo cutre que le estaba soltando, pero me obedeció y gritó:

—¡Louie Armstrong!

Bajé las ventanillas, el viento entró rugiendo en la camioneta y nos revolvió el pelo. Me llevé la mano a la oreja.

—¿Qué? ¡No te oigo!

Sacó todo el torso por la ventanilla, estirando los brazos para que lo azotara el viento, y gritamos juntos:

—¡Louie Armstrong!

Poco después atravesamos las puertas abiertas del Parque Estatal del Lago Sammamish. Allí, en las afueras, no nos encontraríamos con toda esa gente que paseaba a los perros por las noches en los parques de la ciudad ni con gente durmiendo en los coches; tan solo había miles de plazas de aparcamiento vacías iluminadas por farolas altas, además del reflejo resplandeciente del lago a lo lejos. Encontré un sitio apartado de los pocos coches que había aparcados y apagué el motor. El silencio repentino resultaba ensordecedor.

—¿Otro parque? —me preguntó Chance.

—A ver, la última vez funcionó. —Me desabroché el cinturón y me volví hacia él—. Pero no estamos aquí por el parque; solo necesitaba un sitio grande en el que no hubiera nadie.

—Ah, ¿sí? —Estaba intentando fingir despreocupación, pero su quietud repentina revelaba lo emocionado que estaba casi tanto como si lo anunciara en una valla publicitaria. Bajo la luz de las farolas, se le veía el rostro naranja y negro—. ¿Y eso por qué?

Me incliné sobre la guantera, le apoyé las manos en el muslo y dejé la cara a un palmo de la suya. Bajé la voz y le dije:

—Porque voy a darte algo que ninguno de tus amigos famosos de Hollywood te ha dado nunca.

Abrió los ojos de un modo caricaturesco. Entornó los labios, como si estuviera a punto de hablar, pero no salió nada de su boca.

Este chico… Amado por millones, una fantasía personificada, y sin embargo se había quedado mudo al imaginarse lo que le podría hacer en un aparcamiento vacío. Aquella incongruencia volvía la situación más excitante aún. Dejé que se empapara de esa expectación, que lo invadiera.

Y entonces estallé en carcajadas y me dejé caer contra mi puerta.

—Deja de pensar en guarrerías, mente sucia.

Chance parpadeó.

—¿Qué?

Lo único más excitante que besar a Chance Kain era hacerlo esperar. Ver cómo me deseaba.

Saqué las llaves y se las pegué al pecho.

—Vamos a dar clases de conducir. Te voy a enseñar a manejar otro tipo de palanca.

Por su expresión, todavía parecía que le había dado un golpe en la cabeza con un bate, pero se le iluminó la cara.

—Espera, ¿en serio?

Abrí la puerta.

—Ven a averiguarlo.

Salió de su lado de la camioneta e intercambiamos posiciones. Una vez que se había sentado en el asiento del conductor, vi que respiraba con dificultad mientras acariciaba el volante.

—Venga, arranca —le dije—. Tienes que pisar el embrague, que es el pedal de la izquierda. Mantén el pie derecho en el freno.

Giró la llave, vacilante, y la camioneta empezó a rugir.

—Vale, lo primero es que no hace falta que sostengas el volante de ese modo. —Me acerqué y le quité la mano derecha del volante—. La posición esa de las diez y las dos es una gilipollez. Estás conduciendo una camioneta, no un coche de *rally*. Y de todos modos esa mano te va a hacer falta para cambiar de marcha. —Se la llevé a la palanca de cambios—. Sigue apretando el embrague. Lo mismo con el freno. No lo sueltes.

—Vale.

—Ahora mismo estás en punto muerto. Cambia de marcha. ¿Ves cómo se menea?

Movió la palanca de manera casi imperceptible, como si temiera despertarla.

—Menuda sacudida más triste. Nadie quiere que lo meneen con tan poca fuerza. Dale un buen meneo, hombre.

Conseguí que se echara a reír, como pretendía. Se relajó un poco y sacudió la palanca con más confianza.

—Genial. Ahora, si la movemos hacia la izquierda y arriba, metemos la primera. —Coloqué la mano sobre la suya para guiarlo—. Luego, recto hacia abajo sería segunda. —Lo guie por todas las marchas un par de veces y luego le hice quitar el freno de mano—. Vamos a intentar meter primera. Recuerda: si ves que no va bien algo, pisa el embrague para que no se te cale. ¿Vale?

—Vale.

Apretó la mandíbula y adoptó la expresión de concentración propia de un piloto de combate. Le quedaba genial.

—Ahora aprieta un poco el acelerador, no mucho, solo lo suficiente para mantenerlo en unas mil quinientas revoluciones. Para hacerte una idea de cómo suena.

El motor gruñó.

—Vale, ahora vamos a meter primera. —Le moví la mano—. Sin dejar de pisar el acelerador, levanta poco a poco el pie del embrague. ¿Listo?

—Listo —dijo.

—Venga.

La camioneta se sacudió y se caló.

—¡Lo siento! —Parecía asustadísimo—. ¡Perdón!

—No pasa nada, hombre. —Volví a ponerlo en punto muerto—. ¿Listo para intentarlo de nuevo?

—Venga, vale.

Le notaba los tendones del dorso de la mano abultados bajo la palma de la mía, sobre la palanca de cambios. Le apreté la mano.

—Ey. Mírame. —Le ofrecí una sonrisa tranquilizadora—. No te preocupes, que va a ir bien.

Me devolvió la sonrisa, aunque la suya era aún un poco insegura, y estiró los dedos entre los míos para entrelazarlos.

Volvió a arrancar. Otra sacudida y la camioneta se caló de nuevo.

—¡Me cago en todo! —Le dio un golpe al volante por la frustración—. En *Gran turismo* parece todo mucho más fácil.

—Es solo cuestión de memoria motriz. Tienes que sentirlo.

—Lo que siento es que te estoy destrozando la camioneta.

A decir verdad, empezaba a oler a quemado. Pero le dije:

—A esta camioneta le han pasado cosas peores, confía en mí. Inténtalo de nuevo.

Respiró hondo y arrancó.

Le apreté la mano.

—Despacio...

El tono del motor cambió al pasar a primera. Empezamos a avanzar.

—¡Lo he conseguido!

Chance daba botes de la emoción.

—Vale, esa es la parte difícil. —El ruido del motor aumentó—. Ahora haz lo mismo otra vez: pisa el embrague, pero esta vez mete segunda. Y gira el volante.

Obedeció y la camioneta fue avanzando sin problemas mientras Chance giraba por las plazas de aparcamiento vacías para evitar los badenes.

—¡Joder! —Chance se echó a reír, encantado—. ¡Estoy conduciendo un coche manual!

—Pues sí. Ahora vuelve a poner punto muerto, para y empezamos de nuevo.

Repetimos el proceso una y otra vez y, aunque tampoco es que Chance se volviera un experto, al menos consiguió que no se le calara todo el tiempo. Un rato después, ya no le hacían falta mis consejos y me limité a observarlo.

Practicaba con la misma intensidad serena cón la que abordaba la música, no a la hora de tocarla en directo, sino a la hora de componer. Sin alardes, sin grandilocuencia, sencillamente con una concentración absoluta. Verlo así, sin presumir, en lo que me parecía que en el fondo era su estado natural, le hacía parecer más auténtico. Más cercano. Vi cómo iba aumentando la confianza con la que cambiaba de marcha, cada vez con más resolución, y, a pesar de que había sido yo quien le había enseñado cómo hacerlo tan solo un rato antes —y a pesar de que, al fin y al cabo, era mi camioneta—, verlo así me provocaba un cosquilleo por todo el cuerpo. Quería esa parte de él. Esa autoridad calmada. Me recordó a aquella noche en mi habitación, a la confianza con la que me había tratado. Me sentía tan bien al dejar de pensar tanto por una vez..., al poder relajarme y dejarme llevar por él.

Cuando habíamos dado ya mil vueltas alrededor del aparcamiento, se detuvo en el sitio en el que habíamos aparcado al principio.

—¿Qué tal? ¿Bien? —le pregunté.

—Sí.

Hablaba en voz baja, un poco asombrado aún. Se giró y desvió toda su atención hacia mí. Lo sentí en la piel como un faro que me iluminaba; notaba el calor de su mirada mientras captaba cada vello y cada poro. Se me cortó la respiración.

—Gracias.

Me tomó de la mano.

Lo transmitía todo con la mirada: admiración, adoración, aprecio... Y así a lo largo de todo el alfabeto, un glosario completo de todo lo que un tal David Holcomb siempre buscaba y rara vez encontraba. Extasiado ante su atención, traté de aparentar humildad sin mucho éxito.

—No es para tanto.

—Sí que lo es.

No apartó los ojos de los míos. Yo era quien lo había conquistado, pero de alguna manera ahora era él el cazador.

Alzó la mano y me acarició la mejilla.

—Te...

Me dio un vuelco el corazón, como un motor a punto de calarse.

— ... agradezco un montón que hagas esto por mí —concluyó.

Sentí que me volvía el corazón a su sitio, agitándose entre el resto de órganos. Pues claro. ¿De verdad pensaba que me iba decir a otra cosa? ¿Acaso *quería* que me lo dijera? ¿No era demasiado pronto para decirnos «te quiero»?

Pero lo había notado vacilar al comenzar a pronunciar la frase, aunque solo fuera un poco.

Agarré el dorso de su mano y le apreté la palma contra mi cara. Le notaba los nudillos suaves contra mis callos.

—Me apetecía —dije por toda respuesta.

Chance me sonrió. Otro haz de luz del faro que me guiaba hacia casa.

—¿Sabes...? —me dijo—. Para ser una persona que se esfuerza mucho por parecer frío y distante, se te da muy bien ser un novio tierno.

—Ya, bueno...

No era una respuesta demasiado currada, pero en fin.

Me observó durante un momento y luego se echó a reír.

—¡Joder, míranos! —Sacudió la cabeza—. ¿Quién se iba a imaginar que acabaríamos así? Chance y Holc.

—Desde luego, yo no —respondí con sinceridad.

—Menuda locura que hayamos pasado un montón años juntos y nunca hayamos tenido ni idea. Y sin embargo ahora que todo es más complicado, lo único que quiero es pasar todo el tiempo contigo.

Le apreté la mano con fuerza.

—Lo mismo digo.

Se acercó y me besó. El anclaje del cinturón de seguridad se me clavó en la cadera mientras nos apretábamos con las piernas retorcidas, ya que nos separaba la palanca de cambios. No se había afeitado durante los días que había pasado en la isla, y tenía una pequeña franja de papel de lija sobre el labio superior. Me froté la cara contra él como un gato mientras sentía cómo me ardían los labios y la mejilla.

Cuando nos separamos un minuto después, se llevó la mano a la boca para cubrírsela mientras bostezaba.

—Vaya —bromeé—, se ve que te ha gustado.

Se rio.

—No es eso, te lo prometo. Es solo que nos hemos levantado muy temprano para ir de excursión antes de tomar el ferri.

—¿Significa eso que debería llevarte ya a casa?

—No. —Se lanzó a darme otro beso intenso, como una serpiente que muerde a su presa—. Bueno, puede. —Pero no hizo amago de bajarse del asiento del conductor—. Pero no hasta que sepa cuándo voy a volver a verte. ¿Mañana?

Su impaciencia me sacó una sonrisa.

—Le he prometido a Ridley que tendríamos la última sesión de estudio para los exámenes de acceso a la uni mañana. ¿Cómo te iría el jueves?

—No puedo. Le prometí a Benjamin que haría un *streaming* benéfico de veinticuatro horas. Pero el viernes estoy libre. O el sábado.

Se me cayó el alma a los pies. Parecía imposible volver a quedar...

—El sábado son los exámenes. Mi padre ha planeado una cena especial el viernes por la noche, y fijo que no me deja salir después, la noche antes del examen. Y el sábado por la noche es la fiesta de Ridley.

—Ah, es verdad. —Frunció el ceño—. Pues yo tengo que volar a Washington el domingo. Voy a colaborar en el nuevo disco de Aventine.

—Joder.

La idea de que volviera a irse y lo perdiera de nuevo tan pronto era insoportable.

Pero puede que hubiera otra opción.

—Podrías venir a la fiesta conmigo.

Cambió de postura, incómodo.

—Ya te dije que no me gustan las fiestas.

—Eso no es verdad. La noche en que fuimos a Orbital me dijiste que vas a fiestas cada dos por tres.

—Sí, pero…

Se detuvo, pero los dos sabíamos lo que quería decir: que las fiestas a las que iba eran de famosos. Las únicas fiestas que no le gustaban eran las de la gente normal. Aunque no había olvidado cómo lo habían acosado en público, en parte me seguía irritando la idea de que mis amigos no fueran lo bastante buenos para él. Que yo no fuera lo bastante bueno.

Aparté mis emociones, extendí la mano y entrelacé el meñique con el suyo.

—No te preocupes, no es una fiesta con desconocidos; solo vendrán algunos amigos de Ridley y míos. Ya conoces a la mitad. Te irá bien con todo el mundo.

Se retorció, pero no se apartó.

—Eso dices, pero de todos modos puede volverse incómodo. Incluso con gente que ya conozco de antes.

—¿Y? —Le apreté la mano con delicadeza—. La vida es riesgo. Hay que arriesgarse, Chance.

Frunció el ceño.

—Como si nunca hubiera oído eso antes…

—Pues deja de ser un cobarde. Si puedes cantar para veinte mil personas, puedes emborracharte con veinte.

Me soltó la mano y entonces fui consciente de que lo estaba presionando demasiado.

—¿Por qué te importa tanto? —me preguntó de mala manera.

Pues nada, si quería que fuera así…

—¿Por qué crees que me importa? —Le empujé la rodilla, y no precisamente con delicadeza—. ¡Porque me gustas, idiota! —Se me escaparon las palabras de la boca sin pensar—. ¡Porque quiero pasar tiempo contigo! Pero siempre estás por ahí. —Abrió la boca, pero lo corté levantando la mano—. Sí, ya lo sé, es por tu trabajo. Y, si puedo volver al grupo y formar parte de tu mundo, genial. Pero necesito que tú también formes parte del mío. Quiero que conozcas a mis amigos. Quiero que puedas estar con mi padre. Quiero que estemos juntos.

De repente, para mi espanto, sentí que estaba a punto de echarme a llorar, de modo que me di la vuelta y me quedé mirando el aparcamiento en penumbra.

Notaba su mirada clavada en mí. ¿Qué vería en sus ojos si lo mirase? ¿Reproche? ¿Resentimiento? ¿Lástima? Se me había atragantado la emoción, como si fuera humo, y me ahogaba y me atenazaba con sus garras ardientes.

Cuando por fin habló, habló con delicadeza.

—Yo también quiero eso.

Se me alivió la presión de los pulmones, pero aún estaba demasiado agitado como para contener todo el ácido.

—Ah, ¿sí?

—Creo que sí.

Lo miré y le vi esbozar una media sonrisa, una de verdad, no la que usaba para las cámaras.

Resoplé.

—Menuda respuesta.

—Al menos es sincera. —Ahora le tocaba a él acercarse a mí—. Venga, va, Holc. Lo estoy intentando. —Me posó la mano en el hombro y me apoyó el pulgar en el hueco de la clavícula—. Y, si significa tanto para ti…, iré a la fiesta.

—¿De verdad?

La tensión que sentía en mi interior era como una cuerda de dibujos animados que sujetaba un yunque, deshilachándose hasta que solo quedaba un hilo.

Entornó los ojos y frunció los labios mientras asentía.

—Sí.

El hilo se rompió y, de repente, estaba cayendo, cayendo hacia una situación sobre la que no tenía control: me estaba enamorando de un chico que haría algo por mí que era evidente que no quería hacer. Un chico que, a la hora de la verdad, se negaba a dejarme de lado.

Me lancé sobre él y lo aplasté contra la puerta mientras nuestras bocas se encontraban y me aferraba a sus bíceps y a sus hombros. Gruñó al golpearse la cabeza contra la ventana, pero ni siquiera eso le impidió devolverme el beso. Me metió las manos por debajo de la camiseta y fue trazando líneas frías en mis costados. Lo imité y lo agarré con ansia; quería más, quería abrazarlo, hacerlo mío. Porque era mío. Solo mío.

Se rio mientras iba dándole besos por el cuello.

—Dios. —Se rio, aliviado y vacilante, como quien evita por poco un accidente de coche—. No te gusta poner las cosas fáciles, ¿verdad?

Tiré de la cremallera de su sudadera y le estiré el cuello de la camiseta para dejar más piel al aire.

—¿Acaso te gustaría si te pusiera las cosas fáciles?

—Supongo que nunca lo sabremos. Es que… *ah*.

Jadeó cuando le acaricié el hueso afilado de la cadera e introduje los dedos en la cintura de sus vaqueros. Solo los metí unos centímetros, pero noté que todo su cuerpo se ponía rígido, que tensaba los abdominales por el deseo.

No, deseo no; *necesidad*. Me aparté para contemplar su rostro. Transparente. Vulnerable. Mirándome como si yo fuera lo único que importaba en el mundo. Como si él fuera Santa Walburga y yo su revelación divina.

Chance me necesitaba.

Le desabroché el botón de los vaqueros.

—¿Recuerdas que te he dicho que dejaras de pensar guarrerías?

Le brillaban los ojos en la oscuridad.

—¿Sí?

—Pues lo retiro.

Lo empujé contra el asiento y me agaché.

22

En los libros y las películas, siempre hay una línea muy definida que marca la pérdida de la virginidad. Un día eres un niño, luego alguien mete algo en algún sitio y, hala, ¡adultez!

Lo nuestro no fue así. No había ángeles tocando la trompeta, ni música *funky* siguiéndome de aquí para allá. El David que se había levantado solo en su cama al día siguiente era el mismo chico torpe, cachondo y ligeramente sudoroso que había sido el día anterior.

Aunque, por otra parte, puede que no hubiera cambiado nada porque no había perdido la virginidad de verdad. En mi caso, ¿qué significaba ser virgen? Con las parejas heterosexuales, las reglas estaban muy claras: las mamadas no cuentan. Y, según esa lógica, Chance y yo seguíamos siendo vírgenes. ¿Significaba eso que teníamos que darnos por detrás para perder la virginidad? No tenía muy claro cómo me sentía al respecto. Y además todo el mundo ha oído hablar de la gente religiosa que practica sexo anal para seguir virgen hasta el matrimonio, lo cual es un vacío legal, o quizá podríamos decir un vacío fecal. Si a Dios le parecía bien ese tipo de tecnicismos, ¿era posible que Chance y yo perdiéramos la virginidad siquiera? Desde luego, me sentía *menos* virgen ahora que Chance y yo nos la habíamos chupado, pero también después de habernos hecho una paja en la cama. ¿Cuál era la línea que teníamos que cruzar?

Era el tipo de tema sobre el que a Ridley le fliparía hablar —los datos sexuales y opinar eran dos de sus cosas favoritas en el mundo—, pero no me atrevía a sacarlo con ella, ni siquiera como un caso hipotético. Con tan solo mirarme a la cara, lo sabría todo. Y tampoco tenía más amigos que fueran lo bastante íntimos como para hablarlo con ellos; y, aunque no cabía duda de que Denny estaba capacitada para hablarlo, no iba a ponerme a charlar de sexo con los amigos de mi padre.

Lo que quería en realidad era hablarlo con Chance. No habíamos profundizado en las consecuencias filosóficas de aquello durante el viaje de vuelta; tan solo nos habíamos reído mientras nos agarrábamos de la mano y nos habíamos dejado disfrutar del momento. Analizarlo de ese modo me parecía muy poco romántico, y lo último que quería era darle la impresión de que me arrepentía de lo que habíamos hecho. En los mensajes que nos habíamos enviado desde entonces, ninguno de los dos lo había mencionado directamente. Lo más parecido a eso había ocurrido a la mañana siguiente, cuando le dije:

YO:

Me lo pasé muy bien anoche.

CHANCE:

😈 ¡Eso espero!

Y luego habíamos vuelto a las bromas de siempre.

Tal vez fuera cobardía por mi parte. Recordé una de las máximas de la clase de Salud del instituto: «Si no estás preparado para hablar de sexo, no estás preparado para practicarlo».

309

Pero a la vez pensaba que quizá fuera mejor no darle importancia. Desde luego, me alegraba de que hubiera pasado; de hecho, pensaba unas treinta y siete veces por minuto en cuándo repetiríamos. Así que, como había dicho Denny, quizá las etiquetas no importasen.

Esos eran los pensamientos que me rondaban la cabeza cuando llegué a casa de Ridley la mañana del sábado, justo cuando comenzaba a salir el sol. Salió corriendo y la puerta del garaje se cerró tras ella. Dejó la mochila en el asiento trasero, se subió delante conmigo y me dio un termo de café caliente.

—¡Yuhuuuuuu! ¡Día de exámenes! ¡A tope!

Me estremecí ante su entusiasmo mañanero.

—¿Cuánto café has bebido ya?

—¡Todo el del mundo! —Me agarró de los hombros y me sacudió de un lado a otro—. ¡Todo! ¡El! ¡Del! ¡Mundo!

—Eh…

—Relax. Que estoy de broma. —Se recostó en el asiento—. Estás hablando con la reina de los exámenes. Solo me he tomado una taza; el resto está en la nevera, así puedo hacer unos rusos blancos esta noche, los cócteles esos con vodka, café y nata. Este es para ti.

—Gracias.

Ridley ladeó la cabeza.

—¿Estás bien?

Ahuyenté los pensamientos sobre Chance.

—Sí. Solo un poco nervioso.

—Pues no lo estés. Nos va a salir todo de puta madre. Los examinadores van a acabar gritando nuestros nombres, ya verás.

Sincronizó el móvil con los altavoces de la camioneta y empezó a sonar *Don't Stop Me Now* de Queen a todo volumen.

—¡Ya tenemos la banda sonora! ¡Ahora, a cabalgar hacia la victoria! —Señaló hacia adelante—. ¡Hacia la gloria, noble corcel!

Hice como que relinchaba, le di un sorbo al café y puse en marcha la camioneta.

Para mi sorpresa, los exámenes en sí fueron bastante anticlimáticos. Resulta que, cuando no te juegas nada en un examen, al final no es para tanto. Mientras todos los demás estaban allí con los pantalones del pijama, sudando como pollos y aterrados de que cada pregunta fuera la que les iba a impedir entrar en Harvard, yo estaba tan tranquilito, sentado en uno de los pupitres del gimnasio, rellenando casillas. El mayor examen de mi vida fue tan poca cosa como hacer un test de personalidad por Internet.

Ridley, por supuesto, estaba como pez en el agua. En teoría estaba permitido charlar durante los descansos, pero los supervisores habían sido tan categóricos a la hora de advertirnos que no podíamos hablar de nada relacionado con los exámenes que parecía más seguro quedarse callado. Pero no pasaba nada; se notaba que Ridley estaba bien, concentrada, con todo el cuerpo relajado, con la mirada perdida de un modo que indicaba que estaba enfrascada en sus pensamientos. Una olímpica académica preparándose para su prueba.

Eso duró hasta justo diez segundos después de que terminara el examen. Cuando salimos por la puerta principal, pegó un grito y se me subió a la espalda de un brinco, con lo que estuvo a punto de tirarnos a los dos por las escaleras de cemento.

—¿Has visto eso? —me gritó al oído, acentuando cada palabra con un puñetazo en el hombro—. ¡¿Has?! ¡¿Visto?! ¡¿Eso?!

Salí tambaleándome del camino asfaltado, pensando que estaríamos más seguros en el césped.

—Entonces, ¿te ha ido mejor esta vez?

—¡Soy como un dios de los exámenes de acceso a la uni! —Captó la indirecta, se bajó de mi espalda y empezó a moverse de un lado a otro como un boxeador antes de un combate—. Esta vez la parte de mates estaba chupada. Me sentía como *El indomable Will Hunting*.

Me devané los sesos para buscar la referencia apropiada.

—¿«Ahora mandas tú, colega»?

Ridley dejó de dar brincos y se quedó boquiabierta, horrorizada.

—Eso no es de la misma peli, Holc.

—¿Estás segura?

Se cruzó de brazos y frunció el ceño.

—Vale, sí, *El indomable Will Hunting* y *Descubriendo a Forrester* parten de la misma premisa. Y son del mismo director, de hecho. Pero Sean Connery era un capullo misógino, y Robin Williams era un ángel caído del cielo.

—Pues perdone usted.

—Queda usted absuelto. —Me abrazó de nuevo, volvió a saltar y me obligó a dar botes con ella—. Y ahora vamos a ponernos como una cuba. Es hora de matar todas estas neuronas de más.

Volvimos a su casa con *We Are the Champions* a todo volumen. Aún nos quedaban horas hasta que empezara la fiesta, y los preparativos en ese momento consistían sobre todo en ir a Safeway a por aperitivos y refrescos, además de ayudar a Ridley a escoger las películas sobre fiestas de adolescentes que pondría de fondo.

—Vale, tenemos *Súper empollonas* si queremos algo más moderno y *House Party* si preferimos lo clásico —dijo Ridley mientras le echaba un ojo a su hoja de cálculo, porque por supuesto que tenía una hoja de cálculo—. *10 razones para odiarte* estaría justo en el medio, pero no sé si eso significa que debería descartar *Ya no puedo esperar*. No quiero que todas las pelis sean de finales de los noventa. Pero también, entre esas y el espanto para machirulos que es *American Pie*, en 1999 se vivió el apogeo de las películas de fiestas adolescentes. —Me miró, indecisa—. Así que quizá lo suyo sería centrarse en esa época, ¿no?

Me recosté en el sofá mientras hacía rebotar uno de los juguetes masticables de R2 contra el techo.

—Ridley. Es una fiesta, no un festival de cine. ¿Crees que la gente va a verlas siquiera?

A pesar de que le había hecho una pregunta, no parecía estar prestándome atención. Se mordió el labio.

—¿Tú crees que habrá alguna razón por la que a finales de los noventa había tantas pelis famosas sobre el hedonismo adolescente? Quizá fuera que todavía tenían frescas las comedias sexuales misóginas de los ochenta, pero con el ambiente de los 2000 a la vuelta de la esquina, que le daba a la gente la sensación de que algo estaba a punto de cambiar. De ahí que todas esas películas tuvieran esa energía frenética, como de última noche en la Tierra...

Ya me veía venir la entrada en el blog, así que le dije que me iba ya y me marché a casa. Cuando Ridley se ponía a soltar teorías sobre cine, lo mejor era quitarse de en medio y dejar que las escribiera; de lo contrario, no hacía más que dictarte distintas versiones de lo mismo.

Mi padre me recibió en la puerta al llegar a casa.

—¿Cómo ha ido?

Me encogí de hombros.

—Bien. Sin más.

—¡Bueno, pues genial! —Parecía decidido a expresar el entusiasmo que yo no sentía—. ¿Quieres hacer algo para celebrarlo? ¿Ir a comer una hamburguesa o algo?

Habíamos estado un poco tensos desde que le había hablado de la posibilidad de volver a Darkhearts. Su reticencia inicial se había convertido en un entusiasmo cauto, y le había sorprendido un par de veces mirando la casa pensativo, pensando, sin duda, en todas las reformas que haría si pudiéramos permitírnoslas. Y a la vez intentaba que no se le notara para no presionarme demasiado. El resultado era una alegría artificial y un tanto incómoda, como la de un camarero que se ve obligado a cantarle el *Cumpleaños feliz* a un desconocido.

Era agotador, y yo intentaba ahorrárnoslo a los dos siempre que podía.

—La verdad es que tengo que terminar de hacer el disfraz —respondí—. La fiesta de Ridley es esta noche.

—¡Ah, es verdad, que tenías una fiesta con temática de cine! Por supuesto. —Me dio una palmadita en el hombro—. Bueno, sin duda te lo has ganado.

—Gracias.

Me escabullí, dejé la mochila y bajé al taller.

La fiesta empezaba a las siete, pero, aunque no había ido a demasiadas fiestas, sabía que ser el primero en llegar no quedaba guay. Nada más atravesar la puerta de Ridley, quería que Chance se encontrara con una fiesta digna de Hollywood, ya en pleno apogeo. Así que a las ocho menos cuarto aparqué en casa de Chance y llamé a la puerta.

Me recibió su madre.

—¡Hola, David!

—Buenas.

Ese día iba vestida con unos pantalones marrones de pana y una camisa fina de cuadros que se parecía tanto a mi estilo que resultaba inquietante pero que a la vez era mil veces más favorecedora. Caí por primera vez en que el atractivo de la señora Ng era un reflejo femenino del atractivo de Chance: tenían los mismos hombros de nadadores y las mismas caderas estrechas, los mismos ojos brillantes y los mismos dientes perfectos.

De repente me di cuenta de que me había hecho una pregunta y no me había enterado.

—¿Perdón?

—Decía que he oído que acabas de hacer los exámenes de acceso a la universidad. ¿Crees que te han salido bien?

—Ah, sí. —Volví a encogerme de hombros; ya estaba harto del tema—. No me ha ido mal.

—¡Me alegro! Lo mismo puedes convencer a Chance de que estudie para los suyos y todo. —Desvió la vista hacia las escaleras, que seguían vacías—. Bueno, vais a ir una fiesta, ¿no?

—Sí. A la de mi amiga Ridley.

—E imagino que sus padres estarán presentes para echar un ojo, claro...

—Eh...

Era la peor respuesta posible, pero ¿qué otra cosa puede decir un ratón cuando lo sobrevuela una lechuza?

Por suerte la madre de Chance me sonrió, con esa misma sonrisita ladeada que a Chance le quedaba tan bien.

—Calma, David, que no quiero saber nada más. Ser padre consiste en hacerse el tonto. —Entornó los ojos un poco—. Pero quiero que sepas que, si tan solo hueles el alcohol en esa fiesta, espero que dejes que Chance os llame a los dos a un Uber para llevaros a casa. Si sospecho que has conducido después de tomar alguna sustancia ilegal, te despellejaré yo misma como a un ciervo y luego usaré tu piel para estrangular a mi hijo. ¿Queda claro?

—Clarísimo.

Sonrió.

—Ya sabía yo que podía contar contigo. —Una puerta se cerró en el piso de arriba—. Y aquí llega don Estrellita.

—¡Ey, lo siento! Ya estoy listo.

Levanté la vista cuando Chance bajaba las escaleras con un gran estrépito y se me cortó la respiración.

Iba vestido como la Novia de *Kill Bill*: un mono de motorista amarillo neón con rayas negras a los lados. Le quedaba como un guante, le definía todo el cuerpo y tenía un aspecto tan elegante y peligroso como la mismísima Uma Thurman.

—Guau —solté con un suspiro.

—Mola, ¿eh? —Se señaló el conjunto, cohibido—. Menos mal que existen los envíos que llegan en el mismo día. —Me señaló con la cabeza—. Tu Capitán América también te ha quedado guay. Podrías hacer el papel de Chris Evans.

Ni de broma, pero agradecí que me lo dijera.

Solo llevaba unos vaqueros azules, una camiseta que ya tenía con el dibujo de barras y estrellas de *El soldado de invierno* y un par de cinturones marrones atados a la cintura y los hombros.

—Gracias. El resto está en la camioneta.

—¡Fotos!

La madre de Chance sacó el móvil y nos pidió que nos pusiéramos el uno al lado del otro.

Chance levantó una mano automáticamente y se giró para evitar la foto.

—Venga ya, mamá...

—Tranquilízate, estrella del *rock*. Si quisiera venderte a la prensa rosa, tengo fotos mucho más vergonzosas. Solo estoy haciendo mi papel como figura parental: mamá y *papa-razzi*.

—Muy buena, señora Ng.

Me señaló.

—¿Ves? David sí que sabe cómo complacer a una madre. Venga, acercaos.

Chance se acercó a mí y le rodeé los hombros con el brazo, esperando que quedara más en plan colegas que en plan romántico. Al tocarle la chaqueta, que parecía de cuero, noté que era sin duda un tejido artificial.

La madre de chance hizo *zoom* y nos apuntó.

—¡Decid: «Tomo buenas decisiones y acepto la responsabilidad inherente a mi propia mortalidad»!

—¡Ay, dios, mamá!

Sonó unas cuantas veces el obturador.

—Perfecto. —Se volvió a meter el móvil en el bolsillo—. Que os divirtáis.

Mientras recorríamos el camino de entrada de la casa, no pude evitar pensar en esa mirada penetrante de la madre de Chance.

—¿Lo sabe? —murmuré—. ¿Sabe lo nuestro?

—No —respondió y luego reflexionó—. Bueno, al menos, yo no se lo he confirmado. Pero, incluso aunque lo supiera, no te preocupes. Le alegraría.

—¿Tú crees?

Sentí un dolor en el pecho. Me imaginé cómo sería poder ser libres en casa de Chance. Cenar con su familia. Estar tumbado en el sofá con la cabeza en su hombro.

—Holc, pero si te adora.

Sabía que eso había sido cierto en el pasado, y la idea de que tal vez fuera cierto de nuevo me resultaba peligrosamente atractiva. Me sentía como si me estuviera asomando al borde de un acantilado.

Llegamos a la camioneta y Chance abrió la puerta.

—¡Hala!

317

Me subí por mi lado.

—Lo siento, puedes ponerlo atrás.

Pero Chance no me hizo caso, sino que sostuvo el escudo de madera en su regazo y trazó las líneas con las yemas de los dedos.

—¿Lo has hecho tú?

—Sí.

Había construido el escudo con madera contrachapada, amontonando y pegando anillos concéntricos, y luego los había lijado al máximo para que todo quedase bien unido. Incluso habiendo empleado los materiales más baratos posibles, había quedado tan bonito que no me había atrevido a pintarlo, sino que había barnizado las secciones con tonos cálidos o fríos, de modo que se entendiera que eran los colores del Capitán América sin ocultar las vetas.

—Creo que ha quedado guay.

—Es increíble. —Lo colocó con cuidado en el asiento de atrás—. ¿Tienes idea del talento que tienes? —De repente Chance estaba casi en mi asiento, besándome con tanta intensidad que podía sentirle los dientes a través de los labios—. ¿Y de lo mucho que me pone eso?

—Calma, muchacho. —Pero yo también estaba ya jadeando—. Que tenemos una fiesta a la que asistir.

—Ah, es verdad. —Volvió a su asiento con mala cara y dijo con desgana—: La fiesta. Qué bien.

Le puse una mano en el muslo.

—Lo vamos a pasar bien, te lo prometo.

—Si tú lo dices —refunfuñó.

Pero me tomó de la mano.

23

Al llegar a la calle de Ridley vimos que estaba ya llena de coches. Encontramos un sitio a dos manzanas y le apreté la mano a Chance.

—¿Listo?

Inspiró hondo y soltó el aire despacio.

—Vale, vamos.

Agarré el escudo, pasé la mano por la correa que había hecho con una camiseta vieja y sujeté el mango de madera. Mientras caminábamos, luché contra el impulso de volver a tomar de la mano a Chance. En esa noche fría y fresca, mientras los dos caminábamos juntos hacia una fiesta, todo parecía tan perfecto que tener que reprimir esas ganas me resultaba repugnante, como tener que desatascar un retrete. Mi lado egoísta esperaba que Chance lo estuviera sufriendo tanto como yo. ¿Acaso no había estado supercariñoso conmigo en la camioneta?

Pero las normas eran las normas, e ir de la mano en público era imposible. De modo que tan solo lo conduje hasta la entrada y llamé al timbre. Al otro lado de la pared se oían los graves de la música retumbando.

Se abrió la puerta y apareció Ridley con unas gafas de sol enormes y un albornoz largo rosa sobre unos pantalones cortos y una camiseta.

—¡HALA! —Casi se le caen las gafas al ver a Chance y quedarse boquiabierta—. ¡Chance! ¡David no me había dicho que venías! ¡Tu disfraz es una pasada!

—¡Gracias! —Chance esbozó una sonrisa amplia y relajada, sin ningún atisbo de la tensión de la camioneta—. El tuyo también.

—¿Lo reconoces? —le preguntó Ridley mientras le dirigía una sonrisa de satisfacción.

—¡Pues claro!

Ridley se quedó esperando, expectante.

—Vale, en realidad no —admitió Chance.

—¡Soy el Nota! —Ridley levantó un vaso que contenía la nube turbia de un ruso blanco—. ¡De *El gran Lebowski*!

—Aaah, claro, claro —dijo Chance, siendo demasiado amable, en mi opinión.

—No es culpa tuya —lo tranquilicé—. A Ridley solo le gustan las películas de antes de que naciéramos. Sobre todo las sobrevaloradas.

—El buen arte no envejece —sentenció Ridley, toda remilgada—. Y, además, que eso es solo lo tu opinión, oye. —Se giró y me miró de arriba abajo con expresión de aprobación—. ¡Oh, capitán, mi capitán! Bonito escudo, Davey. —Se hizo a un lado—. ¡Pasad!

Nos quitamos los zapatos y los dejamos en una montaña que había junto a la entrada y que ya era enorme.

Dentro había unas veinte personas que conformaban dos grupos distintos. En el grupo uno, el de todos los que estaban reunidos en la cocina, se encontraban los amigos de Ridley de Garfield, su antiguo instituto. En el grupo dos había gente del nuestro, y estaban todos en el salón viendo una película para adolescentes con subtítulos.

A pesar de la división tan evidente, al menos la insistencia de Ridley en los disfraces le había salido bien: había una

Hermione con una túnica de maga, un chico con un *kigurumi* de un búho y otro con uno de una rana; y un chaval grandote de Garfield que tenía cuerpo de jugador de fútbol americano iba de Terminator, y le quedaba increíble, con una luz LED en el ojo. Ariel Brady iba vestida de sirena, como su tocaya, y acaparaba la atención de todos con sus montones de conchas marinas. Incluso la gente que parecía que iba vestida normal podría estar disfrazada de personajes de películas que yo no conocía. Por ejemplo, estaba seguro al setenta por cien de que Samira Gupta iba vestida de Dora la Exploradora en versión sexi, lo cual era bastante inapropiado.

Pero la cuestión era que el plan funcionaba; los disfraces le daban algo de lo que hablar a la gente de los distintos grupos, y ya había alguna que otra persona aventurándose en el grupo al que no pertenecía y explorando con audacia las posibilidades de ligar con alguien de un instituto diferente.

—¡Ey, escuchad todos! —gritó Ridley—. ¡Mirad quién ha venido!

Quizá sorprender a Ridley con Chance no había sido la mejor idea del mundo después de todo. Si se lo hubiera dicho antes, podría haberle pedido que no le diera tanto bombo a su presencia.

Pero en ese momento todas las caras se volvieron hacia nosotros.

Aunque he de decir a su favor que la mayoría de la gente se comportó bastante bien; no se abalanzaron sobre nosotros en tropel ni agarraron a Chance como campesinos medievales que arrancan reliquias del cadáver de un santo. Pero la mitad de los asistentes se emocionaron al reconocerlo y al momento empezaron a murmurar con el resto. Alguno que otro sacó el móvil para hacerle fotos.

—¿Queréis tomar algo? —nos preguntó Ridley.

—Por favor —contestó Chance, aunque lo dijo en un tono calmado.

Al menos desde fuera, parecía tranquilo, a pesar de tener todas las miradas de la sala clavadas en él.

Seguimos a Ridley hasta la cocina, donde había botellas y latas en una fila a lo largo de la encimera. El jugador de fútbol Terminator, cuyo nombre resultó ser Jerome, me saludó con la cabeza mientras se apartaba para dejarnos pasar, lo cual no me esperaba y me pareció bastante agradable.

—¿Qué os pongo? —Ridley señaló con rimbombancia hacia las bebidas—. Tenemos White Claw, rusos blancos, mimosas cutres…

—¿Cutres por qué? —le preguntó Chance.

—Porque, en lugar de champán, llevan el vino blanco más barato que había en el súper —respondió Ridley, acariciando el cartón de vino.

—Yo quiero eso mismo —le dije.

Chance quiso tomarse un ruso blanco, quizá solo para complacer a Ridley. Al igual que en aquella primera comida en el Bamf Burger, lo vi meter algo de dinero en el bote de los donativos cuando nadie lo estaba mirando. Esa vez, sin embargo, el gesto me provocó una oleada de orgullo. Mi novio era un chico generoso, lo que, en cierto modo, era casi como si lo fuera yo también.

Los mellizos Martínez nos saludaron desde un sofá. Al ver que Chance no se movía, suponía que esperando a ver qué hacía yo, lo llevé hacia ellos y me senté en la mesita.

—¡Buenas, Chance! Cuánto tiempo sin verte. —Gabe iba vestido de Thor, mientras que Angela llevaba los tatuajes de los triángulos rojos de la princesa Mononoke pintados en las mejillas. Gabe frunció los labios como gesto de aprobación—. Joder, David, qué guay te ha quedado el escudo.

322

—Gracias. —Señalé con la cabeza hacia su martillo de cartón—. Lo mismo digo del martillo.

Y era cierto. Gabe era artista, y había pegado varias capas de cartón a modo de escultura corrugada.

—Intento apañarme con lo que tengo. Y lo que tengo son pilas de cajas de Amazon. —Me lo entregó para que lo levantara, y se lo cambié por mi escudo—. Mierda, pues sí que pesa.

Volvimos a intercambiarnos las armas.

—A lo mejor debería haber usado yo también cartón. Tu martillo no pesa nada.

—Será que eres digno de empuñarlo —dijo Chance—. Como el Capitán América de verdad.

—¡Oye! —Angela lo fulminó con la mirada en plan broma—. ¡Que eso es *spoiler*!

Ridley apareció al lado de Chance y se apretujó en la mesa junto a él.

—Y yo que venía a presentaros a todos… Parece que no me necesitáis.

Angela se echó a reír.

—Éramos amigos de Chance incluso antes de que te mudaras aquí, Rid. Solíamos ir a todos los conciertos.

—Sí, los verdaderos fans te queríamos antes de que fuerais buenos. —Gabe le dio un golpecito a Chance en la rodilla con el martillo—. ¿Cómo te va? No te vemos desde el funeral.

Chance se frotó la nuca.

—Ya, bueno, he estado viajando bastante.

Aquello me sorprendió. Por alguna razón, nunca me había puesto a pensar en si Chance aún hablaba con alguien más de nuestro antiguo grupo de amigos; parecía como si viviéramos en nuestra propia burbujita. Pero, por supuesto, era imposible que yo constituyera toda su vida social. Aunque ahora parecía que tal vez sí…

—Sí, nosotros también —contestó Gabe—. Deberías venirte alguna vez. ¡Te podemos llevar a hacer *wakeboarding*!

—Y tú también, Holc —me dijo Angela—. No puedes pasarte la vida currando.

—Es que si solo vais entre semana...

Angela se encogió de hombros, como si le diera igual que los dos quedaran como unos vagos por no tener trabajo.

—Hay menos gente entre semana. Así el agua está más calmada.

—Oye, ¿sigues pintando? —le preguntó Chance a Gabe.

—¡Sí! El señor Hennessy, el profe de Arte, me ha estado ayudando a pedir subvenciones municipales. Voy a hacer un mural enorme en Rainier.

—¡Hala, qué guay! Eso quiero verlo, eh.

—Pues tengo algunas fotos en Instagram. Espera, a ver si las encuentro.

Notaba que Chance empezaba a relajarse, y me alegraba por él. Pero yo seguía intentando asimilar la conversación anterior. ¿De verdad había estado evitando a todos sus viejos amigos salvo a mí? Resultaba halagador, pero también confuso. Recordé lo que había dicho sobre que podía sentirse incómodo incluso con gente que ya conocía de antes. Pero, si le asustaban tanto esas situaciones incómodas, ¿por qué había querido pasar tiempo conmigo, la persona con la que más probabilidades tenía de estar incómodo?

Ridley intervino:

—Antes de que te pongas a darle la tabarra a Chance con tus pinturas, quiero que Chance conozca a todo el mundo. —Lo agarró del brazo de un modo demasiado posesivo, en mi opinión—. Ahora os lo traigo de vuelta, os lo prometo.

—Claro, Rid —le dijo Angela con una sonrisa sugerente, y de repente caí en la cuenta de que todo el mundo debía de haber visto las fotos de Ridley en su cita falsa con Chance.

Y entonces sí que me pareció que lo estaba agarrando del brazo de una manera demasiado posesiva, de modo que me levanté y los seguí.

Cada vez que le presentaban a alguien nuevo, Chance se mostraba igual que en un *meet and greet*: relajado y encantador, justo con la distancia suficiente como para que pareciera inalcanzable y te dejara con ganas de más. Ahora que sabía en lo que me tenía que fijar, era fascinante verlo como un camaleón, prediciendo lo que querría cada persona. Cotilleaba con una persona, se ponía en modo machito con la siguiente y adoptaba el rollo vampiro melancólico con la tercera. Era como ver a alguien haciendo imitaciones; podía transformar el más mínimo detalle de su voz o de su postura y convertirse en otra persona. En tres minutos era capaz de ganarse a alguien, posar para una selfi y pasar a la siguiente.

Sentía un torbellino de emociones en el estómago: orgullo y celos por su encanto y su seguridad, y resentimiento hacia Ridley por acapararlo y convertirme en un sujetavelas. Para ser justos, también me fue presentando a mí a la gente que no conocía. Pero estaba claro en quién estaba interesado todo el mundo.

Agradecía estar tomándome la mimosa, ya que me provocaba una sensación calentita y agradable y me daba algo que hacer. Casi no saboreaba el vino gracias al zumo de naranja; solo notaba un ligero sabor a fermentado, como un zumo que ha estado un tiempo expuesto al sol. Dado que no hablaba casi, le iba dando sorbito tras sorbito y al momento me lo acabé, de modo que fui a rellenarme la copa.

Una vez que Ridley acabó de exhibir a Chance, nos presionó para que convenciéramos a todos los de la fiesta para jugar a una partida de *strip* Twister. Al fin y al cabo, ¿quién iba a negarse si jugaba Chance Kain? Me di cuenta de que Chance estaba incómodo, pero era demasiado educado para negarse.

Daba igual que la gente que se iba quedando en calzoncillos y bragas no llevara menos ropa de la que llevaría en la playa; en ese contexto, parecía algo alocado y atrevido. Cuando Ridley por fin le dio permiso a Chance para retirarse victorioso, tras haberse tenido que quitar solo la chaqueta, yo estaba ya sin camiseta y Ridley se había quedado en bragas de Wonder Woman y una camiseta de tirantes a juego.

Por lo visto, estaba más borracho de lo que pensaba, porque casi ni me di cuenta de que había seguido a Chance hacia el sofá. Iba flotando tras él como una cometa, una cuyo cordel llevaba él, aunque no se diera cuenta.

Estaba tan guapo, tan elegante mientras se dejaba caer en el sofá junto a Gabe y Angela… Se estaba esforzando por mantener una expresión agradable, pero le notaba esa tensión que ya conocía bien alrededor de los ojos y la boca, y nada me apetecía más que quitársela a besos.

Me intenté sentar apretujado a su lado, pero desde luego no era un sofá pensado para cuatro culos, sobre todo si uno de ellos era el mío. Acabé medio apoyado en el regazo de Chance, con el brazo extendido sobre sus hombros para mantener el equilibrio. Lo cual me pareció perfecto.

—¡Eh! —Chance se zafó de mí. Se echó a reír a carcajadas y se sentó en el respaldo del sofá, con Angela como barrera entre nosotros. Les dirigió una sonrisilla cómplice a los mellizos—. Parece que Holc se pone cariñoso cuando está borracho. Eso es nuevo, eh.

Gabe ladeó la cabeza y me sonrió.

—¿Ya vas pedo, Holcomb?

Miré por encima del hombro de Gabe y vi que Chance seguía sonriendo, pero el mensaje de su mirada era inconfundible: «Como sigas así, nos van a descubrir».

Claro, por supuesto… ¿Qué estaba pensando? ¿Acaso había estado pensando siquiera? En realidad no había sido una decisión consciente, solo un acto reflejo. Pero, claro, era demasiado arriesgado.

Gabe seguía mirándome con curiosidad.

—Ja, sí, supongo que voy bastante pedo. —Me obligué a sonreír—. Pero de eso se trata, ¿no?

—Pues sí.

Gabe me dio una White Claw y brindamos con las latas. Cambié de tema y le pregunté a Angela por su nueva lancha, e intenté que no me doliera que Chance estuviera centrando toda su atención en los mellizos. Me recordé que no tenía nada que ver conmigo, que era por necesidad. Pero ni así conseguí que me doliera menos.

Ridley apareció y se sentó en el brazo del otro sofá, al otro lado del salón.

—¡Que empiece el desmadre! —Alzó el móvil y subió el volumen del equipo de música—. ¡Todo el mundo a bailar!

Empezó a retumbar Lady Gaga en el salón. Ridley se acercó a nosotros, o, mejor dicho, a uno de nosotros.

—¿Quieres bailar? —le preguntó a Chance mientras le tendía la mano.

Antes de que pudiera asimilar siquiera el disgusto, los dos estaban ya de pie, bailando en el centro de una multitud que aumentaba a cada segundo. Me quedé mirándolos.

—A ver —dijo Angela—, ¿te vas a quedar ahí pasmado, mirándolos como un cachorrito triste, o vas a ir con ellos?

Me sobresalté, asustado por si se me veía el plumero, y luego vi que Angela estaba hablando con Gabe, que parecía igual de avergonzado que yo.

—Espera —le dije cuando al fin até cabos—. ¡¿Ridley?!

Angela puso los ojos en blanco.

—Está coladísimo. —Nos agarró a los dos por los brazos y nos levantó del sofá—. Sal ahí y baila con ella, cobarde. Y tú también, Holc.

Apenas tuve tiempo de dejar la bebida antes de que elle nos lanzara entre la multitud que bailaba.

Puesto que el salón de Ridley no era demasiado grande, parecía que estábamos en una discoteca a pesar de que no hubiera mucha gente. La energía era la misma que la del público de un concierto de *rock*, con la gente bailando muy. junta y con los nervios a flor de piel cuando se rozaban sin querer. Angela alzó los brazos y empezó a retorcerse como una anguila en una rave.

—¡Baila, Holcomb! —Chocó la cadera contra la mía y luego me dio una patada en el culo—. ¡Sacude ese culito!

Siempre me había dicho a mí mismo que lo mío era hacer música, no bailarla. Mientras que la columna vertebral de Angela parecía de gelatina, mi cuerpo parecía de arcilla seca y vieja, un bloque sólido que no se podía menear. Sin embargo, cuando me di cuenta de que a la mayoría de la gente que me rodeaba se le daba igual de mal bailar y de que Angela pensaba seguir dándome patadas, empecé a moverme.

Mecía la cabeza al compás de la música y movía los hombros arriba y abajo. Hiciera lo que hiciera con los brazos, me sentía estúpido, pero dejarlos caídos a los costados era sin duda la peor opción, así que decidí levantarlos y bajarlos en un gesto como de: «¿Qué pasa?». Era probable que diera la impresión de que me estaba encogiendo de hombros una y otra vez, como diciendo: «Yo tampoco tengo ni idea de lo que se supone que es esto».

Debía de estar bailando más o menos con la misma gracia que los osos esos de los circos rusos; sin embargo, a medida que pasábamos de una canción a otra de la lista de reproducción de Ridley y yo seguía balanceándome y resoplando, la energía de la sala y el alcohol que me recorría las venas empezaron a transformarme. Vale, sí, parecía estúpido, pero la mayoría de la gente estaba igual. Aunque algunos de los chicos del grupo sí que sabían bailar en condiciones, muchos estaban sacudiéndose más o menos igual que yo. Jerome, el robot futbolista, daba saltos con tanta fuerza que hacía vibrar el suelo de madera. Vinh Tran intentaba hacer malabarismos con una bola de energía invisible, o puede que se estuviera preparando para lanzarle una onda vital a alguien. Un chico muy delgado que se llamaba Andy parecía estar sufriendo un ataque, o puede que lo estuviera sufriendo de verdad. A pesar de mis nervios, tampoco creo que fuera de los que peor bailaban. Estaba más bien por el medio.

Al darme cuenta de aquello, me invadió un sentimiento de solidaridad repentino. Estaba allí rodeado de mi gente, el Clan de Bailarines Espantosos, y juntos nadie podía hacernos daño. Empecé a saltar junto a Jerome, y en ese momento no era un desconocido de otro instituto, sino un camarada. Me saludó con un grito y chocamos el pecho el uno con el otro.

Empezó a sonar *Dynamite*, de BTS, y la gente se separó para dejar que Vinh intentara hacer el movimiento del gusano, que le quedó más bien como un pez moribundo, pero aun así se ganó los aplausos de todo el mundo. Al otro lado del círculo que habíamos formado, Chance estaba bailando con pequeños movimientos rítmicos, como la postura de espera de un personaje de un videojuego de lucha. Le quedaba muy natural; inclinaba una mano, deslizaba un pie...; movimientos casi insignificantes que, juntos, creaban una sensación de fluidez hipnotizante.

Me miró a los ojos y me sonrió; su primera sonrisa auténtica desde que llegamos.

Ridley se acercó a nosotros bailando mientras el círculo volvía a convertirse en un caos.

—¿Os lo estáis pasando bien?

—¡De puta madre! —respondió Gabe un poco demasiado alto, incluso por encima de la música a todo volumen.

—Montas buenas fiestas, Rid —añadió Angela mientras sacudía el pecho de manera exagerada delante de Ridley, lo que provocó que Ridley la imitara, y el resto del mundo se desvaneció durante unos instantes mientras me fijaba en sus escotes bamboleantes, tratando de no mirarlos fijamente.

Cuando pasaron a movimientos menos incapacitantes, miré a mi alrededor en busca de Chance...

... y me lo encontré al otro lado del salón, inmovilizado contra las puertas correderas de cristal por Natalie Chambers, una corredora de fondo delgada como un fideo y medio disfrazada de Harley Quinn, que estaba bailando mientras se restregaba contra él de un modo muy intenso. Chance la miraba con amabilidad, pero era más bien ese tipo de tolerancia educada que empleas cuando el perro de un amigo se te restriega contra el tobillo.

Ridley se cruzó de brazos, contemplando la escenita con mala cara.

—Recordadme una vez más por qué he tenido que invitarla...

Angela se encogió de hombros.

—¿Quizá porque quiero comerle el culo como si fuera una manzana?

—Es hetero, Ange.

—Todo el mundo dice que es hetero hasta que de repente ya no lo son —respondió elle.

Angela no tenía ni idea de lo apropiado que era ese comentario en este caso, pero Ridley permaneció indiferente.

—Alguien debería rescatarlo antes de que le pegue clamidia a la ropa de Chance.

—¡Yo me encargo! —Gabe se pasó una mano por la larga melena negra, sacó pecho y se abrió paso entre la multitud. Al llegar al otro lado del salón, se plantó con firmeza delante de Chance, se señaló los pies y bramó—: ¡Ng! ¡Tú! ¡Yo! Duelo de baile.

A Natalie no pareció hacerle mucha gracia, pero uno no podía echarse atrás ante un desafío formal como aquel. Se hizo a un lado de mala gana junto con todos los demás para dejarles espacio a los dos.

Gabe era uno de esos mutantes cuyo ritmo y confianza natos hacen que hasta el baile más ridículo le quede bien. Empezó con el clásico movimiento del aspersor, justo al ritmo de la música, seguido del robocop. Terminó con una postura de *b-boy* exagerada, con lo que se ganó las risas del público.

Chance sonrió y contraatacó haciendo una onda con el cuerpo que comenzó en los pies y fue subiendo poco a poco y que me hizo sentir arcoíris y explosiones por todos los órganos internos. Al llegar a la cabeza, volvió de nuevo hacia abajo, haciendo un *pop-and-lock* típico. Angela, que estaba detrás de mí, gritó:

—¡Así se hace!

Gabe se limitó a sonreír y a montar un caballo invisible, a lo *Gangnam Style*, tras lo que pasó al baile del hilo dental.

Pero Chance se lo cargó al momento con el *moonwalk*.

El público estalló, y Gabe decidió dejar de jugar limpio y fue moviendo las caderas y dando saltitos a través del círculo hasta que se plantó delante de Chance para cortarle el paso.

—¡Ríndete, Ng!

—¡Oye!

Chance se rio y trató de esquivarlo, pero Gabe se dio la vuelta y empezó a hacer *twerking* delante de él, persiguiéndolo de espaldas por toda la pista de baile.

—¡No puedes derrotar a este culito! ¡Tengo un culo invencible!

A esas alturas Chance se estaba descojonando y trataba de protegerse sin éxito del ataque del culo de Gabe.

—¡Vale, vale, tú ganas!

Gabe se enderezó y Chance le agarró la muñeca y le levantó el brazo como un boxeador.

—¡El ganador!

Todos vitorearon y se esparcieron por la pista de baile una vez más.

Gabe había acabado con cualquier atisbo de vacilación que pudiera quedar en la sala; todo el mundo se lanzó a moverse sin miedo, dejándose llevar mientras Dua Lipa nos gritaba por los altavoces que siguiéramos bailando como si no tuviéramos alternativa.

Mi grupito de amigos rodeó a Chance y todos crearon una pequeña fiesta dentro de la fiesta. Y, mientras las canciones se iban sucediendo y me resbalaba el sudor por el torso desnudo, me di cuenta de que Gabe me había hecho un favor.

Agarré a Chance y tiré de él hacia mí para bailar un tango con los brazos extendidos mientras avanzábamos por la pista de baile. Lo dejé caer hacia atrás, lo hice girar, lo solté e hice como que le lanzaba una caña de pescar para recogerlo. Chance sonrió y vino hacia mí dando saltitos y retorciéndose.

La gente se reía y, lo que era aún mejor, iban perdiendo el interés. Al fin y al cabo, Gabe ya había hecho algo parecido con él, de modo que había sentado un precedente. Nadie tenía por qué saber que estaba disfrutando en secreto de cada roce con el cuerpo de Chance: de sus manos en mi espalda desnuda, de sus caderas contra las mías cuando me agachaba... Cuanto más extravagantes y provocativos eran nuestros movimientos, más pasábamos desapercibidos para los demás. No éramos más que dos colegas haciendo el payaso para divertirse. Haciéndonos los gais para echarnos unas risas. Sin mariconadas.

Chance también se estaba dando cuenta y me ofreció una sonrisa socarrona mientras dábamos vueltas el uno alrededor del otro. Se fueron uniendo más personas a nosotros, algunos con movimientos provocadores y otros más ridículos. Ridley se puso a girar alrededor de Chance como si fuera una bailarina de *striptease* y él la barra, y lo convenció de que posara para una foto haciendo el típico gesto de Ridley, con la mandíbula suelta. Natalie incluso se dignó a bailar conmigo durante un ratito antes de ir a chocarse contra el enorme pecho de Jerome. Pero, aunque Chance y yo estuviéramos aplastando a Gabe en un sándwich humano o saltando juntos al ritmo de Walk the Moon, no había forma de cortar la conexión que había entre nosotros. Incluso aunque no estuviéramos bailando juntos, estábamos bailando *juntos*. Podía sentir a Chance como si fuera la gravedad; atraía mi cuerpo hacia él en todo momento. Cada vez que nos tocábamos, era como si se cerrase un circuito eléctrico, y notaba que la misma electricidad que me activaba los nervios a mí le recorría la cara a él. Cada vez que me rozaba el pecho desnudo, era como saltar de un puente.

Y entonces sonó una canción de Darkhearts.

—¡Eh, esta canción la conozco! —Natalie, borracha, se acercó a Chance mientras unos sintetizadores a lo Gaga se unían al bajo atronador de *Sick Transit*. Le dio con el dedo en el pecho—. ¡Eres tú!

—Síp, soy yo.

Chance esbozó otra de sus sonrisas tolerantes y se apartó con delicadeza para que no siguiera dándole golpecitos con el dedo.

—¡Pues cántala!

Vi que se le apagaba la luz de los ojos.

Angela le paso un brazo por los hombros a Natalie.

—Natty, cariño, que el muchacho está de fiesta, no trabajando.

Pero ya había gente a nuestro alrededor. Miré a Ridley para que calmara las cosas, pero estaba observando a Chance con ojos culpables y esperanzados a la vez.

—No tienes por qué hacerlo, eh —le dijo—. Pero sería una *pasada*.

Alguien de la multitud empezó a chillar:

—¡Chance! ¡Chance! ¡Chance!

El cántico se extendió, como suele ocurrir, y Chance me lanzó una mirada con la que me decía que se sentía atrapado.

—Chicos… —intervine, pero nadie me estaba prestando atención.

Chance miró a su alrededor, a todas las caras expectantes, y vio que ya no tenía escapatoria. Echó los hombros hacia atrás y les mostró a todos su sonrisa de revista.

—Venga, vale.

La gente vitoreó. Ridley fue corriendo a por el móvil.

—¡Déjame que la ponga del principio!

Todos retrocedieron mientras comenzaba a sonar de nuevo la canción.

—¡Haz el baile también! —le pidió a gritos Natalie—. ¡El del vídeo!

Chance se quedó muy serio, concentrado, y de repente parecía diez años mayor. Alzó las manos abiertas y las cruzó por delante de la cara, en forma de murciélago, mientras empezaba a cantar.

I think I've got your disease.
I see the sickness in you.
You put me down on my knees.
I let the fever come through.
'Cause your affection... is an infection...
'Cause your affliction... is an addiction... [8]

Hizo la coreografía de principio a fin, con movimientos bien marcados y precisos para acentuar las palabras punzantes. Su voz encajaba con la de la grabación nota por nota, mientras la canción iba comparando la vida y las relaciones con enfermedades terminales, sugiriendo que, como estás condenado desde el principio, al menos hay que disfrutar. Era una canción de amor, pero una muy morbosa, como de bailar en el fin del mundo, y tan contagiosa como su metáfora.

Sin saber cómo, tenía otra White Claw en la mano, y bebí sin parar mientras veía a Chance ascender una vez más al Olimpo sin salir del salón de Ridley.

Siempre había sido así. Incluso cuando habíamos compartido escenario, la gente siempre lo miraba a él. Por entonces en cierto modo me enorgullecía, y ahora sentía un orgullo similar; una vez más, Chance era un poco mío, lo

---

8. Tu enfermedad me ha infectado. / Veo que la sufres también. / Y me tienes arrodillado. / De tu fiebre soy rehén. / Porque tu afección... / es una infección. / Porque tu aflicción... / es una adicción.

que hacía que su victoria fuera en parte mía también. La envidia de antes seguía ahí, claro, mientras veía como todo el mundo lo observaba con atención, pero ya no me afectaba tanto. Era capaz de contenerla, de asegurarme de que los sentimientos positivos pesaran más.

Aunque quizá sí que sentía cierto resentimiento por ver que Chance no parecía apreciar lo bastante lo que tenía. ¿No entendía que ese momento, que poder tener un público pendiente de cada uno de tus movimientos, lo era todo? Daba igual que fuera un salón o un estadio. Aquello era el paraíso. No solo lo querían, sino que le suplicaban que les permitiera adorarlo a sus pies. Haber trabajado tan duro para ganarse algo así y luego molestarse al ver que daba sus frutos le hacía parecer hipócrita. Si no quería la atención de todo el mundo, ¿por qué la había perseguido durante tanto tiempo? No puedes ir gritando «¡Mírame, mírame!» durante años y luego enfadarte cuando la gente te hace caso.

Pero me recordé a mí mismo que no pasaba nada, que podía perdonarlo. Que ya lo había perdonado. Y ese pensamiento me hizo sentir otro tipo de orgullo.

Chance acabó de cantar y dio por terminado el baile con un aterrizaje como de un superhéroe, en cuclillas, con una mano en el suelo y la otra extendida. La gente se arremolinó a su alrededor, tiró de él para levantarlo y todos le empezaron a dar palmadas en la espalda.

Decidí contenerme y no entrometerme en su momento de gloria. Me tambaleé por el pasillo hacia el baño, con una mano apoyada en la pared para mantener el equilibrio, y eché la meada más imponente de mi vida. De repente me mareé y tuve que apoyar ambas manos en la pared, encima del váter, y no me quedó más remedio que confiar en que la gravedad y la providencia se encargarían de apuntar por mí. Que Dios se apiadara de mí.

Con cada litro que me salía de la vejiga, notaba que me emborrachaba más y más. ¿Tendría algo que ver con la hidratación? ¿O con el peso corporal? Si iba perdiendo peso al mear, la proporción de bebida por kilo iría en aumento, ¿no? Deberían haber incluido ese problema en los exámenes de acceso a la uni.

Por fin me quedé seco. Me lavé las manos y me sorprendí al verme el torso desnudo en el espejo —se me había olvidado que me había quitado la camiseta—, y luego volví a la fiesta por el pasillo. Otra vez estaban todos juntos y bailando, con una excepción.

Chance había desaparecido.

24

Lo primero que pensé fue que Ridley se había llevado a Chance a alguna parte, una posibilidad que ya de por sí me revolvió el estómago. Pero no; Ridley estaba en la pista de baile. Fui hacia ella dando tumbos, como un pato mareado.

—¿Has visto a Chance? —grité por encima de la música.

Señaló hacia las puertas de cristal que daban al porche.

—Ha ido a hacer una llamada.

—Vale, gracias.

—Mantén las puertas cerradas para que los vecinos no llamen a la poli. —Ladeó la cabeza para escuchar mejor el comienzo de la siguiente canción—. ¡Ay, sí! ¡Este temazo me flipa!

—La lista de reproducción la has hecho tú. Normal que te flipen todas las canciones —respondí, pero ya me estaba dirigiendo hacia las puertas.

Fuera, en el porche, sentí el aire limpio y agradable después del ambiente cargado de sudor y hormonas del interior. La brisa de finales de verano me helaba el sudor en la piel y me trazaba senderos fríos por el torso mientras el sonido ahogado del bajo hacía resaltar la tranquilidad de la ciudad por la noche.

Chance no estaba en el porche ni en el jardín vallado. Durante un instante me invadió el pánico, pero luego me llegó el olor a fresa. Bajé las escaleras que daban al césped.

En las sombras, debajo del porche elevado, vi una luz LED verde y luego una nube de vapor que la cubría.

—Aquí estás —dije.

—Aquí estoy.

Chance le dio otra calada al cigarrillo electrónico.

Me acerqué a él mientras sentía el suelo de cemento áspero bajo los calcetines y me apoyé en los cimientos de hormigón.

—Es la primera vez que te veo fumar eso.

—Ya, bueno… —dijo sin respirar, con la voz ronca, y luego dejó escapar el aire con un olor acre—. No es por vicio. Es solo una excusa.

Habría preferido que hubiera elegido algún otro aroma. Tan cerca, el dulzor artificial resultaba nauseabundo: una mezcla espantosa de esas pastillas que eliminan los olores de los urinarios, ambientador y Pop-Tart de fresa. Me incliné para apartarme de la nube de vapor.

—¿Una excusa para qué?

El cigarrillo resplandeció mientras le daba otra calada.

—Para escabullirme.

Por fin me di cuenta de que el tono cortante de su voz no se debía a haber estado aguantando la respiración.

—¿No te lo estás pasando bien?

Se rio, pero parecía la risa de un dragón, humeante y áspera.

—¿Te estás quedando conmigo? ¿Hemos estado en la misma fiesta?

Me empezaba a irritar.

—¿Qué es lo que te ha molestado?

—Joder, Holc, ¿por dónde empiezo? —Chance agitó el cigarrillo—. ¿Que me acosen unas chicas borrachas que se creen mis dueñas porque han visto alguna vez algún video mío? ¿Tener que hacer un *meet-and-greet* para cada persona de la fiesta? ¿O quizá que se pare la fiesta para hacerme bailar como un puto mono de feria, para tenerlos a todos entretenidos?

Me crucé de brazos.

—La gente quería verte cantar y bailar. Deberías sentirte halagado.

—¿Halagado? —Chance parecía atónito de verdad—. ¿Te resulta a ti halagador que los mendigos te pidan dinero?

—Guau. ¿Estás intentando parecer gilipollas a propósito?

—¡No quería decir eso! La cuestión es que odio tener que estar siempre listo para complacer a todo el mundo. Y ni siquiera había calentado la voz; podrían haberme salido gallos. Podría haberla cagado con algún movimiento y caerme de culo. Alguien va y lo graba, lo sube a YouTube, y de repente soy un hazmerreír. ¡Es mi carrera, Holc!

—Macho, tienes que calmarte un poco. Aunque hubiera salido algo mal, tu carrera no es tan frágil. Puede que te resultara vergonzoso, pero también te haría parecer más cercano, más humano. —El veneno que me recorría las venas me hizo añadir—: ¿Recuerdas lo que es ser humano?

Chance entrecerró los ojos.

—¿Qué se supone que significa eso?

—Pues que parece que te jode que todo el mundo te quiera.

—¡No es que me quieran, es que quieren algo *de mí*! Yo no le he pedido a nadie que me pasee de aquí para allá como el cerdo premiado en un concurso de un festival.

—Al menos tú has ganado el premio. —Sabía que había una luz de advertencia parpadeando en algún lugar de mi mente, pero no podía evitar dejarme llevar por la irritación—.

Para mí tampoco es fácil, ¿sabes? Tener que quedarme atrás mientras tú acaparas toda la atención. Tener que ver como Ridley te presenta a todo el mundo como si fueras su novio.

—Aaah, ahí está. —Chance esbozó una sonrisa tras la que no había ni pizca de humor—. Los típicos celos de David Holcomb. Ya hemos hallado el móvil, señor inspector. —Sacudió la cabeza—. Por si se te ha olvidado, solo he venido a la fiesta porque me has obligado tú.

—Claro, porque es un sacrificio enorme tener que pasar el rato con nosotros, los plebeyos.

—¡No intentes tergiversarlo! Tú estabas entusiasmadísimo con que viniera cuando pensabas que ibas a ser tú el que alardeara de mí. Pero, ahora que estoy aquí, te enfadas porque nadie sabe que te estás liando con Chance Kain.

—¡Ah, por supuesto! Debería reconocer que es todo un honor habérsela chupado al famoso Chance Kain.

Pero al menos la mitad del ácido que solté por la boca me salpicó a mí mismo. Por más vergüenza que me diera, tenía razón; quería que todo el mundo lo supiera. Quería darles celos a todos. Pero no me lo había confesado a mí mismo hasta ese momento.

—Es que lo sabía...

Chance dejó de mirarme a los ojos y desvió la vista hacia el jardín. La luz le iluminaba las mejillas y me di cuenta con un sobresalto de que estaba llorando.

Toda la ira que había sentido se desvaneció. Lo tomé de la mano.

—Chance...

—¡Te dije que pasaría esto! —gritó Chance con la voz entrecortada, me soltó la mano de una sacudida y se dio la vuelta. Luego, más tranquilo, dijo—: Siempre pasa lo mismo.

—Oye...

Decidí arriesgarme y me puse detrás de él para envolverlo en un abrazo.

Se quedó rígido entre mis brazos, pero al menos no me apartó.

—Tienes razón —admití, esforzándome por mantener un tono conciliador—. Sí que me encantaría que la gente supiera que estamos juntos. Porque me parece que eres genial. Me parece que eres genial desde que teníamos diez años.

Chance resopló.

—Lo que te parezco es un gilipollas.

—Eso también. —Le di un beso en el cuello—. Eres muy polifacético —bromeé.

Volvió a resoplar, pero tan solo se encorvó un poco más.

—Lo único que le importa a todo el mundo es que soy famoso.

Me reí.

—Chance, lo de que seas famoso es lo que menos me gusta de ti. —Apreté los brazos con más fuerza—. Todo sería mucho más fácil si fueras un chico cualquiera, no un famoso. —Enterré la cara en su pelo—. Y, aun así, seguiría queriendo presumir de ti.

Relajó los hombros. Se recostó contra mí mientras dejaba escapar un suspiro.

Por fin.

Puede que fuera el alcohol, que le había puesto un filtro de color de rosa a todo, pero me parecía que había manejado la situación bastante bien. Vale, me había encontrado con algunos baches, pero al fin y al cabo lo que necesitaba Chance era que lo consolaran, y eso había hecho. Como novio, me había llevado diez puntos.

Pero aún sentía la adrenalina de la discusión en mi interior, y esa energía tenía que ir a alguna parte. Ahora que

Chance estaba apoyado contra mí, notaba lo fino que era el mono que llevaba.

Alcé la mano hasta su cuello y agarré la cremallera.

—Qué tentador…

—Oye. —Chance me sujetó la mano y se enderezó. Al apartarse, una franja de un centímetro se abrió entre nosotros como un foso—. Que nos van a ver.

Di un paso adelante para salvar el espacio que nos separaba.

—Aquí fuera no nos ve nadie —le susurré en el oído, y luego añadí en voz seductora—: Pero yo sí que quiero ver una cosa…

Se soltó de mis brazos, se dio la vuelta hacia mí y puso los ojos en blanco.

—Estás borracho.

—Y tú estás muy sexi.

Frunció el ceño.

—Sigo cabreado.

Lo inmovilicé con delicadeza contra el poste del porche.

—Pero eso lo puedo arreglar.

Lo besé y saboreé el café y la nata del ruso blanco en sus labios. Vaciló, y por un momento temí haberme pasado, pero entonces él también me besó y me acarició la espalda desnuda. Pegué el cuerpo contra él mientras entrelazaba las piernas con las suyas y rozaba las caderas contra las suyas. Introduje una mano entre ambos y volví a agarrarle la cremallera, y la bajé, y luego la bajé más… y más… y más…

Me mordió el labio y se apartó un poco, con mala cara.

—No puedes arreglarlo todo con sexo.

Le di besos en el cuello, cada vez más abajo.

—¿Estás seguro?

Se estremeció y cerró los ojos mientras le metía la mano por dentro del mono.

A mi espalda, oí una única palabra:

—Guau.

Chance se sacudió y me apartó de un empujón, y me tropecé mientras retrocedía. Me giré y vi a Ridley al pie de la escalera, con el albornoz harapiento.

—Bueno —dijo con una voz temblorosa—, pues supongo que esto me aclara algunas cosas.

—Ridley… —Me iba la cabeza a mil por hora—. Chance y solo estábamos…

—Ni se te ocurra. —Pareció recobrar la confianza y la firmeza en la voz—. Por favor. ¿Cuánto tiempo lleváis con esto?

—Eh… —Mentir a esas alturas me parecía aún peor—. Unas seis semanas, más o menos.

—Dios. —Sacudió la cabeza como si la hubieran abofeteado—. Y me has estado mintiendo todo este tiempo.

—No te estaba mintiendo —protesté—. Solo que no te lo había contado.

—¿Y se supone que eso lo mejora? Se llama «mentir por omisión», David. Búscalo. Y tú. —Se giró hacia Chance—. Sabía que nuestra cita no era de verdad, ya que tu representante lo dejó muy clarito, pero pensaba que al menos nos estábamos haciendo amigos. Pero a ti no te importaba una mierda, ¿verdad? Solo querías una tapadera, una chica para las webs de cotilleos, porque eres demasiado gallina como para salir del armario.

—¡Oye!

Levanté una mano mientras Chance decía:

—¡Eso no es justo!

—Ah, ¿no? Entonces explícame por qué puedes fingir una cita conmigo, pero ni siquiera me dices que estás saliendo con mi mejor amigo. —Torció el labio con cara de mal humor—. Eres rico y famoso y vives en una de las ciudades más gais de América. No te afectaría de ninguna manera. ¿Sabes cuántos miles de adolescentes salen del armario cada día sin contar con tus ventajas? Podrías ser una inspiración para ellos. Pero, en lugar de eso, prefieres seguir con el rollo ambiguo y misterioso para poder sacar provecho de la gente *queer* sin comprometerte.

—No lo entiendes —insistí.

—Ah, ¿no? —Se señaló la cara, con la piel oscura resplandeciente bajo la luz que llegaba desde la fiesta—. ¿Me quieres hablar tú de cómo viven las minorías, David?

—No tengo por qué soportar esta mierda.

Chance se subió la cremallera, me empujó al pasar a mi lado y se marchó hacia la calle.

—¡Chance, espera! —Empecé a perseguirlo—. Que voy contigo.

—¡No! —Sentí su voz como un latigazo. Al mirarme y verme la cara de sorpresa, se ablandó un poco—. Me voy a casa, que mañana tengo un vuelo muy temprano.

—Pero...

Luego rodeó la casa y desapareció. Me volví hacia Ridley.

—Muchas gracias, Rid.

—¿Que *tú* estás enfadado? —Negó con la cabeza—. Eres increíble, David. Sabías que me gustaba. ¿Cuántas veces te has quedado oyéndome sin decirme nada mientras hacía el ridículo?

—Eh...

Tenía razón.

—La noche que te fuiste con él, antes de que te marcharas, te pregunté sin rodeos si había algo que debiera saber.

—Bueno, es que todavía no lo había.

Lo cual técnicamente era más o menos cierto.

—Eres un falso, David. Deberías haberme contado que te gustaba. Yo te lo cuento todo; eso es lo que hacen los mejores amigos. —Tenía los brazos cruzados, y los apretó más, dándose un abrazo a sí misma—. Sabes que te habría apoyado, ¿no? Que te gusten los chicos no cambia nada.

—Ya lo sé...

Empezaba a encontrarme un poco mal.

—Entonces, ¿por qué no me lo has contado?

No sabía qué responder.

—¿No confías en mí? —insistió.

Por lo visto, quedarme en silencio ya era una respuesta. Ridley abrió los ojos de par en par.

—Dios, no confías en mí... —me dijo con una voz distante, asombrada.

—Confío en ti para muchas cosas —me quejé.

—Pero no cuando se trata de algo importante. —Se ciñó el albornoz—. Solo soy un peón en tus planes.

—¡¿Qué?! Llevas semanas intentando que te junte con Chance. ¿Acaso no es eso tratarme a mí de peón en un plan tuyo?

—¡Eso es distinto!

—¿En serio? ¿Y qué me dices del trato ese que hicisteis para que publicara tu blog en sus redes?

Ridley parecía incómoda.

—Nos has estado utilizando. Para tu blog, para tu fiesta...

Dejé de protestar cuando vi que Chance volvía a aparecer por un lateral del jardín. Nos lanzó una mirada cargada a partes iguales de ira y de vergüenza.

—Se me han olvidado los zapatos.

Volvió a subir la escalera del porche y oímos los calcetines húmedos contra la madera. La puerta corredera se abrió, se oyó la fiesta durante un momento y se cerró.

Lo vimos marcharse. Ridley volvió a negar con la cabeza.

—Es que no me puedo creer que me mintieras.

Haber visto a Chance volver e irse de nuevo había acabado con mis últimas reservas de autocontrol.

—¡No me jodas, Ridley! Ya sabes cómo te habrías puesto…

—¿Qué?

Parecía sorprendida.

—Habrías estado todo el rato encima de mí, intentando sacarme todos los detalles, analizando, presionándome para que hiciera esto o lo otro. Te habrías puesto a planearlo todo y habrías montado un drama tremendo sin que yo pudiera decidir nada. Para ti todo es como una película. Todo es un plan. —Me detuve y tomé aire, pero me costaba respirar—. Quería hacer esto por mi cuenta, ¿vale?

Ridley me miraba fijamente. El viento soplaba entre nosotros y acarreaba un aroma a césped y a asfalto. Estar sin camiseta ahí fuera, con el aire frío, ya no me parecía excitante. Tan solo me sentía expuesto.

—Bueno —dijo en voz baja—. Pues has conseguido lo que querías. —Volvió a mirar hacia el porche, hacia la fiesta que había organizado para nosotros—. Creo que deberías irte.

—Sí —respondí—. Yo también lo creo.

Y me fui.

25

E speraba despertarme con montones de mensajes de Ridley. Cuando pasaba algo, no era de las que lo dejaba estar; si tenía un problema contigo, te lo decía una y otra vez hasta que uno de los dos se disculpaba o los dos moríais de agotamiento.

Pero esa vez no me mandó ningún mensaje. A medida que su silencio se prolongaba durante el lunes y el martes, empecé a sentir su peso y a preguntarme si tal vez debería dejar de lado las costumbres y dar yo el primer paso.

Pero a la vez pensaba: *Y una mierda.* ¿Por qué tenía que disculparme yo? Vale, no le había contado lo mío con Chance, pero ¿acaso estaba obligado a contarle todos los detalles de mi vida? Que ella no tuviera filtro no significaba que yo no pudiera tenerlo. Y tampoco es que la hubiera engañado a propósito para que creyese que tenía posibilidades con Chance; había intentado evitar en todo momento que se dejara llevar por sus emociones y se imaginara un romance inexistente. Además, había sido ella quien se lo había hecho pasar mal a Chance en la fiesta, alardeando de él en lugar de protegerlo como una buena anfitriona. Yo lo había llevado a la fiesta como quería ella, como un favor, y ella lo había estropeado todo. ¿Y aun así era yo el malo de la película?

Yo no era ningún cabrón. Era capaz de aceptar mi parte de culpa, como siempre. Pero Ridley había avergonzado a mi novio y me había echado de la fiesta que yo había ayudado a montar. Si estaba esperando a que yo me disculpara primero, que esperase sentada.

Lo que me preocupaba más aún era el silencio relativo de Chance. Cuando había viajado a Los Ángeles, no había parado de enviarme mensajes siempre que no estaba trabajando. Sin embargo, ahora esperaba varias horas antes de contestarme y, cuando lo hacía al fin, sus respuestas eran casi monosilábicas.

Prueba A:

YO:

¡Hola! ¿Qué tal por Washington?
¿Te han convencido ya para que
te presentes a presidente?

CHANCE:

O este intercambio tan apasionante:

YO:

¿Qué tal te va grabando
con los chicos de Aventine?
¿Os salen buenos temas?

CHANCE:
Sí. Son muy majos.

Incluso cuando intenté abordar el problema de manera directa, tampoco sirvió de nada:

349

Oye, siento que la fiesta
fuera una mierda.
Te lo compensaré cuando vuelvas,
lo prometo. 😈

CHANCE:

No pasa nada.

Casi me daban más conversación los mensajes de *spam* que intentaban convencerme de que me había caducado el número de la Seguridad Social.

Pero al fin la perseverancia dio resultado. Conforme le daba la tabarra con mensajes animados, Chance se fue abriendo de nuevo poco a poco. El miércoles por la mañana me envió fotos del viaje desde la sala vip del aeropuerto, mientras esperaba para subirse al vuelo de vuelta a casa. Una en particular me llamó la atención, una en la que salía guapísimo, en la cabina de grabación, con unos auriculares gigantes de estudio.

YO:

¡Me muero con lo guapo que sales!

CHANCE:

Conque te mueres, ¿eh?

YO:

Totalmente. Ya estoy muerto.

En mi lápida pone:

«Aquí yace David, a quien hemos perdido. /

Toda la sangre de la cabeza
al pene se le había ido».

(Sé que te encanta la poesía).

CHANCE:

...

Y te parecerá romántico...

YO:

El vampiro eres tú.
Sexo y muerte, cariño.
La petit mort.

(Es sexi porque es francés).

CHANCE:
Oui, oui.

YO:

Qué montón de francés sabes.

CHANCE:

Oye, ¿no has escuchado como
un ruido de algo que se rompía?

Ah, no, eras tú cargándote el buen rollo.

YO:

Pff. En fin.

Es que parece que te lo estás

pasando genial en esa foto.
Ojalá pudiera estar allí contigo.

Pero con suerte dentro de poco
volveremos a hacer esas cosas juntos. 🤞

Se produjo una pausa lo bastante larga como para pensar que tal vez Chance se había subido al avión. Y entonces:

CHANCE:
Si todavía quieres hacer la audición,
la de la discográfica va a estar
en Seattle el viernes por la tarde.

Sentí como si me apretaran el corazón con una pinza. Era lo que estaba esperando, pero ahora que había llegado el momento, después de lo mal que había ido la fiesta, se me hacía raro. Me parecía demasiado precipitado, demasiado repentino.

YO:
Pero ¡si ni siquiera tienes
la segunda estrofa escrita!

CHANCE:
La tendré lista para entonces.
Tú solo tienes que repetir
los mismos acordes y ya está.

Respiré hondo. Por lo visto era ahora o nunca. Solo había una respuesta correcta.

YO:

Vale.

Podemos conseguirlo.

Puedo ir a tu casa esta noche y mañana,
y así ensayamos mil veces hasta
que lo clavemos.

Otro rato largo durante el que pensaba que lo había perdido.

CHANCE:

La verdad es que voy a estar
muy ocupado.

Me quedé un rato mirando el teléfono. ¿Qué estaba pasando?

YO:

O sea, ¿que no podemos ensayar juntos?

CHANCE:

Va a ir bien. Actualizaré el instrumental.

Ah, y la mujer dice que tu padre
tiene que firmar una autorización.

Ya te lo enviará Benjamin.

Me tengo que ir, que me
subo ya al avión.

Y entonces desapareció y me dejó sentado en la mesa de la cocina con mis cereales, cada vez más blandos, leyendo la conversación una y otra vez.

Nada de aquello tenía sentido. Entendía que estaba enfadado por lo de la fiesta, pero eso solo era una razón más para querer que volviera al grupo, ¿no? Ahora estaba solo; era el único famoso, apartado de todos los demás. Una vez que estuviéramos al mismo nivel, eso ya no sería un problema. Y, si no quería que hiciéramos la audición, podría haberlo dicho, o mentirme y decirme que la discográfica se negaba. Entonces, ¿por qué estaba tan raro?

Todavía le estaba dando vueltas, unas horas más tarde, cuando Jesús se apoyó en el caballete que tenía al lado con un café en la mano.

—¿Todo bien?

Parpadeé, tratando de apartar los pensamientos sobre Chance.

—Sí, genial.

Jesús alzó una de sus cejas pobladas.

—¿Seguro?

Me habían atrapado.

—Sí… —logré decir, aunque sonó como una pregunta—. ¿Por?

Señaló con la cabeza la pila de tablas que había estado cortando.

—Porque te pedí que las cortaras a cuarenta y cinco centímetros, y las has cortado todas a cuarenta.

—Joder. —Agarré el cuaderno amarillo deteriorado que usábamos para tomar notas y, efectivamente, vi escrito el número cuarenta y cinco. De mi puño y letra—. Mierda, Jesús, lo siento. Pagaré yo mismo la madera.

Rechazó la oferta con un gesto de la mano.

—La iglesia tiene un montón de dinero. Y ya encontraremos algún sitio donde podamos usar esos tablones. Pero ten cuidado con la sierra, ¿eh? Que vas a echar de menos esos dedos si te los cortas.

—Sí, sí, te lo prometo.

—Así me gusta. —Tomó un sorbo de café. Tenía uno de esos rostros curtidas a lo Danny Trejo que hacían que cualquier acción pareciera solemne, incluso beber un café con leche a temperatura ambiente—. Bueno, ¿y qué es lo que te pasa? ¿Problemas con alguna chica?

—No.

Había esquivado la bala por los pelos.

Jesús asintió.

—Pues, si alguna vez tienes problemas de ese tipo, cuéntame.

Denny, que estaba al otro lado de la sala, resopló.

—Pero si te has casado tres veces, vejete.

—¡Precisamente! —exclamó Jesús con una sonrisa—. ¡Tengo un montón de experiencia! Soy como un panel de expertos en un solo hombre.

—Claro, claro. —Denny bajó la vista desde lo alto de la escalera y me miró a los ojos—. Me da a mí que Davey está de bajón porque van a empezar las clases y no va a poder pasar los días con nosotros.

Denny me estaba ofreciendo una escapatoria, por si la necesitaba. Pero, cuando empecé a bromear con ellos y a dejar atrás el tema de mi vida amorosa, me di cuenta de que también tenía razón. Iba a renunciar a todo aquello, y no solo durante nueve meses, por las clases. Si lograba volver a Darkhearts, aquella sería una de las últimas veces que escucharía a Denny y a Jesús bromear. Y tampoco seguiría aprendiendo carpintería con Jesús. La mayor parte del tiempo ni siquiera estaría en el mismo estado que él.

Ni que mi padre, de hecho. No lo había pensado hasta entonces, pero, claro, él no iba a poder venir de gira conmigo. No esperaba volverme tan rico como Chance de la noche a la mañana, y alguien tenía que mantenernos. Se me haría rarísimo verlo solo unos cuantos meses al año. Quizá eso tampoco fuera demasiado diferente de la situación de todos los chicos que se iban a la universidad al año siguiente, pero mudarme nunca había formado parte de mis planes. De repente, la idea de que mi padre se quedara solo en casa viendo la tele me pareció de lo más deprimente.

Pero en ese momento no había tiempo para pensar en eso. Primero tenía que mantener una conversación.

Cuando llegó la hora de comer, le propuse a mi padre fuéramos a pedir comida a un puesto que se llamaba Perro Feo. Mientras estábamos solos en la furgoneta comiendo tortas mexicanas, le dije, así como quien no quiere la cosa:

—Necesito que me des el viernes libre.

—Y yo necesito un millón de dólares —respondió mi padre y le dio un mordisco enorme al bocadillo mientras la salsa le recorría el dorso de la mano.

—Venga, que te lo digo en serio.

—Y yo también. ¿Para qué lo necesitas?

Mi padre se puso a buscar una servilleta por el interior de la camioneta que no estuviera ya empapada de jugo de cerdo.

—Tengo la audición para Darkhearts.

—¿La *qué*? —Se giró hacia mí—. ¿Chance te va a obligar a hacer una audición para volver al grupo?

—No es cosa de Chance —contesté a toda prisa—. Es la discográfica. Quieren vernos juntos. Y necesito que me firmes la autorización.

—Increíble, vamos. —Sacudió la cabeza—. ¿Me estás queriendo decir que esta gente te quiere hacer un *casting* para que vuelvas a un grupo que tú mismo creaste?

—Papá, que es cosa de la discográfica, porque no me conocen.

—¡Pues a eso me refiero! Se hacen ricos con tu trabajo, sin decirte un mísero «gracias», ¿y ahora quieren ponerte a prueba para ver si eres digno de unirte a algo que les va a hacer ganar más dinero?

Se estaba yendo todo a la mierda muy rápido.

—Ya, pero ahora nosotros también podremos ver parte de ese dinero. Acabas de decir que quieres un millón de dólares. —Intenté ofrecerle una sonrisa alentadora—. Y a mí la discográfica me da igual. Lo que importa es que Chance y yo volvamos a tocar juntos, y conseguir hacer al fin lo que debería haber estado haciendo todo este tiempo.

—David —me dijo, pero luego se detuvo; era evidente que estaba peleándose consigo mismo—. Lo de que hayas hecho las paces con Chance... Eso lo respeto. Pero cuando ellos te... Cuando tú los dejaste, lo criticabas bastante, a él y a su ego. Y eso era incluso antes de que hubiera dinero de por medio. Si vuelves ahora, vas a estar trabajando para él.

No lo había pensado desde esa perspectiva. Pero daba igual.

—Jesús y Denny trabajan para ti y aun así sois amigos.

—Cierto, y yo intento mantener un trato informal y amistoso con ellos. Pero, en última instancia, saben que estoy al mando. ¿Estás seguro de que tú podrías soportar algo así?

—Si es necesario... —contesté—. Pero, además, entre nosotros no tendríamos esa dinámica; estaríamos al mismo nivel. Y Chance necesita a alguien que lo ayude a componer las canciones. Me necesita a mí.

—Ya, claro.

Por lo visto no estaba logrando convencerlo, lo cual me dolió más de lo que había esperado. Podía quejarme de ciertas cosas de mi padre, pero al menos siempre creía en mí. Era una de las pocas cosas con las que sabía que siempre podía contar, si no la única.

Había otra razón por la que Chance no me echaría del grupo de una patada, claro. La razón más importante. En parte quería callarme y no volver más complicada una situación que ya lo era bastante, pero eso había salido fatal con Ridley. Si ya odiaba tener secretos con ella, con mi padre era aún peor. No se lo merecía. Y estaba cansado de esconderme.

—Ah, y Chance y yo estamos saliendo.

—¡¿Qué?! —exclamó mi padre, inclinando el cuello hacia delante y mirándome con los ojos entornados, confuso.

—Que estamos saliendo. —Me señalé el pecho—. Chance y yo.

Se me quedó mirando y lo único que se oía era el goteo de la salsa al caer en la zona de la palanca de cambios

Entonces se enderezó y metió el bocadillo de nuevo en el envoltorio con un gesto brusco.

—Jesús, David...

A juzgar por su tono, casi parecía que era mi padre quien iba a morir en la cruz por mis pecados.

Me ardían los ojos.

Se dio cuenta y tomó aire.

—Lo siento, es que... —Miró a su alrededor, como en busca de algo que le pudiera servir de ayuda—. Si quieres salir con chicos, me parece bien. Pero ¿no podías haber elegido *literalmente* a cualquier otra persona?

—Chance es un buen chico —insistí.

—Un buen chico que, como acabas de decir tú mismo, *necesita* algo de ti. Qué conveniente, eh.

Empezaba a estar bastante seguro de que, si esa conversación duraba mucho más, iba a hacer el ridículo echándome a llorar.

—Bueno —logré decir—, ¿vas a firmarme la autorización o no?

Mi padre se quedó ahí sentado, respirando con dificultad, mientras una mancha de grasa iba expandiéndose por todo el envoltorio blanco del bocadillo que tenía aún en la mano.

Al final respondió:

—Si es lo que quieres.

Me sobrevino una oleada de alivio.

—Va a ir todo bien —le aseguré—. Ya lo verás.

Pero mi padre se limitó a seguir mirando hacia delante y se dispuso a agarrar la llave. Mientras encendía el motor de la furgoneta, volvió a sacudir la cabeza.

—Espero que sepas lo que estás haciendo.

—Sí que lo sé —contesté.

Pero, por dentro, una parte traicionera de mí añadió: *O eso espero.*

26

Para mi sorpresa, Ahoy Studios estaba en una zona residencial. Llegué quince minutos pronto, por si acaso, y tuve que comprobar la dirección dos veces para asegurarme de que me encontraba en el sitio correcto.

No estaba seguro de qué me esperaba. Cuando formaba parte de Darkhearts —*la primera vez*, tuve que recordarme—, Eli grababa todas las demos en el sótano. Lo poco que sabía sobre los estudios de grabación lo había sacado de los documentales y de las fotos que había visto. Pero siempre habían sido imágenes del interior, con el grupo. Casi nunca mostraban el exterior.

Y aquel sitio parecía la casa de alguien: un edificio de un solo piso, gris y antiguo, con un seto que separaba el césped de la acera. Incluso había un gallinero con gallinas y todo.

Estaba a punto de comprobar el móvil por tercera vez cuando apareció Chance por un lateral de la casa con el cigarrillo electrónico en mano. Vino hacia mí y nos encontramos en mitad del camino de entrada. Se quedó encorvado hacia un lado, con el pulgar metido en el bolsillo de los vaqueros.

—Buenas.

Vacilé; no sabía si darle un beso o no. Al menos un pico rápido. Eso era lo que hacían los novios, ¿no? No había nadie cerca, y Chance estaba guapísimo con la cazadora vaquera negra de siempre; la llevaba abierta, y debajo se le veía una camisa con un cuello asimétrico con una lazada y un cinturón con una hebilla en forma de murciélago. Pero también le notaba cierta actitud defensiva.

No me dio oportunidad de decidir.

—¿Traes todo lo que necesitas?

Levanté la funda de la guitarra.

—Sí.

—Perfecto, pues al lío.

Se giró y empezó a caminar hacia la puerta.

La sala a la que daba la puerta de entrada seguía siendo una especie de salón, solo que uno con discos de oro de Soundgarden y Death Cab. Había sofás, una tele y una cocina de los años cincuenta que se veía al otro lado de un arco. Pero entonces Chance me condujo por otra puerta, una muy pesada, y de repente dejamos de estar en una casa.

Estábamos en una sala de control enmoquetada. Había unas mesas de mezclas enormes y curvadas bajo una gran cristalera que daba a la zona de grabación. Un magnetofón antiguo y enorme se disputaba el espacio con varios altavoces y pantallas de alta gama. Sin embargo, el cambio más extraño de una sala a otra era el sonido: las paredes estaban revestidas con paneles de espuma con textura de cartón de huevos que absorbían el ruido y dejaban el aire inmóvil de un modo extraño.

—¡Ahí está!

Benjamin estaba recostado en un sofá bajo y se incorporó cuando entramos. Había recuperado la sonrisa falsa que nos había mostrado el día del concierto benéfico, y ahora que sabía lo que se ocultaba tras aquella máscara parecía más falsa aún, pero no dejó ver que hubiera cambiado nada mientras me daba la mano.

—Qué bien que hayas podido venir —añadió, como si hubiera sido él el que me había invitado.

—Aquí estoy.

—Esta es Misha, la ingeniera de sonido. —Chance señaló a una chica con tatuajes unos cinco años mayor que nosotros sentada frente a las mesas de mezclas. Me saludó—. Me estaba ayudando a grabar un diálogo para un juego de realidad virtual.

—Hemos conseguido que Chance haga un cameo en *City of Sin*, un juego nuevo, muy innovador —dijo Benjamin, y luego señaló hacia la ventana gigante—. ¿Por qué no os vais preparando? Elena llegará en cualquier momento, y no os conviene hacerla esperar.

La puerta de la zona de grabación hizo un sonido de succión al abrirse, como la escotilla de un submarino. Al otro lado, todo era de madera clara y nuestros pasos resonaban con un eco cálido mientras atravesábamos la sala hacia las alfombras persas del centro. Había amplificadores a lo largo de las paredes, una batería e instrumentos colgados de ganchos.

Chance se acercó a un pequeño soporte que había en el centro y tomó unos cascos, como si lo hiciera todos los días. Intenté imitar su relajación.

—¿Cuál quieres? —me preguntó Misha mientras inclinaba la cabeza hacia la fila de amplificadores.

—Eh… —Traté de barajar las opciones a toda prisa. La mitad de las marcas eran nombres que nunca había oído, lo que seguro que significaba que eran caros—. El que sea mejor, supongo…

Misha me lanzó una mirada burlona, pero no de un modo cruel.

—No estás muy puesto en estas cosas, ¿no? Vale, pues ya elijo yo. ¿Quieres distorsión?

—Sí, un poco.

—Venga, pues el 800. —Conectó un cable a la placa frontal dorada y reluciente de un Marshall con un bafle y me pasó el otro extremo—. Este amplificador te da un tono como de *blues*, a lo Slash. No tiene pedal, así que baja el volumen de la guitarra cuando quieras un sonido limpio y súbelo cuando quieras uno más sucio.

—Gracias.

Me puse a sacar la guitarra y la correa para mantenerme ocupado, intentando aparentar que sabía lo que estaba haciendo.

La puerta se abrió de nuevo y entró otra mujer con Benjamin por detrás como un cachorrillo.

Era delgada, de unos cuarenta y tantos, con el pelo castaño y un bronceado intenso. Llevaba un abrigo rosa salmón hasta la rodilla, un pañuelo de seda con estampado de cebra y un collar *hippie* enorme, pero lo llevaba todo como si fuera un traje de negocios, o tal vez un uniforme militar. Irradiaba confianza a raudales.

—¡Chance! Me alegro de verte, cielo. —Extendió los brazos y, como esperaba la mujer, Chance la abrazó. Cuando lo soltó y dio un paso atrás, le agarró la barbilla con una mano y lo estudió—. Te veo muy bien. Me alegro de que te hayas tomado un tiempo para volver a centrarte.

Chance se encogió de hombros, incómodo.

—Gracias, Elena.

Pero Elena ya se estaba girando hacia mí.

—Tú debes de ser David.

—Sí. Buenas.

—Encantada de conocerte. —Me ofreció una amplia sonrisa, pero sus ojos parecían un escáner del aeropuerto que me analizaba capa por capa. En ese mismo tono agradable, añadió—: No termináis de encajar en cuanto a estética, ¿no?

Me había arreglado para la ocasión; llevaba los vaqueros más ajustados que tenía y la camisa de cuadros que mejor me quedaba, con las mangas remangadas. No era el *look* vampírico que solía buscar Chance, pero aun así era el típico aspecto de chico que toca en un grupo de música.

—David puede llevar un estilo más gótico sin problema —intervino Chance al momento—. De hecho, fue él quien empezó a llevarlo en el grupo.

Lo cual no era ni remotamente cierto, pero agradecí que me ayudara.

Elena frunció los labios, siguió analizándome durante otros segundos interminables y luego se encogió de hombros.

—Bueno, no es nada que no puedan arreglar un estilista y un entrenador personal. —Dio una palmada—. Vamos a escuchar la nueva canción, ¿de acuerdo? —Le estaba hablando a Benjamin, girando la cabeza por encima del hombro pero sin mirarlo—. Y lo quiero todo grabado, así puedo llevármelo luego para enseñárselo al resto del equipo.

—Por supuesto.

Benjamin se volvió y le hizo un gesto a Misha a través de la ventana.

Mientras Misha terminaba de colocar los micrófonos, intenté ir acostumbrándome al amplificador. Probé un par de *riffs* para calentar —Misha tenía razón; el tono era increíble—, pero el hecho de saber que cagarla en cualquier nota podría costarme el puesto en el grupo me quitó las ganas de tocar nada que no fuera perfecto.

La voz de Misha sonó a través de los cascos.

—Cuando queráis.

Chance me miró. Tenía las rodillas como si fueran de gelatina y sentía el mástil de la guitarra resbaladizo por el sudor de las manos, pero asentí.

Chance volvió a mirar hacia la ventana.

—Esta canción se llama *Back and Away*.

Mmm. Eso era nuevo. Pensaba que la frase que decía la canción era *back from away*; es decir, que trataba sobre que yo había vuelto. Pero él era quien escribía las letras y, en cualquier caso, no tenía tiempo de pararme a pensarlo. Comenzó a sonar el metrónomo y después el *loop* de batería que habíamos creado en el ordenador de Chance.

Y empecé a tocar.

El sonido de mi guitarra llenó la habitación. Cada acorde que tocaba gruñía; un sonido cálido y áspero, como papel de lija de grano grueso, incluso en los agudos, que sonaban un poco más limpios. Cuando muteaba las cuerdas con la palma de la mano, los graves repiqueteaban y encajaban con el ritmo sencillo de la batería.

Entonces Chance cerró los ojos y comenzó a cantar, y mis manos pasaron a modo de piloto automático mientras todos mis sentidos se concentraban en él. Daba igual que tocar bien esos acordes fuera tal vez lo más importante que había hecho jamás. No había manera de resistirse a él.

Cuando compusimos la canción en su cuarto, Chance había se había dejado llevar por las emociones, y al cantar se notaba que la letra estaba fresca, aún dolorosa. Ahora cantaba con la misma fuerza; seguía dando la sensación de que decía cada palabra por primera vez, y de que te la decía directamente a ti. Pero le quedaba todo más pulido aún. Con más confianza. Miré un momento hacia la sala de control y vi que todo el mundo lo observaba con atención, y que Misha asentía con la cabeza. Chance era el sol y los demás éramos flores que se volvían hacia él.

Chance cantó de maravilla la primera estrofa y llegamos al estribillo juntos, con la fuerza de un trueno.

But now you're back.
And I'm not backing away...

Su voz era como jarabe de arce caliente. Y de repente me di cuenta de que eso era el amor. Verlo cantar, oírlo decir esas palabras —que se negaba a marcharse, que valía la pena luchar por el amor— y saber que estaba cantando por mí.

Las demás personas del estudio no me importaban una mierda. Con aquella canción estábamos dejando claro que éramos nosotros contra el mundo. La intensidad de todos esos sentimientos ardía en mi interior, y me tuve que esforzar para lograr seguir tocando, sin intentar siquiera ocultar la enorme sonrisa estúpida que se me había dibujado en la cara. Quería que Chance se girara hacia mí y me sonriera también; me imaginaba que lo hacía y me dedicaba esa sonrisa privada nuestra incluso mientras cantaba.

Pero Chance seguía teniendo los ojos cerrados y toda la atención dirigida a la canción. Conseguí dejar atrás las fantasías y regresar a la tierra justo a tiempo para volver a la estrofa, cuando terminaba el breve solo de batería. Incluso me sentí lo bastante valiente como para hacer *bending*, y luego Chance comenzó a cantar la nueva estrofa.

And I still fall
for all your usual tricks.
But this song
will be the lesson that sticks.

'Cause you
don't see me as mine.
But you'll get yours.
It's just a matter of time [9]

Se me cayó el alma a los pies.

When you chase your dreams
and you catch them,
the hurt will teach you
to know when to let go. [10]

Estuve a punto de cagarla en un acorde, y lo salvé por los pelos.

Vale, tranquilízate.

A lo mejor la letra no iba sobre nosotros después de todo. O a lo mejor la primera estrofa sí y la nueva iba sobre, no sé, los peligros de la fama. Chance conocía a su público; las canciones de Darkhearts no podían ser cien por cien alegres. Eso no significaba que pasara nada malo en nosotros. The Cure había escrito las canciones más deprimentes del mundo sobre relaciones mientras Robert Smith estaba felizmente casado con la chica con quien había estado saliendo del instituto. La buena música decía la verdad, pero no tenía por qué ser nuestra verdad.

Chance había abierto los ojos. Yo seguía mirándolo fijamente, ordenándole con la mente que me mirara, pero

---

9. «Y sigo cayendo / en tus trucos de siempre. / Pero esta canción / será lo que me enseñe. / Porque tú / no me tomas en serio. / Pero recibirás tu merecido. / Es solo cuestión de tiempo».

10. «Cuando persigues tus sueños / y los alcanzas, / el dolor te dirá / cuándo dejarlos ir».

mantuvo la vista clavada en la sala de control mientras llegábamos al estribillo.

Cause now you're back,
but you're still backing away.
And you've got nothin' to say,
'cause I won't ask you to stay,
because you're back and away. [11]

¿Qué coño...? ¿A qué venía eso? Claro que estaba allí; no me había echado atrás. Pero eso era bueno, ¿no? Significaba que la canción no trataba de nosotros.

Es solo una letra, David. Cálmate.

Dejé que resonara el último acorde. Chance hundió los hombros y volvió a convertirse en un mortal. Por fin se cruzaron nuestras miradas y esbozó una media sonrisa de disculpa.

Vale, se había tomado algunas libertades creativas para volver nuestra canción más oscura, y ahora se avergonzaba. No pasaba nada. Sentí que se aliviaba parte de la tensión que sentía en mi interior.

Oímos aplausos a través de los cascos. Me giré y vi a Benjamin dando palmas.

—¡Muy buen tema, chicos! Tiene un aire a The Wallflowers mezclado con Snow Patrol. Chance, la voz te ha quedado increíble.

Misha también sonreía.

Todo el mundo tenía la vista fija en Elena, que estaba sentada a un lado de Misha, con las manos apoyadas en la mesa de grabación mientras me estudiaba.

---

11. «Porque ahora has vuelto, / pero no te siento aquí. / Y no tienes nada que decir, / ni te impediré partir, / porque te volverás a ir».

Nadie hablaba. Una gota de sudor por los nervios me recorrió las costillas.

Elena asintió.

—Tienes potencial, chico.

Ahora sí que me dejé llevar por el alivio, y tuve que esforzarme para no caerme al suelo. Notaba mis propios latidos en los oídos, tan altos que casi no la oí cuando dijo:

—Pero no es suficiente.

27

P arpadeé, atónito.

—Perdona, ¿qué?

Elena esbozó una sonrisa tensa pero profesional y compasiva.

—No te lo tomes a mal. Tienes mucha chispa. Es solo que no estás al nivel que necesitamos.

Me parecía que la habitación se mecía a mi alrededor mientras me esforzaba por encajar sus palabras con la situación.

—Pero la canción es muy buena. —Señalé a Benjamin—. ¡Acaba de decirlo él!

—Sí, claro que es buena. La canta Chance Kain. Podría ponerlo a cantar con alguien de fondo tocando un cubo como si fuera un tambor y sería un temazo. —Elena negó con la cabeza—. Mira, no sé de cuántas maneras lo puedo decir. No es que seas malo. Sencillamente no encajas en Darkhearts.

Chance intervino al fin.

—Pero si Holc ya formaba parte de Darkhearts antes...

Se encogió de hombros.

—Tú lo has dicho: antes. Si hubiera estado en el grupo cuando os fiché, habríamos tenido años para pulirlo. Pero ahora el grupo es un producto de calidad, y hace falta más que cuatro acordes y un carácter fuerte. Cualquiera que vaya a sustituir a Eli como compositor tiene que tenerlo todo, y traerlo ya de casa. Si no, vamos a tener que recurrir a algún productor. —Se recostó en su silla—. Chance, cariño, te puedo traer a Max Martin y Savan Kotecha para que te compongan algo. A Tayla Parx. A Pharrell...

Vi como cada nombre iba debilitando a Chance, amenazando con hacerlo ceder, pero trató de pelear:

—Vale, a ver, ¿y si compone otra persona y Holc solo toca la guitarra?

No me gustó nada que despreciara de ese modo lo que podía aportar a nivel creativo, pero al menos me estaba defendiendo.

—Mmm. —Elena se pasó la lengua por el labio superior. Me miró con esos ojos inexpresivos de tiburón y levantó la barbilla—. Toca un la bemol séptima.

—Eh...

Me ardían las mejillas.

—Eso pensaba yo... —Se volvió hacia Chance como si yo ya no existiera—. Escucha, si quieres que alguien toque la guitarra en los conciertos, hay cientos de guitarristas que nos podemos llevar de gira, que tocan tan bien como Van Halen y que siguen pareciendo lo bastante jóvenes como para encajar con tu estética. Lo siento, pero contratar a un aficionado, un aficionado menor de edad, no tiene sentido. Es un peligro para el grupo. Y un lastre.

—Pero yo mismo era un aficionado menor de edad —protestó Chance.

Elena asintió.

—Ya, pero ahora ya no lo eres.

Chance me miró con expresión de culpa.

—Pero es mi amigo.

Elena extendió los brazos.

—¡Pues seguid siendo amigos! Pero esto son negocios.

Chance miró a Benjamin en busca de ayuda, pero su representante se limitó a negar con la cabeza.

—Te entiendo, macho, pero Elena tiene razón. Respeto lo que podría aportar David, pero ahora Darkhearts está a otro nivel. Elena y yo tenemos cierta responsabilidad con respecto al resto del equipo. —Hizo una pausa dramática—. Y tú también.

—¿Y ya está? ¿Eso es todo? —gruñí cuando al fin me lo permitió el *shock*. Miré a Elena, ahí plantada con su estúpida bufanda de vieja hípster—. ¿Tú decides quién está en el grupo y quién no?

—Por supuesto que no. —Elena se encogió de hombros de nuevo, todavía impasible—. Darkhearts es el grupo de Chance, y él puede meter a quien quiera. —Ladeó la cabeza y lo miró—. Pero en esta industria todo se mueve a base de contactos. Ha costado mucho hacer crecer tanto a Darkhearts, y ese respeto es mutuo. Si desprecias a la gente que intenta ayudarte, no te puedes sorprender si luego centran su atención en otra cosa.

—Claro, como si fueras a pasar de un grupo que te hace ganar millones de dólares... —Me volví hacia Chance con aire triunfal, envalentonado—. ¿Has oído eso? Acaba de admitir que no puede pararnos los pies. Es tu decisión.

Pero Chance no me estaba mirando. Una oleada de frío me recorrió las venas.

—¿Chance? —Tenía las manos tan tensas sobre el mástil de la guitarra que me dolían—. Oye, diles que formo parte del grupo.

Pero Chance seguía sin decir nada; tan solo miraba el suelo.

—David, por favor —intervino Benjamin con una voz que rezumaba falsa preocupación—. No hagas esto más complicado de lo necesario. No es nada personal.

—¡Y una mierda! —Me arranqué los cascos de la cabeza y los dejé caer al suelo con un estrépito. El cable de la guitarra se desconectó con un zumbido mientras me ponía delante de Chance para mirarlo a los ojos—. Chance, ¿qué coño está pasando?

A mi espalda, Benjamin abrió de un empujón la puerta de la zona de grabación y dijo con voz firme:

—Vale, ya es suficiente.

Miré a Chance y luego a su representante. Sin ese toque hollywoodiense falso en cada una de sus palabras, de repente Benjamin parecía un padre, y entonces tuve la certeza de que, a pesar de que siempre llevara esas camisas ajustadas y esos vaqueros de diseño, yo no sería la primera persona a la que sacaba a rastras de un estudio.

Abrí la puerta de un golpe con el hombro y salí de allí.

Nadie dijo nada mientras cruzaba la sala de control, pero cuando la puerta del estudio se cerró tras de mí oí a Elena soltar un largo suspiro.

—Y por eso, muchachos —dijo—, es por lo que trabajamos siempre con profesionales. Ellos ya tienen el corazón roto.

28

Chance me alcanzó en el camino de entrada.

—¡Holc, espera!

Todas las ilusiones que me hice en el segundo que tardé en darme la vuelta demuestran lo estúpidas que son las emociones humanas. Esperaba el típico final de Hollywood, tan perfecto como si lo hubiera escrito Ridley: Chance persiguiéndome para contarme que les había dicho a Benjamin y a Elena que se fueran a tomar por culo, que él y yo estaríamos juntos hasta el final, y luego saltando a mis brazos mientras sonaba la música y aparecían los créditos.

Pero no saltó a mis brazos, sino que se paró en seco delante de mí, con cara de frustración y abatimiento.

Me quedé esperando a que dijera algo. Cuando vi que no pensaba hacerlo, le dije:

—¿Y bien?

—Lo siento.

—Ya, claro.

Se pasó una mano por el pelo perfecto y se agarró el flequillo.

—Venga, macho. No te pongas así.

—Así, ¿cómo, Chance? ¿Qué quieres, que no me sienta humillado ni traicionado? —El magma seguía hirviendo en mi interior. Aferré la guitarra con fuerza para evitar que me temblaran las manos—. Un poco tarde para eso, ¿no te parece?

Un reflejo de mi propio calor le encendió las mejillas a Chance.

—¡Oye, que yo no te he traicionado! Querías que compusiéramos una canción, y la hemos compuesto. Querías que te consiguiera una audición, y te la he conseguido. No es culpa mía que no haya salido bien. ¡He hecho todo lo que podía!

—No quería ninguna audición, Chance. Quería volver a formar parte del grupo.

—Joder, Holc, ¿qué quieres de mí? Ya has oído a Elena. Es imposible.

—Ya, para ella. Pero ¿para ti, qué? Eres Chance Kain, joder. Si quisieras, podrías meterme.

—Claro, y escupirle en la cara a todos los que controlan mi carrera.

—Ah, ¿así que te da igual jugártela por un tatuaje, pero no por mí?

Sacudió la cabeza, incrédulo.

—Joder, Holc. Esto no es una fiesta a la que pueda invitarte. Es mi vida. Trabajo con esta gente. Los necesito de mi lado.

—Pensaba que me necesitabas a mí también.

—Y te necesito. —Me tomó de la mano, pero la retiré de golpe. Se le abultaron los músculos del borde de la mandíbula mientras dejaba caer el brazo—. Sabía que era mala idea.

—¿Qué parte? —le pregunté de mala manera.

—Puede que todo. —Volvió a meterse los pulgares en los bolsillos, alzó la barbilla y me miró con cara de irritación—. Me intenté convencer de que tal vez hubieras cambiado. Teníamos un pasado común. Por eso te envié aquel mensaje, después del funeral. Sabía que seguías odiándome, pero no me importaba porque al menos me conocías. Pero, desde que te diste cuenta de que podías utilizarme para alcanzar la fama, solo te ha importado eso. Igual que a todo el mundo.

—Anda ya, deja de hacerte la víctima. La audición era algo que hacíamos por *nosotros*.

—¿En serio? —Frunció los labios—. ¿Y cómo me ayuda a mí exactamente que seas un borde con mis representantes?

—¡¿Que yo he sido un borde?! —Señalé con el dedo la puerta del estudio—. Pero ¡si me han llamado «aficionado»!

—Holc, es que eres un aficionado.

Sus palabras me hicieron dar un paso atrás. Me di cuenta y me obligué a acercarme un poco más.

—¡Llevo tocando el mismo tiempo que tú!

—Sí, ¿y cuántos conciertos hemos tocado juntos? ¿Unos treinta? —Se le formó una arruga de frustración entre las cejas—. En los últimos dos años, yo he dado trescientos, Holc. Elena tiene razón, no estamos al mismo nivel. Ya no.

Aquella verdad se me clavó en el pecho como una lanza. Desesperado, traté de encontrar cualquier manera de contraatacar.

—Ah, ¿sí? Bueno, pues al menos yo sé conducir.

Chance soltó una carcajada breve y afilada.

—¿En serio?

—Es la verdad. —Intenté imitar su actitud despectiva—. Yo no soy el cutre que pide cada dos por tres que lo lleven.

Se chupó el labio inferior y se lo mordió mientras sacudía la cabeza con asombro.

—De verdad que no lo entiendes, ¿eh?

—Pues no lo sé, Chance. ¿Qué es lo que se supone que no entiendo?

Vaciló, con las fosas nasales muy abiertas, y luego asintió ligeramente.

—Todas esas veces que te pedía que me recogieras… Lo hacía por ti.

El modo en que lo dijo, como un secreto que no estaba seguro de si debía revelar, les otorgó a las palabras un peso inesperado. Me parecía que el suelo se movía bajo mis pies.

—¿Qué?

—Te notaba tan inseguro… —De repente Chance parecía agotado—. Tan envidioso de todo… Era como si nos separase un muro gigantesco. Pero, cuando te enteraste de que no conduzco, te relajaste. —Exhaló con fuerza—. Necesitabas algo que te hiciera sentir superior. Algo que yo no poseyera, para subirte el ego lo bastante como para que dejaras de comportarte como un imbécil inmaduro. Ese es el motivo por el que te pedía que me recogieras.

—Y una mierda —respondí, pero me tembló la voz al decirlo.

—¿En serio? —Chance volvió a reírse—. Soy millonario, Holc. ¿De verdad crees que no puedo llamar a un puto Uber y ya está?

Me sentía desnudo. De pronto me di cuenta de lo pequeño que debía de parecer, con todas las inseguridades que me hacían comportarme como un estúpido expuestas ante él como si fueran objetos en un mostrador de una tienda. Pensaba en todas las veces en que me había dejado llevar por la arrogancia en secreto, basándome en los pocos aspectos en los que era igual que Chance… Y resultaba que no había sido secreto en absoluto.

Lo peor de todo era que ahora empezaba a ver, como algo que sale a la luz poco a poco, que, a pesar de saberlo, Chance me había dado una oportunidad de todos modos. Se había tragado su orgullo para hacerme sentir cómodo.

Lo que significaba que sí que era mejor que yo.

Y ambos lo sabíamos.

Se me comenzaban a acumular lágrimas tras los ojos, calientes, y apreté los dientes con fuerza para evitar que se me escaparan.

—Tal vez no deberíamos vernos más —me oí decir, como desde el otro extremo de un túnel muy largo.

Esperaba que se sobresaltara. A decir verdad, lo deseaba; quería verlo sentir aunque fuera un ápice de lo que sentía yo, que se cortara con los cristales rotos que llevaba en mi interior.

En lugar de eso, tan solo sonrió malhumorado e hizo como que miraba un reloj de pulsera imaginario.

—Y aquí estamos otra vez, justo a tiempo. Cuando las cosas se ponen difíciles, David Holcomb decide rajarse. —Inclinó el cuello hacia delante, con los ojos abiertos como platos—. Eres demasiado predecible, Holc.

—Vete a la mierda. No soy predecible.

—Ah, ¿no? —Se rio, tan calmado y frío de repente como el vampiro de película que fingía ser—. De eso hablo en nuestra puta canción, Holc. Digo lo de que has vuelto, pero que te volverás a ir, porque sabía que reaccionarías así. Es lo que haces siempre. No ha cambiado nada. Cuando ves que no consigues justo lo que quieres, huyes, y luego te dices a ti mismo que es culpa de los demás por no perseguirte. ¿Y qué pasa con lo que quiero yo, Holc?

—¡Tú ya tienes todo lo que quiero!

Me detuve en seco, sorprendido por mi propio desliz; en realidad quería decir «todo lo que quieres», pero en cualquier caso era cierto.

Chance también se dio cuenta y bufó.

—¿Así que, porque yo he tenido éxito y tú no, se supone que debo pasar cada minuto de mi vida intentando que te sientas mejor contigo mismo? Eso no es una relación, Holc. Si lo que quieres es amor incondicional, adopta un perro. He estado cargando con tu ego sobre un cojín todo este tiempo, para que no se rompa por lo frágil que es, y ya estoy harto.

—Bueno, pues ya no hace falta que sigas haciéndolo. —Me quité la guitarra de un tirón por encima de la cabeza—. Hemos terminado.

—Pues claro. —Chance señaló con la mano hacia la calle, resignado—. Venga. Huye si es lo que quieres. Pero no te mientas a ti mismo sobre quién está haciendo qué.

Ni siquiera intentó seguirme cuando me fui hacia la acera, pero sus palabras sí que me perseguían, flotando en el aire detrás de mí.

—Esto es todo cosa tuya, Holc. Siempre lo ha sido.

29

Existe una tortura vikinga famosa, horrible y de veracidad histórica cuestionable llamada el águila de sangre. En ella, se le raja la espalda a la víctima y se le parte toda la caja torácica como si fuera un pistacho. Como último paso, se le sacan los pulmones por la espalda y se estiran por detrás de la víctima para crear un par de «alas» grotescas.

Así me sentía en ese momento: vacío y expuesto, como si me hubieran sacado todo el miedo y la vergüenza y colgaran de cuerdas oscuras y brillantes.

Al abrir la puerta de la camioneta me di cuenta de que me había dejado la funda de la guitarra en el estudio. *Que le den por culo*, pensé, metí la guitarra sin funda detrás del asiento del conductor y me subí a la camioneta.

De alguna manera, debía de estar viendo la carretera mientras conducía, pero la tarea de mantenerme vivo había quedado relegada por completo a lo que se conoce como el cerebro reptiliano, esa pequeña parte del cerebro que se acuerda de seguir respirando mientras estás dormido. El resto de mi mente se limitaba a repasar las imágenes de la audición una y otra vez.

No era lo bastante bueno. Me había pasado años creyendo que habría sido igual de famoso que Chance y que Eli si me hubieran dado la misma oportunidad. Como dice la canción de *Hamilton*, lo único que necesitaba era esa oportunidad, la oportunidad de mostrarle al mundo lo que podía hacer. Y me había llegado al fin.

Y la había fastidiado.

Pero eso tampoco era cierto. No la había cagado, no había tocado mal ningún acorde ni me había meado encima. Había compuesto una buena canción y lo había dado todo al tocarla.

Pero, aun así, no había sido suficiente. Porque la verdad era que David Holcomb no tenía madera de estrella de *rock*.

Y Chance lo sabía. No solo me había visto fracasar, sino que sabía que iba a ocurrir. Nunca había creído en mí. Ahora me daba cuenta, mientras repetía mentalmente cada momento de duda, cada vez que había querido darme largas con el tema de la audición. Sabía que no iba a conseguirlo, y me había dejado caer en la trampa de todos modos.

Sin embargo, incluso aunque estuviera apretando tanto el volante que se me hundían los dedos en él, sabía que me estaba mintiendo a mí mismo, transformando la vergüenza en rabia, como siempre. Porque Chance no había querido que hiciéramos la audición. En todo caso, había intentado protegerme de ella. Yo me había tendido la trampa a mí mismo al creerme mis propias gilipolleces. Como cuando me dije que el grupo me había dejado tirado, en lugar de admitir que había sido yo el que había huido.

«Esto es todo cosa tuya, Holc».

Tenía razón. Era más fácil culpar a Chance que admitir que había acabado con mi sueño. Con todos mis sueños.

Y yo era el único culpable.

Había empezado a llover, gotas diminutas que cubrían el parabrisas lo suficiente como para no permitirme ver bien pero no lo bastante como para que las escobillas del limpiaparabrisas dejaran de chirriar. Al combinarlas con mis lágrimas, la carretera se convirtió en manchas brillantes de colores. Conseguí llegar a casa como pude. Mi padre estaba aún trabajando, por lo que la casa estaba en silencio cuando abrí la puerta. Subí a mi cuarto, dejé la guitarra en un rincón y me tiré en la cama.

Pero eso solo me hizo sentir peor, porque, a pesar de que había dormido en aquella cama todas las noches desde que tenía siete años, ahora solo podía pensar en Chance conmigo en ella. No había lavado las sábanas y mi almohada aún olía a su gomina.

En una sola noche, el cabrón de Chance había logrado arruinarme mi propia cama.

Me pasé al sofá del salón. Pretendía ver la tele, pero el mando estaba al otro lado de la mesita y quedarme pasmado, mirando la pantalla en negro, me parecía igual de bien.

Ahora veía que la verdadera ironía era que en realidad ni siquiera me importaba ser una estrella de *rock*. Me habría dado igual que el grupo no hubiera logrado alcanzar el éxito o que nos hubiéramos separado como cualquier otro grupo de adolescentes. Tocar me había resultado divertido, pero, una vez que el brillo de la novedad se había desvanecido, me había marchado sin pensármelo dos veces.

Pero entonces los demás se habían hecho famosos y, de repente, todo el mundo estaba convencido de que yo había tirado a la basura un billete de lotería premiado. Eso era lo que me había fastidiado. No era que necesitara triunfar; lo que necesitaba era *no fracasar*. Y Chance Kain era un recordatorio en carne y hueso de ese fracaso.

No sé cuánto tiempo me quedé allí sentado, pero de repente unas llaves tintinearon en la cerradura. Se abrió la puerta de golpe y oí el ruido sordo de la mochila de mi padre contra la mesa de la cocina.

—¡Hola! ¿Cómo te ha ido?

No quise siquiera darme la vuelta.

—¿David?

Mi padre rodeó el sofá y me di cuenta de que todavía llevaba puestas las botas de trabajo manchadas de cemento, un pecado capital en casa de los Holcomb. Tras mirarme a la cara un segundo, frunció el ceño.

—¿Qué ha pasado?

—Ah, nada, ya sabes. —Estaba hablando con calma, pero para mi espanto noté que se me escapaba una lágrima—. La discográfica no ha querido que vuelva al grupo y Chance y yo hemos roto. Así que todo más o menos como siempre.

Mi padre se me quedó mirando. Éramos muy parecidos en ese aspecto; cuando un Holcomb se enfrenta a una situación desagradable, siempre sabe qué hacer: quedarse paralizado, aturdido e incrédulo. Es increíble que a nuestros antepasados no se los comieran los tigres.

Arrugó el ceño más aún y sacudió la cabeza.

—Joder, ya te dije que no podías fiarte de esos cabrones.

Por supuesto que tenía que meter el dedo en la llaga.

—Sí, papá, me lo dijiste. —Me levanté, con la cara hirviendo—. Tenías razón. Enhorabuena.

Me di la vuelta y me marché del salón.

—David…

Pero ya había salido por la puerta.

Quería huir, correr, esconderme, lo que fuera, pero para entonces estaba lloviendo a cántaros y, además, no tenía adónde ir. Bajé las escaleras hasta el sótano.

Dentro reinaba el silencio y el aire era fresco pero con un olor a madera que hacía que pareciese más cálido, al igual que el sabor de la menta hace que parezca que está fría.

Aquel lugar era lo más parecido a un refugio que tenía. Sin embargo, las herramientas que había por todas partes no me proporcionaban una sensación reconfortante de tranquilidad. Tan solo me hacían ver que me estaba escondiendo en un sótano, como una rata en su nido.

Había estado tan ocupado ensayando para la audición —que estaba condenada al fracaso desde el principio— que no había bajado al sótano desde el día de la fiesta, y aún había restos de madera y serrín por todos lados. Pensé en ir a por la escoba y limpiar, pero de repente me pareció inútil. Acabaría volviendo a ensuciarlo todo. ¿Y qué mejor metáfora de mi vida que esa?

Me fijé en una pila de tablones cortados de madera de pino: el marco que había empezado a hacer con Chance y que habíamos dejado a medias. Agarré un tablón y acaricié la curva polvorienta del borde lijado. Recordé la presión de su espalda contra mi pecho mientras usábamos la fresadora.

¿Por qué no podía parecerme más a Chance? Aquella noche me había hecho cumplidos sinceros, impresionado por mis habilidades —habilidades que había desarrollado con mucho trabajo—, sin mostrarse envidioso ni menospreciarme. No le hacía falta pisotearme para sentirse bien consigo mismo.

Así es como deberían ser los novios. Así es como deberían ser los amigos. Puede que no compitiera constantemente con Ridley del mismo modo, pero desde luego tampoco me había preocupado demasiado por sentimientos. Era una desgracia humana, y ambos estaban mejor sin mí.

Llamaron a la puerta, pero se abrió sin esperar a que contestara y entró mi padre.

—Hola. Vamos a hablar.

Estuve a punto de responderle con algún comentario sarcástico, pero, puesto que era probable que fuese la única persona que todavía me tenía cariño, no me pareció una buena estrategia.

—Vale.

—Vale.

Dejó escapar un suspiro de alivio, pero, tras haber llegado hasta ese punto, de pronto parecía perdido. Miró a su alrededor, como si la sierra de mesa pudiera darle consejos sobre paternidad, y luego se acercó y se sentó en la silla de jardín que seguía ahí tirada, en la esquina. Pasó las manos por los reposabrazos, pensativo.

—Te ha quedado muy bien esta silla —me dijo.

—Gracias.

Otro silencio largo.

Por fin se inclinó hacia delante y apoyó los codos en las rodillas.

—Siento haber reaccionado tan mal.

Me encogí de hombros.

—No pasa nada.

—No, sí que pasa. —Apretó los puños, juntos entre las rodillas—. Estaba cabreado. No soporto que te hagan daño... Me vuelve loco. Y tengo que admitir que también estaba decepcionado.

—Vaya, pues gracias, papá.

Levantó una mano para calmarme.

—No contigo. Conmigo, por hacerme ilusiones. Lo admito, me encantaba que formases parte de Darkhearts. Verte en el escenario... —Esbozó una sonrisa socarrona—. Soy el típico padre del mundo del espectáculo, ¿eh? Por eso me resultó más fácil culpar a los demás cuando lo dejaste. Pero no se trata de mí. Los sentimientos que importan aquí son los tuyos, no los míos.

—Ya, bueno. —Le devolví una sonrisa débil—. Al menos ya no tendrás que ser agradable con Chance.

—Ya te he dicho que no se trata de mí. —Me miró de arriba abajo—. ¿De verdad habéis roto?

—Eso creo… —Volví a encogerme de hombros—. Me enfadé con él por no ignorar las opiniones de la discográfica.

—¿Acaso puede hacer eso?

Levanté los brazos.

—Puede, no sé, quién sabe. La discográfica no quería ceder, y tampoco es que Chance pelease por mí. Me fui, me siguió y discutimos. Le dije que habíamos roto y me marché.

—Vaya…

—Ya.

Me dejé caer hacia atrás sobre la mesa de trabajo.

Mi padre se quedó observándome con atención.

—Te gustaba mucho, ¿eh?

—Sí. —No podía mirarlo, de modo que fijé mi vista en el cortasetos que estaba colgado en la pared—. Qué estúpido, ¿eh?

—Qué sé yo… —Mi padre agarró un destornillador y lo hizo girar entre los dedos—. Antes de todo lo del grupo, cuando empezabais a quedar de nuevo los dos solos, ¿os lo pasabais bien?

—Joder, papá, ¿estás intentando que me sienta peor o qué? —Me pegué contra la mesa de trabajo—. ¡Ya te lo he dicho! Hemos roto.

—¿Por qué?

—¿Cómo que por qué? —Agité los brazos como si fuera la rana Gustavo enfadada y estuve a punto de tirar un flexo metálico—. La audición fue de pena, Chance cree que soy un imbécil y Ridley me odia también por no haberle contado lo mío con Chance. Lo he fastidiado todo.

Mi padre asintió con calma, como si yo estuviera haciendo una presentación en PowerPoint en vez de soltando un berrinche. Cuando terminé, me dijo:

—Pues arréglalo.

Puse mala cara sin mirarlo a los ojos.

—No es tan sencillo.

En el silencio que se produjo tras mis palabras, el ventilador de la caldera se encendió e inundó el sótano con sus quejidos. Pasé las manos por el borde abollado de la mesa de trabajo.

—Tu madre solía desaparecer cada vez que discutíamos. Se marchaba de la habitación, sin más. —Entonces fue mi padre quien apartó la mirada. Se golpeó la palma de la mano con el mango del destornillador—. Si estaba muy enfadada, se encerraba en el dormitorio, y tenía que quedarme fuera, disculpándome, hasta que me abriera.

Me retorcí, nervioso; no me gustaba a dónde iba todo aquello.

—No quiero hablar de mamá.

—¿Y crees que yo sí? —Sacudió la cabeza—. Más tarde, empezó a irse de casa. Sabía que, si la llamaba las veces suficientes, acabaría contestando. Si no, era capaz de dormir en su coche durante días con tal de no volver a casa por su cuenta. Esas eran las reglas de su juego. Y siempre ganaba. —Se frotó la cara con la mano—. Y eso es lo que ocurrió la última vez. Se marchó, como siempre, solo que esa vez no la llamé. Y no volvió a casa. —Dejó el destornillador, recogió un puñado de serrín y lo estrujó hasta convertirlo en una especie de bola de nieve naranja—. La cuestión es que nunca averigüé si quería irse de verdad o si solo necesitaba que la persiguieran. Pero, al final, era lo mismo. —Por fin volvió a mirarme a los ojos—. ¿Entiendes a dónde quiero llegar?

Sí que lo entendía, aunque no quisiera. Se me encendieron las mejillas.

—Me quieres decir que soy como mamá.

—Lo que digo es que, aunque marcharte te puede hacer sentir seguro, es una seguridad muy solitaria. —Se levantó y dejó escapar el serrín entre los dedos—. Si nunca te quedas con una persona porque quieres evitar que te hagan daño, construir algo juntos es muy difícil.

¿Cuántas veces iba a entrar en erupción mi géiser de la vergüenza en un solo día? Se me iba a derretir la cara de lo mucho que me ardía.

—Pero ¡si ni siquiera te cae bien Chance!

—No tiene por qué caerme bien a mí. —Se encogió de hombros—. La cuestión es que es evidente que a ti te gusta. Y Chance no habría llegado tan lejos si no le importases. Lo que significa que quizá tengas razón sobre él. Con algunas personas, merece la pena arriesgarse. —Me ofreció una sonrisa—. Como contigo, por ejemplo.

Se levantó y se dirigió a la puerta; luego se detuvo con la mano en el pomo.

—Lo único que digo es que te marchaste cuando la cosa se complicó con el grupo, y te has pasado los dos últimos años arrepintiéndote. Ahora es tu relación con Chance lo que se está poniendo difícil. Si decides que no vale la pena y te marchas…, bueno, ¿quién soy yo para aconsejarte al respecto? —Abrió la puerta de un tirón y entró una ráfaga de viento—. Pero, si al final te alejas de él de verdad, ¿cuánto tiempo pasarás preguntándote qué podría haber ocurrido?

Y entonces se adentró en la tormenta y dejó que la puerta se cerrara tras él.

30

Las palabras de mi padre me persiguieron mientras aparcaba la camioneta y abría la puerta.

Me había pasado diez años odiando a mi madre, no solo por irse, sino por demostrarme de un modo tan claro que yo no era una de sus prioridades. Nunca venía a verme, siempre esperaba a que yo la llamara primero... Y, sin embargo, ahí estaba yo, haciendo lo mismo. De hecho, había estado haciendo lo mismo toda la vida: con Chance y con Eli, con Maddy e incluso con Ridley. ¿Sería algo genético? ¿Estaría condenado a ser una sanguijuela emocional que chantajeaba siempre a todo el mundo para sentirme validado?

Era hora de dejar de huir de todo y empezar a avanzar hacia algo. Hacia alguien.

Me detuve frente a la puerta principal y llamé.

Oí un grito en el interior de la casa y, a continuación, el ruido de unos pies que bajaban las escaleras. Durante un momento sentí que me flaqueaba el valor y pensé en lo fácil que habría sido haberle enviado un mensaje. Pero algunas cosas hay que hacerlas en persona.

Se abrió la puerta.

Ridley me miró y arrugó la nariz.

—Tú no eres la pizza.

—No.

—Vaya, pues menuda decepción doble.

Nos quedamos mirándonos.

Y entonces recordé que tenía que tomar la iniciativa. De eso se trataba todo esto.

—¿Puedo pasar?

Ridley tamborileó la puerta con los dedos mientras se lo pensaba. Luego suspiró y se hizo a un lado.

—Vale.

Dentro, el caos habitual de la casa de Ridley había regresado. De fondo sonaba una de las series más recientes de *Star Wars*; el sonido metálico de los blásteres se mezclaba con los gritos de Kaylee y Malcolm mientras se peleaban por la *tablet*. El señor McNeill observaba a los niños como si nada mientras removía una olla que tenía al fuego. Agitó la cuchara de madera a modo de saludo.

Seguí a Ridley hasta su cuarto y dejamos de oír la batalla galáctica cuando la puerta se cerró tras nosotros. Nos quedamos allí de pie, incómodos.

—Bueno…

Ridley se cruzó de brazos.

—Bueno, eh…, hola.

Más silencio.

—Bueno, esto ha estado muy bien —dijo con brusquedad, aplaudiendo—, pero tengo que escribir un post para el blog, así que…

—Siento ser un gilipollas. Eres mi mejor amiga, y debería haber confiado en ti, y estuvo fatal por mi parte no contarte lo mío con Chance cuando sabía que te gustaba, ¡y lo siento mucho!

Las palabras se me escaparon tan de golpe que me quedé sin aire en los pulmones.

Ridley frunció los labios y los torció hacia un lado mientras me miraba.

—¿Ves? —me dijo al fin—. No ha sido tan difícil.

Sonreí con pesar.

—Te sorprendería...

—Buf, dímelo a mí. —Se dejó caer en la cama—. Me ha costado la vida no ceder y llamarte para echarte la bronca. Literalmente tuve que pedirle a Kaylee que me escondiera el móvil durante un tiempo. Pero ahora veo que ha valido la pena.

Se me llenó el pecho de esperanza.

—Entonces, ¿me perdonas?

—¡Pues claro, so lelo! —Me tiró una almohada—. A ver, sí, con todo este tema has sido un cabrón, peor que los calambres de la regla, vaya. Pero... —Puso los ojos en blanco y suspiró—. Lo entiendo. Tenías que ser discreto por el bien de Chance, y a veces yo me dejo llevar un poco, con todo el tema de la planificación y los favores y tal. Y tampoco es que me lo hayas robado. Tú llegaste primero. —Agitó la mano—. Además, de todos modos está demasiado flaquito para mi gusto.

Alcé las cejas, sorprendido.

—¿En serio?

—¡Pues claro que no, tontaco! Pero si se podría rallar queso en los abdominales de ese chico... Solo intento ser maja. Así que ayúdame a sentirme bien y haz como que no estás por ahí dando botes sobre el saltador más sexi del mundo mientras yo estoy en casa haciéndome dedos con vídeos de Robert Irwin.

—Vale, primero, qué ascazo. Y segundo... ¿Qué?

—Qué quieres que te diga... Si el chico explorador ese es capaz de encontrar una serpiente en un pantano, seguro que encuentra la perla que guardo en mi concha.

—Por favor, no vuelvas a decir eso nunca más.

—Ya quisieras. Solo Dios puede juzgarme. —Miró hacia el techo con dramatismo—. Además, al menos a Rob no lo tendría que compartir contigo. Déjame tranquila con mis fantasías de solterona.

—Créeme, son todas tuyas. —Mientras volvía a dejar la almohada sobre la cama de Ridley, dije—. Por cierto... No es que quiera fastidiarte tus fantasías del Discovery Channel, pero a lo mejor hay algún chico más cerca de ti al que deberías prestarle atención.

—No seas avaricioso, Davey. No puedes tenernos a los dos.

—Ja, ja. No me refiero a mí.

Se dio la vuelta y me miró con recelo.

—¿A quién, entonces?

Me encogí de hombros.

—No te estoy confirmando nada, eh, pero Gabe no te quitaba ojito cuando te quedaste sin pantalones en la fiesta.

—Pero eso es porque tengo un culazo —contestó, pero se quedó pensativa.

Me senté en mi lado de siempre de la cama y aparté el delfín de peluche.

—Entonces, ¿está todo bien entre nosotros?

Resopló.

—Por ahora, sí... Con una condición. —Agarró al delfín y los dos me miraron con una sonrisa pícara—. Cuéntamelo *todo*.

Y eso hice. Con cada nueva historia que le contaba, sentía que me quitaba un peso de encima, incluso aunque cada vez fuera más consciente de lo mal que había hecho las cosas. Ridley me prestaba total atención, sin interrumpirme apenas, salvo para pedirme que le aclarara ciertos detalles.

Cuando terminé, se hizo de nuevo el silencio, pero esa vez no era un silencio incómodo. Ridley estaba asimilando todo lo que le había contado, dándose golpecitos en la barbilla con el peluche, pensativa.

—Joder, Davey. —Dejó el delfín a un lado—. La has cagado pero bien.

Me recosté con pesadez contra la pared.

—Dime algo que no sepa.

—Vale, a ver qué te parece esto: no eres el único que ha estado jodiendo a Chance. Y no me refiero a «joder» en el buen sentido.

Entrecerré los ojos.

—¿A qué te refieres?

—Pues a que es evidente que Chance es demasiado generoso. Siempre intenta darle a todo el mundo lo que quiere. A su discográfica. A sus fans. A sus padres. A ti. Ya has visto cómo se transforma cada vez que conoce a alguien nuevo. —Sacudió la cabeza—. Me da la impresión de que él sabía que la audición lo arruinaría todo. Y aun así quiso seguir adelante porque era lo que tú querías.

—Ya. —A esas alturas, hasta yo tenía claro eso. Me restregué las manos por la cara—. Dios, soy un imbécil.

Ridley asintió con compasión.

—Pues sí. —Luego se incorporó y formó un triángulo con los dedos—. La pregunta es: ¿qué vas a hacer al respecto?

—Yo qué sé... ¿Ir a terapia?

—David.

Levanté una mano.

—Ya sé lo que querías decir. Pero ¿qué puedo hacer? Aparte de disculparme, claro. Pero esto no algo que ha pasado una sola vez y ya está. Incluso aunque quisiera volver conmigo..., no sé si podría dejar de estar resentido con él, ¿sabes? Siempre voy a estar comparándome con él.

—Puede. —Se inclinó hacia delante y apoyó la barbilla en las manos—. Pero, dime, ¿verdadero o falso? Escribo mejor que tú. Y soy mejor estudiante. Básicamente, más inteligente en general.

—Verdadero.

—Y aun así no estás resentido conmigo.

Agité la mano para quitarle importancia.

—No es lo mismo.

—¿Por qué no? —Se incorporó de nuevo y fue extendiendo un dedo cada vez que ponía un ejemplo—. Gabe es mejor artista y viste mejor. A Angela se le dan mejor los deportes. Natalie conseguiría echar un polvo hasta en un monasterio. Todo el mundo va a ser mejor que tú en algo, David. Así que o lo superas cuanto antes o te vas a sentir muy solo.

—Lo sé. Lo que pasa es que... Chance es quien se suponía que debía ser yo, ¿sabes? Si no la hubiera cagado.

—¿Y eso quién lo dice? —Ridley se inclinó hacia mí—. Davey, llevo dos años siendo tu mejor amiga y nunca te he visto tocar la guitarra. Puede que fuera quien eras en el pasado, pero es evidente que no es quien eres ahora. Tienes que olvidarte de toda esa mierda. —Volvió a reclinarse y se encogió de hombros—. O no, si no quieres. Pero tienes razón; si yo fuera Chance, no querría que volvieras conmigo si te vas a cabrear y ofender por ese tipo de tonterías. Tienes que elegir de quién estás más enamorado: de tu orgullo o de Chance.

—Ufff.

Agarré la almohada y hundí la cara en ella para refugiarme en la oscuridad.

Ridley tenía razón. ¿Por qué me resultaba tan difícil olvidarme de todo eso? ¿Qué era lo que me daba tanto miedo?

Y en la oscuridad me llegó la respuesta:

Yo.

No dejaba de definirme a mí mismo por lo que podría haber sido porque el hecho de que me hubieran tratado de manera injusta me daba cierta seguridad. No tenía que responsabilizarme de mi propia felicidad, porque todo el mundo estaba de acuerdo en que ya había perdido la oportunidad. Podía disfrutar de la comodidad de saber que todos mis problemas eran culpa de otro. Si dejaba todo eso atrás…, volvería a ser solo yo.

Siempre sería ese chico que había estado en Darkhearts.

Pero quizá había llegado el momento de ser también alguien más.

Dejé caer la almohada. Ridley me observaba con preocupación.

—Quiero arreglar las cosas con Chance —le dije—. Pero ¿cómo?

Ridley se encogió de hombros.

—Eso depende de ti.

—Ya lo sé… —Respiré hondo y lo repetí—: Ya lo sé. Y creo que sé lo que tengo que decir, pero no sé *cómo* decirlo. No sé por dónde empezar. Y así no voy bien.

—Seguro que lo consigues.

—Ya, pero acabas de decir que tengo que dejar atrás mi orgullo. Así que a eso voy. —Le agarré el brazo con las dos manos—. Por favor, Rid, ayúdame a reescribir este final.

Se le iluminaron los ojos y se inclinó hacia delante.

—Pensaba que nunca me lo pedirías.

31

Los días siguientes fueron calurosos, el tipo de días despejados de finales de verano que adoran los habitantes de Seattle. Los ciclistas, vestidos con prendas tan repletas de marcas que parecían pilotos de carreras, se apiñaban en el bulevar del lago Washington mientras subían las cuestas con las cabezas de unos pegados a los culos de otros. Toda la zona de hierba junto al lago estaba a rebosar de corredores, gente que paseaba a sus perros y adolescentes que intentaban pasar todo el tiempo posible en bikini antes de que comenzaran de nuevo las clases. En Seattle no había demasiadas reglas tácitas (no se llevaba paraguas, no se cruzaba la calle de manera imprudente...), pero todo el mundo sabía que, cuando hacía buen tiempo, había que salir a la calle. Cualquier alternativa era un sacrilegio.

El viento del atardecer se colaba por las ventanillas bajadas de la camioneta mientras conducía y agitaba las asas de la bolsa de papel que llevaba en el asiento del copiloto. Alargué una mano para evitar que se cayera la bolsa mientras aparcaba frente a la casa de Chance por lo que esperaba que no fuera la última vez.

La madre de Chance abrió la verja cuando llamé por el telefonillo y luego me recibió en la puerta.

—David. Hola.

Parecía sorprendida de verme, pero no para mal. Me dije que era una buena señal.

—Hola, señora Ng. ¿Está Chance en casa?

—Se acaba de ir a nadar. —Ladeó la cabeza—. ¿No le has mandado ningún mensaje?

—He salido hace nada del trabajo y pasaba por el barrio. —Y además no quería arriesgarme a que me dijera que no quería verme—. Voy a ver si lo encuentro en la playa. Gracias.

Me di la vuelta para marcharme.

—Espera. —Abrió la puerta del armario de los abrigos, rebuscó en el interior y volvió a aparecer con la funda de mi guitarra—. Chance me ha dicho que te olvidaste esto en el estudio.

—Ah, sí. —Agarré la funda—. Gracias.

—Qué pena que no fuera bien la audición. —Otra vez me estaba mirando como si me estudiara—. ¿Quieres hablar del tema?

—No pasa nada.

No tenía ni idea de qué le habría dicho Chance y, en cualquier caso, no creía que pudiera soportar ni su compasión ni sus reproches en ese momento.

—Bueno... —Se detuvo y asintió despacio—. Me alegro de que hayas venido, David.

—Sí. —Se me formó un nudo en la garganta—. Yo también.

Salí pitando de allí, lancé la funda a la camioneta y bajé las escaleras secretas con la bolsa de papel en la mano.

No había nadie en la pequeña playa, tan solo una toalla doblada y colgada sobre el respaldo del banco de madera. Dejé la bolsa junto a la toalla y me protegí los ojos con la palma de la mano para observar el lago.

El sol empezaba a desaparecer tras la colina que había a mi espalda y las olas brillaban como si fueran de cristal. Chance las atravesaba con suavidad, con la cabeza y los hombros fuera del agua mientras daba brazadas fuertes. El agua resplandecía en su piel desnuda y tenía el pelo oscuro pegado a la cabeza. Me quedé mirándolo, solo entre toda aquella luz reflejada.

Noté el instante exacto en que me vio. Estaba demasiado lejos para que pudiera juzgar su expresión, pero alteró el ritmo acompasado que llevaba. Durante un momento se quedó allí flotando, sin avanzar. Luego, más despacio que antes, vino nadando hacia la orilla.

Llegó a la zona de los nenúfares y se detuvo. El agua le caía en cascada por los hombros y los surcos le recorrían el centro del pecho como dibujados por dedos. Se pasó una mano por la melena negra para echársela hacia arriba y hacia atrás.

—Hola —lo saludé.

—Hola.

No hizo ademán de acercarse.

—Esperaba que pudiéramos hablar.

Su cara era un cuadro, impertérrito, inmóvil.

—¿Y por qué iba a querer hablar contigo, exactamente?

—¿Porque soy un gilipollas inmaduro que ha venido a pedirte perdón? —Levanté las mejillas para ofrecerle una sonrisa y señalé el banco—. ¿Y porque tengo tu toalla?

Sacudió la cabeza, pero vino hacia mí de todos modos. Atravesó la hierba, repleta de cacas de oca, con los pies cubiertos de barro. Se detuvo cuando aún estaba bastante lejos y se quedó esperando, expectante.

Respiré hondo.

—Quería disculparme. Por todo. Sé que organizaste la audición solo por mí, y que me he portado como un capullo integral.

Se cruzó de brazos.

—Pues sí.

Tres días antes, solo con eso ya le habría contestado alguna bordería. Pero ahora solo me confirmaba lo que ya sabía. Alcé la bolsa de papel del súper y se la tendí.

—Toma.

Levantó una ceja, desconfiado. Al ver que no le explicaba nada, le picó la curiosidad y se acercó lo bastante como para agarrarla. Cuando sacó lo que había dentro, alzó también la otra ceja. Me arriesgué a colocarme a su lado para mirarlo juntos.

Era un pequeño marco de madera de pino con un tono dorado y con una franja incrustada de cedro rojo. En la parte superior, había usado una Dremel para tallar la forma del tatuaje del pájaro de Chance y lo había rellenado con la misma madera de cedro rojo. Tras el cristal había una foto impresa de nosotros tres: Eli, Chance y yo. Estábamos de pie al borde de un escenario, sudorosos y sonrientes. Chance estaba en el centro, con el cable del micro colgado alrededor del cuello y los brazos sobre nuestros hombros. Se nos veía jóvenes, felices e indestructibles.

—Somos nosotros —dijo en voz baja, asombrado.

—Sí. —Acaricié con delicadeza la madera barnizada—. Y es el marco que empezamos a hacer juntos.

Se quedó contemplándolo durante un momento y luego pasó a mirarme a mí.

—¿Por qué?

—Porque es igual que el grupo. —Esbocé otra sonrisa tensa—. Algo que comenzamos juntos y terminamos por nuestra cuenta.

Toda la ternura se esfumó de su rostro.

—Joder, Holc. Paso de seguir aguantando esto.

—¡No! —Lo agarré del hombro—. ¡Que no era una pulla! El grupo es tuyo. —Me di cuenta de lo que estaba haciendo, lo solté y levanté las manos en señal de rendición—. El grupo... Tenías razón, Chance; el grupo dejó de ser mío cuando me marché. Es hora de que deje de comportarme como si me perteneciera.

Chance dejó de fruncir el ceño con tanta fuerza, pero siguió negando con la cabeza.

—Te lo agradezco, pero puede que tuvieras razón en el estudio, Holc. Tal vez esto no funcione nunca. No creo que pueda soportar tu envidia constante.

—Y no deberías tener que soportarla. —Volví a tocarle el brazo, esa con más delicadeza—. Pero voy a dejar la envidia en el pasado, Chance. Porque no me importa ser famoso. Nunca me ha importado.

Chance parecía escéptico.

Suspiré y me senté en el banco, mirando el lago.

—Cuando me marché..., vale, sí, me había hartado de la dinámica del grupo. Pero era porque me sentía innecesario. Eli era el genio de la música. Tú eras el líder al que todo el mundo quería. Y yo... yo era uno más. Así que, cuando me fui..., fue como una especie de prueba. No de manera consciente, pero quería saber si me necesitabais. Y, al ver que me dejabais marchar, lo sentí como una demostración de que no importaba. Como si no fuerais mis amigos de verdad.

—Joder, Holc. —Chance se sentó a mi lado—. Te das cuenta de que eso es muy retorcido, ¿no?

—Ahora sí. —Me aferré al borde del banco—. Me parecía que así era como se podía saber si alguien te quería, ¿sabes? Si luchan por ti, incluso aunque la persona con la que luchan seas tú. —Sacudí la cabeza—. Pero ahora veo que me he centrado tanto en averiguar si la gente me quiere que nunca me he molestado en demostrarles que yo los quiero a ellos. He sido un egoísta toda la vida. —Le agarré la mano—. Y lo siento.

Se mordió el labio, pero no apartó la mano.

—Sé que he sido un novio espantoso —le dije—. Pero quiero cambiar. Quiero ser la clase de novio que te mereces. Porque este verano contigo... no quiero que acabe jamás.

—Pero es que va a acabar. —Chance parecía estar odiando las palabras que decía, pero las decía de todos modos—. En un par de semanas volveré a irme de gira. Y pasarás meses sin verme.

Solo de pensarlo noté que me envolvía el corazón una malla de hierro, pero le dije:

—Pues envíame fotos. Iré mejorando mis respuestas de *emojis*.

Me apretó la mano con fuerza.

—Y no voy a dejar de ser famoso. Al menos, mientras dependa de mí. Eso va a ser así siempre.

—Lo sé. —Sonreí—. Ya te lo he dicho: no me importa. Ser famoso me parecía genial cuando significaba que el mundo entero me quería. Y claro que me gustaría que pudiéramos dejar de fingir en público y decirle a todo el mundo que estamos saliendo. Pero no me importa la gente. —Le levanté la mano y le di un beso delicado en el dorso—. Me importas tú.

—¿Estás seguro?

Chance parecía querer creerme con desesperación, pero veía que no se lo permitía a sí mismo. Sentí una nueva oleada de vergüenza por haber metido la pata hasta el fondo. Pero también me invadió una sensación reconfortante, porque lo comprendía.

Ahora me toca a mí ir detrás de él.

—Estoy seguro. —Me volví hacia él en el banco, agarré el marco de la foto y lo dejé con cuidado a un lado. Luego tomé a Chance también de la otra mano y se las apreté las dos con fuerza—. No necesito ser tú, Chance. Solo necesito estar contigo.

Chance me clavó la mirada en los ojos, como evaluándome. Entonces curvó los labios y esbozó esa sonrisa ladeada suya, la de verdad.

—¿Vas a besarme o qué?

Lo besé, y el flequillo se le cayó hacia delante y me mojó la frente con agua del lago. Se me metió un mechón húmedo en el ojo.

—¡Ay! —Me eché hacia atrás y me froté la zona afectada—. Me has metido pis de pato en el ojo.

—¡Te lo mereces! —Chance se echó a reír, me agarró y me aplastó contra él mientras las gotas de agua de su pecho me empapaban la camiseta. Entonces se montó en mi regazo y el bañador húmedo me empapó todos los vaqueros—. ¡Eso te pasa por tener mi toalla como rehén!

—Enhorabuena, ahora parece que tu novio se ha meado en los pantalones. Que alguien llame a los paparazis.

Cuando me incliné para darle otro beso, recorriéndole la espalda cubierta de gotas con los dedos, sentí que algo se liberaba en mi interior, como un globo que se suelta de su cuerda. Por primera vez en no sé cuánto tiempo, estaba feliz de estar donde estaba, de ser quien era.

Todo seguiría siendo difícil. Tampoco era tonto. Tener un novio que vivía sobre todo en mi móvil sería muy duro. Pero de vez en cuando, en esos momentos robados... tendríamos eso. Él podría ser Chance Kain, y yo... yo me quedaría allí. Acabando la secundaria, aprendiendo un oficio... y averiguando quién quería ser.

Y, de repente, todo eso me parecía bien.

Había pasado los dos últimos años creyendo que era un fracasado, odiándome por haberla cagado tanto. Pero, si me había llevado hasta allí, hasta Chance, que en ese instante me estaba abrazando y mordiéndome la oreja…, quizá no la había cagado tanto.

32

UN MES DESPUÉS

El *backstage* de las salas de conciertos no se diferencia demasiado de una obra. Hay andamios, cables y cajas metálicas con las que tienes que tener cuidado para no dejarte un dedo del pie. Hay un montón de hombres barbudos y fornidos, y todo el mundo está centrado en sus labores. Es un trabajo físico.

Pero es imposible aislarse del sonido, y no solo el de los altavoces. Cuando juntas a la gente suficiente en un único lugar, ni siquiera tienen que hablar; tan solo el ruido de veinte mil personas moviéndose en sus asientos ya es comparable al rugido de un avión que se prepara para despegar.

Y en ese momento nadie estaba quieto. Incluso con los tapones en los oídos, notaba que el sonido del público era una fuerza física que me presionaba la piel en ondas suaves. Me quedé entre las sombras, justo detrás de las cortinas que ocultaban todo el equipo, y contemplé el espectáculo.

Chance estaba en el centro del escenario, radiante bajo los focos, con la piel resplandeciente contra su atuendo negro perfecto. A su alrededor, una luz roja proyectaba la silueta de su tatuaje del cuervo, el nuevo logo de Darkhearts, para marcar la nueva etapa del grupo. Estaba plantado con el micrófono en alto y el pecho agitado mientras la canción llegaba a su fin y el público se volvía loco.

Me percaté de que, desde sus asientos, no podrían darse cuenta de que Chance respiraba con dificultad. No podrían ver el sudor que le recorría la cara y los cables transparentes de los *in-ears*. Para ellos, era perfecto, mítico, un ídolo al que adorar. La idea de Chance Kain era muy superior al chico que era en realidad. Nunca le olerían el tufo de los sobacos mientras se dejaba caer en el sofá tras un concierto. Nunca lo verían con arcadas mientras se hacía un enjuague nasal antes de los conciertos. Nunca conocerían al auténtico Chance.

Y me parecía genial. Que se quedaran ellos a Chance Kain, que yo preferiría a Chance Ng.

Extendió los brazos, disfrutando de la aprobación del público, y durante un momento pude verlo como lo veían ellos: como un reflejo de todos sus sueños y esperanzas. Vi cómo se convertía en lo que ellos necesitaban, y me llenó de orgullo. Y también de gratitud: por poder estar ahí, viendo a mi novio hacer aquello para lo que había nacido. Por poder apoyarlo mientras brillaba.

Eso era suficiente para mí.

Un técnico de sonido con el pelo largo y unos cascos con micrófono me dio una palmadita en el hombro.

—¿Todo bien?

Respiré hondo, con todo el cuerpo agitado.

—Sí.

—Genial. Te conecto en cuanto salgas ahí fuera. Tú solo sube el volumen cuando estés listo.

Asentí, sin ser capaz de decir nada más. El chico me sonrió y me dio otro golpecito en el hombro.

—Dale caña, colega.

En el escenario, cuando los músicos dejaron de tocar, Chance se acercó al borde y puso un pie en uno de los altavoces. Debajo, los guardias de seguridad formaban un muro entre él y los fans, que se apiñaban entusiasmados contra las vallas con barrotes de acero.

—¡Muchas gracias! —Chance hablaba relajado, en control; la calma en medio de la tormenta—. Habéis sido un público increíble para empezar la gira. Han sido unos meses muy complicados. Ha cambiado todo. Pero vosotros... me hacéis sentir como en casa. —Sonrió ante los vítores del público—. De modo que esta noche os quiero ofrecer algo especial. Algo que va a ser solo para vosotros, y para ninguna otra ciudad. ¿Os apetece, Portland?

El público enloqueció y, en mitad de todo ese caos, Chance se giró y miró hacia atrás.

Hacia mí.

El técnico de sonido me dio una palmada en el hombro.

—Te toca.

Y salí al escenario.

El estadio era un mar de gente que se extendía ante mí y se alzaba por las paredes en todas las direcciones. Mi cerebro trataba de asimilar que cada uno de esos puntitos era una persona, pero al momento cortocircuitó. En algún lugar de mi mente oí al hombre de *La princesa prometida* gritar: «¡Inconcebible!». Ya tenía toda la camiseta interior sudada por el pánico, y esperaba que no se me hubieran manchado también las axilas de la camisa de cuadros.

Si no fuera por Chance, puede que hubiera vomitado o me hubiera desmayado. Su sonrisa era como un salvavidas, y me aferré a él hasta que me detuve a su lado, con todas las caras del público observándonos.

Chance me pasó el brazo por los hombros.

—Este es David Holcomb. Eli, él y yo fuimos los que creamos Darkhearts, cuando aún estábamos en el colegio. Sin él, Darkhearts no existiría. Diría que eso merece un aplauso, ¿no?

Los alaridos del público eran ensordecedores; la gente no dejaba de aplaudir, zapatear y silbar. Parecía un sueño.

—Holc ha venido desde Seattle para que podamos tocar juntos una canción, una que nadie ha oído todavía. —Bajó el micro y me habló solo a mí—: ¿Preparado?

Tragué saliva y asentí.

Chance me ofreció una sonrisa alentadora.

—Tú imagínate que estamos tocando en el centro juvenil de Kirkland.

Le devolví la sonrisa. Chance bajó el brazo y volvió a llevarse el micrófono a la boca.

—Esta canción se llama *Back and Away*.

Los altavoces chirriaron mientras subía el volumen de la guitarra. Chance asintió en dirección al resto de músicos y el batería nos dio la señal para comenzar a tocar.

Nunca había tocado tan alto; los acordes retumbaban por todo el estadio, y al momento la batería y el bajo empezaron a acompañarme, todos acompasados a la perfección.

Y entonces Chance comenzó a cantar.

Era la misma canción que habíamos compuesto en su cuarto. La que habíamos tocado en la audición. Pero ahora parecía diferente. Era la misma letra, pero ya no transmitía ese miedo. Sí, trataba de nosotros, pero también de un momento en concreto. Un momento del pasado. La canción era la misma, pero nosotros habíamos cambiado.

La canción era solo eso, una canción. Y nosotros éramos mucho más.

La música fluía, y Chance no correteaba por el escenario ni animaba al público; tan solo nos quedamos allí plantados, uno al lado de otro, tocando. Su voz y mi guitarra, acopladas y combinadas a la perfección. No competíamos, sino que nos complementábamos.

Desvié la vista de Chance y miré al público, tratando de memorizar aquel mar de rostros, intentando que se me quedara aquella imagen grabada en las retinas.

Recuerda todo esto.

Esa jamás sería mi vida. Yo no iba a ser una estrella como Chance. Pero al menos podría saborear esa vida durante un momento. Y nada podría quitarme eso.

Sin embargo, cuando íbamos a llegar al último estribillo, me di cuenta de que había dejado de prestarle atención al público y volvía a centrarme solo en Chance. Lo observaba mientras cerraba los ojos al cantar las notas más agudas y le caía el pelo por delante de la cara, casi pidiéndome que se lo apartara. Y, cuando terminó de cantar la última nota y abrió de nuevo los ojos para mirarme, lo tuve claro: ahí estaba lo que quería de verdad.

Daba igual que nadie más pudiera saber la verdad sobre nosotros. Daba igual que tuviera que volver a clase el lunes, como el David de siempre. Me gustaba quedar con Ridley, trabajar con la madera en mi taller y aprender con Jesús durante los findes. No me hacía falta ser nadie más.

Y tenía a Chance Ng. Mi precioso secreto.

Ante la ovación del público, Chance me tomó de la mano y la alzó sobre nosotros para presentarme de nuevo ante la multitud.

—¡Señoras y señores, David Holcomb!

Y el público aplaudió con más intensidad.

Me giré hacia Chance mientras bajábamos los brazos y le dije:

—Gracias, Chance.

Le apreté la mano una única vez, sin que nadie pudiera darse cuenta, y se la solté.

Pero él no me soltó. Siguió aferrándome la mano, con una sonrisa extraña. De pronto me llegó un recuerdo, y entonces supe dónde había visto esa sonrisa antes: mientras subíamos el campanario de la iglesia.

Chance Kain estaba nervioso.

Una perla de sudor le recorrió la mejilla. Se lamió los labios.

—Gracias a ti, David Holcomb.

Y en ese momento se acercó y me besó.

Los altavoces chirriaron y nos llegó la ráfaga de aire que habían provocado los gritos ahogados de veinte mil personas.

Y entonces el público *rugió*.

AGRADECIMIENTOS

Publicar libros es un deporte de equipo, y además uno muy agresivo. Este libro nunca habría salido a la luz sin toda la gente maravillosa que tengo a mi lado.

Gracias infinitas a mi agente, Josh Adams, y a todo el equipo de Adams Literary, por este trabajo en común de ensueño. Me siento muy afortunado de poder contar con vosotros. También les debo muchísimo a mis compañeros de Adams Literary, Amie Kaufman y Jay Kristoff, por presentarnos y por recomendarme. Gracias, amigos.

Mi editora, Sara Goodman, es la mejor editora que podría desear cualquier autor. En los primeros cinco minutos ya sabía que estábamos en la misma onda, y ha sido un placer trabajar juntos en todo momento. Gracias por hacer posible la publicación de este libro. Gracias también a Vanessa Aguirre, asistente editorial, y a Kayla Dunigan, editora de autenticidad, por aportar toda su experiencia. Terry McGarry, el corrector de estilo, y Sara Thwaite, la correctora ortotipográfica, han hecho un trabajo magnífico a la hora de advertirme de mis errores gramaticales, y el director editorial Eric Meyer se ha asegurado de que todo haya ido según lo previsto.

La cubierta, que es preciosa, es obra de la directora artística Kerri Resnick (que, además de tener un talento increíble, ha sido de lo más paciente a la hora de escuchar mis ideas de aficionado sobre diseño gráfico) y del artista Sivan Karim, que ha plasmado a Chance y Holc con muchísimo dinamismo. La idea era crear una cubierta de una novela romántica juvenil que también pudiera parecer la portada de un disco de Darkhearts, y creo que lo hemos conseguido. El diseñador Devan Norman se ha encargado de convertir el texto original en páginas acabadas de lo más elegantes, y Chris Leonowicz, director de producción, y Carla Benton, editora de producción, lo han convertido todo en el objeto tan bonito que tienes en las manos. (Si, en lugar de leerlo, estás oyendo este libro, es gracias a la productora de audiolibros Ally Demeter y al narrador Ramón de Ocampo).

Gracias a las generosas lectoras beta que me han ayudado a pulir este libro: Jessica Blat, Susan Chang, Katie Groeneveld, Charlie N. Holmberg, Amie Kaufman, Aprilynne Pike, Kat Tewson y Shannon Woodhouse. Muchas gracias a Dave Markel, por su enorme sabiduría y por ayudarme a escribir las escenas de carpintería (que, en comparación con todas las preguntas médicas morbosas que le suelo hacer, seguro que le ha resultado bastante agradable).

Mil gracias a Mary Moates, directora de publicidad de Wednesday, y a Oliver Wehner, asistente de publicidad, así como a Lexi Neuville, Brant Janeway y Austin Adams, todos del equipo de *marketing*, por liderar la campaña para dar a conocer este libro a todo el mundo.

Llegados a este punto, seguro que estás pensando: «La virgen, pero ¿cuánta gente hace falta para publicar un libro?». Pues prepárate, porque aún hay más. No estarías leyendo esto si no fuera por unos agentes comerciales tan intrépidos como Rebecca Schmidt, Sofrina Hinton, Jennifer Edwards, Jennifer Golding, Jaime Bode y Jennifer Medina; y sus ayudantes, Julia Metzger, D'Kela Duncan, Isaac Loewen y Alexa Rosenberg. El equipo de servicios creativos (las personas que se encargan de crear los anuncios y se aseguran de que el *marketing* vaya más allá de unas fotos mías con cara de desesperación) lo conforman Britt Saghi, Kim Ludlam, Tom Thompson y Dylan Helstien. Y al resto de personas de Wednesday Books y St. Martin's Press cuyos nombres aún no me he aprendido: gracias de todo corazón.

Si esto fuera un discurso de una entrega de premios, seguro que ya me estarían sacando del escenario con uno de esos ganchos gigantes del vodevil, pero, al igual que todos los que han logrado darle vida a este libro, las personas que me mantienen con vida a mí también son importantes. Gracias a la gente de Wabi, que cada día me demuestran lo que puede llegar a ser una comunidad solidaria. Gracias a mis amigos del mundo editorial, especialmente a la gente de Screamin' Hole; me inspiráis y me ayudáis a mantener los pies en la tierra. Gracias a mis compañeros de casa, los Mooncastlers, por todas las excursiones y los puzles y por no asesinarme tras varios años encerrados juntos en una pandemia.

Gracias a mi familia, por su apoyo incondicional en todas mis aventuras alocadas. Mi padre, Jim, y mi hermano, Anthony, merecen una mención especial: mi padre, por su conocimiento del mundo de la obra y sus eslóganes; y Ant, por sugerir que raspar pintura es la labor más soporífera a la que uno se puede enfrentar cuando se cría trabajando en la obra.

Y por último, pero no por ello menos importante, gracias a mi mujer, Margo Arnold. Cuando me pongo como el gallo asustado de Moana, ella es el casco de coco que me calma. Me anima siempre a lanzarme a por los proyectos que más me apasionan, incluso cuando eso significa dejar el trabajo de mis sueños o dar el salto a un nuevo género. Así que gracias, cariño. No podría haberlo conseguido sin ti.